HEYNE BÜCHER

HAFFMANS KRIMINALROMANE
BEI HEYNE

NEVADA BARR

Einer zuviel an Bord

EIN ANNA-PIGEON-KRIMINALROMAN

AUS DEM AMERIKANISCHEN
VON
CHRISTINE STRÜH UND
ADELHEID ZÖFEL

WILHELM HEYNE VERLAG
MÜNCHEN

HAFFMANS KRIMINALROMANE BEI HEYNE
Herausgegeben von Gerd Haffmans und Bernhard Matt
Nr. 05/112. Im Juli 1995.

Die Originalausgabe
»A Superior Death«
erschien 1994 bei G. P. Putnam's Sons, New York.

Ein besonderer Dank an Daniel Lenihan

Für Peter, der immer den Täter kennt,
ohne ihn unbedingt für einen schlechten Menschen zu halten

Deutsche Erstausgabe

Printed in Germany 1995
Konzeption und Gestaltung: Urs Jakob
Umschlagillustration: Andrea Schmidt, München
Umschlaggestaltung: Atelier Ingrid Schütz, München
Gesamtherstellung: Ebner Ulm

ISBN 3-453-08988-X

1

Diese Fischkiller sind zu allem fähig, dachte sie. Durch die beschlagene Windschutzscheibe konnte Anna eine helle Form ausmachen, die auf den zwei Meter hohen Wellen tanzte, grau wie Schiefer und genauso unnachgiebig. Ein giftgrüner Echoimpuls auf dem Bildschirm bestätigte ihr die unwillkommene Existenz des Boots. Einen halben Kilometer nordöstlich zeigte ihr ein weiterer Echoimpuls, daß noch ein Idiot in irgendeiner Idiotenmission unterwegs war.

Irritiert drehte sie an dem Radargerät herum, als könnte sie den Nebel über dem See lichten, indem sie den Bildschirm scharf stellte. Plötzlich mußte sie an einen alten Bekannten denken, einen Typen namens Lou, mit dem sie einmal über Hemingway gestritten hatte. Völlig frustriert über Annas eher ablehnende Haltung hatte Lou irgendwann zum letzten, vernichtenden Schlag ausgeholt: »Du bist eine Frau. Du verstehst Papa Hemingway nicht.«

Anna kurbelte das Seitenfenster herunter. Der Regen klatschte ihr ins Gesicht und lief ihr in den Jackenärmel. »Wir verstehen auch nichts vom Fischen!« schrie sie in den Wind.

Der Rumpf der Bertram klatschte hart auf eine sich zurückziehende Welle. Einen Moment lang blockierte der Bug die Sicht durch die Windschutzscheibe, dann sank er wieder – ein künstlicher Horizont, der einen schwindlig machte, weil man nie wußte, wo genau er zur Ruhe kommen würde. Unter einem donnernden Wasservorhang setzte das Boot wieder auf. Anna fluchte, besann sich aber eines Besseren. Ein Meinungsaustausch mit den Elementen war wohl keine so gute Idee. Womöglich biß sie sich beim nächsten Aufprall die Zunge ab.

Vor fünf Wochen, als sie zum ersten Mal auf den Lake Superior hinausgefahren war, den Bootsschein noch nagelneu in der Brieftasche, hatte sie sich mit den technischen Daten der Bertram zu trösten versucht. Die Bertram war eines der robustesten Sechsundzwanzig Fuß-Schiffe, die es gab. Wenn man ihren Anhängern und der einschlägigen Fachliteratur glauben wollte, hielt die Bertram ungefähr allem stand – abgesehen vielleicht von einem feindlichen Torpedoangriff.

Auf einem freundlicheren Gewässer hätte dieser Gedanke Anna sicher getröstet. Auf den stahlgrauen Wellen des Lake Superior jedoch schien ihr ein feindlicher Torpedo beinahe das kleinere Übel zu sein. Torpedos unterlagen menschlichen Berechnungsfehlern. Männer schossen sie ab, also konnte eine Frau ihnen ausweichen. Lake Superior dagegen wartete. Er hatte jede Menge Zeit und jede Menge Fische, die gefüttert werden wollten.

Die *Belle Isle* pflügte durch den Kamm einer Dreimeterwelle, und in den Sekundenbruchteilen, in denen man zwischen den zusammenschlagenden Wassermassen und den Scheibenwischern hindurchspähen konnte, sah Anna die Fahrtlichter eines kleinen Schiffs, rechts von ihr, etwa fünfzig Meter entfernt.

Anna zwängte sich zwischen das Armaturenbrett und die Steuerbank, die ihr genau bis zum Po reichte, und griff zum Mikro. »*Low Dollar, Low Dollar,* hier spricht die *Belle Isle*. Hören Sie mich?« Durch das statische Rauschen und Knistern antwortete eine Männerstimme: »Ja, ja! Sind Sie das da drüben?«

Nicht zum ersten Mal wunderte sich Anna, daß so viele Bootsfahrer jeden Sommer den Lake Superior überlebten. Es gab keinerlei Vorschriften über Bootsscheine oder sonstige Fahrprüfungen. Jeder Mann, jede Frau und jedes Kind, alle, die ein Schiff in die Finger bekamen, konnten hinausfahren und sich zwischen den Riffen und Sandbänken, den Linienfrachtern und Wochenend-Fischerbooten herumtreiben. Die Warnschilder der Küstenwache – ACHTUNG TAUCHER, UNTIEFE, BOJE, LANGSAM, KIELWELLE VERMEIDEN – waren für die Hälfte aller Bootsfahrer einfach hübsche Dekorationen am Wegesrand. »Gehen Sie auf sechs-acht.« Anna stellte ihr Funkgerät von der Ruf- und Meldefrequenz auf den Betriebskanal. »Richtig, ich bin es. Ich werde jetzt backbord an Sie ranfahren. Wiederhole: backbord. Links«, fügte sie zur Sicherheit hinzu.

»Ähm . . . zehn-vier«, kam die Antwort.

In den folgenden Minuten konzentrierte sich Anna ganz auf das Boot, versuchte es zu spüren, die Kraft der Maschinen, die Wucht des Winds, das Aufbäumen der Wellen. Auf der Insel gab es Leute, die zur Not mit einem Rennboot sogar an einem Wirbelsturm anlegen konnten, beispielsweise Holly Bradshaw von der Besatzung des Tauchboots *3rd Sister* oder auch Chief Ranger Lucas Vega und die ganzen alten Seebären von Fisherman's Home und Barnums' Island, die noch kommerzielle Fischereirechte aus der Zeit innehatten, bevor die Isle Royale zum Nationalpark erklärt worden war. Anna jedenfalls gehörte nicht zu dieser Elite.

Sie vermißte Gideon, ihr Reitpferd in Texas. Selbst wenn er widerspenstigster Laune war, konnte sie ihn ohne größere Blamage in die Koppel hinein und wieder heraus manövrieren. Für die *Belle Isle* war wesentlich mehr Geschicklichkeit erforderlich, und außerdem, dachte Anna verdrießlich, war sie längst keine so angenehme Gesellschaft.

Jetzt kam die *Low Dollar* wieder in Sicht, auf einer grauschimmernden Welle schaukelnd. Anna langte aus dem Seitenfenster und ließ einen Fender hinunter, um die Seite des Boots zu schützen. Der Heckfender war schon draußen; beim Verlassen der Ranger-Station in Amygdaloid hatte sie nämlich vergessen, ihn einzuholen, und er hatte die ganze Zeit über aufs Wasser geklatscht.

Aus mir wird nie ein richtiger Seebär, sagte sich Anna. Mit einem lautlosen Seufzer ging sie rechts auf Vollgas, drosselte links ein wenig und machte sich so von hinten an das kleine Boot heran. Zusammen versanken die beiden Schiffe in einem Wellental.

Die *Low Dollar* schlingerte und torkelte wie eine dicke Frau, die versucht, sich von einem Wasserbett zu erheben. Sie lag gefährlich dicht an der Wasseroberfläche, und Anna entdeckte einen Eimer, eine Scheuerbürste mit Holzgriff und eine leere Flasche Heaven Hill Bourbon, die in ihrem eigenen kleinen See auf dem überfluteten Deck ertranken.

Zwei Männer kämpften sich durch das Schlagwasser und versuchten, sich mit bloßen Händen und Bootshaken an der *Belle Isle* festzuklammern, die Gesichter starr vor Angst und Kälte. »Bleibt mir bloß weg, ihr Nulpen«, schimpfte Anna vor sich hin. Zu schreien wäre reine Zeitverschwendung gewesen, selbst wenn sie sich gegen das Heulen des Windes hätte durchsetzen können. Diese Männer konnten ihre Finger genausowenig von der *Belle Isle* lassen wie ein Ertrinkender vom sprichwörtlichen rettenden Strohhalm.

Schiffsrumpf knallte gegen Schiffsrumpf, während sie die beiden Boote zusammenzogen und damit Annas ganzes sorgfältiges Manöver zunichte machten.

Der Mann im Bug, windzerzaust in einem übergroßen billigen Regenmantel, zog ein gelbes Nylonseil heraus und begann, die beiden Schiffe zu vertäuen, als hätte er Angst, Anna könnte sich doch wieder auf und davon machen.

Sie schaltete auf Leerlauf und stieg die beiden Stufen aus der Steuerkajüte hinauf. Der Fischer im Achterschiff steuerbord fing jetzt an, die Hecks zu vertäuen. »Hey! Hey!« rief Anna. Befestigt mein Boot bloß nicht an dieser – »Schrottmühle«, wäre das logische Ende des Satzes gewesen, aber da kam ihr eine Lektion in den Sinn, die Lucas Vega vor ziemlich kurzer Zeit erteilt hatte. Es war darum gegangen, wie wichtig es sei, einen positiven Kontakt zu den Touristen aufzubauen und gute Beziehungen auch mit den Sportfischern zu pflegen, die jeden Sommer die Insel überschwemmten.

»Binden Sie das los!« schrie sie gegen den Wind. »Binden Sie es los!« Der Mann, der etwa Mitte Vierzig war, in seinem unförmigen Sweatshirt und seiner Mütze mit Ohrenklappen aber älter aussah, sah sie verständnislos an. Er hörte zwar auf, mit dem Tau zu hantieren, machte aber keine Anstalten, es aufzuknoten. Statt dessen sah er zu seinem Kumpel hinüber, der das Seil unermüdlich weiter um die Bugklampen wickelte.

»Hal?« blökte der Mann mit klagender Stimme. Offenbar brauchte er den Rat einer echten Autoritätsperson.

Anna wartete, die Hände auf der Reling der *Low Dollar*. Der alte Kahn war noch einigermaßen gut in Schuß, da kam es auf ein paar Minuten nicht an. Und nach den schlaffen Wangen und den erweiterten Pupillen zu schließen, stand Annas Gegenüber vor Angst und Kälte am Rand eines Nervenzusammenbruchs.

Hal vollendete seine Serie von Pfadfinderknoten und kam auf der Längsseite des Boots zurück. Er war jünger als der Mann, der weiterhin die Heckleine umklammerte – ungefähr fünfunddreißig. Auch ihm war die Angst ins Gesicht geschrieben, und er wirkte alles andere als gelassen, aber er machte wenigstens den Eindruck, als könnte er zuhören.

»Hi«, begrüßte Anna ihn. »Ich bin Anna Pigeon. Sie sind Hal, hab ich das richtig verstanden?« Der Mann nickte stumm. »Sind Sie der Kapitän der *Low Dollar*, Hal?« Wieder ein Nicken. »Sie haben ein bißchen Wasser abgekriegt, wie's aussieht.«

Die alltäglichen Worte zeitigten den gewünschten Effekt. Allmählich wich der Es-geht-um-Leben-und-Tod-Ausdruck aus seinen blaßblauen Augen. Er wischte sich mit dem Ärmel über den Mund, als wollte er einen Schalter anknipsen, der seine Lippen wieder funktionsfähig machte. »Ja«, brachte er schließlich heraus. »Wir sind in Little Todd auf irgendwas aufgelaufen, haben uns aber weiter keine Gedanken drüber gemacht. Und als wir dann hier waren, war schon mehr Wasser reingelaufen, als wir ausschöpfen konnten. Da haben wir angefangen zu funken. Ich glaube, die Schiffsschraube hat nen Schlag abgekriegt, und das Wasser dringt an der Welle ein.«

Jetzt, da die Normalität mehr oder eher weniger wiederhergestellt war – angenommen, die Welt hörte nicht plötzlich auf, in diesem farblosen Panorama von stürmischen Wolken und brausenden Wogen zu schaukeln –, redete Anna weiter: »Ich erkläre Ihnen, was Sie tun müssen, Hal. Zuerst einmal ziehen Sie Ihre Schwimmwesten an. Haben Sie überhaupt welche?«

Der Mann angelte zwei nicht sehr vertrauenerweckende

orange Schwimmwesten unter einem Sitz hervor, und die beiden schnallten sie um.

Als sie die Hände wieder frei hatten, fuhr Anna fort: »Jetzt schneiden Sie die Bugleine durch. Sie ...« Fragend blickte sie zu dem zweiten Mann, der allmählich ebenfalls wieder zum Leben erwachte.

»Ich bin Kenny. Ken.«

»Ken, Sie binden das Heck los. Hal, ich gebe Ihnen mein Schlepptau. Befestigen Sie es am Bug. Dann kommen Sie beide zu mir an Bord. Die *Low Dollar* liegt zu tief im Wasser. Mir wäre es lieber, wenn niemand auf ihr bleibt. Alles klar?«

Kenny begann, sein Tau abzuwickeln, und Hal ging zurück zum Bug, wo er anfing, an den Knoten, die er vorhin so sorgfältig geknüpft hatte, zu ziehen und zu zerren. Die beiden Schiffe stiegen einen glitzernden kalten Wellenberg hinauf, wippten auf dem Kamm einen Moment hin und her und glitten dann wieder hinunter. Kenny schrie auf: Seine Hand hatte sich zwischen den beiden Schiffen verklemmt. Aber der Schreck war wohl schlimmer als die Verletzung.

Der Schrei hatte durchaus einen positiven Effekt, denn Hal sah endlich ein, daß es die 1,59 Dollar wert war, wenn er Zeit sparte und das Tau einfach durchschnitt, statt sich mit den Knoten abzumühen.

Eine Minute später waren beide Männer an Bord der *Belle Isle*, und Anna brachte ihr Boot langsam wieder in Gang.

Das Schlepptau straffte sich und wurde über dem brodelnden Kielwasser der *Belle* emporgezogen. Als die Maschinen das volle Gewicht der lecken *Low Dollar* zu spüren bekamen, hörte Anna sie kurz angestrengt aufheulen; dann gruben sie sich kraftvoll ins Wasser. Sicher, die Bertram hatte nicht die Persönlichkeit eines guten Reitpferds, aber dafür war sie stark wie eine ganze Herde. Anna war dankbar, daß sich zwischen ihr und dem Grund des Lake Superior ein gutes Stück hochwertige Technik befand – und froh, daß sie sich allmählich von der ozeanartigen Mitte des Sees entfernte und den geschützteren Einfahrten und Buchten des Nordufers näherte.

Rechterhand, zwischen den Wellen, konnte sie die felsigen Ausläufer von Kamloops Island sehen. Wäre weniger Seegang gewesen und die *Low Dollar* nicht ganz so vollgelaufen, hätte sie das beschädigte Boot zur Nordseite der kleinen Insel schleppen können, zur Ranger-Station in Amygdaloid, wo sie Werkzeug hatte. Oder vielleicht sogar nach Rock Harbor, wo es überhaupt alles gab, inklusive Telefon und stets verfügbarer Wasserflugzeuge. Dem Gefühl beim Schleppen nach zu urteilen, konnte sie von Glück sagen, wenn das beschädigte Boot bis zur nächsten Landemöglichkeit durchhielt.

Hal hatte sich auf Deck postiert und betrachtete traurig sein Boot. Kenny hockte auf der hohen Bank gegenüber der Steuerbank, die Finger um die Haltegriffe am Armaturenbrett geklammert. Anna hatte ihn zum Aufwärmen in die Kajüte geschickt. Er war so kreidebleich und durchgefroren, daß Anna sich Sorgen um ihn machte. Vorhin, als sie ihm beim Umsteigen geholfen hatte, war sie richtig erschrocken, wie kalt seine Hände waren. Sie selbst stand mit leicht gebeugten Knien auf Deck, wie auf einem Surfbrett, den Schwerpunkt über den Zehen ausbalancierend.

Allmählich hob sich der Nebel, und im Dunst sah man jetzt ein ganzes Stück Küstenlinie. Die dreißig Kilometer Klippen und Buchten zwischen Little Todd Harbor und Blake's Point waren Anna inzwischen genauso vertraut wie die Wüstenpfade in den Guadaloupe Mountains. In der Hoffnung, ihre Angst zu besiegen, indem sie sich Wissen aneignete, hatte sie ihre ersten zwei Wochen als North Shore Ranger damit verbracht, mit der Seekarte in der einen und dem Steuerrad in der anderen Hand herumzuschippern, den Kopf aus dem Fenster gestreckt wie ein Hund auf einem Pick-up-Truck. Die Form jeder Steilklippe, jeder Einbuchtung hatte sie sich eingeprägt, die Lage jeder Untiefe und jedes Unterwasserstrudels.

An stillen, sonnigen Tagen, an denen der See eher bereit war, bei einem Fehler Nachsicht walten zu lassen, hatte sie die Fensterscheiben mit alten Landkarten verhängt und sich so von einem Ort zum nächsten gepirscht, die Augen auf den Radarschirm geheftet, die Ohren gespitzt auf das Geklapper des Tiefenmessers. Wie die meisten Landratten hatte auch Anna im seichten Wasser – beispielsweise in einer der Buchten voller Steine und halbüberschwemmter Baumstämme – weniger Angst als im tiefen. Obwohl der eiskalte Lake Superior sie vierhundert Meter vor der Küste genauso erbarmungslos ertränkt hätte wie fünfzehn Kilometer weiter draußen, hatte Anna, wenn sie zurückkehrte, fast immer das Gefühl, endlich wieder in Sicherheit zu sein. Der »sichere Hafen«, von dem sie seit frühester Kindheit hatte reden hören, hatte in dem Moment eine ganz neue Bedeutung angenommen, als der Lake Superior ihr den ersten grimmigen Blick zuwarf.

»Sie sind neu, stimmt's?« sagte Kenny, als könnte er Gedanken lesen. »Letztes Jahr waren Sie noch nicht hier.«

Anna konzentrierte sich wieder auf ihren Fahrgast. »Verirrte Wüstenratte«, antwortete Anna. »Seit ich Texas verlassen habe, war mir kein einziges Mal mehr warm – und durchnäßt bin ich auch andauernd.«

»Es ist nicht mehr wie früher«, fuhr Kenny fort, als hätte Anna nichts gesagt. »Früher haben sich die Leute auf dem See umeinander gekümmert. Niemand wäre an einem Schiff in Seenot einfach vorbeigefahren. Niemals. Aber heute hätten wir da draußen untergehen können, und keiner hätte uns auch nur nen Rettungsring zugeworfen. Den Leuten ist alles egal. Jeder denkt nur dran, wie er dem andern den besten Campingplatz wegschnappen kann.«

»Ist denn jemand an Ihnen vorbeigefahren?« fragte Anna, und ihr fiel plötzlich das zweite Blinksignal auf ihrem Radar wieder ein. Bei dermaßen wildem Seegang war das zwar sonderbar gewesen, aber doch nicht ungewöhnlich. Die brüderliche Verbundenheit unter Sportfischern war inzwischen größtenteils ins Reich der Legende verwiesen, falls sie je existiert hatte – ein weiteres Glied der Erinnerungskette, die in den mystischen guten alten Zeiten geschmiedet worden war.

»Nein, keiner ist vorbeigefahren«, antwortete Kenny.

»Aber wir haben ein weißes Schiff gesehen, weiß und grün. Den Namen konnte ich nicht lesen, und wir haben es auch nicht bei der Küstenwache gemeldet. Es war draußen auf dem See, ganz in der Nähe der Stelle, wo die *Kamloops* gesunken ist, unterwegs in Richtung Osten.«

»Vielleicht hat die Besatzung Sie nicht gesehen. Es war ja schon den ganzen Tag so neblig. Sind Sie denn sicher, daß das Boot nicht rot und weiß war? Die *3rd Sister* war nämlich in dieser Richtung draußen. Sie wollen morgen bei der *Emperor* tauchen.«

»Das Schiff war grün. Und die haben uns genau gesehen. Die mußten uns sehen. Aber die Mistkerle haben sich nicht gemuckst, sondern uns einfach weiter kniehoch im Schlagwasser herumpatschen lassen. Wahrscheinlich haben sie gehört, daß die Regenbogenforellen in Siskiwitt auf Laichwanderung sind, und wollten nicht warten. Als mein Dad mich damals mit rausgenommen hat – das ist jetzt gut zwanzig Jahre her . . .«

Anna ließ ihn quasseln, vergaß dabei aber nicht, hin und wieder zu grunzen oder zu seufzen – Zuhörgeräusche, die sie von ihrer Schwester gelernt hatte. »Das gibt den Leuten ein Gefühl von Sicherheit«, hatte Molly gesagt. »Außerdem geht es mir auf die Nerven, alle fünf Minuten ›Anna, bist du noch dran?‹ in das blöde Telefon blöken zu müssen.«

Die Geräusche waren tausendmal das Geld wert, das Molly der Telefongesellschaft für die Anrufe hatte zahlen müssen, bei denen Anna sich als gelehrige Schülerin erwiesen hatte. Ein Ranger konnte mit ein paar wohlplazierten »Ach, wirklich« und »Mhms« einem Gesprächspartner mehr Informationen entlocken als mit einer stundenlangen Befragung nach dem Lehrbuch. Die meisten Leute hatten ja ein großes Bedürfnis zu reden. Treubrüche, Enttäuschungen und nicht verwirklichte Hoffnungen durchzukauen, erfüllte bei den Menschen offenbar den gleichen Zweck wie bei Tieren das Wundenlecken: Man reinigte die Wunde von eventuellen Giftstoffen und linderte den Schmerz.

Anna ließ Kenny also weiterreden und gab dabei Mollys

Therapeutengeräusche von sich, aber sie hörte ihm nicht zu. Sie hatte ihre eigenen Wunden, ihre eigenen Träume und Enttäuschungen. In diesem Moment hätte sie ein ganzes Wochengehalt für einen schönen, heißen, trockenen Tag gegeben, für den Anblick einer kleinen Eidechse, für den Geruch von Salbei im Wind.

Aber sobald sie merkte, daß sich solche Gedanken in ihrem Kopf auszubreiten drohten, verscheuchte Anna sie energisch. Der See gestattete keine Träumereien, nicht bei drei Meter hohem Wellengang, und schon gar nicht, wenn einem ein kaputter Treibanker am Heck hing. Zum Träumen gab es die Wüste mit ihrer Hitze und ihrem blankpolierten, sternklaren Himmel. Aber hier im Nebelland, in diesem Land der finsteren Gewässer, mußte man permanent auf Draht sein, wenn man am Leben bleiben wollte.

Im Windschutz von Kamloops Island beruhigte sich das Wasser tröstlicherweise. Trotzdem zog die *Low Dollar* das Heck der *Belle* inzwischen bedrohlich in die Tiefe. Anna drosselte die Geschwindigkeit und ging in den Leerlauf; sofort stockte jede Bewegung. Sie ging auf Deck, wo Hal stand und trübsinnig das triefende blaue Etwas anstarrte, das sein Boot war.

»Wir schaffen es nicht bis zum Dock in Todd«, sagte Anna.

»Aber Sie können das Boot doch nicht einfach sinken lassen«, sagte er jämmerlich. »Es ist noch nicht mal abbezahlt.«

Einen Augenblick standen sie schweigend auf dem leise schaukelnden Deck. Hier war es fast windstill, nur die dünnen Schaumstreifen hinter der *Low Dollar* erinnerten unerbittlich daran, daß sie nur vorübergehend in Sicherheit waren.

»Ich kann Ihr Boot nicht weiterschleppen«, sagte Anna. »Ich hab meine Ausrüstung und mein Glück ohnehin schon mehr strapaziert, als vernünftig gewesen wäre. Wir ziehen Ihre *Low Dollar* in eine Bucht und machen das Schlepptau los.« Dabei zeigte sie auf den zerklüfteten Küstenstreifen, von dem sich parallel zur Isle Royale – der Hauptinsel – eine schmale Felszunge ins Wasser hinauszog. Im Nebeldunst konnte man sie kaum vom Grün der Klippen und vom Grau des Wassers unterscheiden. »Dahinter liegt eine kleine Bucht mit sandigem Untergrund. Ich glaube, ich könnte Ihr Boot da reinschubsen. Im flachen Wasser wird es steckenbleiben, und bei Tageslicht können Sie es dann bergen.«

Nachdem sie das Tau losgemacht hatte, fuhr Anna die Bertram hinter die *Low Dollar* und bugsierte sie Bug an Heck in die Bucht, so, wie ein Schwein einen Eimer durch den Schlamm schubst. Leicht zur Seite gekippt blieb die *Low Dollar* schließlich im Sand liegen. Anna schickte Hal an Land. Er sollte das Boot an einem Baum vertäuen, damit der See es in der Nacht nicht wieder hinaus ins tiefe Wasser schaukeln konnte.

Anna sah ihm zu, wie er durchs eiskalte Wasser watete, aber sie hatte kein bißchen Mitleid. Schließlich war es sein Boot, da konnte er sich ruhig selbst Schuhe und Socken naß machen. Sie sah hinaus auf den See, wo hinter Kamloops Island die Wellen in Richtung Kanada rollten, blickte über das Wasser, das sie noch durchqueren mußte, bevor sie endlich »zu Hause« war.

»Ich bin nicht dran gewöhnt, daß soviel Wasser um mich rum ist«, sagte sie zu Kenny, der sich inzwischen endlich auch an Deck gewagt hatte.

Er würdigte Anna keines Blicks, sondern kehrte wortlos in die Kajüte zurück.

Mit einer Ladung Konservendosen kam Hal an Bord zurückgeklettert. Die Campingausrüstung lag allerdings unter knapp einem halben Meter Wasser im Frachtraum. »Sie werden heute nacht schon nicht erfrieren«, versprach Anna. Auf der *Belle Isle* gab es ein halbes Dutzend Reserveschlafsäcke und ebenso viele Wolldecken aus Armeebeständen. Im Land der Untertemperatur war das nicht übermäßig viel.

Als sie den Landhöcker etwa halb umschifft hatten, der zwischen der Bucht und Todd Harbor Camp lag, erwachte Kenny plötzlich aus seiner Starre und verlangte, sie sollten umkehren, damit er noch ein paar »persönliche Sachen« von

Bord der *Low Dollar* bergen könne. Da man davon ausgehen konnte, daß es sich weder um Medikamente noch um Essen, noch um Decken und ähnliches Zubehör handelte, vermutete Anna, daß er irgendwelchen Schnaps zurückgelassen hatte. Obwohl sie den Wunsch nach einem guten hochprozentigen Drink durchaus verstehen konnte, weigerte sie sich, durch den Regen und die hereinbrechende Dunkelheit zurückzufahren, um den Wunsch zu erfüllen.

Mit dieser Weigerung brachte sie sich um das Wohlwollen, das sie eigentlich für ihre Rettungsaktion verdient hätte. Als die beiden Männer sich schließlich in der Schutzhütte von Little Todd Harbor niedergelassen hatten und Anna ihnen versicherte, sie würde am nächsten Morgen mit einer Pumpe zurückkommen, waren sie regelrecht grantig.

Anna ließ sie mit ihrem angeschlagenen Ego allein und ergriff die Flucht. Es war schon Viertel nach neun; es würde ein spätes Abendessen werden. Dabei hatte sie vollkommen vergessen, daß sie hungrig war. Hier im Norden ging die Sonne jetzt erst unter. Es würde mindestens noch eine halbe Stunde dauern, bis es richtig dunkel war – ohne Wolken sogar noch länger. Im Juni schienen die Tage überhaupt kein Ende zu nehmen.

»Drei-null-zwei unterwegs nach Amygdaloid von Todd Harbor«, funkte Anna auf gut Glück. Die Zentrale in Rock Harbor hatte zwar um sieben Dienstschluß, aber Annas Funkspruch wurde aufgenommen, und falls sie über Bord ging, wußte man wenigstens, wo man nach ihrer Leiche tauchen mußte.

Sie fröstelte. Ihre Leiche wäre nicht allein dort unten, es lagen genügend Schiffe auf dem Grund des Lake Superior. Fast ein Dutzend dienten dem Park als Attraktion für Sporttaucher: die *America*, die *Monarch*, die *Emperor*, die *Algoma*, die *Cox*, die *Congdon*, die *Chisholm*, die *Glenlyon*, die *Cumberland*, die *Kamloops*. Steuerbord voraus schaukelte eine Boje, die das am tiefsten liegende Wrack anzeigte: die *Kamloops*. Ihr Heck lag gut fünfzig Meter unter der Wasseroberfläche, ihr Bug achtundsiebzig Meter. Für gewöhnlich riet man Tauchern von diesem Schiff ab: zu tief, zu kalt, zu gefährlich.

Im Maschinenraum hielten noch immer fünf Matrosen Wache. Anna hatte eine Unterwasserfotografie von ihnen gesehen. In der Tiefe war es kalt, es gab keine Strömung und auch keine gefräßigen Kreaturen, und so schwammen die ertrunkenen Schiffsleute wie Geister in dem alten Schiff. Fünfzig Jahre lang waren sie allein in der Dunkelheit gewesen. 1977 hatten Taucher das Wrack gefunden. Durch den jahrelangen Aufenthalt im Wasser waren die Leichen fast körperlos – durchsichtig wie Gespenster.

Denk an was anderes, befahl sich Anna. Als sie auf die vertraute Hafeneinfahrt zwischen Amygdaloid Island und Belle Isle zusteuerte und die Ranger-Station sah, die sich schutzsuchend an den Fuß der moosbedeckten Klippe kauerte, erlaubte sie sich einen kurzen Traum von Cholla-Kakteen, einem Himmel ohne milchigen Feuchtigkeitsschleier, einer glühendheißen Sonne und einem Essen, von dem einem noch heißer wurde.

Nach dem Vorfall mit dem Puma im Guadaloupe Mountains National Park hatte Anna das Bedürfnis gehabt, weiterzuziehen und von vorn anzufangen. Letztlich war der Park Service auch nichts anderes als eine Bürokratie, und im Anschluß an die damaligen Enthüllungen hatte es große Worte gegeben, denen wenig Taten folgten. Trotzdem war Anna lang genug in West Texas gewesen. Aber wenn die nächste Veränderung anstand, würde sie zurückgehen in den Südwesten, zurück in die Wüste – das schwor sie sich, während sie die Bertram zum Dock manövrierte. Und zwar mit einer Beförderung; es wurde nämlich immer schwieriger, von zweiundzwanzigtausend Dollar im Jahr zu leben.

Die *3rd Sister*, ein hübsches Vierzig-Fuß-Kajütboot mit einer hohen Steuermannskajüte und einer rot-weiß gestrichenen Laufbrücke, lag am Dock vertäut. Auf den groben Holzplanken des Piers stand unbeaufsichtigt ein kleiner Holzkohlegrill. Der Duft von gegrilltem Fisch stieg Anna in die Nase.

Als sie, das Tau in der Hand, ausstieg, sprang eine geschmeidige Gestalt, warm eingepackt in ein dickes Wollhemd und eine Fischermütze, vom Deck des Tauchboots und übernahm die Heckleine, um die Bertram am Dock zu vertäuen.

Anna machte den Bug fertig, zog die Knoten fest an und wickelte das Tauende auf, damit niemand darüber stolpern konnte. »Danke, Holly!« rief sie zum anderen Ende des Boots hinüber. Der Wind trieb die Worte hinaus auf die Hafeneinfahrt, was Anna ganz recht war. Als die hilfsbereite Seele sich nämlich umdrehte und das letzte Abendlicht aus dem Westen ihr ins Gesicht schien, erkannte Anna, daß es nicht Holly, sondern ihr Bruder Hawk war, das dritte Besatzungsmitglied der *3rd Sister*.

Viele Leute erlagen diesem Irrtum. Die Zwillinge sahen sich so ähnlich, als wären sie zwei Seiten einer Münze; Männliches und Weibliches waren in einer Weise verschmolzen, daß sie ausnahmsweise einmal derselben Spezies angehörten.

Hawks Schwester Holly war zweiunddreißig, groß, mit einem klaren, aber nicht harten Gesicht und braunen Haaren, die weich, aber nicht fein waren. Sie war schlank, muskulös und breitschultrig. Jemand, der sich sexuell unsicher fühlte, hätte sie vielleicht als Mannweib bezeichnet.

Hawk besaß die gleichen Eigenschaften und war trotzdem ein Inbegriff von Männlichkeit. Der Umriß seiner Schultern, die rauhe Geschicklichkeit seiner wettergegerbten Hände vermittelten eine andere Botschaft als bei Holly. Während sie schnell, klug und stark war, handelte er kontrolliert, überlegt und exakt.

Jetzt ließ er das Tau in perfekten Ringen übereinanderfallen und kam über die Planken auf Anna zu.

Die Augen mögen vielleicht dem Irrtum erliegen und Hawk für Holly halten, dachte Anna, aber nicht die Sinne. Niemals. Man müßte schon ein Neutrum sein wie eine Schnecke, um den Unterschied nicht zu spüren.

Hawk blieb neben ihr stehen, so, daß er den scharfen Wind in den Rücken bekam. »Denny hat wie üblich zuviel Salat gemacht. Und wir haben jede Menge Hecht«, meinte er mit einer Kopfbewegung in Richtung Grill. »Leiste uns doch beim Essen Gesellschaft.«

Aus nächster Nähe konnte Anna die dunklen Stoppeln auf seinem Kinn sehen. Sein Atem roch irgendwie wohltuend warm nach schottischem Whisky. Anna zögerte. Sie war so erleichtert, wieder festen Boden unter den Füßen zu spüren, daß ihr plötzlich bewußt wurde, wie müde sie war.

»Heute sind keine Kunden da«, fügte Hawk als besonderen Anreiz hinzu. »Wir sind zur *Cox* runtergetaucht und ein bißchen um den Bug rumgeschwommen, um die Füße zu baden. Für Touristen ist es viel zu unangenehm da unten. Außerdem wollten wir auch mal wieder allein tauchen.«

»Abendessen wäre toll«, sagte Anna. »Bringt ihr es zu mir hoch? Ich mach schnell ein Feuer und stelle ein angemessenes Trankopfer bereit.«

Hawk nickte und schwang sich über die Reling der *3rd Sister*, während Anna, den Wind im Rücken, über das Dock und aufs Ufer von Amygdaloid Island trabte. Zu Hause, dachte sie säuerlich, aber sie war trotzdem froh, hier zu sein.

Die North Shore Ranger-Station hätte man beinahe zauberhaft nennen können. Sie stand quer zum Dock, und mit ihrem spitzgiebeligen Dach und den Wänden aus rotbraunen Planken und Leisten sah sie richtig pittoresk aus. Allerdings war der Anstrich so verwittert, daß die Hütte fast die gleiche Farbe angenommen hatte wie der Fels hinter dem Gebäude. Eine Eingangstür, flankiert von zwei Fenstern, die in kleine Scheiben unterteilt waren, verliehen der Station die Aura altmodischer Rechtschaffenheit. Dazu kamen noch zwei Ofenrohre, gegen den Wind gebogen und mit blechernen Schutzkappen versehen, die das ihre zur verwegenen Exzentrizität des Häuschens beisteuerten.

Im Innern merkte man an vielen ungemütlichen Kleinigkeiten, wie alt das Gebäude schon war. Es gab zwei große Räume. Der vordere diente als Büro des National Park Service. Unter einem Fenster stand Annas Schreibtisch, ein Funkgerät und ein Safe Jahrgang 1919, in dem die Einkünfte aus den Fischereilizenzen des Staates Michigan aufbewahrt wurden, zusammen mit Annas .357-Dienstrevolver, wenn er sich nicht gerade an Bord der *Belle Isle* befand. Gegenüber dem Schreibtisch scharten sich drei Sessel im Adirondack-Stil um den gußeisernen Holzofen. In einer Lattenkiste daneben wurden Brennholz und Anzündematerial aufbewahrt. Karten und Diagramme teilten sich den Platz an den Wänden mit Erinnerungsstücken, die sich im Lauf der Jahre angesammelt hatten: ein Ruder mit den eingravierten Namen zweier längst verstorbener Fischer, die in der Fischerei Edison im Süden der Insel gearbeitet hatten; Eisenteile, deren Bedeutung nur für Seefahrtsexperten auszumachen war, verwitterte Holzstücke und drei gerahmte, vergilbte Fotografien.

Auf der einen war die *America* zu sehen, das Vergnügungs-Post-Versorgungsschiff, das die Insel in ihrer Blütezeit als Urlaubsort mit dem Festland verband. Auf dem zweiten Bild ragte der Bug der *America* aus dem Eis: eine traurige Trophäe, die der See mit winterlichem Griff umklammert hielt, noch lange nachdem das Schiff auf eine Sandbank aufgelaufen und im North Gap vor Washington Harbor gesunken war. Das dritte Foto war eine glänzende Unterwasseraufnahme des ehemals so eleganten Schiffsrumpfs, der sich im Dunkel des Sees verlor.

Der Bug der *America* lag kaum einen Meter unter der Wasseroberfläche, aber das Heck ruhte vierundzwanzig Meter in der Tiefe. An windstillen Tagen sah Anna manchmal hinunter auf das alte Wrack, und dann wurde ihr ganz schwindelig. Das dritte Foto fing es ganz gut ein, dieses seltsame Gefühl, als würde man ins Leere stürzen.

Der ganze Schnickschnack war mindestens ein Jahr lang nicht mehr abgestaubt worden, wahrscheinlich sogar noch viel länger. Mäuse- und Rattendreck, der während des langen Winters, wenn der Frost die Isle Royale fest in seiner Gewalt hatte und jede Besiedlung unmöglich machte, vom Speicher herunterrieselte, hatte den Deckenbalken eine graue Färbung verliehen. Im Luftzug bewegten sich träge die Spinnweben.

Der hintere Teil des Hauses war Annas Wohnraum. In einer Ecke stand ein Ofen, der ungefähr halb so groß war wie der im Büro. Gegenüber, an der Wand unter einem Fenster mit Blick zum Felsen, war eine klapprige Küchenzeile aus Resopal mit einem Spülbecken und einer Handpumpe. Ein Gasherd mit zwei Kochstellen, ein gasbetriebener Kühlschrank und eine Duschkabine aus Aluminium füllten den Platz an der schmalen Nordwand. Am Propantank vorbei führte eine schmale Holztür hinaus zum Plumpsklo.

Annas Bett, Kommode und Schrank standen an der Innenwand. Neben dem Bett, wo das rissige, blau-rot-melierte Linoleum aufhörte und sich am Rand nach oben bog, lag ein abgetretener ovaler Flickenteppich. Als Annas Hausgenossin Christina aus Houghton zu Besuch gekommen war, hatte sie sich auf diesen Teppich gestellt wie auf eine Insel mitten in einer Flut von Müll und bemerkt: »Wie hübsch. Der große Salon, den man in Konversationsbereiche aufgeteilt hat.« Aber sie hatte dabei gelacht, und ehe sie mit Alison – ihrer fünfjährigen Tochter – wieder gegangen war, hatte sie für Anna ein Zuhause geschaffen.

Eine Patchworkdecke und selbstgenähte Kissen verschönerten das Bett. Mexikanische Teppiche wärmten die Wände und schützten vor Durchzug. Alisons Beitrag – das hieß, Allys Geschmack und das Geld ihrer Mutter – war ein durchsichtiger Duschvorhang mit saxophonspielenden, smokingtragenden Alligatoren.

Sie kannten sich seit knapp einem Jahr. Als Anna Guadalupe verlassen hatte, waren Christina und ihre Tochter mitgekommen. Im Sommer lebte Anna auf der Insel und im Winter im Park-Hauptquartier in Houghton, Michigan, wo sie ein Haus mit Chris und Ally teilte. Als Anna im Mai auf die Insel gekommen war, hatte sie sich gewundert, wie sehr sie die beiden vermißte. Sie hatte sich immer für eine Einzelgängerin gehalten.

Jetzt zündete sie die Öllampen an und heizte die beiden Öfen ein, wobei sie die Ofenklappe und den Abzug weit öffnete, damit das Feuer rasch in Gang kam. An diesem feuchten Junitag roch es durchdringend nach Feuchtigkeit und Rattendreck.

Die Wärme und das Licht machten Anna allmählich wieder munter und verliehen den schäbigen Räumlichkeiten eine Spur Romantik. Schutz vor dem Sturm, dachte Anna, während sie sich aus etlichen Schichten grauer und grüner Klamotten schälte und in eine trockene weiche Hose und einen Kapuzenpulli schlüpfte. Wenn man ihr ein bißchen Zeit gab – und einen anständigen Rotwein dazu –, konnte sie sich fast vorstellen, daß sie diese Behausung liebgewann.

Ein lautes Klopfen an der Tür kündete die Besatzung der *3rd Sister* an, und Anna rief ein vollkommen überflüssiges »Herein!«, als Hawk, Holly und Denny Castle bereits ins vordere Zimmer stürmten. Der Wind, den sie mitbrachten, roch nach Süßholzrauch und Whisky.

Holly war ein wenig betrunken – nicht besoffen, sondern high. Ihre Augen leuchteten fiebrig vom Alkohol, und ihre Wangen waren röter, als man es dem Wind zuschreiben konnte. In ihrer Jackentasche trug sie eine Flasche Black & White, das Etikett deutlich sichtbar, wie eine Herausforderung, falls jemand eine Bemerkung darüber fallenlassen wollte. Ihre dunklen Locken waren feucht vom Nebel und klebten fest an der Stirn. Sie sah aus wie ein Wind-und-Wasser-Wesen, eine Sirene, die sich vorgenommen hatte, einen modernen Odysseus ins Verderben zu singen.

Hawk lehnte zwar nicht ab, als Holly ihm ein Glas Scotch aufdrängte, aber er trank wenig. Er behielt seine Schwester im Auge, als machte er sich Sorgen wegen des Feuers, das so unverkennbar in ihr loderte.

Denny, Kapitän der *3rd Sister* und verantwortlich für ihre Tauchkonzession – ein privates Projekt des National Park Service –, war älter als die Bradshaw-Zwillinge. Anna schätzte, daß er ungefähr so alt sein mußte wie sie selbst, aber er hätte ebensogut schon fünfundvierzig oder erst fünfunddreißig sein können. Das Leben auf und unter dem Wasser hatte sein Gesicht gleichzeitig alt und alterslos gemacht, wie verwittertes Holz, das beinahe vollkommen glatt wird. In seinen Haaren waren noch keine grauen Strähnen zu erkennen, aber sie waren ohnehin so blond, daß es höchstens eine Schattierung heller geworden wäre. Er trug sie lang, wie General Custer. Doch damit hörte die Ähnlichkeit mit dem legendären Indianerkämpfer auch schon auf. Kein Schnauzer, kein Bart. Denny Castle wirkte immer sehr konzentriert und aufmerksam. Diese Aura zog Frauen an wie Motten das Licht, und genau wie diese verbrannten auch sie – an seiner Gleichgültigkeit. Dennys Interesse galt dem Wasser; es war eine unerschütterliche Liebe zum Lake Superior mit all seinen Launen.

Eine Legende erzählte, daß es in den Stürmen des Lake Superior manchmal drei Wellen hintereinander gebe, eine immer höher als die andere. Die dritte sei es, die die Schiffe in den Tod schicke. Diese Wellen nannte man die Drei Schwestern. Wie die Einheimischen sich erzählten, hatten sie die *Edmund Fitzgerald* auf dem Gewissen. Denny sagte immer, er sei der dritten Schwester begegnet und habe sie geheiratet. Wenn man den Gerüchten Glauben schenken konnte, hatte er in den vergangenen elf Jahren mehr Zeit auf der *3rd Sister* verbracht als am Frühstückstisch einer Frau.

Castle trank nicht, und er redete auch nicht. Während er durch die Nacht zurückrannte, um nach dem Essen zu sehen, schenkte sich Anna ein Glas roten Mondavi ein und ließ sich am Ofen nieder. Sie überlegte, was eigentlich los war. Die Atmosphäre war gespannt, als wäre sie elektrisch aufgeladen, und der Grund dafür waren die Wechselströme zwischen den drei Tauchern. Anna fragte nicht nach, denn sie war überzeugt, daß schon bald erhellende Funken fliegen würden.

Wenig später kam Denny aus dem Nieselregen herein, eine Platte mit gegrilltem Fisch in den Händen. Im Lampenlicht glitzerten die Tropfen auf seinen Haaren wie ein orangefarbener Heiligenschein. »Abendessen«, verkündete er.

»D'Artagnans letztes Abendmahl. Darauf trink ich«, sagte Holly. Trotz des Alkohols klang ihre Stimme leise und klar, aber Denny zuckte zusammen, als hätte sie ihn angeschrien.

»Hab den Salat vergessen«, brummte er und verschwand wieder in die Nacht hinaus.

Hawk beugte sich vor und steckte ein paar Zweige in den Ofen. Anna vermutete, daß das, was Holly auf der Seele lag, auch ihm zu schaffen machte. Einmal mehr hatte sie das Gefühl, daß die beiden wie zwei verschiedene Teile ein und derselben Person waren. Heute abend zeigte sich der Holly-Teil. Hawk hielt sich im Hintergrund, als Kraftreserve, auf die Holly bei Bedarf zurückgreifen konnte.

»Porthos und Aramis«, sagte Anna laut. Während sie die beiden Gesichter musterte, die sich so ähnlich waren, setzte sie die Anspielung im Kopf zusammen. »Wie lange taucht ihr drei eigentlich schon gemeinsam?«

Auf Hollys Wange glitzerte eine Träne, rot wie Blut im Feuerschein. Holly klatschte mit der Hand danach, als wäre es eine Fliege. »Schon ewig«, antwortete sie.

»Sieben Jahre«, erläuterte Hawk das »ewig«, aber es klang, als bedeutete es für ihn das gleiche.

»Seit wir wissen, was Tauchen ist. Seit die Drei Schwestern ganz klein waren. Seit wir aufgehört haben, rumzuspinnen«, ergänzte Holly scharf. »Eben ewig.«

Anna wartete, aber es kam nichts mehr. Denny brachte den Salat. Anscheinend war es für ihn selbstverständlich, die anderen zu bedienen: Er machte Platz auf Annas Schreibtisch und verteilte Teller und Besteck darauf. Anna war zu müde, um zu helfen; Hawk und Holly schienen nicht geneigt, ihm die Arbeit abzunehmen. Als Denny fertig war, ließ er sich auf dem Hocker nieder, den er sich herangezogen hatte; als einziger saß er jetzt am Tisch, als einziger zeigte er erkennbares Interesse am Essen.

»Das ist ein festlicher Anlaß«, sagte er, und statt die anderen anzusehen, starrte er dabei auf seinen leeren Teller. »Ich heirate morgen.«

»Eine richtige Frau?« fragte Anna verblüfft.

Holly fing an zu lachen.

Hawk wandte die Augen von Denny und seiner Schwester ab. In seinem Blick lag genausoviel Schmerz wie in Hollys Lachen.

Anna stand auf, leerte ihr Glas und schüttelte den Kummer

der beiden ab. Sie war müde. Und hungrig. Vielleicht waren die drei zu lange auf Tauchstation gewesen. Wenn man allzuoft allzutief unter Wasser war, wurde man konfus. Sie nahm ihre Weinflasche mit zum Schreibtisch und ließ sich auf dem hölzernen Drehstuhl nieder. Das Abendessen stand bereit, und niemand brauchte dafür zu bezahlen.

»Herzlichen Glückwunsch, Denny«, meinte sie unparteiisch. »Reich mir doch bitte mal den Salat rüber.«

2

Nebel lag über der Hafeneinfahrt von Amygdaloid. Hellgraue Schwaden trieben träge über den See, als schwämmen Gespensterwale zwischen Luft und Wasser. An manchen Stellen riß der Dunst auf, und silbern reflektiertes Licht glänzte auf, bis sich eine Nebelhand ausstreckte und die Herrschaft wieder an sich riß. Im Osten, über den grünen Hügelketten der Belle Isle, färbte sich der Morgenhimmel blau. Es versprach ein schöner Tag zu werden.

Warm eingepackt saß Anna auf den Stufen vor der Ranger-Station. Der achtundvierzigste Breitengrad konnte nicht einmal im Juni auf ein bißchen Kälte verzichten. Den Saum ihres weiten karierten Bademantels hatte sie sich unter die Füße gestopft, damit sie auf den taudurchweichten Planken nicht erfroren. Mit dem Feldstecher beobachtete sie das gegenüberliegende Ufer: ein schmaler Streifen Sand und Stein, mal deutlich sichtbar, mal dunstverhangen. Neben ihr schickte eine heiße Tasse Kaffee dünne Dampfschwaden in die kühle Morgenluft; ein kleines Dankopfer an die Seegötter.

»Na los«, sagte Anna leise. »Kommt schon raus. Ich weiß, daß ihr da seid. Und ich weiß, daß ihr das Baby habt. Zeigt euch doch endlich.«

Durch die Stille der Einfahrt rief ein Seetaucher; ein zweiter antwortete. Die Sonne drang durch die Zweige der Kiefern auf der Felsspitze und färbte den Nebel rosarot. Das offene Wasser glitzerte wie ein neues Pennystück. Wieder stieß der Seetaucher sein durchdringendes Trillern aus, diesmal gefolgt von einem heftigen Flügelschlagen über dem Wasser.

Jetzt kommen sie, dachte Anna. »Ich hab eure Spuren gesehen«, flüsterte sie. »Ich weiß, daß ihr da seid.«

Eine rote Schattengestalt tauchte auf, pfeilschnell, zwischen ihr und dem Dock, wo die leise schaukelnden Boote die Fischer im Schlaf wiegten. Rasch stellte sie den Feldstecher wieder scharf. Die schwarze Schnauze einer kleinen Füchsin wurde sichtbar. Mit schiefgelegtem Kopf, die rosarote Zunge weit aus dem Maul hängend, hockte sie weniger als zwanzig Meter von den Stufen der Ranger-Station entfernt, bereit, sich ihr Frühstück zu erbetteln wie ein Haushund. »Dich hab ich doch nicht gemeint, Knucklehead«, murmelte Anna und stellte das Glas wieder aufs gegenüberliegende Ufer ein.

Irgendwo im Norden heulte ein Motorboot auf, und der morgendliche Zauber war durchbrochen. Jetzt würden sie nicht mehr kommen. »Verdammt.« Anna ließ den Feldstecher sinken. Die Wölfe der Isle Royale gehörten zu den scheusten Kreaturen der Welt. Manche Rangers arbeiteten schon jahrelang auf der Insel und hatten noch nie einen zu Gesicht bekommen. Kot, Spuren, Geheul, konfuse Schrekkensberichte von Wanderern – mehr erfuhren die meisten nicht über die Wölfe im Sommer.

Im Winter, wenn das Laub von den Bäumen fiel und der tiefe Schnee die Verfolgung der Spuren leichtmachte, kam eine Exkursionsgruppe auf die ISRO – das war beim Park Service die Abkürzung für die Isle Royale – und blieb ein paar Wochen, um die Wölfe zu beobachten. Es gab nur noch zwei Rudel, insgesamt zwölf Tiere; im letzten Jahr war nur ein Junges geboren worden. Die Wölfe starben, und die Wissenschaftler hatten keine Erklärung dafür. Zwar gab es Hinweise darauf, daß ein von Haushunden übertragenes Virus mitschuldig am Rückgang der Wolfspopulation sein könnte, aber im Moment favorisierte man eher die Theorie, daß man es mit dem Problem der Inzucht zu tun hatte.

Der Park Service tat alles in seiner Macht Stehende, um die Wölfe zu erhalten, und man scheute auch nicht vor unpopulären Maßnahmen zurück: Besuchern und Mitarbeitern war nicht nur verboten, Haustiere auf die Insel mitzubringen, die Tiere mußten sogar außerhalb der Parkgrenzen bleiben – sieben bis acht Kilometer im Umkreis. Trotzdem ging es den Wölfen bisher nicht besser; sie pflanzten sich einfach nicht fort.

Wenigstens liegt es ausnahmsweise mal nicht daran, daß wir sie umbringen, jedenfalls nicht direkt, dachte Anna und genoß das Gefühl, zu den Guten zu gehören, ein Verbündeter zu sein und kein Zerstörer. Ein stolzes Gefühl. Und selten wie ein Hühnerzahn, fügte die Zynikerin in ihr hinzu.

»Dann bis morgen«, sagte sie zu dem leeren Stück Strand jenseits der Hafeneinfahrt. »Bei Sonnenaufgang. Kneift bloß nicht wieder. Und bringt das Baby mit.«

Das Brummen des Motorboots wurde lauter und machte auch den letzten Rest der Stille kaputt. Ein glänzender weinroter Bug pflügte durch den Nebel des Kanals. Anna sammelte ihre Tasse ein und verkroch sich wieder ins Innere der Hütte. Als Ranger sollte man sich in der Öffentlichkeit lieber nicht im Pyjama sehen lassen. Außerdem war heute ihr freier Tag. Wenn sie nicht das Weite suchte, bevor ein Tourist sie erwischte, würde sie garantiert für irgendeine Aufgabe herhalten müssen, für die der NPS wieder mal keine Überstunden bezahlte.

Während der sechs Monate, in denen der Park mit Personal bestückt war, sah Lucas Vega es nicht gern, wenn seine Rangers an ihren freien Tagen die Insel verließen. Die plötzlichen Unwetter am Lake Superior hatten nämlich die Tendenz, ein freies Wochenende in einen bezahlten Urlaub zu verwandeln. Demzufolge verbrachte Anna jede Menge freier Tage damit, Angellizenzen zu verkaufen, Haken aus ungeschickten Fingern herauszuoperieren und sich irgendwelche Anglergeschichten anzuhören.

»Was ist das denn für eine Einstellung, Anna«, schalt sie sich, während sie in lange Unterwäsche und Thermohose schlüpfte. Aber sie war fest entschlossen, durch die Hintertür zu verschwinden, wenn das herannahende Schiff nicht irgendwelche Probleme vorzuweisen hatte, bei denen es um Leben und Tod ging.

Für Dienstag und Mittwoch hatte sie sich eine Kajaktour versprochen, ein schönes Dinner im Restaurant der Lodge – der Ferienanlage in Rock Harbor – und einen Anruf nach New York. So konnte sie die Arbeit mit dem Vergnügen verbinden. Anna packte das Zelt und Ausrüstung für mehrere Nächte ein. Auf dem Rückweg würde sie ein paar der abgelegeneren Zeltplätze ausprobieren.

Als sie vom Dock ablegte, stand die Sonne schon hoch am Himmel. Für Annas Maßstäbe wurde es hier nie wirklich warm – jedenfalls keine Bruthitze wie in den Transpecos, die einem die Knochen wärmte und alles Gift aus dem Körper brannte –, aber die Luft war glasklar. Eine vom gerade mal vier Grad »warmen« Wasser gekühlte Brise wehte um den Bug, als Anna ihr Kajak ins offene Wasser um Blake's Point an der Nordspitze der Insel lenkte, und trotz der Isolierung war ihr Hintern kalt. Sie paddelte kräftig, um sich wenigstens einigermaßen warm zu halten.

Die Wellen, die bei den Untiefen, an denen sie sich brachen, gefährlich werden konnten, plätscherten achthundert Meter weiter draußen sanft dahin. Anna hielt den Bug in die Dünung gerichtet und genoß das Gefühl, ein Teil des Sees zu sein und kein motorisierter Störenfried, kein lärmender Eindringling, den der Lake Superior am liebsten abgeschüttelt hätte wie ein Pferd die lästige Fliege.

Nordöstlich lag Passage Island mit seinem historischen Leuchtturm. Im Süden erstreckten sich schmale Landzungen in den See: von fünfzehn Jahrhunderten sich vorschiebender und wieder zurückziehender Gletscher zerbröckelter Fels. In der Frühlingssonne erstrahlten die Halbinseln in sattem Grün, und das Wasser in den Buchten glitzerte tropenblau. Goldfarbene Felsen, drei bis sechs Meter breit, schimmerten durchs Wasser. Auf dem Grund des Sees lagen Baumstämme, kreuz und quer wie Mikadostäbchen; teils waren sie vom

Festland hierher geschwemmt worden, teils stammten sie von der Küste der ISRO. An manchen Stellen erinnerten die zerklüfteten Steine und die ausgebleichten Holzstücke an versunkene Ruinen: Schlösser, in denen Fische umherschwammen, Türme, die ins Wasser gestürzt waren, um den Ottern als Spielplatz zu dienen.

Anna ließ das Kajak gemächlich die geschützte Fahrrinne neben Porter's Island hinuntertreiben. Mit eingezogenen Rudern genoß sie ein Mittagessen aus Tortillas und Bohnen. Sie lehnte sich zurück, zog die Beine aus dem beengenden Bug und ließ sich von der Sonne Muster auf die Augenlider malen, während die Wellen ihre Melodie gegen die Seiten ihres Boots plätscherten.

Als sie schließlich in das Getümmel von Rock Harbor hineinpaddelte, war es schon nach fünf Uhr nachmittags.

Rock Harbor war ein fünfzehn Kilometer langer Wasserstreifen, der durch eine Inselkette vor Stürmen geschützt war: Raspberry, Amithwick, Shaw, Tookers, Davidson, Outer Hill, Mott, Caribou. Die Büros der NPS-Verwaltung befanden sich alle auf Mott Island, der größten Insel der Kette. Die Mehrzahl der Angestellten von ISRO waren dort in Wohnbaracken oder Apartments untergebracht. Die etwas gruselige Vorgeschichte der Insel – sie war nach Charlie Mott benannt, der in einem besonders langen und kalten Winter versucht hatte, seine Frau zu verspeisen – vergaß man rasch angesichts der alltäglichen Anforderungen des Bürokratenlebens.

Der Teil von Rock Harbor, der als der »wirkliche« Rock Harbor galt, lag fünf Kilometer von Mott entfernt in Richtung Blake's Point, doppelt geschützt in einem Uferknie. Dort befanden sich die zur Lodge gehörigen Gebäude, das Besucherzentrum, ein Bootsverleih und ein fensterloser Schindelbau, in dem die Naturliebhaber des National Park Service gern die Touristen einsperrten, um ihnen – fern von Elch und Fuchs und Schwarzhimbeere, geschützt vor Regen, Wind und Moskitos – Dias von Mutter Natur vorzuführen.

In Rock Harbor gab es Benzin und Lebensmittel und auch

eine Pumpstation für die Schiffe. In der sommerlichen Hochsaison legte dreimal pro Woche die *Voyageur* aus Grand Marais, Michigan, hier an, montags und freitags brachte die *Queen* Touristen aus Copper Harbor, Michigan, und die *Ranger III* lieferte Verpflegung und Vorräte aller Art aus Houghton. Die Lodge war gewöhnlich mehrere Wochen im voraus ausgebucht, und Wanderer, die mit ihren Rucksäkken aus den Schiffen stiegen, mußten oft zwölf Kilometer oder noch mehr marschieren, ehe sie einen Lagerplatz für die Nacht fanden.

Unter den Parkangestellten und den Geschäftsleuten hatte der Hafen sich mit seinen Menschenmassen, der geschäftigen Atmosphäre, der Kleinkriminalität und den medizinischen Problemen den Spitznamen Rock Harlem eingehandelt. Obwohl Anna gelegentlich einen Ausflug ins Herz des Kommerzes genoß, fand sie nach der Abgeschiedenheit von Amygdaloid den Trubel immer ziemlich nervenaufreibend.

Während sie ihr Kajak zwischen den Docks hochschleppte, die den Hafen säumten, entdeckte sie eine blonde Frau in der grünen und khakifarbenen Uniform der Student Conservation Association. Die Mitglieder der SCA waren Freiwillige, oft Collegestudenten, die im Sommer ihre Zeit dafür nutzten, Erfahrungen zu sammeln und die Freuden des Parklebens zu genießen.

Anna kannte die Frau flüchtig von den Trainingskursen, die in der ersten Juniwoche für die Saisonarbeiter abgehalten wurden. Sie hieß Tenner oder Tinkle. Nein, Tinker. Sie war mit einem Mann verheiratet, der zehn Jahre jünger war als sie – vierundzwanzig. Ein oder zwei Tage hatte jeder darüber getratscht. Der junge Mann nannte sich Damien und hatte eine Vorliebe für schwarze Capes und kryptische Bemerkungen.

Tinker war versponnen und ein bißchen weltfremd, als hielte sie wie Liza Minnelli die Realität für etwas, über das man sich hinwegsetzen mußte. Gegenwärtig führte sie eine Gruppe von zwanzig Touristen über einen gut anderthalb Kilometer langen gepflasterten Naturlehrpfad.

Anna wandte der Gruppe den Rücken und verstaute die Paddel im Kajak. Wenn dies eine von Tinkers ersten Führungen war, wollte Anna sie lieber nicht ablenken. Selbst nach einunddreißig Jahren erinnerte sich Anna noch an den gräßlichen Moment, als sie bei ihrem großen Auftritt in der Rolle des Jack Frost von der Bühne hinuntergesehen und ihre Großmutter entdeckt hatte, die ihr aus der zweiten Reihe begeistert zuwinkte.

Auf dem kurzen Weg vom Ufer überlegte Anna, ob ihr der Sinn nach einem Drink stand oder ob sie eher Lust auf das Telefongespräch hatte. Der Anruf gewann. ISRO war per Funktelefon mit dem Festland verbunden, und jeder, der die richtige Frequenz hatte und sich auch nur im geringsten für die Unterhaltung interessierte, konnte den Anruf mithören. Aber es war die einzige Verbindung zur Außenwelt, und Anna war froh, daß es überhaupt eine gab.

Die Telefonzelle für die NPS-Angestellten war aus vermodertem Zedernholz, und nach all den Jahren roch sie wie ein Aschenbecher. Sie stand auf einer kleinen Lichtung mitten zwischen Fichtenbäumen, hatte auf allen vier Seiten ein Fenster und sah aus wie die Kommandobrücke auf einem Schlepper. Ein paar Meter entfernt, gleich neben einem Metallpfosten mit einer Sechzig-Watt-Birne, stand eine Bank, auf die man sich setzen konnte, wenn die Kabine besetzt war.

Bitte rechts anstellen, dachte Anna, aber sie hatte Glück: Es war niemand im Häuschen, und sie schlüpfte rasch hinein. Nachdem sie eine Spinne vertrieben hatte, wählte sie die vertraute Nummer. Knistern und Flüstern drang an ihr Ohr, dann hörte sie endlich das leise Tuten des Telefons im vierzehnten Stockwerk eines Gebäudes in der Park Avenue, Ecke Seventy-sixth Street.

»Park View Clinic«, meldete sich eine tonlose Stimme. Ohne ihre zwölfjährige Erfahrung mit dieser Stimme hätte Anna auf den Pfeifton des Anrufbeantworters gewartet.

»Ist Dr. Pigeon da?« erkundigte sich Anna förmlich. »Hier spricht ihre Schwester.«

»Einen Moment bitte.« In der ganzen Zeit hatte diese

Stimme sich nie auch nur das kleinste Zeichen des Wiedererkennens anmerken lassen, ganz zu schweigen von einem freundlichen »Ach, hallo, Anna!«. Hazel – ein Name, den Anna für diese distanzierte Telefon-Persönlichkeit seltsam unpassend fand – war nach Mollys Ansicht die ideale Vorzimmerdame. Eine Frau mit Einfühlungsvermögen hätte es wahrscheinlich keine Woche in dem Job ausgehalten.

»Bleiben Sie bitte am Apparat«, übertönte die Stimme das statische Geknister.

»Ich bleibe dran.« Musik – Yo Yo Ma auf dem Cello – rauschte durch die Leitung.

Ein junger Mann setzte sich auf die Wartebank. Er hatte dichte dunkle Haare, die wild und gleichzeitig gepflegt wirkten. Jedes Mädchen hätte ihn darum beneidet. Über den ausgeprägten Wangenknochen weit auseinanderliegende Augen. Anna beschloß, ihn zu ignorieren. Ihre Telefongespräche waren zu wertvoll und zu selten, da durfte sie sich nicht von den Blicken irgendeines viel zu hübschen Knaben stören lassen. Aber bevor sie dazu kam, ihn aus ihrer Wahrnehmung zu tilgen, schenkte er ihr ein strahlendes Lächeln, und jetzt erkannte sie ihn: Tinkers Ehemann, heute ohne Cape.

»Ich kann nicht lange reden. Sag mir schnell das Neueste.«

Mollys Stimme kam ganz plötzlich und erschreckte Anna so, daß sie das Gefühl hatte, die Worte kämen aus ihrem eigenen Kopf. Molly klang so leise, so gehetzt, und auf einmal spürte Anna ihre Isolation noch deutlicher als sonst. Ihr wurde schwer ums Herz. Sie hatte keine Neuigkeiten zu berichten, sie wollte nur Kontakt aufnehmen, mit einem Ferngespräch ein Fenster aus ihrer Einsamkeit öffnen. »Du machst mal wieder Überstunden«, stellte sie fest.

»Die Patientin um vier hatte heute eine Menge auf dem Herzen. Sie hat immer noch Angst, daß ihr Mann sie verläßt. Seit elf Jahren kommt sie jede Woche zweimal deswegen zu mir. Ich muß schon eine tolle Seelenklempnerin sein.«

»Du tust ihr gut.«

»Vielleicht. Ohne mein Honorar hätte sich ihr Mann

schon 1986 eine Scheidung leisten können. Die Verbindung ist entsetzlich, Anna. Hast du einen Ort gefunden, der noch gottverlassener ist als West Texas? Aber ihr habt doch bestimmt Klos mit Wasserspülung.«

Anna lachte. »Nein, da muß ich dich leider enttäuschen.«

»Sieben Minuten, Anna.« Man hörte ein saugendes Geräusch. Das bedeutete, daß Molly sich eine Zigarette anzündete.

»Die werden dich noch umbringen«, meinte Anna.

»Und das sagt eine Frau, die einen Revolver mit sich rumschleppt«, konterte Molly.

»Nicht mehr. Hier würde ein Schießeisen eher dafür sorgen, daß man ertrinkt, als daß man die Gangster damit abschreckt. Ich bewahre die Pistole in einer Aktentasche auf wie jeder anständige Drogendealer in Manhattan.«

Molly lachte, beinahe ein Gackern. »Sechs Minuten ... nee. Vier.«

»Warum? Was ist denn los?« zwang sich Anna zu fragen, obwohl sie plötzlich genau wußte, daß sie nichts hören wollte von irgendeinem glamourösen gesellschaftlichen Ereignis oder einem intimen Treffen.

»Ich hab versprochen, bei einer Veranstaltung in Westchester zu erscheinen. Eine politische Weinprobe.«

»Du trinkst doch gar nicht so gern Wein.«

»Jedenfalls nicht so gern wie du.«

Anna zog es vor, diese Bemerkung zu ignorieren.

»Zwei Gründe: Einer meiner Patienten drängt mich dazu. Ich kann jetzt keine Namen nennen, aber du findest seinen auf der Mädchen-Sport-Spalte in der Sonntagsausgabe der ›Times‹.« Anna lachte – so nannte Molly immer den Mode-Teil. Molly fuhr fort: »Man hat mehrere Flaschen eines sehr teuren, lange verloren geglaubten Jahrgangs wiederentdeckt. Angeblich wurde er während der Prohibition eingekellert, in einem Jahr, als das Wetter in Kalifornien absolut perfekt war. Als sich die Sonne, die Trauben und der Boden in mystischer Harmonie verbanden. Zwanzig Kisten wurden damals abgefüllt und sind dann auf mysteriöse Weise verschwunden.

Letzten Monat sind ein paar Flaschen wieder aufgetaucht. Mein Patient ist furchtbar aufgeregt, er schwört, es ist ein abgemachter Schwindel. Wie du wahrscheinlich inzwischen erraten hast, hat er das Zeug nicht selbst wiederentdeckt.

Zweitens: Die Veranstaltung findet in Westchester County statt, und da war ich schon eine ganze Weile nicht mehr. Ich hab gedacht, ich mach in Valhalla halt –«, Molly unterbrach sich mit einem prustenden Gelächter. »Valhalla. Ein guter christlicher Friedhof. Ich schau mal bei Zachary vorbei. Seh nach, ob das ewige Licht noch brennt, oder wie man das nennt.«

»Meine Schwiegermutter kümmert sich darum«, entgegnete Anna.

»Glaubt Edith immer noch, daß seine Asche unter diesem gräßlichen Marmorklotz ruht? Apropos geistige Gesundheit«, fuhr Molly fort, ohne Anna Gelegenheit zu einer Antwort zu geben, »hast du sie immer noch? Verstreu sie, Anna. Tu es. Lake Superior, sagt man, gibt seine Toten niemals her. Tu es.«

»Mußtest du nicht dringend weg?« fragte Anna irritiert.

»Stimmt. Und halt dich möglichst fern vom Grund des Sees.«

Damit war die Verbindung tot.

Anna legte den Hörer auf die Gabel. Der Druck auf ihrer Brust war noch schlimmer geworden. Vielleicht hatte sie sich doch zu lange in der Wildnis versteckt. Vielleicht war es an der Zeit, in die Zivilisation zurückzukehren. Es würde ihr sicher guttun, sich die Beine zu rasieren, sich irgendeinen Seidenfummel anzuziehen und mit Lippenstift und schwarzen Strümpfen zu einer schicken Party zu gehen.

Sie sah aus dem Fenster. Damien saß noch immer auf der Bank. Aber er wirkte nicht wie jemand, der ungeduldig – oder auch geduldig – aufs Telefonieren wartete, sondern eher, als wüßte er momentan gar keinen besseren Aufenthaltsort. Seine weit auseinanderliegenden Augen fixierten einen Haubenspecht in den Ästen einer Espe. Er beobachtete das Tier hingebungsvoll und völlig unaffektiert, wie ein Kind.

Eine rote Feder segelte durch die goldgrünen Blätter und landete einen Meter vor seinen Turnschuhen. Er hob sie auf und lächelte sein strahlendes Lächeln. Diesmal galt es nicht Anna, sondern dem edlen Spender des Geschenks: dem Specht.

Anna machte die Tür des Telefonhäuschens auf, und der Vogel flatterte erschrocken davon. »Ich bin fertig«, verkündete sie unnötigerweise.

»Du bist Anna Pigeon, stimmt's?« Damiens Stimme klang weich und hoch. Am Telefon hätte man ihn für einen Jugendlichen halten können. Wenn man ihm gegenüberstand und seine klaren grünlichen Augen und die gepflegten dunklen Haare sah, kam sie einem aber auch nicht unangemessen vor.

»Und du bist Damien«, erwiderte Anna.

»Es gibt heute abend eine Party im Hotel, für Denny Castle von der *3rd Sister*. Kannst du kommen? Tinker und ich wollten dich gern was fragen.« Dabei senkte er geheimnisvoll die Stimme und blickte mit einer melodramatischen Geste, die Anna unwillkürlich bewunderte, über die Schulter.

Sie verkniff sich das Lachen, obwohl es ihr schwerfiel. »Ich werde da sein«, versprach sie. »In offizieller Mission.«

Falls Damien merkte, daß Anna ihn aufzog, brachte es ihn wenigstens nicht aus dem Konzept. »Gut«, sagte er, und dann noch einmal, als hätte er sich zu einer Entscheidung durchgerungen: »Gut. Es ist nämlich wichtig.«

Als er sich abwandte, zum Telefonhäuschen ging und dabei die Schultern bewegte, als wallte ein Phantasie-Cape von ihnen herab, gestattete sich Anna endlich ihr Lächeln.

Offiziell sollte die Party um halb neun anfangen, wenn Denny Castle seine Braut in den Speisesaal führte. Inoffiziell brachte Anna kurz nach dem Telefonat mit ihrer Schwester den ersten Toast auf das Brautpaar aus. Und sie versuchte, damit den Druck auf ihrer Brust wegzuspülen und ihre Einsamkeit im Wein zu ertränken.

So saß sie auf der Holzterrasse der Lodge, von der man

einen Blick über den Hafen hatte, schlürfte einen mittelmäßigen Beaujolais und ließ den silbernen Abend in ihre Seele sinken. Traurigkeit war nur halb so schlimm, wenn man keinen menschlichen Spiegel vor sich hatte, aus dem sie zurückstarrte.

»Auf Piedmont«, sagte sie und hob ihr Glas zum erblassenden Himmel empor. Der Beaujolais hatte eine wunderschöne Farbe, die das Licht auffing, ohne es zu dämpfen.

»Piedmont?«

Die Stimme war so weich und angenehm, daß sie Annas Einsamkeit kaum durchbrach. »Meine Katze«, antwortete sie schlicht und blickte von ihrem Liegestuhl auf, um zu sehen, wer sie angesprochen hatte.

Eine kleine Frau – ungefähr eins fünfundfünfzig, also kleiner als Anna – stand vor ihr, die Arme gegen die Kälte übereinandergeschlagen. Im Abendlicht schimmerte ihr Haar blaßgolden, höchstwahrscheinlich ein Verdienst der Chemie, aber so gekonnt angewandt, daß man nicht hundertprozentig sicher sein konnte. Ihr Kleid – nach der Art zu urteilen, wie es sich leise im Wind bewegte, war es aus schwerer Seide – hatte fast die gleiche Farbe, strahlend wie Wintersonnenlicht. Ihr Gesicht war faltig. Krähenfüße umgaben die Augen und zogen sich ein Stück weit über die Wangen. Auf beiden Seiten der Nase führte eine ausgeprägte Furche zum Mund hinunter, und der sorgfältig mit Puder fixierte Lippenstift hielt die feinen Fältchen um den Mund gekonnt in Schach. Abgesehen von den Falten zeigte sie keinerlei Altersanzeichen. Sie hatte schmale Hüften, war schlank wie ein Reh, ihre Stimme klang voll, und ihr Blick war direkt und herausfordernd.

Anna ordnete sie in die Sparte »reiche Touristin« ein. Vielleicht kam sie aus den Zwillingsstädten St. Paul und Minneapolis, eine Arztfrau mit einer geschmackvollen kleinen Yacht namens *Kindney Stone oder Aqueous Humor*.

Die Frau lächelte; ein freundliches, hübsches Lächeln, das nichts preisgab. Anna revidierte ihre erste Einschätzung: Vielleicht war die Frau eher selbst Ärztin.

»Piedmont ist meine Katze«, wiederholte Anna. Das gegenseitige Beschnuppern war in Sekundenschnelle erledigt. »Ich mußte ihn in Houghton lassen bei Christina und Ally – meinen Mitbewohnerinnen.«

»Aha.« Die Frau breitete ihren Rock aus und ließ sich anmutig auf der Treppe nieder. Anna fiel auf, daß ihre Sandalen zum Kleid und zu den Haaren paßten – und zwar hundertprozentig. Offenbar im gleichen Ton eingefärbt. »Wir haben Pointer in einem Zwinger in Duluth gelassen. Carrie schreibt ihm einmal in der Woche. Wenn je ein Hund lesen lernt, dann bestimmt Pointer. Er ist ein Lhasa-Terrier. ›Das Mitbringen von Haustieren auf die Insel ist untersagt.‹ Als wären die Annehmlichkeiten hier nicht sowieso schon recht spärlich.«

Also arbeitete die Frau hier irgendwo. Anna hatte das vage Gefühl, sie zu kennen, aber ihr Gehirn war nicht in der Verfassung, um nach einmal gesehenen Gesichtern und halbgehörten Namen zu fahnden. »Ich weiß. Ich bin Anna Pigeon, North Shore Ranger, aber ich habe keine Ahnung, wer Sie sind. Sollte ich?« Vielleicht klang der Satz ein wenig beschwipst, aber Anna fand, daß sich der zugrundeliegende Gedanke durchaus vernünftig anhörte.

»Wenigstens wissen Sie, wer Sie sind«, entgegnete die Frau und lachte. »Das ist mehr, als man von den meisten hier auf der Insel behaupten kann. Diese Typen von der Upper Peninsula halten nicht besonders viel von Introspektion. Ich bin Patience Bittner. Ich leite die Lodge. Wenn man mich zuviel auslacht, rumschubst oder anknurrt, komme ich hier raus, um mein inneres Gleichgewicht wiederzufinden.«

Anna nickte, trank einen Schluck Wein und ließ ihre Gedanken wieder hinaus aufs Wasser wandern. Offenbar hatte sie beim Trinken das Gesicht verzogen, denn Patience sagte plötzlich: »Sie trinken den Beaujolais.«

»Ja«, bestätigte Anna mit neutraler Stimme.

»Das ist der letzte Rest, um ehrlich zu sein. Man hat ihn ohne meine Zustimmung bestellt, aber ihn einfach wegzuschütten, wäre auch eine Verschwendung. Manchmal ist es eine echte Nervenprobe, wenn man hier draußen im Niemandsland was einigermaßen Gutes kriegen will. Aber ich habe einen ganz guten kalifornischen Rotwein entdeckt, der mit der *Ranger III* reinkommt. Glen Ellen hat einen leckeren Cabernet Sauvignon. Jung und leicht.«

»Süffig, aber nicht zu schwer?« meinte Anna spöttisch und dachte an Molly und ihren neurotischen Gourmet.

Patience lächelte. »Klinge ich hochgestochen? Eine alte Angewohnheit. Ich habe früher eine Weinkellerei bei Napa geleitet.«

»Wodka und Bier ist der Alkohol *ordinaire* in dieser Gegend. Wahrscheinlich merken nicht allzu viele Leute, daß Sie sich so bemühen.«

»Aber ich nehme an, Sie tun es.«

»Nur beim ersten Glas«, räumte Anna wahrheitsgetreu ein, und die Frau lachte wieder, hart, aber nicht unangenehm.

»Wenn ich was Besonderes reinkriege, lade ich Sie zum ersten Glas ein.« Sie sah auf ihre Armbanduhr, ein zartes Goldkettchen. »Partyzeit. Hat mich gefreut, Sie kennenzulernen, Anna. Ich hoffe, Sie kommen bald mal wieder vorbei und setzen sich auf meine Terrasse.«

Die Inhaberin verschwand, umweht von einem leichten Parfümduft. *Privilège,* dachte Anna. Oder *Passion.* Teure Düfte, aber keiner konnte mit der belebenden Brise konkurrieren, die der Wind von den Eiben und Tannen auf Raspberry Island herübertrug.

Mit dem schwindenden Tageslicht nahmen die geflügelten Inselwächter die Küste wieder in Besitz. Ein hartnäckiges Surren drang an Annas Ohr. Dann ein juckender Stich, der sich durch den dünnen Stoff ihres Hemds bohrte. Wieder einmal vermißte sie die Wüste. Wenn einen dort etwas stach oder biß, starb man für gewöhnlich. Sie haßte dieses permanente Feilschen mit dem Tod, immer nur um ein kleines Schlückchen Blut.

Sie stand auf und kippte den Rest Wein hinunter. Zeit für Denny Castles Hochzeitsempfang. Es wäre unhöflich, sich dort nicht blicken zu lassen. Außerdem mußte sie sich noch eine Einladung verschaffen, damit sie irgendwo auf einem gastlichen Fußboden nächtigen konnte. Wenn sich nichts ergab, würde sie mit der *Lorelei* vorliebnehmen müssen, dem Boot von District Ranger Ralph Pilcher. Und das bedeutete: feuchte Schlafsäcke und Plumpsklo. Wieder mal.

Von Patience Bittners lässiger Eleganz inspiriert – oder vielleicht auch eingeschüchtert –, unternahm Anna erst mal einen Abstecher zur Damentoilette. Ihre Haare, die in zwei graugesträhnten Zöpfen herabhingen, verliehen ihr das Aussehen einer alternden Rebecca von der Sunnybrook Farm. Sie schlang die Zöpfe um den Kopf und steckte sie mit ein paar Haarnadeln fest, die sie in ihrer Tasche fand. Da ihr Gesicht für die grobe Seife im Waschraum zu sonnenverbrannt war, beschränkte sie ihre Toilette auf die neue Frisur.

Der große Speisesaal in der Rock Harbor Lodge versuchte pittoresk zu wirken. Die Wände waren mit hellem Holz getäfelt, die Decke mit Kreuzlagen von Redwoodbalken ausgelegt, als Kronleuchter dienten ehemalige Steuerräder. Überall verstreut gab es noch zahlreiche weitere nautische Dekorationsstücke, aber die schachtelartige Fünfziger-Jahre-Konstruktion machte den Effekt leider zunichte.

Die Park-Leute drängelten sich in einer Ecke. Patience flatterte umher wie ein goldener Schmetterling und füllte Gläser nach. Ein ungelenkes Mädchen mit Prinz-Eisenherz-Frisur schlurfte hinter ihr her von Tisch zu Tisch, Kaffeekanne in der Hand, Augen auf die Schuhspitzen gesenkt. Anna fragte sich, ob das wohl Carrie war, die dem Lhasa-Terrier wöchentlich einen Brief schrieb. Für Patience Bittners Tochter hatte sie das richtige Alter – zwölf oder dreizehn.

Auch Tinker war da, in Damiens Begleitung. Die beiden saßen in der Nähe der anderen, aber an einem Zweiertisch für sich. Auf dem weißen Tischtuch hielten sie Händchen, und anstelle der grellen elektrischen Tischlampen stand bei ihnen ein Windlicht, das sie offenbar selbst mitgebracht hatten. Damien versuchte mit dunklen, bedeutungsschwangeren Blicken Annas Aufmerksamkeit zu erregen, aber sie übersah ihn geflissentlich.

Am Kopfende des Haupttisches saß Scotty Butkus und rauchte eine Zigarette; griffbereit neben ihm standen zwei Flaschen Mickey's Big Mouth. Wie Anna war auch Scotty ein Ranger mit polizeilichen Befugnissen, sozusagen ihr Gegenstück in Rock Harbor. Butkus hielt sich für einen Cowboy der alten Schule, der schon Ranger geworden war, als sich der Job noch lohnte. Wenn man ihn reden hörte, bekam man leicht den Eindruck, er hätte persönlich geholfen, in Dodge City aufzuräumen. Aber er war höchstens neunundfünfzig oder sechzig und verdiente immer noch dasselbe wie Anna.

Für manche von den Jüngeren war er ein halbromantisches Es-war-einmal. Anna hatte allerdings den Verdacht, daß es sich bei ihm eher um ein Es-war-niemals handelte; er trank und erzählte, um eine Lebensgeschichte zu korrigieren, die ihn zutiefst enttäuscht hatte. Er war irgendwo degradiert worden und machte hier einen Neuanfang: ein neuer Park, ein neuer Job, eine neue junge Frau. Allerdings war die neue Frau nicht anwesend.

Neben Butkus saß Jim Tattinger, der Spezialist für Unterwasser-Kulturschätze. Anna wußte sehr wenig über ihn; die Besatzung der *3rd Sister* hatte ihr einmal erzählt, daß er die ganze Zeit mit Computern herumspielte und niemals selbst auf Tauchexpedition ging. Tattinger sah aus wie der sprichwörtliche Fiesling, mit seinem dünnen Hals, den dicken Brillengläsern und den schütteren roten Haaren. Anna ging schnell weiter, damit sie ihm nicht gegenübersitzen mußte. Wenn er redete oder lächelte, dehnten sich seine schmalen Lippen völlig unangemessen, die Unterlippe klappte um, und ihre feuchte rosarote Innenseite kam zum Vorschein. Anna wollte ihn eigentlich gar nicht besser kennenlernen.

Zwischen Pizza-Dave, dem Vierhundert-Pfund-Koloß vom Wartungsdienst, und Annas Chef Ralph Pilcher, dem District Ranger von Rock Harbor, entdeckte sie einen freien Platz. Lucas Vega war nicht da. Zu den Privilegien eines Chief Rangers gehörte es, daß man nicht unbedingt zu jeder Mitgliederversammlung erscheinen mußte.

Auch Holly und Hawk Bradshaw glänzten durch Abwesenheit.

Die seltsam peinliche Atmosphäre überraschte Anna nicht.

Da man hier so isoliert lebte, glaubten die NPS-Manager, sie müßten in ihren Angestellten um jeden Preis ein »Familiengefühl« wecken, und veranstalteten demzufolge eine endlose Abfolge von Stehparties, Sommerfesten, Schokoladenfressereien und Empfängen. Gewöhnlich scheiterten diese Versuche, ein Gruppengefühl aufzubauen. Die Leute kamen, weil sie nichts Besseres zu tun hatten, und gingen wieder, sobald es die Höflichkeit erlaubte, beziehungsweise, wann es ihnen taktisch klug erschien.

Das Treffen heute hatte zwei Pluspunkte. Erstens bekam man Dennys Frau zu Gesicht, zweitens fand das Ganze in der Lodge statt, also in erreichbarer Nähe einer gut sortierten Bar.

Gerade als sich Anna zu ihrem Stuhl schlängelte, traten Denny und seine Frau durch die Vordertür, was vereinzelten Applaus auslöste. Ein paar Gäste, die in der Lodge wohnten, schlossen sich an, und so erreichte der Geräuschpegel ein einigermaßen respektables Niveau.

Als das Klatschen verebbte und Butkus die nächste Geschichte über die gute alte Zeit anfing, nahm Patience mit ihrem natürlichen Gastgeberinnencharme den Arm der Braut und führte sie und Denny durch den Saal zum Rest der Party.

Dennys Frau war etwa eins fünfundsechzig groß, hatte schmale Schultern und unverhältnismäßig breite Hüften. Glanzloses braunes Haar fiel, in der Mitte gescheitelt, bis weit über die Taille. Ihr Gesicht war ausdruckslos hinter einer überdimensionalen Brille mit rotem Rand. Als sie ihren Stuhl neben Ralph hervorzog, fiel Anna auf, wie schwielig und vernarbt ihre Hände und Unterarme waren. Solche blauschwarzen Male hatte sie schon irgendwo gesehen. Sie starrte in die elektrischen Kerzen und versuchte, ihr Gedächtnis soweit zur Ruhe zu bringen, daß sich die Erinnerung einstellen konnte. Einen Moment stieg sie tatsächlich an die Oberfläche. Anna hatte solche Narben auf den Armen eines Trampers gesehen, den sie einmal von Santa Barbara nach Morro Bay mitgenommen hatte. Der Mann war ein Muscheltaucher gewesen; die Narben stammten von den Verletzungen, die er sich an den Muschelschalen zugezogen hatte.

»Das ist die frischgebackene Mrs. Castle«, stellte Patience vor. »Jo.«

Also hatte die Braut, Jo, geborene Dingsda, sich offenbar entschlossen, als Mrs. Denny Castle durch ihr weiteres Leben zu gehen. Anna fand das sehr seltsam für eine Frau mit einem Magisterabschluß in Süßwasserbiologie und jeder Menge Narben als Beweis ihrer Kompetenz. Anna kannte Jos Ausbildung aus einem Memorandum des Ressourcen-Managements. Vom Park finanziell unterstützt, würde Jo Castle den Sommer über die Binnengewässer der ISRO auf Verunreinigungen untersuchen. Ursprünglich hatte sie sich für eine Doktorarbeit über den Einfluß des Sportangelns auf die Forellenpopulation beworben.

Ein interessantes Thema, dachte Anna. Aber der NPS wollte eine solche Studie nicht finanzieren. Sportangler hatten eine mächtige Lobby. Die Fische nicht. Also würde Mrs. Denny Castle zwölf Wochen lang auf der Insel PCB-Rückstände untersuchen und nebenbei Moskitos totschlagen.

Ein Knall und ein Fluch bewahrten Jo vor weiteren Analysen Annas. Scotty hatte sein Bierglas umgeschmissen. Zigarettenkippen schwammen aus dem Aschenbecher und segelten auf einer Schaumwoge das weiße Tischtuch hinunter. Scotty war garantiert betrunken. Aber wahrscheinlich war er in seinem Leben oft genug betrunken gewesen, daß er es mit einem Mindestmaß an Glaubwürdigkeit überspielen konnte. Während er die Sauerei mit einer pfirsichfarbenen Serviette aufzuwischen versuchte, murmelte er: »Herrgott, tut mir schrecklich leid. Ich bin einfach nicht dran gewöhnt, im Haus zu essen. Da hat man keine Ellbogenfreiheit. Ehrlich, Ma'am« – dies an Patience' Adresse – »es tut mir höllisch leid. Entschuldige vielmals« – an Carrie gewandt, wegen seiner groben Ausdrucksweise – »komm, ich helfe dir, das sauberzumachen, kleine Lady.«

Im gleichen abgedroschenen Stil ging es weiter, und Anna verlor das Interesse. Sie ließ ihre Blicke schweifen, ob sich nicht eine vernünftige Ausrede auftat, um den Tisch zu verlassen.

Damien und Tinker waren ihre Rettung. Der hübsche Knabe machte ihr mit einer seiner geschwungenen Augenbrauen Zeichen. Wie die beiden da so saßen und Händchen hielten – Tinker mit ihrer Dauerwelle, die dank endloser Wiederholungen aus ihren Haaren ein goldenes Gekräusel gemacht hatte, Damien ganz in Schwarz –, sahen sie aus wie Heldin und Held aus einer Fernsehserie für Teenager.

Mit einem kurzen Adieu in Daves Richtung schob Anna quietschend ihren Stuhl zurück, schulterte ihren Tagesrucksack und ging hinüber zu dem kleinen Tisch. »Nicht hier«, sagte Damien. Anna wartete, während Tinker in einem seltsamen kleinen Ritual, zu dem ein dreimaliges Klopfen an Glas und Metall des Windlichts gehörte, die Flamme ausblies und die Laterne zusammenklappte, um sie in einem Leinenbeutel zu verstauen.

Die beiden führten Anna aus dem Restaurant und hinunter ans Wasser. Am Ende der ersten Dockreihe waren lange Bretter aufgestapelt, die auf dem Rücken der Trail Crew in die Wildnis gelangen würden. Dahinter ließen sie sich nieder. Anna hockte sich auf die Fersen, gut ausbalanciert, und wartete. Hier draußen am Wasser erstarb das Surren der Moskitos. Sie holte so tief Luft, daß es für ein Seufzen gereicht hätte. Da die drei zwischen dem Bauholz und dem Rand des Piers gezwungenermaßen eng beieinanderhockten, bewegte ihr Atem Tinkers feine Haare, die im Licht der Hafenlampen silbern schimmerten.

Tinker sagte: »Ich weiß. Es liegt nicht mal so sehr am Rauch, es liegt hauptsächlich an den vielen unterdrückten Bedürfnissen. Da kriegt man schlecht Luft.«

Überrascht mußte Anna feststellen, daß sie genau verstand, was Tinker damit meinte. Die Luft in der Lodge war so dick, daß man sie hätte mit dem Messer schneiden können, und das nicht nur wegen Butkus' endloser Zigarettenqualmerei. Es waren die unerfüllten Wünsche, die aufgeschobenen Hoffnungen, die tief verwurzelte Unzufriedenheit, die einem die Luft zum Atmen nahmen.

»Lauter Leute, die zusammen sind, weil sie es müssen, nicht weil sie es wollen«, meinte Anna. »Da werden merkwürdige Bündnisse geschlossen.«

»Ja«, bestätigte Damien geheimnisvoll.

In der Sicherheit des Schattens, den der Holzstapel warf, grinste Anna. Hätte jemand anderes sie hierhergeschleppt, um Spion zu spielen, hätte sie sich höchstwahrscheinlich geärgert. Aber Tinker und Damien hatten etwas Rührendes an sich. Obwohl die beiden ihr exzentrisch, ja theatralisch vorkamen, schienen sie ein gutes Herz zu haben – als wäre das, was sie taten, nur ihre persönliche Art, mit einer komplizierten Welt zurechtzukommen. Bei ihnen hatte Anna genausowenig das Gefühl von Zeitverschwendung wie bei den Seetauchern, die sie morgens weckten.

Sanfte, naive Menschen waren irgendwie eher ein Teil der Natur als die gierige Masse.

»Was gibt's denn für ein Problem?« fragte Anna.

»Wir glauben, daß Scotty seine Frau gegessen hat«, verkündete Tinker.

3

Endlich hatte sich Anna wieder einigermaßen gefaßt. Sie saß auf dem Fußboden von Tinkers und Damiens Zimmer in dem alten Haus knapp einen Kilometer vom Hafen entfernt. Da es für andere Zwecke zu verfallen war, hatte man es kurzerhand in eine Unterkunft für die Saisonarbeiter umgemodelt. Mindestens ein Dutzend Kerzen brannten, aber nicht einmal ihr Glanz konnte die schäbige Schimmel- und Linoleum-Atmosphäre gänzlich vertreiben. Tinker, deren Haare im Kerzenlicht schimmerten, goß Kräutertee in kleine Schalen, die nicht zusammenpaßten.

»Nur natürliche Zutaten«, versicherte sie Anna, als sie ihr eine rotlackierte Schale überreichte. »Damien und ich haben alles hier und auf Raspberry Island gesammelt.«

Molchesaug' und Unkenzehe, dachte Anna, aber sie nahm trotzdem einen Schluck, um nicht unhöflich zu wirken. Der Tee schmeckte nach Minze und Honig, mit einem leichten Beigeschmack, der sie an den Duft frisch gefallener Blätter erinnerte. Anna bezweifelte, daß sie um eine zweite Tasse bitten würde, auch wenn der Trank durchaus nicht ungenießbar war. Das seltsame Gebräu, der Knabe im schwarzen Umhang, das Kerzenlicht, all das versetzte sie zurück in andere Zimmer aus früheren Zeiten: der Qualm von Räucherstäbchen, Dunkelheit, Bettüberwürfe mit indischen Mustern – damals hatte man Tee und Kuchen mit ganz anderen Sachen verfeinert, nicht bloß mit wilden Erdbeerblättern. Sie schob die Teeschale beiseite, zusammen mit den Erinnerungen an die schlechten alten Zeiten.

»Also. Ihr habt Scottys Frau – Donna – seit ein paar Tagen nicht mehr gesehen?«

»Seit sieben Tagen«, verbesserte Damien, und aus seinem Mund klang es wie Donna Butkus' Totenglocke. Tinker nickte, und ihre Altweibersommer-Haare wehten leise im warmen Luftzug der Kerzen.

»Sieben«, wiederholte Anna sachlich.

»Hinter den Docks gibt es ein dichtes Waldstück mit jungen Fichten. Dahinter liegt eine kleine Bucht, wo kaum jemand hingeht. Donna hat dort morgens immer die Enten gefüttert.«

Anna hob eine Augenbraue. Das Füttern freilebender Tiere war strikt untersagt.

»Ja, ich weiß, das war nicht richtig, und wir haben's auch noch ausgenutzt«, gab Tinker auch sofort zu. »Manchmal sind Damien und ich nämlich später am Tag hingegangen und haben die Vögel beobachtet, die ihretwegen gekommen sind.« Wieder war Anna erstaunt, wie mühelos die Verständigung klappte. Tinkers Gedanken waren für sie wie ein offenes Buch. Entweder das, oder Anna selbst ließ sich leichter durchschauen, als ihr lieb war.

»Wir haben einen Rothalstaucher gesehen, und einmal ist sogar eine schwarze Trauerente zum Fressen erschienen.« Zum erstenmal klang Damien wie ein kleiner Junge. Vögel waren offenbar seine große Leidenschaft.

»Letzten Mittwoch nach dem Frühstück sind wir auch zum Vögelbeobachten in der Bucht gewesen. Von Donna keine Spur. Da hatten wir zum ersten Mal den Verdacht, daß sie verschwunden ist«, erklärte Damien.

»Vielleicht hatte sie die Enten früher gefüttert und war schon wieder weg«, gab Anna zu bedenken.

Doch Damien schüttelte unheilvoll den Kopf. »Du weißt noch nicht alles. Die Enten haben auf Donna gewartet.« Jetzt war der Junge verschwunden und der Zauberer wieder da.

»Habt ihr Scotty gefragt, wo sie ist?«

»Er hat behauptet, sie hätte Grippe. Angeblich war sie zu Hause, hat sich Familienserien im Fernsehen angesehen und Orangensaft getrunken«, antwortete Tinker, als wäre diese Erklärung so an den Haaren herbeigezogen, daß man sie nicht mal einem Kind weismachen konnte. Dabei faltete sie ihre langen, schmalen Finger anmutig um ihre Teeschale und hob sie an die Lippen. Aber nicht, um zu trinken, sondern nur, um den süß duftenden Dampf einzuatmen.

Vielleicht überschritten O-Saft und *Jung und leidenschaftlich* für Tinker die Grenzen des Erlaubten. »Wenn man die Serien gegen ein paar alte Jimmy-Stewart-Filme austauscht, würde ich genau das gleiche tun, wenn ich Grippe hätte«, entgegnete Anna. »Was ist daran auszusetzen?«

»Hier grassiert momentan aber keine Grippe«, sagte Damien kategorisch.

»Donna hatte versprochen, mir die Haare zu schneiden«, ergänzte Tinker. »Als Gegenleistung wollte ich ihr beibringen, wofür man die einheimischen Kräuter auf der Insel benutzen kann. Nur für Kleinigkeiten natürlich – nichts Gefährliches«, beruhigte sie Anna, die sich überhaupt nicht aufregte. »Nur Haarspülungen und Gesichtsmasken, Erkältungstees, all so was. Und auf einmal läßt sie nichts mehr von sich hören. Kein Wort. Keine Nachricht. Da haben wir ...« Hilfesuchend sah sie ihren Ehemann an. Offenbar betrat sie an dieser Stelle unsicheres Terrain.

»Wir haben eine Überwachung durchgeführt, die uns aufgrund der ernsten Lage unumgänglich schien«, sagte Damien mit fester Stimme. Der Ton, in dem er diese Erklärung abgab, erinnerte Anna an das freundliche, aber unnachgiebige »Weil ich es gesagt habe«, mit dem Schwester Judette vor der 69er-Abgangsklasse stets so effektiv ihre Anordnungen begründet hatte.

»Ihr habt also das Haus beobachtet«, sagte Anna und achtete sorgfältig darauf, daß die Feststellung möglichst neutral klang. »Und?«

»Nichts«, bestärkte Damien die Erläuterungen seiner Frau. »Weder tags noch nachts. Wir haben Donna kein einziges Mal zu Gesicht gekriegt.«

Einen Moment lang herrschte Schweigen. Die Spannung stieg. Aber Anna zweifelte keinen Augenblick daran, daß die beiden die Wahrheit sagten.

»Und dann das hier.« Tinker ging zu einem Bücherregal aus Brettern und Backsteinen, das vollgestopft war mit Nachschlagewerken und Handbüchern über Vögel, Fledermäuse, eßbare Pflanzen, Kräuter und Säugetiere auf der Isle Royale; dazwischen lagen Steine, Knochenstücke, getrocknete Blumen und Kerzenstummel herum. Unter dem Regal zog sie einen kleinen Glasbehälter hervor, der so sauber aussah wie poliert, nahm ihn auf die Handfläche und hielt ihn Anna unter die Nase.

Anna wollte ihn nehmen, doch in letzter Sekunde zögerte sie. »Darf ich?« fragte sie, denn das schien zu den zeremoniellen Handlungen zu gehören, die für Tinker und Damien selbstverständlich waren.

»Ja«, erwiderte Damien förmlich. »Wir hätten uns ja gar nicht an dich gewandt, wenn wir keine Beweise dafür hätten, daß Scotty wirklich seine Frau gegessen hat. Immerhin ist so was ein schwerwiegender Vorwurf.«

Vorsichtig nahm Anna das Glas aus Tinkers Hand und hielt es ins flackernde Licht. Es war ungefähr zehn Zentimeter hoch, unten breiter als oben, und ein Gewinde verriet, daß einmal ein Schraubdeckel dazugehört hatte. Falls es einmal ein Etikett besessen hatte, war es spurlos entfernt worden.

»Ein Schraubglas«, meinte Anna verständnislos.

»Ein Mixed-Pickles-Glas . . .«, half Damien nach.

Anna bekam plötzlich ein umnebeltes Gefühl im Kopf. Hatten sie ihr doch etwas in den Tee gemischt? War Tinker doch eine selbsternannte Hexe? Und Damien ein junger Zauberer in spe? Oder waren die beiden einfach nur ein Exzentrikerpärchen, gutherzige Spinner, wie Anna bisher geglaubt hatte? Soviel war sicher: Sie verstand bei weitem nicht alles, was die beiden von sich gaben. Falls sie tatsächlich ein Puzzle zusammensetzen wollten, reichte Annas Phantasie nicht aus, um sich ein Bild auszudenken, in das die angebotenen Teilchen hineinpaßten.

»Ein Mixed-Pickles-Glas«, wiederholte sie dumpf.

»Heinz«, fügte Tinker hinzu.

»Und« – Damien deutete auf das kleine Glas, als wäre es etwas Unreines – »es ist kein Einzelfall. Bei der letzten Lebensmittelbestellung, die Scotty an Bob's Food geschickt hat, war ein ganzer Karton Mixed Pickles.«

Die ISRO-Angestellten bestellten einmal pro Woche ihre Lebensmittel, und zwar schickten sie Listen an verschiedene Geschäfte in Houghton. Jeden Dienstag wurden die Nahrungsmittel dann auf der *Ranger III* zur Insel transportiert.

»Ne ganze Menge Mixed Pickles«, meinte Anna und überlegte dabei, welcher Theorie sie damit wohl Vorschub leistete. »Verstehe ich recht, daß ihr euch Scottys Bestellung angesehen habt?«

»Sie lag im Müll«, erklärte Tinker.

Durch das Fenster mit dem Fliegengitter hörte Anna gedämpftes Lachen – von der abgestumpften Sorte, die der Genuß von Wodka nach sich zieht. Anscheinend war die Trail Crew noch zu später Stunde bei der Party aufgetaucht, und jetzt torkelten die Männer zurück zu ihren Booten, um sich auf den Rückweg zur Insel Mott zu machen, wo ihre Schlafbaracke stand.

Plötzlich wurden die Stimmen laut und zornig: allem Anschein nach eine Rauferei, die aber rasch geschlichtet wurde. Auf Mott herrschten recht lockere Sitten, aber hier im Touristenzentrum sorgte man dafür, daß die Saufbrüder nicht allzuviel Remmidemmi veranstalteten.

Kurz darauf gab es wieder heftige Beschimpfungen. Der Name »Rock Harlem« paßte im Augenblick jedenfalls sehr gut. Einen Moment fühlte sich Anna, als hätte es sie in eine Kellerwohnung in einer miesen Gegend von New York verschlagen. Ihr wurde richtig schwindlig.

»Ihr habt also seinen Müll durchwühlt.« Diesmal machte sich Anna nicht die Mühe, ihre Stimme zu zensieren. Allmählich ging ihr die Geschichte doch ziemlich auf die Nerven. Mit einiger Anstrengung gelang es ihr, sich auf Tinkers Gesicht zu konzentrieren. Tinker sah gekränkt aus. Sogar ihre Haare hingen traurig herunter. Eine vom eisigen Wind gebrochene Blüte. Anna bekam Gewissensbisse, die sie jedoch geflissentlich ignorierte.

»Wir haben verwertbare Rohstoffe gesucht«, erklärte Damien steif. »Der Müll der Familie Butkus liefert durchschnittlich sieben bis zehn Pfund wiederverwertbares Glas und Aluminium.« Er redete wie eine Umweltbroschüre.

»Kann ich mir vorstellen«, meinte Anna. Scotty war bestimmt ein unerschöpflicher Quell für Dosen und Flaschen. Mixed Pickles waren ja nicht das einzige, was er kartonweise kommen ließ. Diese Gedankenwiederholung half ihr endlich auf die Sprünge. »›Siebenundzwanzig Gläser Mixed Pickles‹!« rief sie. Das war der Titel einer Kurzgeschichte, und die handelte von einem Mörder, der alle Indizien aus der Welt schafft, indem er die Leiche seiner Frau verzehrt – mit Mixed Pickles als Beilage.

»Das glauben wir jedenfalls«, sagte Tinker. Ihr Gesicht

hatte sich aufgehellt, sobald sie spürte, daß sich Annas Mißbilligung wie eine dunkle Wolke verzogen hatte.

Während es Anna allmählich dämmerte, lichtete sich auch der Nebel in ihrem Kopf, und sie schämte sich ein wenig, daß sie die beiden verdächtigt hatte, ihren Naturtee mit Drogen versetzt zu haben. Um Tinker von dieser nie ausgesprochenen Anschuldigung reinzuwaschen, nahm sie gleich einen Schluck aus ihrer Schale. Kalt schmeckte das Getränk stärker nach Erde und Holz als nach Minze und Honig. Anna stellte die Schale weg.

»Ihr habt also Enten, die vergeblich auf ihr Futter warten, und ein leeres Mixed-Pickles-Glas«, faßte Anna das Beweismaterial zusammen. Sie merkte, daß sie sich etwas abrupt anhörte, aber sie war plötzlich hundemüde. Unter ihrem Hemdkragen juckte der Sonnenbrand, und der Kerzenqualm trieb ihr Tränen in die Augen.

»Wir haben auch noch Fotos«, sagte Damien. Er stand auf, wobei er sein wadenlanges Cape gefährlich dicht an den Kerzenflammen vorbeiwirbelte, und zog eine Blechschachtel aus dem Chaos von Taschen und Schachteln auf dem oberen Doppelstockbett.

Annas Interesse erwachte wieder. Sie streckte den Rücken und ermahnte sich, aufrechter zu sitzen.

»Dafür brauchen wir leider künstliches Licht«, entschuldigte sich Damien. Anna war ihm sehr dankbar; ein bißchen gesundes grelles Licht aus der Deckenlampe war ihr nur recht. Doch die Enttäuschung folgte auf dem Fuß: Damien angelte eine Taschenlampe aus dem oberen Bett. Anna konnte sich einen kleinen Seufzer nicht verkneifen – eigentlich war es eher eine kaum spürbare Veränderung in ihrem Atemrhythmus –, aber Tinker bemerkte es trotzdem. Sie legte einen schmalen Finger auf Annas Arm, als wollte sie ihr etwas von ihrer unerschöpflichen Geduld abgeben. Oder von ihrem Vertrauen.

Damien ließ sich wieder im Schneidersitz auf dem Boden nieder. Das schwarze Cape bauschte sich um seine Knie und senkte sich dann wie schwarzer Nebel auf sie herab. Langsam öffnete er die Schachtel, aber so, daß Anna nur den Deckel und nichts vom Inhalt sehen konnte. Nach einigem Kramen im Licht der Taschenlampe zog er zwei Fotos heraus. Einen endlosen, irritierenden Moment lang betrachtete er sie, dann reichte er Anna eins davon.

Sie nahm es zusammen mit der Taschenlampe aus seiner Hand. Auf einer Polaroidaufnahme war Scotty Butkus in seiner NPS-Uniform auf dem Dock in Houghton zu sehen. Hinter ihm erhob sich wie eine blaue Wand der Rumpf der *Ranger III*. Auf dem Pier standen jede Menge Koffer, Kisten und Kanus herum. Offensichtlich war das Bild gemacht worden, als das Schiff beladen wurde, am Tag, an dem die meisten Angestellten auf die Insel zogen.

»Und jetzt sieh dir das mal an.« Damien überreichte Anna das zweite Foto.

Pflichtschuldig richtete sie den Strahl der Taschenlampe darauf: Scotty Butkus, der sich an die Wand des Freizeitzentrums auf Mott Island lehnte. Er trug Jeans und ein weißes Unterhemd mit V-Ausschnitt. In der rechten Hand hielt er eine Flasche, vermutlich Mickey's Big Mouth. Die Espen trugen ihr volles Laub, und im Hintergrund konnte Anna gerade noch kanadischen Hartriegel in voller Blüte erkennen. Der Hartriegel hatte erst letzte Woche angefangen zu blühen. Demzufolge mußte das Foto jüngeren Datums sein.

»Soll ich auf was Besonderes achten?« erkundigte sie sich.

Jetzt konnte Tinker nicht mehr länger an sich halten; sie beugte sich über Annas Arm und deutete auf Butkus' Bauch. »Guck doch mal, wie fett er auf diesem Bild ist. Wie ne Tonne. Er hat mindestens fünfzehn Pfund zugenommen.«

Scotty war tatsächlich dicker. Der Bauch hing ihm über den Gürtel, sein Gesicht war aufgedunsen. Anna knipste die Taschenlampe aus und gab sie Damien zusammen mit den Fotos zurück. »Nehmen wir mal an, daß Scotty – aus welchem Grund auch immer – seine Frau ermordet hat«, begann sie nachdenklich, »ist es dann nicht seltsam, daß er sie ausgerechnet gegessen haben sollte, wo er jederzeit Zugang zu einem Boot hat und ringsum kilometerweit von Wasser umgeben ist?«

»Nicht wenn er die Reinkarnation von Charlie Mott ist«, widersprach Damien triumphierend. Erwartungsvoll blickten die beiden Anna an – Zwillings-Perry-Masons, die ihr gerade den entscheidenden Schlag versetzt hatten.

Anna rieb sich das Gesicht. »Könnten wir vielleicht das Licht anmachen?«

Gehorsam sprang Damien auf und knipste die Deckenlampe an. Die geheimnisvolle Atmosphäre verflüchtigte sich im Nu. Eine Weile blinzelten sich alle drei an wie verschlafene Eulen.

»Ich werde mir das genau durch den Kopf gehen lassen«, versprach Anna und stand mühsam auf. Ihre Beine waren vom langen Sitzen ganz taub. »Ich muß jetzt wirklich ins Bett. Danke für den Tee.«

»Du kannst gerne hier bleiben«, sagte Tinker. »Damien und ich schlafen auf dem unteren Bett.«

Damien nahm seine Frau bei der Hand. Beide lächelten, und Anna fühlte sich scheußlich einsam.

»Ja, bleib doch«, sagte Damien. »Du kannst bei Oscar schlafen, wenn dir der Zigarrenqualm nichts ausmacht. Hin und wieder mag Oscar ein bißchen Gesellschaft.«

Zwar wußte Anna, daß die Unterbringung der Saisonarbeiter des National Park Service ziemlich beengt war, aber dieser Vorschlag schockierte sie trotzdem. Die Betten waren kaum breit genug für einen einzelnen Erwachsenen. »Ich schlafe lieber auf der *Lorelei*«, sagte sie. »Trotzdem vielen Dank.« Sie packte ihren Rucksack und machte sich auf den Weg zur Tür.

»Oscar sagt, du kannst jederzeit auf das Angebot zurückkommen.« Anna folgte Tinkers Blick zu dem Chaos auf dem oberen Bett. Zwischen zwei Schachteln funkelte ein Knopfaugenpaar hervor. Der kleine Plüschbär hatte eine ramponierte rote Schleife um den Hals und einen freundlichen Gesichtsausdruck.

»Danke«, entgegnete Anna, ohne recht zu wissen, ob sie damit Tinker oder den Teddy meinte. Dann floh sie hinaus in die ernüchternd kühle Nachtluft.

Wie die Wüste im Südwesten war auch die nördliche Seenlandschaft ein Ort der Extreme. Anna stolperte durch den stockdunklen Wald, als wäre sie blind, und als sie dann zwischen Wald und Dock auf den offenen Küstenstreifen kam, blendete sie ein so helles Licht, daß sie sich unwillkürlich umdrehte und nach einem Fischerboot mit Suchscheinwerfer Ausschau hielt. Statt dessen aber entdeckte sie nur den Mond. Er schien in dieser Gegend heller als irgendwo sonst und half einer uralten Übertreibung, doch noch wahr zu werden: Ein Mensch mit scharfen Augen konnte in seinem Licht tatsächlich die Zeitung lesen.

Die *Lorelei* lag im Betondock des NPS, an Bug und Heck vertäut. Anna ging an Bord und öffnete die Kajütentür. Die *Lorelei* war das Zwillingsschiff der *Belle Isle*. Am vorderen Ende der Kajüte, zwischen zwei hohen Sitzen, führte eine Stufe zu einer schmalen Tür. Anna duckte sich und gelangte so in den dreieckigen Bugraum. Unter den gepolsterten Bänken, die das Schott säumten, befanden sich zwischen Leuchtraketen, Ersatztau und der Erste-Hilfe-Ausrüstung die Reserveschlafsäcke der *Lorelei*.

Sie hakte den Lukendeckel auf und klemmte ihn fest. Hier, wo ihr alles so vertraut war, würde das Mondlicht sicher ausreichen. Jedenfalls wenn District Ranger Pilcher ein etwas ordentlicherer Mensch gewesen wäre. »Schweinestall«, brummte sie, während sie sich mühsam einen Platz freiräumte und den nach Schimmel riechenden Schlafsack ausrollte. Alles roch feucht und fühlte sich kalt an. Ohne sich auszuziehen, schlüpfte sie in den Schlafsack und strampelte eine Weile energisch mit den Füßen, um sich aufzuwärmen.

Während sie die stinkende Decke unters Kinn zog, starrte sie durch die Luke in den Himmel hinauf. Siebzehn Sterne funkelten in dem zwanzig mal vierzig Zentimeter großen Rechteck. Sie schimmerten nicht wie die Sterne in der Wüste, sondern glühten kalt und stetig: Lichter, nach denen sich die Seefahrer orientieren konnten. In den Wäldern des Nordens schienen die Sterne ganz nah, aber sie waren nicht freundlich, keine Engelsaugen, die über schlafende Kinder wachten.

Allmählich wurde der Schlafsack ein bißchen wärmer, aber es war eine feuchte Wärme, die im kältesten Teil der Nacht klamm werden würde, das wußte Anna. Dann würde sie fröstelnd und mit am Körper klebenden Klamotten aufwachen. Bei Oscar hätte sie wenigstens nicht gefroren.

Ihre Gedanken kehrten zu Tinker und Damien zurück. Tinker war Mitte Dreißig – wahrscheinlich fünf oder sechs Jahre jünger als Anna –, aber sie wirkte so kindlich. Sie und Damien, mit Cape und Kerzen und Teddybären – sie spielten ein Spiel, an das sie selbst ganz sicher glaubten. Ein Spiel, bei dem Horror mehr mit Spannung zu tun hatte als mit Albträumen, ein Spiel, in dem Gefahr und Abenteuer identisch waren.

Und Scotty Butkus die Reinkarnation von Charlie Mott? Anna lachte laut in der Dunkelheit. Die Geschichte von Charlie und Angelique Mott war auf der Insel wohlbekannt. Erzählungen von Kälte und Kannibalismus waren im Nordwesten ohnehin nichts Ungewöhnliches. Das andere Ende der Insel hieß Windigo, nach dem legendären fleischfressenden Geist. Modernes Denken sah in Windigo ein Symbol für die Kälte, die Einsamkeit und den Hunger, die einen Sterblichen erwarteten, wenn er dem nördlichen Winter die Stirn bot. Aber manche glaubten noch immer, daß der Windigo herumflog, stöhnte und hie und da einen besonders Unvorsichtigen verspeiste.

Charlie Mott war sozusagen der menschgewordene Windigo. Die Geschichte war übrigens wirklich passiert. Zusammen mit seiner Frau war Charlie ohne Proviant auf Mott Island zurückgelassen worden, und im Lauf des Winters hatte er seine Frau mit einer ganz neuen Begierde betrachtet, die jeden Tag heftiger wurde – durchdringend wie ein Schlachtermesser. Schließlich war seine Frau vor ihm geflohen und hatte sich in einer Höhle versteckt. Charlie war erfroren, aber die unerbittliche Kälte hatte seinen Körper in der Hütte konserviert. Angelique hatte überlebt, indem sie mit einer Schlinge, die sie aus ihren eigenen Haaren geflochten hatte, Kaninchen fing.

Machte Scotty etwa einen ausgezehrten, hungrigen Eindruck? Tinker und Damien glaubten das, und sie sahen den Beweis in der dicken Speckrolle um Scottys Bauch.

Am nächsten Morgen, nahm Anna sich vor, wollte sie sich ein bißchen mit Butkus unterhalten, ein bißchen herumschnüffeln und nach Möglichkeit in Erfahrung bringen, wo Donna steckte, ehe Tinker und Damien sich Scotty unwiderruflich zum Feind machten. Trotz seiner scheinbaren kumpelhaften Bonhomie stand er nämlich in dem Ruf, Leuten, die ihm nicht paßten, ein Messer in den Rücken zu stoßen. Und Anna wollte nicht, daß jemand Tinker oder Damien weh tat.

Sie dachte an die beiden, die jetzt nebeneinander in ihrem schmalen Bett lagen, zusammengekuschelt wie Kätzchen. Heute war genau die richtige Nacht, sich an jemanden zu kuscheln.

In Texas hatte es einen Mann gegeben, Rogelio, an den sie sich in heißen Nächten kuscheln konnte. Kein Zachary zwar, keiner, mit dem sie ihr Leben – oder ein schmales Doppelstockbett – teilen wollte, aber ein guter Mann. »Ein warmer Körper«, sagte sie zu den Sternen. »So was könnte ich im Moment gut gebrauchen.«

Vielleicht hatte Molly ja recht, vielleicht war die Zeit gekommen, Zacharys Asche in den Wind zu streuen, sie dem See zu übergeben. Anna lächelte. Zach hätte diese öde Wasser- und Waldlandschaft nicht gefallen. Er hätte gewollt, daß sie seine Asche an Neujahr über Manhattan verteilte. »Dann wärst du wenigstens am Broadway«, sagte Anna zu ihrer Erinnerung.

Der See, oder jedenfalls der Hafen, meinte es gut mit ihr. Er wiegte sie sanft in den Schlaf, bevor sie anfangen konnte, allzu intensiv nachzudenken.

4

Anna erwachte groggy und verklebt. Das Verwaltungsgebäude auf Mott Island besaß eine Angestelltendusche, die Gäste und Backcountry Rangers benutzen konnten, wenn sie eine Nacht in der »Großstadt« verbrachten. Anna paddelte mit dem Kajak die paar Meilen die Fahrrinne hinunter und gönnte sich eine heiße Dusche, bei der sie genügend Wasser verschwendete, um sich auf ewige Zeiten einen Platz in der Ehrenhalle der Umweltschützer zu verscherzen. Aber es lohnte sich. Die Hitze ließ den Schimmel verdampfen, den Anna schon auf ihren Haaren wachsen fühlte, wusch den Schweiß, das Mückenspray und das Sonnenöl von ihrer Haut.

Abgetrocknet und erfrischt, gab sie noch eine Tasse Kaffee aus der Kanne, die in der Zentrale immer warmgehalten wurde, und wanderte dann hinaus aufs Dock, um ihn im schwächlichen Sonnenlicht zu genießen. Es war ein schöner Tag, der warm zu werden versprach. Jedenfalls für hiesige Maßstäbe: um die fünfzehn Grad. Eine westliche Brise, die nach Tannennadeln und dem Lehmboden der nördlichen Wälder duftete, wehte leise über die Insel.

Anna lehnte sich gegen den warm werdenden Beton des Kais und schloß die Augen.

Als sie beim letzten Schluck angekommen war – dem Milchpulverschaum, der am Styropor festklebte –, entdeckte sie, wie Scotty Butkus aufs Dock gestampft kam. Sofort fiel ihr das Versprechen ein, das sie Tinker und Damien gegeben hatte.

Wie immer, wenn er seine Uniform anhatte, sah Scotty aus wie aus dem Ei gepellt. Die Falten in seinem Hemd wirkten wie gebügelt, nicht als hätte er es gerade rechtzeitig aus dem Trockner gefischt, bevor es nicht mehr knitterfrei, sondern endgültig zerknittert war. Sein Messingabzeichen funkelte, und seine Cowboystiefel waren so blank poliert, daß man sich in ihnen spiegeln konnte.

Diese Stiefel waren absurd. Kilometerweit im Umkreis gab es kein einziges Pferd, und auf den Schiffen waren nur weiche

Schuhe mit weißen Sohlen erlaubt – alles andere hinterließ unerwünschte Spuren auf Deck. Aber Scotty ging mit seinen Stiefeln auch an Bord der *Cisco* – das leichte Motorboot, mit dem er den Hafen patrouillierte. Selbst auf der *Lorelei* hatte er sie angehabt, als Anna mit ihm und dem District Ranger nach Windigo gefahren war.

Außerdem trug Scotty immer seine Dienstwaffe. Wegen der niedrigen Verbrechensrate und der stets gegenwärtigen Gefahr des Ertrinkens wurde es den Mitarbeitern auf der ISRO freigestellt, ob sie ihre Waffe trugen oder nicht. Butkus war der einzige Ranger, der das schwere Ding mit sich herumschleppte. Als Zugeständnis an die Sicherheit auf dem Wasser hatte er einen Kompromiß geschlossen, der allen Regeln zuwiderlief: Er trug nicht den vorgeschriebenen Gürtel mit Handschellen, Ersatzmunition und Halfter, sondern nur die Pistole in einem leichten Halfter direkt am Hosengürtel.

Cowboy, dachte Anna. Die Kanone ist sowieso nur Show.

Sie hatte sich oft gefragt, weshalb Pilcher nie ein Wort über die Stiefel verlor und warum Lucas Vega ihn nicht dazu brachte, sich an die Vorschriften zu halten. Doch dann hatte ihr Christina, die als Teilzeitsekretärin im NPS-Hauptbüro in Houghton arbeitete, erzählt, weshalb die hohen Tiere Scotty mit Samthandschuhen anfaßten. Beim Abtippen des Protokolls über das letzte Treffen des Komitees für Chancengleichheit hatte sie entdeckt, daß Scotty die ISRO verklagt hatte, weil man ihm auf seine Bewerbung hin nicht Pilchers Posten gegeben hatte. Er warf dem Park vor, ihn wegen seines Alters zu diskriminieren.

Daß er sich geweigert hatte, die Langstreckennavigation »Loran« zu lernen, die jetzt zur Ausstattung aller Bertrams gehörte, und daß er seine Tauchlizenz einfach hatte verfallen lassen, waren für ihn lediglich Lappalien.

Anna lächelte. Sie wußte zuviel über Scotty Butkus. Es war vorteilhaft, wenn man einen Insider kannte.

»Morgen, Scotty«, begrüßte sie ihn und legte die Hand schützend über die Augen, um ihm gegen die Sonne ins Gesicht blinzeln zu können.

»Morgen. Freier Tag heute?«

Anna nickte. Scotty machte keinen besonders fitten Eindruck. Sein Gesicht war grau und aufgedunsen, seine Augen blutunterlaufen, die Haut an seinem Hals hing schlaff herunter. Man sah ihm an, daß er zuviel trank, zuwenig schlief und momentan auch noch einen Mordskater hatte. Anna bezweifelte, daß er seine Frau gegessen hatte. In seiner Verfassung konnte er wahrscheinlich kaum einen Vanillejoghurt bei sich behalten – von einer Frau ganz zu schweigen.

»Wo ist Donna?« erkundigte sich Anna. »Ich hab sie lange nicht gesehen. Sie hat sogar Dennys Party verpaßt.«

»Der Teufel soll Denny holen!« explodierte Scotty. Der Ausbruch kam so unerwartet, daß Anna den letzten Schluck Kaffee auf ihr Hosenbein kippte. »Hat dieser Scheißkerl dich etwa auf mich angesetzt? Sag ihm, er soll sich doch zur Abwechslung mal um seine eigene gottverdammte Frau kümmern.«

»Nein«, erwiderte Anna ruhig. »Denny hat mich nicht geschickt. Ich wollte nur ein wenig plaudern. Warum? Was sollte Denny denn rauskriegen wollen, was er dich nicht selbst fragen kann?«

Scotty antwortete eine ganze Weile nicht. Mit erstaunlicher Behendigkeit sprang er auf die *Cisco*. Er brachte sich mit dem Alkohol und den Zigaretten allmählich um, aber seine körperliche Stärke hatte er bis jetzt noch nicht eingebüßt. Sein Oberkörper sah kräftig aus, seine Arme muskulös.

Ausführlich kontrollierte er den Benzinstand, die Taue und mehrere andere Sachen, die bestimmt keiner Kontrolle bedurften. Anna spürte, daß er darauf brannte, ein wenig zu tratschen, endlich etwas loszuwerden, was ihm schon lange unter den Nägeln brannte. Sie beobachtete ihn schweigend.

»Dieses Arschloch hat Donna belästigt. Sie hat ihm nen Floh ins Ohr gesetzt, bei Gott«, sagte er schließlich und grinste schief in sich hinein. Anna hätte schwören können, daß sie das aus alten Randolph-Scott-Filmen kannte. »Die Kleine, die er jetzt ausgenutzt und geheiratet hat, muß sich auf einiges gefaßt machen, wenn sie mit dem Kerl zusammen ist.«

»Ist Donna deshalb nicht zum Empfang erschienen?« beharrte Anna.

Auf einmal machte Scotty ein verschlagenes Gesicht und kniff die Augen zusammen, als wäre er eine Comicfigur. Verdächtig, fand Anna, aber vielleicht schlug auch nur sein Kater von neuem zu. »Donna ist aufs Festland gefahren. Ihre Schwester Roberta hat's mit der Bandscheibe. Donna kümmert sich um die Kinder, bis sie wieder auf den Beinen ist.« Damit drehte er den Zündschlüssel, und augenblicklich reagierte die *Cisco* mit einem ratternden Rasenmähergeräusch. Anna ging zu den Tauen und band sie los. »Bis dann!« rief Scotty, als Anna ihm die Seile zuwarf. Ohne sich noch einmal umzusehen, brauste er aus dem Hafen.

Anna hob ihren Styroporbecher auf. Es war an der Zeit, etwas mehr über Donna Butkus in Erfahrung zu bringen. Anna hatte ihren Dienst am 3. Mai angetreten, sechs Tage vor den meisten anderen Angestellten. Donna und Scotty Butkus waren ungefähr eine Woche später gefolgt. Weil Anna in Amygdaloid so weit ab vom Schuß war, hatte sie Lucas Vegas Kennenlern-Party verpaßt. Fast alles, was sie über ihre Mit-Insulaner wußte, hatte sie aus zweiter Hand durch Christinas Briefe erfahren. Als Sekretärin im Hauptquartier in Houghton war Chris immer bestens über alles informiert.

Anna trug ihre Tasse zurück zum Verwaltungsgebäude.

Mit Nordwaldromantik hatte der Architekt hier offensichtlich nichts am Hut gehabt. Das Verwaltungsgebäude sah aus, wie staatliche Bauwerke eben aussehen: ein niedriges, langweiliges Holzhaus mit einem Betonweg, einem viereckigen Rasen mit kurzgeschnittenen exotischen Grassorten und einem weißen Mast, von dem das Sternenbanner wehte. Im Innern machten Landkarten und Diagramme das Ganze auch nicht viel interessanter.

Anna passierte die Theke, die Unbefugte aufhalten sollte, und ging über den linoleumbelegten Korridor zur dritten Tür rechts. Man hörte das Brummen eines Computers, der etwas ausdruckte, und es roch nach abgestandenem Kaffee. Sandra Fox, die Sekretärin in der Zentrale der ISRO, saß mit dem Rücken zur Tür. Sie war Mitte Fünfzig, hatte kurze rote Haare und einen angenehm rundlichen Körper.

»Ich hätte gern noch eine Tasse von Ihrem leckeren Kaffee«, sagte Anna, um ihre Anwesenheit anzukündigen.

»Hi, Anna«, antwortete Sandra, ohne den Blick von der Tastatur zu wenden. »Eine Sekunde, bin gleich fertig.«

Anna setzte sich auf den Klappstuhl zwischen dem Papierkorb und der Tür und beobachtete, wie Sandras Finger über die Tasten glitten. Auf jeder Taste waren eine Menge kleiner Punkte. Ein Drucker druckte den Text in Blindenschrift, der andere normal. So was hatte Anna noch nie gesehen.

»Darf ich Delphi streicheln?« fragte Anna.

»Klar.« Sandra tippte weiter.

Sandras Blindenhund, eine siebenjährige Golden-Retriever-Hündin, die als einziges auf der Insel zugelassenes Haustier eine kleine Berühmtheit war, lag gemütlich zusammengerollt unter dem Druckertisch. Anna bückte sich und kraulte ihr die Ohren. Delphi hob eine goldene Augenbraue und blickte mit dunklen, feuchten Augen zu Anna auf. Ihr Schwanz klopfte leise auf den Boden. Die Wärme des Fells und sein vorurteilsloser Blick riefen Anna wieder einmal in Erinnerung, was für eine wichtige Rolle Piedmont in ihrem Leben spielte und was für ein guter Freund er war.

»Fertig!« Sandra seufzte zufrieden. »Also. Da hast du diese Kerle von der *Low Dollar* also flottgekriegt. Sind sie gut nach Marais zurückgekommen?«

»Vermutlich«, antwortete Anna. »An der Nordküste ist jedenfalls nichts angespült worden.« Sandra lachte. Anna wunderte sich nicht, daß sie über den gesunkenen Kahn Bescheid wußte. Sandra sah zwar nichts, aber sie wußte alles; sie hörte und registrierte jede Funkübertragung auf der Insel. Gerüchten zufolge benutzte sie ihr Gerät gelegentlich, wenn ihr langweilig wurde, auch dazu, Telefongespräche abzuhören – ihre ganz persönliche Art, sich Seifenopern zu Gemüte zu führen. Da sie ihre Meinung für sich behielt, meckerte sie deswegen niemand an.

»Kennst du eigentlich Donna Butkus, Scottys Frau?«

fragte Anna. Sie blieb auf dem kalten Linoleum sitzen, damit sie weiterhin Delphis Nähe genießen konnte.

Sandra lehnte sich in ihrem Stuhl zurück und faltete die Hände über dem Bauch, dort, wo er den grünen Stoff ihrer Uniformhose wölbte.

Sie macht sich's bequem für ein Schwätzchen, dachte Anna. Gut.

»Oh, klar. Scotty hat sie letzten August von zu Hause mitgebracht. Er und seine dritte Frau waren gut mit ihren Eltern befreundet.«

Sandra gab diese Information preis, ohne die geringste Gemütsbewegung zu zeigen, aber die Ironie machte sich trotzdem Luft, und um ihre blinden Augen erschienen Lachfältchen.

»Wie ist sie eigentlich?« fragte Anna weiter. »Tinker und Damien haben sich gestern abend über sie unterhalten. Klingt, als wäre sie eine interessante Frau.«

»Schwer zu sagen, wie jemand wirklich ist.« Sandra fand immer mehr Gefallen an ihrem Thema. Neben Funkgeräten, Telefonaten und Klatschgeschichten waren Menschen Sandras Hobby, vermutete Anna. »Sie ist ungefähr neunundzwanzig oder dreißig, dunkle Haare und dunkle Augen. Auf altmodische Art hübsch. ›Zum Anbeißen‹, hat Trixy mal über sie gesagt.«

Trixy war Leiterin des Programms für Öffentlichkeitsarbeit und auch nur im Sommer angestellt. Im Winter hatte sie einen Job als Lehrerin in Houghton. Dieses Jahr war ihr siebter Sommer auf der ISRO. Anna zuckte zusammen – daß jemand diese Frau, die nach Tinkers und Damiens Vermutung ihrem Mann als Nahrung gedient hatte, ausgerechnet »zum Anbeißen« fand.

Sandra lächelte spitzbübisch. »Das weiß ich alles natürlich nur vom Hörensagen. Ich hab's nicht mit eigenen Augen gesehen. Meine Vorstellung von Donna ist etwas weniger oberflächlich. Sie hat eine sehr sanfte Stimme, und wenn man ihr die Hand schüttelt, hat man das Gefühl, man wollte einen Schmetterling fangen – weich und flattrig, so daß man Angst kriegt, man könnte was zerquetschen. Sehr still ist sie, ich glaube, sie fühlt sich hier fehl am Platz. Alle sind so wild und reden, wie ihnen der Schnabel gewachsen ist. Trixy hat sich mit ihr angefreundet, sie sind ja beide Künstlertypen. Ich denke, sie hat Scotty verehrt wie einen Helden. Dann hat sie ihn geheiratet. Uuups!« Sandra lachte gutmütig, und Anna stimmte ein. »Warum interessiert dich das überhaupt? Hat Lucas dich beauftragt, eine Studie über Ranger-Ehefrauen zu machen?«

Anna schüttelte den Kopf. »Nein. Tinker und Damien haben Donna eine Weile nicht gesehen, und jetzt machen sie sich Sorgen. Heute morgen habe ich Scotty nach ihr gefragt, da ist er gleich in die Luft gegangen – irgendwas wegen Denny Castle. Das hat mich interessiert. Ich bin einfach neugierig.«

»Hm«, machte Sandra, als wäre diese Antwort vollkommen einleuchtend. »Die Geschichte mit Denny Castle war den ganzen Winter über Gesprächsthema Nummer eins. Er und Donna haben viel Zeit miteinander verbracht. Ich weiß nicht, ob noch mehr war, aber ein Mann, der eine dreißig Jahre jüngere Frau heiratet, muß sich doch immer auf gewisse Unsicherheiten gefaßt machen. Vor allem, wenn er nicht reich ist. Ich vermute aber, daß sich die Romanze hauptsächlich auf Dennys Seite abgespielt hat. Er hat sich ziemlich lächerlich gemacht, ist ihr überallhin nachgelaufen und so. Diese sensiblen Kerle kriegen manchmal seltsame Bedürfnisse. Mir sind da die herzlichen Rauhbeine lieber, die einer Frau nen Klaps auf den Hintern geben.«

Anna fühlte sich zu Dank verpflichtet und zeigte sich für die Informationen in gleicher Weise erkenntlich: Sie berichtete von den Einzelheiten des Empfangs. Sandra, die an dem Abend Dienst gehabt hatte, lauschte mit einer Hingabe, die den meisten Menschen schmeichelte und sie dazu verführte, ihr mehr zu erzählen, als sie ursprünglich vorgehabt hatten. Anna ging es nicht anders.

»Jo treibt sich schon lange hier rum«, meinte Sandra, als Anna fertig war. »Dauernd hat sie irgendwelche Ausreden gefunden, damit sie mit Denny arbeiten oder wenigstens mit auf die Insel kommen konnte. Seit der High-School ist sie schon hinter ihm her. Weniger freundliche Stimmen behaupten, daß sich Denny deshalb aufs Wasser begeben hat – um von ihr wegzukommen. Aber dann ist sie aufs College gegangen – mit Doppelabschluß in Süßwasser- und Meeresbiologie. ›Kein Berg ist mir zu hoch, kein Ozean zu tief‹, vermutlich was in der Art. Und jetzt hat sie ihn gekriegt«, schloß Sandra nachdenklich. »Viel Erfolg, kann ich da nur sagen.«

»Sieben-null-eins, eins-zwei-eins«, quäkte es neben Sandras Ellbogen.

»Die Pflicht ruft«, meinte sie zu Anna.

»Ich muß auch gehen.« Anna blieb gerade noch lang genug, um zu hören, weshalb 121 – das war Lucas Vega – anrief. Aber es hatte nichts mit ihr zu tun; also tätschelte sie zum Abschied noch einmal Delphi und machte sich aus dem Staub.

Donna war in Houghton und kümmerte sich um eine Schwester mit kaputter Bandscheibe.

Fall erledigt.

Tinkers und Damiens Wünschen zum Trotz war die ISRO einfach keine Brutstätte des Verbrechens. Die einzigen, die getötet wurden, waren die unschuldigen Fische, und das galt allgemein nicht nur als legal, sondern sogar als Heldentat. Anna wunderte sich manchmal, warum den Rangern in der Dienstanweisung nicht ausdrücklich empfohlen wurde, beim Anblick dieser Leichen, die einst wie schimmernde Juwelen die Tiefen des Sees belebt hatten, in Begeisterungsrufe auszubrechen.

Zur Ehrenrettung der Angler auf der Isle Royale mußte Anna allerdings zugeben, daß sie das, was sie gefangen hatten, fast immer auch selbst verzehrten – ganz im Gegensatz zu den Trophäenjägern in Texas, denen es nur um Köpfe, Geweihe und Häute ging, die sie an ihren verstaubten Wänden zur Schau stellen konnten.

Anna wartete, bis die *Ranger III* um die Mittagszeit einlief, in der Hoffnung, daß das Schiff einen Brief von Christina mitbrachte. Anna hatte sich mit ihr und ihrer Tochter Alison in Texas angefreundet. Die Wüste hatte Christina nie behagt; sie vermißte die Stadt. In der Zeit, die Anna jetzt schon auf der Insel war, hatte die *Ranger III* nie ohne einen Brief von Christina angelegt. Auch an diesem Mittwoch wartete Anna freudig gespannt, obwohl sie damit riskierte, Blake's Point in der Dunkelheit umfahren zu müssen.

Tatsächlich war ein Brief da. Anna steckte ihn gleich weg; sie wollte ihn in Ruhe genießen. Im Gemischtwarenladen von Rock Harbor kaufte sie sich ein halbes Dutzend Snikkers und zwei Leckerschmecker. Sie machte sich nicht die Mühe, Tinker und Damien Coggins-Clarke aufzusuchen. Nächste Woche war noch Zeit genug, ihnen von Donnas wunderbarer Rettung aus den Klauen des ehelichen Kannibalismus zu berichten. Die beiden konnten sich ruhig noch eine Woche an ihren Spielchen erfreuen.

Den ganzen Vormittag über brauten sich im Westen die Wolken zusammen. Weiße Cumuli scharten sich um die Greenstone Ridge und lugten über die waldigen Hänge des Mount Ojibway. Als Anna mit ihrem Kajak ablegte und auf das stille Wasser von Rock Harbor hinaussteuerte, betrachtete sie diese Entwicklung mit einiger Besorgnis. Nachmittags war nicht die richtige Zeit, auf den See hinauszufahren, aber am Nordende der Insel, das die Gletscher steinig und ausgefranst hinterlassen hatten, gab es eine Menge geschützter Buchten und Anlegeplätze. Wenn sie es schaffte, Blake's Point zu umrunden, ehe der Seegang zu heftig wurde, konnte sie in Duncan oder Five Fingers Bay Schutz suchen.

Anna legte ihre ganze Energie in die Paddelei. Zwischen dem Dock von Rock Harbor und dem Ende von Merrit Lake würdigte sie ihre Umgebung keines Blicks: Sie wollte möglichst schnell vorankommen. An der Spitze von Merrit, wo sich ihr kleines Boot zwischen Merrit im Südosten und den letzten Ausläufern der Isle Royale im Nordwesten in Sicherheit befand, legte sie eine kurze Pause ein. Vor Anstrengung schmerzte ihr rechter Ellbogen, und die Muskeln am Übergang vom Oberarm zum Rücken waren verspannt.

Die Wolken aus Richtung Thunder Bay hatten inzwischen die Insel erreicht. Auf dem See rollten die Wellen, weiße Gischt auf den Kämmen. Passage Island, das sieben Kilometer weiter draußen lag, hatte der Nebel verschlungen. Über Annas Kopf schien noch die Sonne, aber schon bald würde sie auch hier hinter den herannahenden Wolken verschwinden.

Eine ganze Weile saß sie so in ihrem Kajak und haderte mit sich, ob es klug war weiterzufahren. Einerseits konnte es passieren, daß sie, wenn sie unvorsichtig wurde oder einfach erschöpft war, den Rangers vom Rettungsdienst zu einer fetten Überstundenzahlung verhalf – die mußten schlimmstenfalls das zerklüftete Ufer nach ihrer Leiche absuchen. Andererseits stand ihr im Falle einer Rückkehr nach Rock Harbor womöglich ein weiterer nervenaufreibender Abend bevor, mit politischen Manövern und dem üblichen Klatsch, gekrönt von einer weiteren Nacht, in der sie auf Pilchers schwimmendem Schweinestall verschimmelte.

Die Entscheidung fiel ihr nicht sonderlich schwer. Anna zog die wasserdichte Manschette heraus, die wie eine Dichtung ins Kajak paßte und mit einem Band um ihren Bauch festgezurrt wurde. Wenn sie aufpaßte, mußte eigentlich alles gutgehen. Aber trocken bleiben würde sie garantiert nicht.

Noch eine Minute blieb sie sitzen, das Paddel quer überm Bug, und aß ein Snickers. Nicht ein einziges Mal hatte sie den Energieschub erlebt, auf den andere Leute schworen, wenn sie sich eine Cola oder einen Schokoriegel einverleibten, bevor sie ihr Letztes gaben, um einen Waldbrand zu löschen oder vor Einbruch der Dunkelheit noch schnell die letzten siebenhundertfünfzig Meter bis zum Berggipfel zu bewältigen. Doch es war sicher nicht der schlechteste Grund, Schokolade zu essen.

Auf dem offenen Wasser waren die Wellen inzwischen zwei bis drei Meter hoch. Die Größe des Sees hatte ihre Perspektive vollkommen verzerrt. Der Wind war nicht mehr frisch, sondern beißend. Er peitschte Regentropfen, hart wie Sandkörner, in Annas sonnenverbranntes Gesicht, daß ihr die Tränen in die Augen schossen.

Sie hielt die Nase des Kajaks direkt in den Wind und kämpfte sich vorwärts. Das Wasser trug sie hinauf, bis das Boot wie auf einer wankenden Steilklippe balancierte. Um sie her türmten sich die flüchtigen Bergketten des Lake Superior. Wie vom Gipfel eines Hügels sah Anna die Insel, die sich im Süden ausdehnte, umgeben von einem weißen Schaumkragen, wo die Wellen, die sich von Kanada aus hier hereinwälzten, an den Untiefen brachen.

Dann versank der Wasserhügel, fiel einfach in sich zusammen, als öffnete er den Weg zum Mittelpunkt der Erde. Bergwellen mit glitschigen Abhängen erhoben sich höher als das Boot, weit über Annas Kopf hinweg, immer höher, bis sie die Balance zu verlieren schienen – als wollten sie auf Anna herabstürzen und ihre jämmerliche Nußschale auf dem Boden des Sees versenken, zusammen mit den großen Schiffen, der *Glenlyon*, der *Cox* oder auch der *Monarch*, deren massiver Holzrumpf an den Palisaden zerschellt war.

Aber das Kajak kippte nicht, sondern erklomm die Hügel und glitt durch die Täler mit einer Gewandtheit, die Anna Mut machte. Sie ruderte mit regelmäßigen, tiefen Schlägen.

Ihre Schultern taten weh, ihre Ellbogen brannten. Anna trieb sich zu noch größerer Anstrengung. Es gab Zeiten, zu denen der Schmerz gehörte, Zeiten, die ohne Erschöpfung und Angst undenkbar waren: wie ein Feuer, das abgestorbenes Holz verzehrte, wie ein Wind, der die Spreu wegblies und die Trennung zwischen Körper und Geist aufhob.

In dieser Nacht teilte Anna den Lagerplatz in Lane Cove mit einem halben Dutzend Pfadfindern aus Thief River Falls, Minnesota, die nicht verstehen konnten, daß es inzwischen politisch inkorrekt war, Zweige oder junge Triebe abzuschneiden, um daraus Betten oder Campingtische zu basteln.

Die darauffolgende Nacht verbrachte sie angenehmer,

wenn auch weniger produktiv auf Belle Isle mit zwei pensionierten Lehrern aus Duluth, die jeden Sommer herkamen, um die Vögel zu beobachten.

Am nächsten Tag paddelte sie durch Pickerel Cove und Robinson Bay. Backcountry-Patrouille bedeutete, tagelang in der Wildnis zu bleiben, und das war der Teil von Annas Arbeit, für den sie lebte. Manchmal mußte sie laut darüber lachen, daß man so etwas überhaupt Arbeit nannte und ihr auch noch Geld dafür bezahlte.

Eine Stunde vor Mitternacht des dritten Tages lenkte sie das Kajak dann schließlich zum Kiesstrand von Amygdaloid. Im Westen schimmerte der Himmel hellgrün – mehr Licht brauchte Anna nicht. Über ihr erschienen die Sterne, die seltsam voreilig wirkten – als hätten sie es vor lauter Ungeduld nicht mehr abwarten können.

Anna fiel ein, daß heute der 21. Juni war, der längste Tag des Jahres. Ein paar Minuten blieb sie im Kajak sitzen, das Paddel in den Kies gedrückt, um das Boot ruhig zu halten. Ihre Muskeln fühlten sich schlapp und warm. Ihr Hintern war taub, und die Beine waren vom langen Aufenthalt im engen Bug ganz steif. Es bestanden gute Chancen, daß sie umkippen würde, sobald sie versuchte, sich aus dem Boot herauszuwinden, das sie seit acht Stunden wie einen Bodystokking am Leib gehabt hatte.

»Sie brauchen Hilfe, was?«

Ein untersetzter, rundlicher Mann stand über ihr auf dem Dock. Er sah kanadisch aus. »Voyageur« war die beste Beschreibung, die Anna bisher dafür eingefallen war. Viele kanadische Angler, die auf die Insel kamen, hatten den kräftigen, kompakten Körperbau der Voyageurs, die Anna in Holzschnitten aus Pelzhändlerzeiten gesehen hatte. Und was noch verräterischer war: Der Mann sprach mit einem unverkennbaren kanadischen Akzent.

»Wär nicht schlecht«, sagte sie.

Geschmeidig wie eine Katze sprang er die anderthalb Meter vom Pier herunter auf den Strand. Anna löste das Band der Manschette um ihren Bauch. Der Mann packte sie unter den Armen, hob sie aus dem Kajak und setzte sie auf dem Dock ab, mühelos, als wäre sie die fünfjährige Alison.

»Danke.« Anna rollte sich auf die Seite, ging auf alle viere und stemmte sich schließlich auf die Füße.

»Ich bin Jon. Sind Sie hier der zuständige Ranger?« erkundigte sich der Kanadier. Inzwischen war er neben Anna aufs Dock gesprungen.

»Mehr oder weniger.« Anna humpelte das Dock hinauf wie eine alte Oma. »Morgen bin ich's wieder ganz.«

»Die Ranger-Station ist geschlossen, was?« Jon folgte ihr vom Dock herunter und beobachtete, auf einem Fels balancierend und die Hände in den Taschen, wie sie das Kajak an Land zog.

»Jawoll. Morgen früh um acht wird aufgemacht.« Anna angelte ihren Rucksack aus dem Boot und begann den Aufstieg zu ihrer Hütte und einem Bett mit sauberen Flanellaken.

Aber der Kanadier blieb ihr auf den Fersen. »Ist es zu spät, um noch eine Tauchgenehmigung zu bekommen? Wir wollen morgen ganz früh loslegen.«

Anna streckte die Waffen. Schließlich hatte er sie aus dem Kajak geklaubt und ihrer triumphalen Kajaktour ein schändliches Ende erspart. »Ich schreibe Ihnen die Genehmigung aus. Aber lassen Sie mir einen Augenblick Zeit, damit ich erst mal aufschließen und mir trockene Sachen anziehen kann.«

Hocherfreut trabte der Kanadier das Dock hinunter, wo ein abgenutztes, aber sauberes kleines Kajütboot sanft gegen die Fender stieß. Auf dem Achterdeck stapelte sich allerlei Tauchausrüstung: Flaschen, Tauchanzüge, Masken und Schwimmflossen.

»Bobo!« rief der Kanadier in eins der Fenster. »Sie macht es.«

Anna schloß die Tür zur Ranger-Station auf. Es war zu spät, um noch ein Feuer gegen die Feuchtigkeit zu machen. Sie holte eine halbe Flasche Rotweinreserve aus dem Kühlschrank, schenkte sich ein Glas ein und ließ es auf der Anrichte stehen, damit es warm wurde, während sie die Tauchgenehmigung ausstellte.

Als sie in den Bürobereich zurückkam, warteten die beiden Männer bereits auf sie. Anna zündete die Petroleumlampe an. Es gab zwar Campingkocher in der Station, aber sie hatte nicht die Absicht, mit den Kanadiern so viel Zeit zu verbringen, daß es sich lohnte, einen in Gang zu bringen.

Notgedrungenerweise waren Kaltwassertaucher Ausrüstungsliebhaber. Anna bemerkte, daß »Bobo« – der etwas größere der beiden, dessen rundes Gesicht ein gepflegter Bart bedeckte – eine Uhr trug, an der so ungefähr alles dran war, abgesehen vielleicht von einem Mini-Fax-Gerät.

Sie holte die Formulare vom Schreibtisch. »Wo wollen Sie tauchen?«

»Bei der *Emperor*.«

Anna hielt ihren üblichen Vortrag über besondere Gefahren und Schwierigkeiten dieses Wracks, aber der Mann, der Bobo genannt wurde, unterbrach sie. »Wir haben das alles schon vom Ranger in Windigo gehört. Heute waren wir nämlich bei der *Kamloops*.«

Die *Kamloops* war das gefährlichste Tauchgebiet der ganzen Insel. Mit einer Tiefe von zweiundfünfzig bis fast achtzig Metern war das Wrack nur für die erfahrensten Taucher zu meistern. Oder für Banditen – für Leute, die jede Vorsicht in den Wind schlugen und oft genug ihr Leben aufs Spiel setzten.

»Dann haben Sie ja schon einige Zeit unter Wasser verbracht«, meinte Anna. »Ist das Intervall denn lang genug?« Der Druck in der Wassertiefe der *Kamloops* war so groß, daß sich Sauerstoff und Stickstoff im menschlichen Körper verflüssigten und von Blut und Fettgewebe aufgenommen wurden – ähnlich, wie Limonade unter Druck mit Kohlensäure versetzt wird. Sobald ein Taucher nun an die Oberfläche zurückkehrte, wo der Druck wesentlich geringer war, gingen die Gase vom flüssigen wieder in gasförmigen Zustand über – etwa so, wie Limonade beim Öffnen sprudelt. Wenn der Taucher langsam heraufkam und sich an die empfohlenen Aufstiegszeiten hielt, wurden die Gase problemlos ausgeatmet. Doch wenn er diese Regeln nicht beachtete, bildeten sich Blasen im Blut, und der Betreffende zog sich die sogenannte Luftdruckkrankheit zu, die sehr schmerzhaft und manchmal sogar tödlich sein konnte.

Ungeachtet der Aufstiegszeit verblieb immer ein Rest Stickstoff im Körper. Deshalb empfahl man als Daumenregel ein Intervall von mindestens zwölf Stunden zwischen zwei Tauchgängen von mehr als zwei Atmosphären Druckunterschied.

»Wir wissen Bescheid«, versicherte Bobo.

Achselzuckend schrieb Anna den Namen »Emperor« in die vorgesehene Zeile.

»Wußten Sie eigentlich, daß da unten Leichen rumschwimmen?« fragte Jon, als Anna ihm die Kopie der Genehmigung in die Hand drückte. »In der *Kamloops*, meine ich.« Bobo machte ein genervtes Gesicht, als hätte Jon gerade ein Familiengeheimnis verraten.

»Ja«, antwortete Anna, und Bobo sah enttäuscht aus. »Ein Teil der Besatzung war dort eingeschlossen, als das Schiff gesunken ist.«

»Sie sehen sonderbar aus«, sagte Jon. »Wie aus Wachs.«

»Die Leichen sind verseift«, erklärte Anna. »Leichenwachs nennt man so was. Das kommt bei Ertrunkenen sehr häufig vor. Das weiche Gewebe verwandelt sich in einen wachsartigen Stoff. Fragen Sie mich nicht, wie. Daß die da unten nach über sechzig Jahren immer noch so aussehen, ist schon ein bißchen seltsam, aber es ist in den Great Lakes schon des öfteren vorgekommen.«

Für Taucher, die an die teilweise jahrhundertealten Holzwracks der Karibik gewöhnt waren, stellten die gut erhaltenen Schätze des Lake Superior oft eine große Überraschung dar. Durch das Zusammentreffen der geologischen und geographischen Gegebenheiten wurden die Schiffe in ihren Gräbern so konserviert, daß sie kaum alterten. In den tiefen, stillen Süßwasser-Canyons am Grund des Sees konnte keine Koralle Fuß fassen, und es gab außerdem keine Brandung.

»Auf dem Schiff ist alles so, als wäre die Zeit stehengeblieben«, fuhr Jon fort. »Wir haben mindestens hundert Paar

Schuhe gefunden. Sie sahen aus, als brauchte man sie nur trocknen zu lassen und könnte sie dann auf dem Heimweg anziehen.«

»Haben Sie sie anprobiert?« erkundigte sich Anna beiläufig.

Die beiden Taucher sahen sie beleidigt an. »Nein, wir haben sie nicht anprobiert«, sagte Bobo mit distanzierter Würde.

»War ja auch bloß ne Frage.« Manche Leute machten einen Sport daraus, Sachen aus den Wracks mitzunehmen, oder eher ein Geschäft. Bevor die Isle Royale im Jahr 1940 zum Nationalpark erklärt wurde, war das nicht illegal gewesen. Als dann endlich die meisten Schiffe geschützt waren, hatten die Schatzsucher bereits den größten Teil der wissenschaftlich und historisch wertvollen Stücke abtransportiert. Nach den Plünderungen sank natürlich auch die Entdeckerfreude der Taucher. Vandalismus und Diebstähle blieben ein Problem. Aber die *Kamloops*, die so unzugänglich war und so lange als verschwunden gegolten hatte, war wie eine Zeitkapsel. Der Park Service wollte sie gern in diesem Zustand erhalten.

»Eine von den Leichen war wirklich unglaublich«, erzählte Jon weiter. »Der Kerl sah aus, als wäre er erst gestern ertrunken. Die Klamotten wie neu, die Haare – alles noch tipptopp.«

Das wagte Anna zu bezweifeln. Die Leichen waren als Menschen zu erkennen, aber seltsam eigenschaftslos. Eine hatte keinen Kopf mehr, bei manchen hatte sich das Fleisch von den Knochen gelöst, so daß nur noch Gliederstümpfe übriggeblieben waren. Die Kleidung war zwar gut erhalten, aber weit davon entfernt, »wie neu« auszusehen.

»Mmmm«, brummte sie und beschwor die beiden Männer im stillen, endlich ihre Genehmigung einzupacken und zu verschwinden.

»Die anderen fünf sahen ein bißchen mitgenommen aus, stimmt's?« meinte Jon.

»Es gibt nur fünf«, sagte Anna. »Insgesamt.«

»Nein«, beharrte Bobo, hocherfreut, daß er Anna verbessern konnte. »Es sind sechs.«

»Haben Sie etwa den Heckraum aufgekriegt?« fragte Anna. Eigentlich konnte sie sich das nicht vorstellen. Der Eingang war mit Tonnen von Schutt verrammelt. Aber die Abteilung für Unterwasser-Kulturschätze des NPS aus Santa Fe spekulierte, daß dort möglicherweise noch bis zu einem Dutzend Leichen drin waren – Besatzungsmitglieder, die sich nicht mehr hatten retten können, als das Schiff gesunken war.

»Nein, die waren alle im Maschinenraum«, sagte Bobo herausfordernd. Sollte diese Frau es ruhig wagen, sein Wissen über Unterwasserdinge in Frage zu stellen.

»Sechs?« wiederholte Anna. »Na ja, ich hab schon von seltsameren Dingen gehört...« Sie war zu müde, um hier rumzustehen und sich zu streiten. Stickstoffnarkose, Schatten, Phantasie – wer wußte in fünfzig Metern Tiefe schon so genau, was er sah und was nicht? Und im Grund war es Anna auch egal.

Daß sie einfach nachgab, ohne ihm zu glauben, ließ Bobo keine Ruhe. »Warten Sie«, sagte er und trabte zur Tür hinaus. Jon zuckte seine breiten Schultern, eine Geste, die so französisch wirkte, daß es Anna schon fast vorkam wie eine Parodie.

Sie wartete, in Gedanken bei ihrem Wein auf der Anrichte und bei ihren Flanellaken. Die Zeiger auf der Schreibtischuhr begegneten sich. Mitternacht. Jon summte ein Liedchen vor sich hin und blätterte in dem Stapel mit Broschüren.

Endlich kam Bobo zurück, mit einer Unterwasser-Videokamera. Er hielt sie Anna unter die Nase. »Sehen Sie selbst«, sagte er. Gehorsam drückte Anna das Auge auf den Sucher. »Leiche Nummer eins«, verkündete Bobo, und Anna sah im gnadenlosen Schein einer Unterwasserlampe ein bleiches Gespenst ohne Kopf. Dann nahm Bobo ihr das Gerät wieder ab und bediente den Vorlauf, die Augen konzentriert auf der Digitalanzeige. »Leiche Nummer zwei.« Damit drückte er Anna die Kamera wieder in die Hand. Die formlosen Überreste eines Menschen, allem Anschein nach mit einer Art Overall bekleidet, trieben auf dem Videoband. »Nummer drei«, sagte Bobo nach einem weiteren Vorlauf. Wieder ein totes Teigmännchen in dunklen Klamotten. Anna grinste. Die Finger an der linken Hand waren nach unten gebogen, aber der Mittelfinger ausgestreckt. Sie hatte schon des öfteren gehört, daß sich manche Taucher solche makabren Scherze erlaubten – auf Kosten des nächsten Besuchers, der in diese Regionen vordrang. »Vier und fünf«, sagte Bobo und vollzog wieder seinen Videozauber. Zwei weitere Leichname ohne Gesicht, einer ohne Arme. »Und sechs.« Bobo überreichte Anna die Kamera zum Finale.

Sie preßte ihr Auge auf den Sucher, bis schwarze Nebelschwaden das Bild verschleierten. Dann setzte sie die Kamera vorsichtig auf dem Schreibtisch ab. »Ich glaube, ich brauche dieses Band«, sagte sie langsam. Dann nahm sie Jon die Genehmigung aus den Fingern. »Und ich muß Sie beide bitten, morgen nicht bei der *Emperor* zu tauchen, sondern hierzubleiben. Der Chief Ranger hat Ihnen bestimmt ein paar Fragen zu stellen.«

Noch einmal hob sie die Kamera ans Auge. Nummer sechs war tatsächlich gut erhalten. Obwohl die Kleidung durchaus zu einem Kapitän Anfang des Jahrhunderts gepaßt hätte, wirkte sie nagelneu. Der größte Teil des Gesichts lag im Schatten, aber Lippen und Kinn waren deutlich sichtbar, und eine Wolke heller Haare quoll unter der Mütze hervor.

Nummer sechs war nicht im Sturm von 1927 ertrunken.

5

»Wie ich schon sagte, ich konnte nicht erkennen, wer es war – oder wer es sein sollte«, erklärte Anna gegenüber Lucas Vega. »Ein Weißer, der Haarfarbe nach zu urteilen. Männerkleidung, falls das heutzutage was aussagt. Die Größe kann man anhand des Videos unmöglich schätzen. Man sieht bloß einen dunklen Körper vor einem noch dunkleren Hintergrund. Und drum herum war nichts so nah oder scharf, daß es als Maßstab getaugt hätte.«

Lucas schwieg. Er und Anna standen auf dem Deck der *Lorelei* und betrachteten die V-förmige Kielwelle, die eine tiefe Furche in den See pflügte. Hinter ihnen an der Kajütenwand stapelte sich die Taucherausrüstung. Pilcher saß am Steuer, und Jim Tattinger, der Spezialist für Unterwasser-Kulturschätze auf der ISRO, hatte sich in die Kajüte verzogen, wo er nach Möglichkeit die meisten Fahrten hinter sich brachte. Vom stahlgrauen Himmel, der dicht über dem See hing, fiel ein leichter Nieselregen. Es war windstill, das Wasser flach und dunkel.

Anna zog ihre Goretexjacke enger um sich und wandte dem Fahrtwind, der um die Kajüte pfiff, den Rücken zu. Vega, der ohne Kopfbedeckung im Regen stand, die Arme über seiner grünen Schwimmweste gekreuzt, war in Gedanken verloren. Für Anna gehörte Lucas Vega in die Kategorie »Old-World-Ranger«. Er glaubte an die Wildnis, den Park Service und die Heiligkeit des NPS-Credos: ». . . die Landschaft sowie ihre natürlichen und historischen Objekte und die Lebewesen in ihr zu erhalten, dafür zu sorgen, daß all dies den Menschen zur Freude und Erholung diene, und zwar auf eine Art und Weise, daß die Natur und ihre Schätze keinen Schaden nehmen und sich auch kommende Generationen an ihnen erfreuen können.« Er hatte in Stanford studiert und promoviert; jetzt arbeitete er hier für einen Hungerlohn. Lucas Vega lebte nach dem Grundsatz »Adel verpflichtet«. Er konnte sich das leisten, als einziger Sohn einer Frau, die in San Diego County siebentausendfünfhundert Acres Land besaß – eines der letzten »land grants« in Südkalifornien.

»Ich konnte auch nicht erkennen, wer es war – oder ob es sich womöglich um eine Puppe handelt«, meinte Vega schließlich. »Und zum gegenwärtigen Zeitpunkt würde ich auch nur sehr ungern eine Vermutung anstellen. Ich glaube eigentlich, daß es ein schlechter Scherz ist. Martinis Gesetz trägt Früchte. Eine Menge von diesen Kerlen haben einen reichlich seltsamen Humor. Tiefenrausch? Zu lange in der Schwerelosigkeit?«

Anna zuckte die Achseln. Sie verstand genau, was er meinte. Taucher, jedenfalls solche, die ihre Sache ernst nahmen und Erfahrung hatten, bekamen nach und nach eine andere Lebenseinstellung. Nicht daß es ihnen nichts mehr wert war – sie kämpften um ihr eigenes Leben und riskierten eine Menge, um das anderer zu retten –, doch schienen sie etwas zu begreifen, was den meisten anderen Menschen entging: die Verbindung zwischen Leben und Tod. Für sie waren das zwei Teile eines Ganzen, wie Wellentäler und Wellenberge zum selben See gehörten.

Diese Erkenntnis – wenn es denn eine Erkenntnis war – führte allerdings bei jedem Taucher zu anderen Verhaltensmustern: Es gab fürsorgliche Enthusiasten wie Denny Castle, aber auch hartgesottene, trinkfeste Gruppentaucher. Typen, die auch auf die Idee kamen, eine sechzigjährige Leiche den ausgestreckten Mittelfinger zeigen zu lassen, um die nächste Tauchexpedition damit zu veräppeln.

Die Typen, die einer Schaufensterpuppe altmodische Klamotten anzogen und sie in einen Maschinenraum sechzig Meter unter der Wasseroberfläche steckten.

»Diese Kanadier, Jon Diller und Bobo Dingsbums, kamen die Ihnen vor wie hartgesottene Typen?« Offensichtlich waren seine Gedanken in die gleiche Richtung gewandert.

»Sie kamen mir ganz vernünftig vor«, antwortete Anna. »Und ich bezweifle, daß sie für so einen komplizierten Streich das nötige Geld hätten. Bobos Ausrüstung ist zwar ziemlich edel, aber das Boot der beiden sah so liebevoll repariert und poliert aus, wie Boote eben aussehen, wenn man das fehlende Geld durch Sorgfalt und harte Arbeit ausgleichen muß.«

»Wir werden die Tauchgenehmigungen durchgehen. Ihre, unsere und die in Windigo. Es kann nicht allzu viele Taucher in diesem Wrack gegeben haben.«

Die *Kamloops* schreckte alle ab, außer den Besten und den Waghalsigsten. Man tauchte nicht eben mal zum Spaß zu ihr hinunter. »Nein, die ist nicht gerade das, was man als netten Flirt bezeichnet«, stimmte Anna zu. Die Mundwinkel des Chief Ranger zuckten, aber Anna hätte nicht die Hand dafür ins Feuer gelegt, daß es wirklich ein Lächeln war.

»Ich wüßte auch was Besseres, als da runterzutauchen«, sagte Lucas. »Es kann zuviel schiefgehen. Sechs Atmosphären tief wird man einfach unzurechnungsfähig. Und man hat es zu eilig, wieder nach Hause zu kommen.«

Jede fünfzehn Meter, die man weiter ins Wasser hinuntertauchte, hatten auf das Gehirn etwa die Auswirkung eines trockenen Martinis – daher das Martini-Gesetz. Es hing irgendwie mit dem Stickstoff zusammen, der ins Blut eindrang. Niemand wußte genau, wie es funktionierte, aber man wußte ja auch nicht, weshalb das Lachgas die Menschen zum Lachen bringt. Sechzig Meter tief im eiskalten Wasser war es für gewöhnlich der See, der zuletzt lachte.

»Das wird ne Bumerangtour«, fuhr Vega fort. »Ralph und ich flitzen runter und sehen uns um. Alles so rasch wie's geht. Beim Aufsteigen halten wir unsere Dekompressionszeit so gering wie möglich, ohne ein Risiko einzugehen. Falls sich herausstellen sollte, daß ich das Leben von zwei Rangern aufs Spiel setze, weil sich jemand einen schlechten Scherz erlaubt hat, dann werden wir die Spaßvögel finden und ihnen alles anhängen, was uns das Gesetz erlaubt, von Hochseepiraterie bis zu mangelndem Sozialverhalten.«

Anna lächelte. Lucas Vega war genau der richtige, um sich in solchen Angelegenheiten durchzusetzen.

»Was ist denn das?« sagte Vega plötzlich. »Dort!«

Anna spähte in die angegebene Richtung. Verschwommen erhob sich das Nordufer aus dem Nebel. Klippen, die sich geformt hatten, als das Muttergestein gebrochen und nach Südosten gekippt war, ragten dunkel und abweisend empor. Unterhalb von ihnen erhob sich ein Gewimmel von Felsblöcken aus dem Wasser.

»Da, auf dem Wasser zwischen den Felsen«, erklärte Vega.

Da entdeckte Anna, was er meinte: Einer der Felsen sah glatter und dunkler aus als die anderen. Während sie ihn anstarrte, merkte sie, daß er sich langsam vorwärtsbewegte, ein kaum wahrnehmbares Schaukeln im Atemrhythmus des Sees.

Anna sauste in die Kajüte, um sich Ralph Pilchers Fernglas zu leihen. Die Etikette verlangte, daß der Chief Ranger als erster durchsehen durfte. Vega nahm das Glas kommentarlos entgegen, ohne die Augen auch nur eine Sekunde vom Ufer abzuwenden.

»Es ist tatsächlich ein Boot. Ein kleines Motorboot. Sechzehn bis achtzehn Fuß. Schwarzer Fiberglasrumpf, rote Polsterung. Den Namen kann ich nicht lesen, aber wenn es nicht ein zweites davon gibt, ist das die *Blackduck*.« Die *Blackduck* war das Schiff des Ressourcen-Managements, und man hatte es Jo Castle für die Dauer ihres Aufenthalts geliehen.

»Sagen Sie Ralph, er soll den Kurs ändern.« Lucas hob nie die Stimme, aber er hatte irgend etwas an sich, daß man ihm postwendend gehorchte, wenn er es darauf anlegte. Anna ging zurück in die Kajüte und machte auch den District Ranger auf das Boot aufmerksam. »Scheiße«, flüsterte er, nahm links die Geschwindigkeit zurück und ging mit der rechten Maschine auf volle Fahrt, um die *Lorelei* schärfer wenden zu können.

Anna kehrte zu Lucas aufs Deck zurück. Er behielt den Feldstecher am Auge und kommentierte, was er sah. »Sie ist nicht vollgelaufen. Es ist zwar ein bißchen Wasser auf den Sitzen und ein paar Spritzer von dem Geniesel heute, aber das Deck steht nicht unter Wasser. Im Rumpf scheint kein Leck zu sein. Höchstens ein paar Kratzer, wo sie gegen die Felsen geschaukelt ist.«

Der Klang des Innenbordmotors änderte sich, als Ralph die *Lorelei* vorsichtig in das niedrigere Wasser unterhalb der Klippen lenkte. Anna stellte sich auf die eine Schiffsseite, Lucas auf die andere; so starrten sie auf die dunkle Wasseroberfläche und hielten Ausschau nach verdächtigen Schatten von unter Wasser liegenden Baumstümpfen oder Felsbrokken.

Schließlich stellte Ralph den Motor ganz ab, und das Boot

trieb nur noch ganz langsam voran. »Das war's!« rief er nach einer Weile. »Ich habe Angst, noch weiter reinzufahren.«

»Das reicht auch«, antwortete Lucas.

Ein paar Meter vor dem Bug der *Lorelei*, leise im verebbenden Kielwasser schaukelnd, lag die *Blackduck*. Ihr Außenbordmotor kratzte leicht am Felsen.

Anna hielt sich am Chromgitter des Kajütendachs fest und balancierte vorsichtig am Bootsrand entlang nach vorn. Vega warf ihr den Bootshaken zu, und sie kniete nieder, um den Bugriemen der *Blackduck* zu angeln, der vom Klampen herunterhing. Tropfend zog sie ihn aus dem seichten Wasser, und Lucas befestigte ihn am Heck der *Lorelei*. Während Anna aufs Achterdeck zurückkletterte, holte der Chief Ranger ihren Fang ein.

Ein Tank der *Blackduck* war noch ganz voll, der andere zu einem Viertel. Der Motor sprang an, sobald man den Starter berührte. Weder Rumpf noch Schraube waren beschädigt. Unter der Steuerbank war ein ganzer Satz Schwimmwesten verstaut. Das Schiff schien einfach verlassen worden zu sein.

Sie befestigten die *Blackduck* am Schlepptau, und Pilcher machte sich wieder auf den Weg zu der Stelle, wo die *Kamloops* lag. Jetzt kam ihnen die blonde Gestalt im Maschinenraum nicht mehr vor wie ein schlechter Scherz.

Pilcher steuerte die *Lorelei* zu den Loran-Koordinaten, wo eine Boje die Lage der *Kamloops* markierte. Wieder studierten Anna und Lucas das Wasser zu beiden Seiten des Schiffs.

Die feinen Regentropfen hinterließen ein Tupfenmuster auf dem Wasser; der See sah aus wie Granit. Anna war froh, daß sie nicht mit hinunter mußte. Theoretisch war sie zwar dafür qualifiziert, aber es war ein großer Unterschied, ob man qualifiziert oder ob man gut war. Das Stück Papier mit seinen Goldschnörkeln und den getippten Namen, das Anna zur Taucherin erklärte, war lediglich eine Art Schuldschein. Eines Tages würde sie eine Taucherin werden, vorausgesetzt, sie übte und sammelte genügend Erfahrung.

Anna hoffte, mit ein bißchen Glück rechtzeitig in die Wüste zurückkehren zu können, ehe dieses Schicksal sie ereilte.

Jim Tattinger ließ ein sechzig Meter langes Tau ins Wasser hinunter, auf dem alle drei Meter ein leuchtend blaues Band angebracht war. Wenn man durch das kalte Wasser schwamm und das Gehirn unterwegs sechs von Neptuns Martinis verkraften mußte, war die Gefahr sehr groß, daß man sich verirrte oder schneller auftauchte, als gut war. Das Seil half bei der Orientierung und beim Timing. Wenn eine Tauchaktion länger dauerte, konnte man an dem Seil auch Reserveflaschen befestigen.

Dann begannen Ralph und Lucas mit dem Anlegen der Taucherkleidung, was ein höchst umständlicher Prozeß war. Beide trugen lange Thermo-Unterwäsche und zwei Paar dicke Socken. Darüber kam ein khakifarbener wattierter Overall und ein wollener Kopfschützer. Anna fand, daß die beiden Männer jetzt aussahen wie Peter Pans verlorene Jungen. Es fehlten nur noch die runden Ohren und die pelzigen Schwänze. Als nächstes kam der Tauchanzug mit angeschnittenen Schuhen und Kapuzen, dann Schwimmflossen, Bleigürtel, Tauchermasken, Flaschen, Handschuhe. Als blau-schwarze Ungetüme, ohne Gesicht, mit gelben Metallhöckern auf dem Rücken, hatten sie auch die letzte Ähnlichkeit mit einem menschlichen Wesen erfolgreich unter den Schutzschichten vergraben.

Anna betrachtete sie von der Seite. Ihr lag nichts daran, an Orte vorzudringen, die von Mutter Natur mit soviel Mühe möglichst unzugänglich gemacht worden waren.

Pilcher ließ sich am Heck der *Lorelei* über Bord rollen und wurde im Nu vom flüssigen Granit verschluckt. Sekunden später tauchte er wieder auf, und Anna reichte ihm die Unterwasserlampe. Vega rückte Maske und Mundstück zurecht und folgte Pilcher in den See. Als er wieder hochkam, gab Anna ihm die Einzelbildkamera. Tattinger, der sich steuerbords über die Reling lehnte, hißte die rot-weiße Fahne, die anzeigte, daß Taucher im Wasser waren. Er blieb zusammen mit Anna als Tauch-Tender an Bord zurück.

In einem Schwall heller Luftblasen verschwanden Pilcher und Vega. Jetzt konnte man nur noch warten. Anna ging in die Kajüte, wo es trocken und relativ warm war. Sie ließ sich längs auf der Bank nieder, den Rücken an das kalte Plastik des Seitenfensters gelehnt. Da die beiden achtzehn bis zwanzig Meter pro Minute abtauchten, würden sie in vier Minuten beim Wrack unten sein. Dann mußten sie in den Maschinenraum schwimmen, wieder herauskommen und den Aufstieg beginnen. Wenn sie viel länger unten blieben, mußten sie beim Auftauchen entweder längere Pausen einlegen, oder sie riskierten die Luftdruckkrankheit. Dann half nur noch die Überdruckkammer, in der man die langwierige Rekompression einleiten konnte. Die nächste Überdruckkammer gab es in Minneapolis, zwei Flugstunden entfernt. Während die verlassene *Blackduck* leise steuerbords vor sich hinschaukelte, versuchte Jim, Mrs. Castle per Funk zu erreichen. Sandra Fox antwortete und erinnerte ihn daran, daß Jo noch kein Motorola-Handgerät bekommen hatte.

»Versuch's bei Scotty«, schlug Anna vor. »Er könnte auf Davidson vorbeischauen, ob sie dort ist.« Davidson Island hatte eine wunderschöne rustikale Hütte, die der NPS für Forscher freihielt, die zu Besuch kamen. Die Festangestellten waren auf Mott prosaischer untergebracht, aber immerhin mit WC und Elektrizität. Die Saison-Rangers waren ganz erpicht darauf, in dem Haus auf Davidson wohnen zu dürfen, aber für Angestellte auf Zeit war es einfach zu hübsch.

»Scotty hat heute frei«, sagte Jim. Seine Stimme klang nasal und monoton und paßte so gut zu seinem unsympathischen Äußeren, daß Anna sich fragte, ob all die abstoßenden Eigenschaften wohl auf einem einzigen Chromosom lagen.

»Er hatte gestern und heute frei und hat sich noch einen zusätzlichen Urlaubstag genommen, weil er nach Houghton fahren wollte, um nach seinem Ohr sehen zu lassen.«

»Was ist denn los mit seinem Ohr?« erkundigte sich Anna, weil Jim das von ihr erwartete.

»Scotty ist auf dem linken Ohr fast taub. Er trägt so ein winziges Hörgerät. Wußtest du das nicht?« Die Frage klang so scharf, daß Anna überlegte, ob Jim damit vielleicht eines von Scottys Geheimnissen verraten hatte.

»Nein.« Zwar hatte sie sich gedacht, daß Scotty auf einem Ohr schlecht hörte, denn er legte den Kopf oft schief und ließ sich häufig etwas wiederholen. Aber sie hatte nie eingehender darüber nachgedacht.

»Dieser verfluchte Denny Castle hat ihm nen üblen Schlag aufs Ohr verpaßt«, fuhr Tattinger fort. »Was natürlich besonders weh tat, weil Scotty doch dieses kleine Gerät trägt.« Jim klang wütend, aber da er sich sowieso immer unzufrieden anhörte, konnte Anna nicht sagen, ob er wirklich etwas gegen Denny hatte oder nur Konversation machte.

»Wie ist das denn passiert?«

»Es ist nicht ›passiert‹«, fauchte Jim. Anna nahm es ihm nicht übel. Jim hatte nie gelernt, wie man Freunde gewinnt und sich bei anderen Pluspunkte verschafft. »Castle ist auf ihn losgegangen. Nach diesem blöden Empfang ist Castle nach Mott rübergekommen. Ich war nicht da, aber ich vermute, er hat Donna gesucht. Und Scotty hat sich den Scheiß nicht länger bieten lassen.«

Und Scotty war betrunken, dachte Anna. »Also gab's eine Rauferei?«

»Eher ne Schubserei. Denny Castle würde sich doch bei einer richtigen Schlägerei ins Hemd urinieren.«

›Urinieren‹. Nicht ›pissen‹. Anna verkniff sich ein Grinsen. Unwillkürlich stellte sie sich vor, wie der mickrige rothaarige Jimmy Tattinger vor dem Badezimmerspiegel schmutzige Ausdrückte übte, es aber nie richtig hinkriegte.

Eine Weile schwiegen sie. Anna holte ihren Rucksack und kramte eine Taschenbuchausgabe von Ivanhoe heraus. Das Buch rief den unvermeidlichen Effekt hervor: Katzen legten sich auf die Seiten, Menschen bekamen Lust zu reden.

»Mir tut Jo wirklich leid«, sagte Jim und starrte aus dem Fenster. Inzwischen war die *Blackduck* direkt neben die *Lorelei* geschaukelt. »Es würde mich nicht wundern, wenn das kein Unfall wäre, wenn sie so durcheinander war, daß sie hierhergekommen ist und sich umgebracht hat. Jedenfalls wäre es eine Möglichkeit, von diesem verfluchten Denny Castle loszukommen.«

Seine Heftigkeit überraschte Anna. Außerdem benutzte Jim fast die gleichen Worte wie Scotty. Warum hatte Tattinger so wenig für Denny übrig? Jim hatte nicht mal eine Frau, die man ihm wegnehmen konnte. Vielleicht reichte es ja schon, daß Denny in aller Öffentlichkeit Jim einen lausigen Taucher genannt hatte, einen inkompetenten Manager, der außerdem keinerlei Interesse an den Dingen zeigte, die er eigentlich beschützen sollte.

Sie beschloß, ihm ein wenig auf den Zahn zu fühlen. »Ich weiß nicht, warum jemand mit Jo Mitleid haben sollte«, meinte sie. »Es gibt bestimmt nicht viele Frauen, die Denny Castle von der Bettkante schubsen würden.«

Jim schnaubte verächtlich und sah dabei aus wie ein alter Boxer. »Oh, Frauen fallen doch auf den ganzen Mist rein, den Denny ihnen auftischt.«

Diese Beleidigung ging wohl zu gleichen Teilen an Dennys Adresse und an die der Frauen im allgemeinen. Jim lächelte über irgendeine nette Erinnerung und entblößte dabei seine berühmte feuchte Unterlippe.

Mehrere passende Retourkutschen gingen Anna durch den Kopf, aber sie behielt sie für sich. Ob Jim einen Streit mit ihr vom Zaun brechen wollte? Einen Augenblick sah sie ihn aufmerksam an: Die hellen, rastlosen Augen starrten ins graue Nichts jenseits der Scheibe, die bleichen Finger wanderten gelangweilt über die Stelle, wo der Plastikbezug der Bank aufgesprungen war.

Nein, er provozierte sie nicht absichtlich. Er war von Natur aus irritierend. In seinem Alter – irgendwo um die Vierzig – wußte er wahrscheinlich, daß er bei seinen Mitmenschen nicht gut ankam. Anna hegte allerdings den Verdacht, daß er nie herausgefunden hatte, weshalb das so war, sondern irgendwann aufgegeben und sich hinter seinen Computer zurückgezogen hatte.

»Ich habe auf St. John in der Karibik gearbeitet«, sagte er plötzlich. »Da hat mir die Taucherei mehr Spaß gemacht. Da ist es wenigstens warm.«

»Warum hast du dann Virgin Islands National Park verlassen?« fragte Anna. Tattinger verdiente weniger als neunzehntausend Dollar im Jahr; in seiner Position bekam er ein Anfängergehalt. Eine Beförderung war also bestimmt nicht daran schuld, daß es ihn hierher verschlagen hatte.

»Der District Ranger war ein Arschloch«, antwortete er lakonisch.

»Aha.« Da er keine Anstalten machte, seine Bemerkung zu erläutern, sagte Anna: »Ein Spezialist für Unterwasser-Kulturschätze, der nicht gern taucht? Was ist passiert? Hat ein Hai dich gebissen?«

»Sie haben mir das Tauchen bei der Navy beigebracht«, entgegnete er. »Es ist ein Job.«

Ein sicherer Arbeitsplatz im Staatsdienst mit ordentlicher Gesundheits- und Altersvorsorge. Als ehemaliger Navy-Angehöriger bekam man solche Jobs leicht, denn Veteranen wurden bevorzugt eingestellt. Man konnte sich ein ruhiges Plätzchen mit Klimaanlage suchen und einfach abwarten, bis man pensioniert wurde, während Hunderte von überqualifizierten Leuten als Zeitangestellte arbeiteten und sich im Winter mit verschiedenen Jobs über Wasser hielten, weil sie die Welt retten wollten – oder wenigstens ein kleines Eckchen von der Welt.

Es war nicht schwer zu verstehen, warum Denny soviel Verachtung für Jim hegte.

Anna nahm sich ihren Ivanhoe wieder vor, wild entschlossen, nur mit Grunzlauten zu antworten, bis alle weiteren Konversationsversuche erfolgreich erstickt wären.

Doch die Atempause war kurz. Ralph und Lucas tauchten auf und ließen sich von Anna und Jim an Bord helfen. Eine halbe Minute lagen die Taucher auf Deck wie zwei häßliche Monster, die versehentlich einem Fischer ins Netz gegangen waren.

Mit einem schmatzenden Geräusch zog Vega die Gummikapuze ab und ließ sie aufs Deck fallen. Anna warf sie zur Kajüte und half ihm, die Flaschen abzunehmen. Vegas Gesicht war beinahe so grau wie der See.

»Es war also kein Scherz?« fragte Anna.

Lucas schüttelte den Kopf. »Kein Scherz, nein. Es ist Denny. Denny Castle.«

Anna machte einen Schritt zurück. Sie hatte das Gefühl, als hätte ihr jemand einen Schlag in die Magengrube versetzt. Das verwirrte sie.

Sie hatte nicht damit gerechnet, daß es ihr soviel ausmachen würde.

6

Jim Tattinger redete fast als einziger und stellte Fragen, die weder Ralph noch Lucas beantworten wollten: Wie sah Denny aus? Konnte man sagen, wer ihn getötet hatte? Hatten sie ihn berührt? Waren seine Augen offen? Er redete schnell, und sein sonst so blasses Gesicht war rot angelaufen bis zu den Ohren. Er plapperte wie ein Mann, der versucht, einen sozialen Fauxpas zu überspielen.

Als Reaktion auf den Tod eines Kollegen schien schuldbewußte Peinlichkeit ausgesprochen unangebracht. Anna fragte sich, ob Tattinger sich schämte, weil er schlecht über einen Toten gesprochen hatte, wo dieser Tote dreißig Faden tief unter seinen Füßen schwamm.

Sie und Jim hatten über Castle gesprochen, als wäre er noch am Leben. Schließlich hatte er in ihren Köpfen ja auch noch gelebt – jedenfalls in Annas. Es war, als könnte niemand wirklich sterben, bevor sie nicht darüber informiert war. Irgendwie stimmte das ja auch. Selbst jetzt, Jahre nachdem Zachary ums Leben gekommen war, vergaß Anna manchmal, daß er tot war. Sie wollte ihm plötzlich irgendeinen Witz unbedingt erzählen oder ihm etwas zeigen, und in diesem Moment war er wieder am Leben, quicklebendig. Dieses Gefühl war jedesmal so stark, daß sie, wenn ihr im nächsten Moment die Wahrheit einfiel, von neuem trauerte – obwohl die Trauer inzwischen Gott sei Dank nicht mehr lange anhielt.

Anna notierte sich im Hinterkopf, Jo Castle unbedingt zu sagen, daß die Zeit tatsächlich alle Wunden heilte. Aber sie gab sich nicht der Illusion hin, daß Jo ihr glauben würde.

Lucas Vega dachte im gleichen Augenblick an Dennys Frau. Er und Ralph hatten sich wieder trockene Sachen angezogen, saßen auf dem Maschinengehäuse und tranken heißen Kaffee aus einer Thermoskanne, während Anna und Jim die Ausrüstung verstauten und das Tau einholten. »Anna«, sagte Vega, »ich möchte, daß du mitkommst nach Davidson und Jo die traurige Nachricht überbringst. Ich möchte, daß eine weibliche Parkangestellte dabei ist.«

Anna nickte. Allerdings war ihr nie ganz wohl in ihrer Haut, wenn man sie nur deshalb brauchte, weil sie eine Frau war. Dann erwartete man von ihr irgendwelche geheimnisvollen, instinktiven Talente, und sie hatte nie herausgefunden, worin die eigentlich bestehen sollten. »Was nun?« fragte sie.

Mit seiner feingliedrigen Hand fuhr sich Lucas übers Gesicht, wobei er die Wangen nach unten zog. »Ich hole das FBI. Es handelt sich hier eindeutig nicht um einen Unfall. Der Mann hat sich nicht beim Sprung vom Sprungbrett den Schädel angeschlagen und ist ertrunken. Er schwimmt zig Meter unter der Wasseroberfläche herum, in einem Halloween-Kostüm.«

»Dann müssen wir ihn vermutlich hochholen. Der Tatort ist ein harter Brocken, die üblichen Vorgehensweisen bringen einen hier nicht weit. Ich bezweifle, daß es im Umkreis von tausend Kilometer auch nur einen einzigen FBI-Mann gibt, der es schafft, bis an den Tatort vorzudringen, geschweige denn, daß er hinterher noch funktioniert. Wir haben den da unten erst mal am Hals. Jedenfalls ne Weile.«

Anna überlegte, ob Lucas wohl von ihr erwartete, daß sie hinuntertauchte, um die Leiche zu bergen. Ihre latente Klaustrophobie begann sich zu melden, eine kalte, harte Stelle, direkt unter dem Brustbein. Zur Strategie des Parks gehörte es, daß ein Ranger niemals eine Aufgabe übernehmen sollte, der er oder sie sich, aus welchen Gründen auch immer, nicht gewachsen fühlte.

»Denkst du, daß du so eine Tauchaktion durchhältst?« fragte Lucas.

»Klar.«

Zufrieden klopfte er ihr auf die Schulter und ging in die Kajüte.

Ralph Pilcher, der noch auf dem Motorkasten saß, trank seinen Kaffee, während die Bertram die Maschinen anwarf. Anna spürte, daß er sie beobachtete. Sie wickelte das letzte Stück Tau sorgfältig auf und verstaute es in seiner Nische im Schiffsrumpf, unmittelbar neben Ralphs Knien. Ralph hatte ein schiefes Lächeln – das heißt, eigentlich war das Lächeln gerade, aber seine zweimal gebrochene Nase brachte sein Gesicht so aus dem Gleichgewicht, daß es schief aussah. Von der Gummikapuze waren seine braunen Haare zerzaust und standen ihm wild vom Kopf ab. »Macht dir der See angst?« fragte er.

»Ja.«

»Gut. Das sollte so sein. Er ist ja auch unheimlich.«

Anna hielt inne, um ihn anzusehen. Fit, stabil, Anfang Dreißig – er sah nicht aus, als hätte er vor irgend etwas Angst. Außer vielleicht davor, sich an sein neugeborenes Baby und seine hübsche junge Frau zu binden – falls die diesbezüglichen Gerüchte stimmten. »Macht dir der See angst?«

»Nein. Aber Denny ja auch nicht.« Er kippte den letzten Schluck Kaffee über den Bootsrand. »Warum hast du Lucas nicht gesagt, daß du dich vor dem Tauchen fürchtest? Er würde dir das nie unter die Nase reiben, sondern dir einfach was anderes zu tun geben, irgendwas, mit dem du keine Probleme hast.«

»Kein Feind ist schlimmer als der, den man nicht kennt«, erwiderte Anna. »Zeit, daß ich seine Bekanntschaft mache.«

Pilcher nickte. »Wir helfen dir mit allem, was du brauchst. Aber werd nicht stur.« Damit stand er auf, sicher und entspannt, trotz des schwankenden Decks. »Und bleib ruhig ein bißchen ängstlich. Wer Angst hat, lebt länger.«

Damit verschwand er in der Kajüte. Anna wollte nicht mehr ans Tauchen denken. ›Damit beschäftige ich mich, wenn's soweit ist.‹ Sie band die Tauchflaschen fest, damit sie nicht wegrollten, und lehnte sich mit dem Rücken an die Kajütenwand, wo es windgeschützt war.

Inzwischen hatte das Nieseln aufgehört, die Sonne drang durch eine Wolkenlücke und überschüttete die Baumwipfel mit ihrem goldenen Licht, bis sie neben ihren Nachbarn, die im Schatten standen, sattgrün glänzten. Wo die Sonnenstrahlen auf den See fielen, wurde das Wasser smaragdgrün und azurblau. Licht, Leben, Farbe. Anna atmete tief und andächtig, um dieses Wunder angemessen zu begehen.

In ihrem Gedächtnis tauchte die Stimme von Sandra Fox auf, die ihr noch einmal von der unnachgiebigen Liebe eines Schulmädchens zu einem jungen Mann berichtete. Wie diese Hingabe ihre Karriere beeinflußt und ihr Leben sogar noch mit Anfang Dreißig bestimmt hatte. Vor eineinhalb Wochen hatte Jo ihren High-School-Schwarm geheiratet. Und jetzt war er tot.

Obwohl er in diesem Moment in Jos Gedanken noch lebte.

Der Augenblick, in dem Annas Mann gestorben war, hatte jede Minute seines Lebens in Erinnerungen verwandelt. Die guten waren golden, die schlechten wie eine ätzende Säure, die im Gedächtnis brannte. Hoffentlich hatte Jo in diesen letzten wertvollen Minuten keine Gedanken, die sie den Rest ihres Lebens verfolgen würden.

Als sie Davidson Island erreichten, war der Himmel klar, und die Sonne schien, als hätte sie nie etwas anderes getan. Pilcher und Tattinger waren auf Mott von Bord gegangen. Anna steuerte die *Lorelei* zu dem kleinen Holzdock. Ein grauer Häher schimpfte aus den Ästen einer Espe, und eine Stockente schwamm zwischen den Holzpfählen hin und her, ihre flauschigen Küken immer im Kielwasser. So sanft sie konnte, fuhr Anna an den Pier heran, um die Entchen nicht durcheinanderzuwirbeln.

Lucas befestigte die Taue an den Docklampen und stellte sich dann wartend in die Sonne. Sowohl er als auch Anna erledigten mit großem Zeitaufwand irgendwelche unwichtigen Kleinigkeiten, um das Unvermeidliche ein wenig aufzuschieben.

Als sie den Waldweg zu der Hütte hinaufmarschierten, hoppelten drei ganz junge Hasen davon, die noch keine Angst kannten. Die weißen Blüten des Christophskrauts winkten vom Wegrand, und der Waldboden war knöchelhoch mit Blaustern bedeckt. Eine Welt, der es nicht an Regen mangelte – ihre Pracht erstaunte Anna immer noch. Heute nachmittag hatte ein solcher Überfluß gleichzeitig etwas Beruhigendes und Ironisches an sich.

Die Tür der Hütte stand offen, und von drinnen hörte man das monotone Summen einer Frauenstimme. Anna sah den honigbraunen Fußboden und Jo Castle, die sich über eine Arbeitsplatte beugte, Reagenzgläschen etikettierte und sie aufrecht in einen hölzernen Ständer verstaute. Die langen Haare bauschten sich um die überdimensionale Brille und fielen dann glatt herunter, bis die breiten Hüften sie wieder nach außen fächerten.

Jo bemerkte die Besucher, ehe sie anklopfen konnten. Und sie wußte, daß sie ihr Neuigkeiten zu überbringen hatten, ehe sie auch nur den Mund aufmachten.

»Was ist?« fragte sie und sah von einem zum anderen. Dann etwas lauter: »Was ist denn los?«

Lucas holte hörbar Luft. In der kleinen Ewigkeit, die er brauchte, um seine Gedanken zu ordnen und einen verständlichen Satz zu bilden, sah Anna, wie sich die Anspannung über Jos Gesicht ausbreitete, jeden einzelnen Muskel durchzog und zu Stein werden ließ.

»Etwas Schreckliches«, sagte Anna. »Denny ist tot.« Und dann begann sie zu weinen. Jo Castle ließ das Reagenzglas, das sie gerade gekennzeichnet hatte, sinken, so daß sein Inhalt sich über den Tisch ergoß, und begab sich direkt in Annas Arme, als hätte sie dort schon immer Trost gefunden.

Um halb elf, nachdem Trixys Abendveranstaltung zu Ende war, kamen Sandra Fox und Trixy herüber. Sandra brachte einen Auflauf, der verführerisch nach Zwiebeln,

Knoblauch und Käse duftete. Frauen wie diese beiden konnten sich in aller Ruhe zu trauernden Freundinnen oder bekümmerten Kindern setzen, ihre Hände halten und den Tränen zusehen, sie konnten sich zu ihnen legen und ihnen helfen, sich zu entspannen. Ihre sanfte Kraft würde ein Netz spinnen, stark wie Drahtseil, und die Witwe Castle davor bewahren, ins Nichts abzustürzen.

Leise schlich sich Anna aus der Küchentür. Sie würde die Nacht in Rock Harbor verbringen und am nächsten Morgen nach Jo sehen, bevor sie sich von jemandem nach Amygdaloid mitnehmen ließ. Eine Weile würde Jo sie brauchen. Nicht weil sie eine Freundin war, sondern weil auch Anna ihren Ehemann verloren hatte. Sandra hatte nur ihr Augenlicht verloren, Trixy nur ihre Eltern. In der Arroganz der Trauernden würde Jo glauben, daß diese beiden sie nicht verstehen konnten.

Offensichtlich hatte Lucas über Funk ein Boot angefordert, um sich nach Mott zurückbringen zu lassen. Die *Lorelei* hatte er dagelassen, damit Anna nach Rock Harbor fahren konnte, und sie segnete ihn als wahren Gentleman.

»Erzähl mir ne Geschichte«, sagte Anna in den Hörer. »Ich hatte heute einen echt miesen Tag.«

»Was für eine Geschichte denn?« wollte Molly wissen. »Eine, in der alle Bösen sterben müssen?«

»Eine, in der keiner stirbt und die Frau am Schluß Robert Redford kriegt.«

»Ist das eine New Yorker Geschichte, oder leben sie danach immer glücklich bis an ihr Lebensende?«

Anna lachte. »Kennst du irgend jemanden, auf den das zutrifft?«

»Falls es jemanden gibt, dann zahlt er jedenfalls keine hundertfünfzig Dollar die Woche, um mir darüber zu berichten. Was ist los, Anna?«

»Zach ist immer noch tot.«

»Zach und Franco.«

»Ich glaube, die Geschichte sollte überhaupt keine Handlung haben, nur tolle Klamotten«, meinte Anna. »Erzähl mir doch von deiner Westchester-Wein-Soiree.«

»Die war zum Schreien. Bei achthundertundzwanzig Dollar pro Flasche durfte ich das Elixir der Götter natürlich nicht kosten. Wir, das niedere Volk, mußten uns mit irgendeinem französischen Zeug zufriedengeben. Aber die großen Genießer haben geschlürft, das edle Gesöff im Glas geschwenkt und ausführlich die Nase drübergehalten. Drei meinten, es sei der Echte – dem Klang ihrer Stimme war unschwer zu entnehmen, daß es sich um einen Splitter des Heiligen Kreuzes handelte –, die beiden anderen schworen Stein und Bein, es sei alles Schwindel. Mein Patient gehörte zur Schwindel-Fraktion, wie du dir vielleicht denken kannst. Nichts ist für einen Kreuzritter neurotisierender, als wenn einer seiner Genossen zufällig vor ihm über den Heiligen Gral stolpert.

Das war doch eine ziemlich gute Geschichte: düstere Geheimnisse, Romantik, Smokings. Und Zach ist immer noch tot. Was ist los, Anna?«

»Ein Taucher, der hier gearbeitet hat, ist in einem der Wracks ermordet worden. Ich komme gerade von seiner Frau.«

Aus New York mitfühlendes Schweigen. Im Hintergrund hörte Anna die Polizeisirenen.

»Und weißt du, was das traurigste ist?« sagte Anna. »Sie hat nicht mal ne Schwester, die ihr Geschichten erzählt.«

Nach dem Telefongespräch mit Molly hockte Anna eine Weile im Dunkeln. Irgendein unternehmungslustiger Mensch hatte das Licht neben der Wartebank außer Betrieb gesetzt, also mußten die Moskitos bei der Suche nach ihren Opfern auf die altmodische Methode zurückgreifen.

Die Wüstennächte waren Anna nie dunkel vorgekommen. Aber hier, unter dem Dach des Waldes, war die Dunkelheit vollkommen. Zuerst hatte Anna sie gehaßt. Inzwischen kannte sie die absolute Finsternis und ihre leisen Stimmen besser. Und heute war sie tröstlich. Es war eine Nacht, in die man sich einhüllen konnte: Man sah und hörte, und man verschmolz so mit ihr, daß man unsichtbar wurde. In dieser sommerlichen Dunkelheit fühlte sich Anna geborgen – allein, aber nicht einsam. Ohne die oft bedrohliche Schönheit des Himmels, umgeben vom Duft der Kiefern, des Lehmbodens und der knospenden Blätter fühlte Anna sich als Teil der Erde, und das war für sie ein großer Trost.

Nach einer Weile drangen gedämpfte Stimmen und Schritte in die Stille. Anna stand auf und verschwand im Dunkel zwischen den Bäumen. Zwei Leute kamen ohne Licht den Weg vom Bootshafen herauf und setzten sich auf die Bank, die Anna soeben freigemacht hatte. Stoff raschelte über den hölzernen Sitz. »Du zuerst.«

Anna erkannte Damiens Stimme. Das Rascheln stammte wahrscheinlich von seinem Cape. Ein Lichtstrahl blitzte auf, als die Tür zum Telefonhäuschen sich öffnete, und einen Moment lang war Tinker angestrahlt wie eine Schauspielerin auf der Bühne. Dann war es wieder dunkel.

Anna schlich sich leise davon. Heute abend hatte sie wirklich keine Lust, sich mit Tinker und Damien zu unterhalten. Dieser Tod war nicht nach ihrem Geschmack. Es gab eine Leiche und eine Witwe.

Patience Bittner erschien, als Anna auf der Terrasse bei der zweiten Hälfte ihres dritten Burgunders war. Am Nachthimmel glitzerten die Sterne, ohne die samtene Dunkelheit der Insel zu berühren. Eingepackt in einen dunklen Pullover, mit einer schwarzen Baskenmütze auf dem Kopf, war Anna ein Teil des Schattens unter den Schwarzhimbeerbüschen, die am Rand der Terrasse wucherten.

Patience stürmte durch die Doppeltür, als wäre jemand hinter ihr her. Am Geländer blieb sie stehen, die Hände auf der Holzleiste, den Kopf gesenkt. Anna sah die leise Bewegung ihrer hellen, glänzenden Haare. Heute trug Patience eine weiße Hose und eine helle Bluse aus schimmerndem Stoff. Nicht gerade die beste Tarnkleidung, wenn man sich verstecken will, dachte Anna und beschloß, lieber auf sich aufmerksam zu machen, ehe Patience über sie stolperte und sich zu Tode erschreckte.

»Keine Angst«, flüsterte sie.

Patience schrie auf. Ein kurzer, durchdringender Schrei.

»Tut mir leid«, entschuldigte sich Anna. »Wahrscheinlich sind diese beiden Worte ziemlich gruselig, wenn sie einfach so aus der Dunkelheit kommen. Ich bin's, Anna Pigeon.«

»O Gott ...«

Anna hörte, wie Patience tief Luft holte, um sich zu beruhigen.

»Schleichen Sie immer so in der Gegend rum?« fragte sie schließlich.

Anna ärgerte sich. Da war sie so nett gewesen und hatte einen Augenblick ihrer Ruhe und Besinnlichkeit geopfert, um dieser Frau einen Herzinfarkt zu ersparen. Der Alkohol hatte sie gütig gestimmt. »Ich schleiche nicht in der Gegend rum. Ich sitze hier und trinke Wein. Das ist etwas ganz anderes. Rumschleichen unterstellt, daß ich aktiv bin. Aber momentan bin ich die verkörperte Passivität. Ich lasse mich von der Nacht durchdringen.«

Inzwischen hatte sich Patience erholt, der Ärger über den Schrecken war verflogen. Mit ausgestreckten Händen, als wäre sie nachtblind, schlurfte sie vom Geländer hinüber und ließ sich in Annas Nähe auf der Terrasse nieder. »Sie arbeiten auf der anderen Seite der Insel, stimmt's?«

»Amygdaloid.«

»Heute ist aber nicht Ihr freier Tag, daran erinnere ich mich.«

»Nein«, erwiderte Anna. »Ich war bei der Gruppe, die Denny gefunden hat. Ich war mit Lucas bei Jo, um ihr die Nachricht zu bringen.«

»Denny gefunden? Mein Gott. Erzählen Sie!« Anna spürte, wie sie von kräftigen Fingern gepackt und von kräftigen Armen geschüttelt wurde. Patience war so in Panik, daß Anna plötzlich unangenehm nüchtern wurde. Mühsam hielt sie die Hände fest. Sie hätte es nicht für möglich gehalten, daß Patience noch nichts davon erfahren hatte. Die Neuigkeit hatte sich in der Park-Gemeinschaft doch bestimmt innerhalb einer halben Stunde nach Jims und Ralphs Ankunft auf Mott Island ausgebreitet. Aber Patience war Geschäftsfrau, Inhaberin der Lodge und demzufolge nicht ans Informationsnetz angeschlossen. Jedenfalls hatte sie die Abendausgabe nicht mitgekriegt.

»Psst, psst. Alles okay. Alles in Ordnung«, sagte Anna, während sie überlegte, was Denny wohl für Patience bedeutet hatte. »Denny hatte einen Unfall. Wir haben heute seine Leiche gefunden. Tut mir leid. Ich dachte, Sie wüßten es.«

»Mein Gott«, wiederholte Patience und stöhnte. Ein gespenstisches Geräusch in der Nacht. »Wo war er?«

»In der *Kamloops*.«

Patience zuckte zusammen. Anna spürte es – als wäre ihr ein Stromstoß durch ihre Hände und Arme gefahren. Dann holte Patience tief Luft, ein Geräusch, als wollte sie jemanden zum Schweigen bringen. Anna hätte gern ihr Gesicht gesehen, aber unter den Büschen war es vollkommen dunkel. Schließlich hörten ihre Hände auf zu zittern, sie drückte noch einmal zu und wollte sich dann losmachen. Man spürte, wie sie sich zusammenriß, die Kontrolle wieder übernahm – eine starke Frau, die sich daran erinnerte, wer sie war.

»Denny war sehr nett zu Carrie – und zu mir –, als wir neu auf die Insel gekommen sind. Wir waren die sprichwörtlichen Großstadtgewächse. Hatten Angst vor Wölfen und vor dem Windigo, waren zu blöd, ins Haus zu gehen, wenn es regnete. Denny hat uns unter seine Fittiche genommen. Das werde ich ihm nie vergessen.«

Eine Lobrede war der erste Schritt zur Genesung. Patience Bittner würde sich schnell erholen. Anna ließ ihre Hände los.

»Haben Sie einen Platz zum Schlafen?« fragte Patience.

»Ich schlafe auf der *Lorelei*.«

»Ralph ist ein Schatz, aber seine haushalterischen Fähigkeiten lassen doch sehr zu wünschen übrig. Bleiben Sie doch bei Carrie und mir.« Anna zögerte. »Bitte«, drängte Patience. »Und warum duzen wir uns eigentlich nicht? Ich möchte gern mit jemandem reden.«

Um Mitternacht machte Patience die Lodge dicht, und Anna ging mit ihr nach Hause. Im letzten der vier zur Lodge gehörenden Gebäude, die über das Westufer von Rock Harbor verstreut waren, teilte sich Patience eine Wohnung mit ihrer Tochter. Die Einrichtung verriet nicht die Spur von rustikalem oder romantischem Charme – die Möbel sahen aus, als hätte man sie aus dem Wartezimmer eines Arztes geholt –, aber die Schiebetüren im Wohnzimmer eröffneten einen Blick auf den Hafen und die üppige Küste von Raspberry Island.

Carrie Bittner war nicht zu Hause, was ihre Mutter irritierte. Aber sie schob ihre häuslichen Enttäuschungen beiseite und stürzte sich statt dessen in die Rolle der Gastgeberin. Obwohl leicht zu durchschauen, war die Verwandlung höchst effektiv. Patience wußte, wie man es Gästen gemütlich macht, und Anna war froh, dem schimmeligen Bett an Bord von Pilchers Schiff entronnen zu sein. Die heiße Dusche, Rampals Querflötenklänge aus dem CD-Player und der geliehene Morgenmantel aus Flanell waren ein willkommener Luxus am Abend eines anstrengenden Tages.

Als Anna sich dann auf dem Sofa zusammenkuschelte, entkorkte Patience eine Flasche Pinot Noir. Anna wollte schon protestieren, aber Patience nahm ihr sofort den Wind aus den Segeln.

»Das ist ein exzellenter Wein«, sagte sie. »Er wärmt, ohne betrunken zu machen. Ganz ehrlich. Heute abend können wir ihn beide brauchen. Wein ist wichtig.«

»Das hast du schon mal gesagt.«

Patience grinste, nicht im geringsten peinlich berührt. »Vermutlich hab ich das. Und höchstwahrscheinlich sage ich es heute auch nicht zum letzten Mal. Wein ist Geschichte, Trost und Kraft, Essen und Trinken, Kunst und Kommerz. Und das kann man nicht von vielen Dingen behaupten.« Sie reichte Anna ein kleines Glas von der dunkelroten Flüssigkeit. Dann hob sie ihr eigenes Glas gegen das Licht, sah Anna in die Augen und sagte: »Über die Lippen, am Zahnfleisch vorbei, genieß es, mein Magen, jetzt kommt allerlei!«

Anna genoß den Wein und Patience' Gesellschaft. Sie erzählte ihr alles über Denny, was sie sich traute. Die Einzelheiten – die Kapitänsuniform der Jahrhundertwende, das Fehlen jeder Tauchausrüstung, der genaue Aufenthaltsort –, solche Sachen behielt sie allerdings lieber für sich. Sie wußte, daß es denjenigen, die den Fall bearbeiten mußten, am liebsten sein würde, wenn so viele Informationen wie möglich nur ihnen und dem Mörder vorbehalten blieben.

Es war beinahe neun Uhr morgens, als Carrie Bittner heimkam. Sie hatte den erhitzten, erregten Gesichtsausdruck, der sich nur durch junge Liebe oder andere geheime Nacht-und-Nebel-Aktionen erklären ließ. Während Patience sie in ihr Zimmer scheuchte, überlegte Anna angestrengt, wer von den Hilfskellnern wohl kühn genug war, sich mit der Tochter der Chefin einzulassen.

Patience entschuldigte sich unnötigerweise und folgte ihrer Tochter zu Bett. Obwohl Wein und Wärme sie angenehm beruhigt hatten, war Anna noch immer nicht schläfrig. Zum dritten Mal an diesem Tag angelte sie Ivanhoe aus ihrem Rucksack. Seit sie das letzte Mal umgeblättert hatte, war so viel passiert, daß Rebecca inzwischen bestimmt schon an Altersschwäche gestorben war.

Aber Anna konnte sich nicht konzentrieren. Als sie das Buch wieder einpackte, fiel ihr Christinas Brief, den die *Ranger III* heute gebracht hatte, in die Hände, ungeöffnet, vergessen in dem ganzen Trubel der letzten sechsunddreißig Stunden. Sie stopfte die Decken um sich herum und riß ihn auf. Alison hatte für sie ein Bild von Piedmont gemalt. Er sah aus wie ein gelb-rotes Gürteltier, aber ein authentischer Pfotenabdruck bewies seine wahre Identität. Anna grinste, als sie sich den Kampf vorstellte, der stattgefunden haben mußte, bevor Ally Piedmont dazu gebracht hatte, eine seiner perfekten goldenen Pfoten auf ein Stempelkissen pressen zu lassen. Bei Christinas Bericht darüber, wie sie verzweifelt versucht hatten, die unzähligen Katzenspuren von den Küchenschränken zu entfernen, lachte sie laut. Bei der Aufführung am 4. Juli sollte Alison den Uncle Sam spielen, der Flieder stand in voller Blüte, Annas Bestellung für die Justin-Stiefel war endlich nach Texas abgeschickt worden, am Sonntag machte Christina eine Fahrradtour mit Bertie, der Installateur meinte, die Außenleitungen brauchten ein frostsicheres Irgendwas. Manchmal konnte Anna Christinas Kritzelei wirklich nicht entziffern.

Sie legte den Brief beiseite und betrachtete noch einmal das Piedmont-Gürteltier. Wieder einmal hatte Christina ihr Talent bewiesen, die Fahne des Lebens hochzuhalten. Und sie hatte es genau auf den Punkt gebracht: Sonntagsschule, Installateure und ›Was gibt's zu essen?‹ Alles andere war Nebensache.

Anna knipste das Licht aus. Das Leben ging weiter. Ein fünfjähriges kleines Mädchen spielte Uncle Sam. Der Weltfrieden konnte nicht mehr fern sein.

7

Lucas hatte eine lange Erholungspause an Land gewollt, und die bekam er auch. Denn die Mühlen der Justiz mahlten langsam. Nicht, weil sie so fein mahlen, dachte Anna, sondern weil sie im Papierkram steckenbleiben.

Auf der Rückfahrt zur Nordküste berichtete Lucas Anna von seinem Anruf beim Federal Bureau of Investigation.

Da man dem FBI versichert hatte, die Leiche werde sich auf dem Grund des Sees ebensogut halten wie in den Kühlräumen der Leichenhalle, wollten sie unbedingt einen ihrer Leute dabei haben, wenn der Tote aus dem Wasser geholt wurde. Dieser Mann hieß Frederick Stanton, kam aus Detroit und wurde – das hatte die FBI-Sekretärin Lucas im Vertrauen mitgeteilt – selbst von seinen Freunden stets ›Frederick‹ genannt. Falsche Anreden mit ›Fred‹ oder gar ›Freddy‹ konnten also die Grundlage für eine freundschaftliche Zusammenarbeit rasch zerstören. Frederick war auf Drogendelikte an der amerikanisch-kanadischen Grenze in der Region des Mittelwestens spezialisiert. Am Mittwoch mußte Officer Stanton in New Jersey eine Aussage machen. Am Donnerstag sollte er nach Houghton fliegen und am Freitag mit dem Wasserflugzeug weiter nach Rock Harbor. Erst wenn er da war, konnte man die Leiche aus dem See bergen.

Der Chief Ranger spekulierte, daß das FBI eine große Sache witterte. Für die Feds gab es keine groteske Todesform, an der nicht die Mafia oder die Drogenszene beteiligt war, und da jeder wußte, daß Italiener nicht tauchen konnten, blieb für Denny Castle nur noch die Drogenliste.

Frederick Stantons Spezialgebiet.

Obwohl ihm Berichte über seine Arroganz vorauseilten, entwickelte Anna eine gewisse Schwäche für Fred the Fed: Seine Verspätung bedeutete nämlich auch, daß die unangenehme Tauchaktion zur *Kamloops* fünf Tage aufgeschoben wurde.

Als die *Lorelei* die Einfahrt nach Amygdaloid durchfuhr, entdeckte Anna, daß die *3rd Sister* vor der Ranger Station am Dock lag. Sie fragte sich, ob jemand Hawk und Holly über Dennys Tod informiert hatte. Anna wußte nicht einmal, wo die beiden wohnten.

Die Isle Royale lag außerhalb der normalen Zeitrechnung, außerhalb jeder Normalität. Niemand lebte wirklich dort, abgesehen von den Kreaturen der Wildnis. Zwar wurde die Insel sechs Monate im Jahr von außen her bevölkert, und es entstand eine vollständige Gesellschaft auf Zeit mit Räubern und Gendarmen, Häusern und Schiffen, Schaufeln und Schokoriegeln, und alle zapften Benzin und tranken Wodka, hatten Sex und machten Geld. Am 19. Oktober war dann Feierabend, und alles verließ die Insel, damit die Natur sich unter der winterlichen Schneedecke von der Belagerung erholen konnte.

Wie eine vom Staat eingerichtete Phantasiestadt Brigadoon. Und was weiß man über die Einwohner von Brigadoon? Wie vertreiben sie sich die Zeit in den neunundneunzig Jahren, in denen ihre Stadt im Nebel verschwindet? Irgendwie konnte sich Anna gar nicht vorstellen, daß die Bradshaws in einem Haus herumwerkelten, vor dem Fernseher saßen und sich in ein Bett legten, das nicht im Rhythmus des Sees auf und ab schaukelte.

»Wer hat den Bradshaws wegen Denny Bescheid gesagt?« erkundigte sich Anna beim Chief Ranger.

»Niemand. Wir konnten die *3rd Sister* über Funk nicht erreichen. Die einzige Nummer, die wir von den Bradshaws haben, ist die vom Voyageur-Hafen in Grand Portage. Ich habe bei dem alten Mann, der den Laden dort schmeißt, eine Nachricht hinterlassen, aber sie haben nicht zurückgerufen. Sie wissen nicht, daß Denny tot ist – jedenfalls sollten sie's nicht wissen.«

Anna verstand, was er damit sagen wollte. Denny Castles Leiche war an einer Stelle gefunden worden, an die sich nur eine Handvoll Leute mit der nötigen Courage und dem nötigen Können wagen konnten. Demzufolge standen die Bradshaws auf der Liste der potentiellen Mörder ganz oben.

»Ich habe gehört, daß Holly Dennys Hochzeit mit Jo ziemlich schwer verkraftet hat«, begann Lucas auch schon die Befragung. »Ging es um verschmähte Liebe? Holly und Denny?«

»Holly war unglücklich, aber sie war nicht wütend«, meinte Anna bedächtig. »Ich glaube, wenn ihr Liebhaber eine andere geheiratet hätte, wäre mehr Porzellan in die Brüche gegangen. Verstehst du, was ich meine? Vielleicht ging es bei ihr hauptsächlich darum, daß Jo die Drei Musketiere auseinandergebracht hat. Die Bradshaws haben seit Ewigkeiten mit Denny getaucht. Ich hatte das Gefühl, daß sie ohne ihn ziemlich auf dem Schlauch stehen. Daß sie vielleicht sogar ihre Arbeit aufgeben müssen. Wem gehört die *3rd Sister* eigentlich?«

»Ich habe immer angenommen, sie gehört Denny, aber ich habe nie danach gefragt«, antwortete Lucas. »Ich werde mich erkundigen.«

Zusammen mit den Tauchgeräten war das Schiff um die zweihunderttausend Dollar wert. Anna nahm Lucas' Feldstecher aus dem Instrumentenfach und sah sich die *3rd Sister* an, die jetzt keine vierhundert Meter mehr vor ihnen lag.

»Sie haben Dennys Ausrüstung an Bord«, stellte sie fest. Castle gehörte zu den Leuten, die von manchen Tauchern als Modefanatiker bezeichnet wurden. Er hatte jede Menge schicke Ausrüstung besessen. Anna erspähte seinen auffallenden orangefarbenen Tauchanzug.

»Wir haben ja gewußt, daß Denny sie nicht hat.«

»Wie ist er denn bloß da runtergekommen?« überlegte Anna laut.

»Entweder ist er selbst reingesprungen, oder jemand hat ihn reingeschmissen. Vielleicht wird uns die Autopsie in diesem Punkt Klarheit verschaffen. Wenn er Reifenspuren auf dem Brustkorb hat oder ihm ein Stück Hot dog im Hals steckt, können wir davon ausgehen, daß er es nicht selbst getan hat.«

»In einem antiken Seemannsanzug«, fügte Anna hinzu.

»In einem antiken Seemannsanzug. Vielleicht hat er sich eine Ausrüstung geliehen, hat den Anzug angezogen, ist getaucht und hat seine Flaschen losgemacht. Selbstmord.«

»In den Flitterwochen?«

Lucas schwieg, was Anna daran erinnerte, daß die Ehe der Castles nicht im Himmel geschlossen worden war, sondern zu etwa gleichen Teilen aus Zielstrebigkeit und Enttäuschung. Selbst die ›Flitterwochen‹ waren eher ein Arbeitsurlaub. Mit der *Ranger III* wurden Kunden für die *3rd Sister* erwartet.

»Bei einer Wassertemperatur knapp über dem Gefrierpunkt wäre er an Unterkühlung gestorben, bevor er den Maschinenraum erreicht hätte«, gab Anna zu bedenken.

»Wahrscheinlich. Vielleicht hatte er den Anzug unter dem Taucherzeug an. Nein ... Streichen wir diese Theorie. Ralph und ich haben keinen Tauchanzug und keine Flaschen gesehen, und ohne die wäre er nicht weit gekommen. Er muß schon außerhalb des Wassers tot gewesen sein, und dann hat man die Leiche dort unten versteckt.«

»In der Hoffnung, daß sie zwischen den anderen nicht auffällt?« meinte Anna zweifelnd.

»Auch kein guter Ansatz«, widersprach sich Lucas selbst.

»Ich glaube nicht, daß der Trick mit dem ›vor aller Augen verstecken‹ bei so einer berühmten Versammlung wie der da unten in der *Kamloops* funktioniert.«

»Jemand könnte ihn genau aus diesem Grund dorthin transportiert haben – damit man ihn findet. Als eine Warnung«, überlegte Anna. »Wie die Drogendealer, die ihren Opfern die Beine brechen, oder wie eine Hinrichtung durch die Mafia.«

»Könnte sein. Jedenfalls würde diese Lösung die Feds gleich doppelt beglücken: ein Mafia-Mord mit Drogenverbindungen.«

Anna lachte. Selbst unter den gegebenen Umständen war das ein gutes Gefühl. Besonders unter den gegebenen Umständen.

»Kennst du eigentlich Tinker und Damien Coggins-Clarke?« fragte Lucas übergangslos. »Sie gehören zur SCA in Rock Harbor. Leicht verrückt. Überzeugte Naturkinder.«

»Ja, ich kenne die beiden«, antwortete Anna. Sie wußte nicht recht, ob sie die Geschichte mit dem Charlie-Mott-Reinkarnations-Kannibalismus zur Sprache bringen sollte, und entschied sich, damit vorerst noch hinterm Berg zu halten.

Einen Moment zögerte Lucas. Er sah aus, als kämpfte er mit einer Bemerkung, die ebenso absurd war wie die, die Anna auf der Zunge lag. Dann kicherte er in sich hinein und schüttelte den Kopf. »Ich war unten am Jachthafen und habe mein Boot aufgetankt, als sie die Nachricht von Dennys Tod erhielten. Sie haben gerade versucht, die Möwe mit dem Angelhaken im Schnabel einzufangen, um den Haken rauszuholen, bevor das Tier verhungert. Jim kam auf der *Loon* angefahren, und sobald er die beiden als Zuhörer entlarvt hatte, die noch nichts von der großen Neuigkeit wußten, hat er sie sich geschnappt und fing an zu erzählen. Übrigens haben wir es auch ihm zu verdanken, daß der Fundort nicht mehr geheim ist. Jedenfalls hat Tinker ihren Damien angesehen und gesagt: ›Die *Kamloops*. Ja. Denny wollte nach seinen Freunden sehen.‹« Nachdem die Geschichte nun heraus war, fummelte Lucas unbehaglich an den Geschwindigkeitshebeln herum und verringerte das Tempo so weit, daß die am Dock vertäuten Boote vom Kielwasser nicht allzusehr ins Schwanken gerieten.

Anna vermutete, daß ihn Tinkers seltsame Theorie beunruhigte und daß er als Mann nicht gut damit leben konnte, dieser Beunruhigung Luft gemacht zu haben.

»Die Erklärung ist genauso gut wie jede von denen, die wir uns heute ausgedacht haben«, meinte sie. »Und sie paßt sogar besser zu Denny Castles Persönlichkeit. Ich halte es für äußerst unwahrscheinlich, daß er mit Drogen gehandelt oder sich mit der Mafia eingelassen hat. Da kann ich mir schon eher vorstellen, wie er in alle Ewigkeit die untergegangenen Schätze des Lake Superior bewacht.«

Lucas schnaubte etwas affektiert. Obwohl er das Thema selbst angeschnitten hatte, war es ihm offensichtlich lieber, wenn es jetzt gewechselt wurde. Anna schwieg, und Vega konzentrierte sich darauf, die *Lorelei* ans Dock zu steuern.

Bug- und Heckleine in der Hand, sprang Anna von Bord, während Vega die Maschinen abstellte. Durch das Kabinenfenster sah sie, wie er sich die grüne NPS-Baseballkappe abnahm und den flachkrempigen Strohhut aufsetzte, den er sich für offizielle Anlässe aufhob.

Schließlich kam auch er aufs Dock. »Bleib in der Nähe«, sagte er, während er sich seine dichten schwarzen Haare glattstrich, wo der Hut sie zerzaust hatte. Anna folgte ihm das Dock entlang und stellte sich neben ihn, als er an der Kabinentür der *3rd Sister* klopfte.

Die Fenster standen offen, aber die Vorhänge waren zugezogen. Keine Reaktion. Anna überlegte, ob Hawk und Holly aus irgendeinem Grund an Land gegangen waren. Lucas klopfte noch einmal.

Kaum lauter als das leise Quietschen der Boote, wenn die Fender zwischen Dock und Schiffsrumpf rieben, drangen gedämpfte Stimmen aus den Kabinenfenstern. Hawk und Holly flüsterten.

Anna rief sich ins Gedächtnis, daß alle menschlichen Launen verdächtig erschienen, wenn man sie genauer betrachtete. Sie tauschte einen Blick mit Lucas, und er klopfte zum dritten Mal.

Die Kajütentür ging auf. Zerzaust und blinzelnd sah Hawk zu ihnen empor.

»Verschlafen?« fragte Lucas höflich.

»Nein.« Hawk blickte über die Schulter in die Kajüte. »Nein, wir haben bloß ...« Seine Stimme erstarb, als könnte er sich nicht lange genug konzentrieren, um den Satz zu vollenden. »Entschuldigt. Kommt doch ruhig an Bord, wenn ihr möchtet. Wir können sicher Kaffee aufsetzen oder so.«

Anna hatte selten eine weniger herzliche Einladung gehört, aber daran schien eher Verlegenheit schuld zu sein als böser Wille.

»Holly, wir haben Besuch«, sagte Hawk, und man hörte gedämpftes Rumoren, als er in der Kajüte verschwand. Lucas folgte ihm.

»Es ist eng da drin. Bleib du an Deck.« Der Chief Ranger – halb in der Kajüte, halb draußen – fixierte Anna mit einem strengen Blick, um sich zu vergewissern, daß sie verstand, was er meinte.

Und sie verstand es auch. Er schloß die Tür hinter sich. Durchs Fenster hörte Anna ihn sagen: »Ich fürchte, ich habe schlechte Nachrichten. Denny ist tot.« Schweigen war die Antwort. Weder Hawk noch Holly fragten wann oder wo, keiner von beiden schrie auf vor Schreck.

Anna war froh, auf Deck bleiben zu können. Die Angst anderer Menschen setzte ihren Nerven zu wie ein trockener Wüstenwind.

Im Gedanken an Lucas' Blick lauschte sie nicht weiter, sondern begann das Deck abzusuchen, nach nichts Bestimmtem – nur um zu sehen, was da war und was nicht.

Jede verfügbare Ecke war vollgestopft mit irgendwelchem Zeug. Neben zwei Flaschendeckeln, einem Stück geflochtener Nylonschnur, einer kaputten Sandale und dem üblichen Bootszubehör fand Anna die vollständige Tauchausrüstung für drei Personen und einen tragbaren Kompressor – die benzinbetriebene Sorte, der Schrecken aller Lärmempfindlichen – zum Aufladen leerer Tanks. In der Regel füllten die Taucher ihre Flaschen sofort nach dem Gebrauch wieder auf. Sechs Dreißig-Kubikmeter-Tanks lagen zu einer Pyramide gestapelt zwischen der Maschinenbox und dem Rumpf. Eine übergroße Einzelflasche mit einem Y-Ventil, die Anna von Denny kannte, war auf eine Seite gerollt.

Anna inspizierte die Manometer. Alle Dreißigertanks waren voll, die Einzelflasche aber nur halb. Sicher gab es mindestens ein Dutzend guter Gründe, weshalb man sie nicht nachgefüllt hatte. Vielleicht hatten Hawk und Holly sie heute schon zum Tauchen benutzt. Die meisten Tauchgänge auf der ISRO erforderten keine Dreißiger-Doppeltanks. Der Manometer konnte beschädigt sein. Oder sie hatten kein Benzin mehr für den Kompressor – oder sie waren einfach faul gewesen.

Aber einem argwöhnischen Menschen drängte sich der Gedanke auf, daß die Bradshaws, als sie am vorherigen Tag ihre Flaschen nachfüllten, schon gewußt hatten, daß Denny seine nicht brauchen würde.

Lucas' Gespräch mit den Zwillingen war weder beruhigend noch besonders aufschlußreich. Die Bradshaws hätten reagiert, als wären sie innerlich tot, berichtete er. Vielleicht der Schock, vielleicht, weil sie es schon gewußt hatten – Vega war ein Ranger, kein Seelenklempner.

8

»Leichen pflastern deinen Weg, wie's scheint, Anna. Bist du sicher, daß du in New York nie für *Die Nacht der lebenden Toten* vorgesprochen hast?«

»Das hab ich gesehen«, warf Alison ein. Ally saß auf Annas Kanusitz aus Segeltuch zwischen ihrer Mutter, die gelegentlich ein Paddel ins Wasser tauchte, und Anna, die vom Heck aus fast allein dafür sorgte, daß sie vorwärts kamen.

»Da waren lauter tote Leute mit weißen Gesichtern und schwarzen Lippen, die ungefähr so rumgelaufen sind.«

»Bleib bloß sitzen!« riefen Anna und Christina wie aus einem Mund.

»So ungefähr.« Alison demonstrierte es von ihrem Sitz aus und schwang dabei ihre Arme wie Frankensteins Monster, das man an einen Stuhl gefesselt hat.

»*Die Nacht der lebenden Toten* hat mir eine Höllenangst eingejagt«, sagte Anna. »Noch Wochen danach brauchten meine Mitbewohnerinnen nur steifbeinig zu laufen ...«

»Bleib sitzen!« wiederholten die beiden Frauen, als Ally wieder anfing, auf dem Sitz rumzurutschen.

»... und schon wurde ich total paranoid«, vollendete Anna ihren Satz.

»Was ist paranoid?« erkundigte sich Ally.

»Wenn man vor Sachen Angst hat, die einem eigentlich gar nichts tun können«, erklärte ihre Mutter. »Pa-ra-no-id, P-a-r ...«

Als die *Ranger III* am Dienstag angelegt hatte, waren Chris und Ally an Bord gewesen. »Wir mußten mal wieder eins werden mit der Natur«, hatte Chris gesagt, aber in Wirklichkeit war sie natürlich gekommen, weil Annas Briefe einsam geklungen hatten. Christina haßte die Natur, es sei denn, man konnte sie in ein hübsches Blumenbeet verwandeln.

Anna lächelte. Wenn man schon nicht nach Hause konnte, war das nächstbeste, in der Wildnis Besuch zu bekommen. Christina Walters, mit ihren zarten weißen Händen, ihrer unleserlichen Handschrift und ihrer Abneigung gegen Plumpsklos, trug Behaglichkeit mit sich herum wie eine Lilie ihren Duft. Anna wußte, daß sie ihre Hausgenossin eines Tages an eine Geliebte verlieren würde. Christina würde bestimmt nicht lange Single sein.

»Ich wünschte, ich wäre schwul«, sagte sie über Alisons Kopf hinweg. Nicht im übertragenen Sinn über ihren Kopf hinweg, sondern wirklich. Mit ihren fünf Jahren wußte Ally wesentlich mehr von der Welt als Anna mit dreißig.

»Würdest du dann Ally und mich heiraten?« fragte Christina.

»Vom Fleck weg.«

»Keine Chance«, lachte Christina, blieb mit dem Paddel im Wasser hängen und spritzte ihre Tochter und Anna naß. »Ich mag bloß Frauen mit größerem B-u-s-e-n.«

»Und du auch, Brutus?« brummte Anna. »Stimmt ja gar nicht«, fügte sie dann hinzu.

»Du kennst Bertie nicht.«

Die Fahrrad-Freundin. Womöglich würde Anna die beiden früher verlieren, als sie gedacht hatte. Sie würde sich zusammenreißen müssen, um Christinas Freundin nicht an der Tür abzupassen, sie über ihre Absichten auszuhorchen und ob sie Chris und Ally den Lebensstandard bieten konnte, den sie gewohnt waren. Anna lächelte wehmütig. Sie lebten alle drei von NPS-Gehältern. Jede Imbißkellnerin hätte die letzte Frage mit einem lauten ›Ja‹ beantworten können.

»Keine Sorge, Tante Anna«, sagte Ally. »Wenn Mama und ich wieder heiraten, darfst du bei uns wohnen. Wenn du Piedmont mitbringst«, fügte sie als Bedingung hinzu.

»Wir adoptieren dich«, schlug Chris vor.

»Paddelt lieber«, konterte Anna. »Ihr wiegt ja mindestens eine Tonne.«

»Anno-räck-sie«, sagte Christina. »In der Walters-Familie gibt es keine Dünnen. Dünn sein ist nämlich ein Zeichen für geistigen Geiz. Deine Magerkeit können wir akzeptieren, denn sie kommt daher, daß du eine miserable Köchin bist und kein schlechter Mensch.«

Anna paddelte. Sie war sich des seltenen Glücksgefühls bewußt, das sie in diesem Moment durchflutete. Das Leben war okay. Sie schwieg, um es besser genießen zu können. Allys und Christinas Geplauder waren wie ein angenehmer warmer Sommerregen.

»Wie weit ist es noch?« fragte Ally nach ein paar Minuten.

»Wann holt ihr ihn hoch?« wollte Christina fast gleichzeitig wissen. Sie meinte Denny Castle. Chris kannte Denny. Sie war ihm in Houghton begegnet und später noch einmal, als sie Ende Mai bei Anna auf der Insel gewesen war. Christina nahm nicht gern Worte in den Mund, die den Tod beim Namen nannten. Euphemismen wie ›von uns gegangen‹ oder ›nicht mehr unter uns‹ kamen ihr ganz selbstverständlich über die Lippen.

Früher hatte Anna darin eine affektierte Angewohnheit gesehen. Doch in dem ganzen Jahr, das sie Chris inzwischen kannte, hatte sich ihre Freundin so hartnäckig daran gehalten, daß Anna inzwischen glaubte, daß man es, wenn nicht als religiöses Tabu, dann aber doch als Aberglauben klassifizieren konnte. Molly hätte es wahrscheinlich eine neurotische Verdrängung menschlicher Sterblichkeit genannt – aber für so etwas wurde Molly bezahlt. Und obwohl Anna prinzipiell alles glaubte, was ihre Schwester ihr sagte, war es ihr immer etwas suspekt, sozial weniger genehme Persönlichkeitszüge als ›Krankheit‹ und eine Psychotherapie als ›Heilung‹ – wovon der Therapeutenstand ja ordentlich profitierte – zu etikettieren.

»Gut einen Kilometer und Freitag«, beantwortete sie fröhlich beide Fragen. Sogar finstere Gedanken und mühselige praktische Angelegenheiten bekamen gleich eine andere Ausstrahlung, wenn man in angenehmer Gesellschaft war.

»So tief müßt ihr tauchen?« fragte Christina entsetzt.

»Jawoll.«

»Hast du Angst?«

»Jawoll.«

»Bist du pa-ra-no-id?« fragte Ally.

»Jawoll.«

»Möchtest du darüber reden?« fragte Chris.

»Nee.«

»Nee«, echote Ally und dehnte das E wie Kaugummi.

Das Wetter hielt sich den ganzen Tag. Der See blieb ruhig und glatt. Auf dem Festland war es sicher feucht und schwül, aber auf dem Wasser war es angenehm kühl. Der Strand von McCargo Cove war warm genug für ein vorsichtiges Sonnenbad. Christina strengte sich an, ihre alte Sonnenbräune an ihren neuen Badeanzug anzupassen und sich durch *Ryan's Daughter* zu kämpfen, weil Bertie es ihr empfohlen hatte. Anna ließ Steinchen auf dem Wasser hüpfen, suchte Fuchsspuren im Sand und ärgerte mit Ally Köcherfliegenlarven.

Gegen vier Uhr stiegen sie wieder ins Kanu und paddelten durch die lange schmale Bucht zurück. Segelboote glitten über das geschützte Wasser von McCargo, bunt und scheinbar zart wie Schmetterlingsflügel. Mit einer Länge von fünf Kilometern und einer Breite von zweihundert Metern war McCargo ein beliebter Ankerplatz.

Anna plante ein zeitiges Abendessen auf dem Campingplatz von Birch Island, einer hübschen kleinen Insel am Ausgang von Brady Cove, dem lagunenartigen Gewässer neben McCargo. Von Birch Island aus konnten sie den Bootsverkehr beobachten, und Anna konnte mit ein bißchen Glück Chris und Ally einen Elch zeigen. Brady Cove an der Rückseite der Insel war keine zwei Meter tief, und die Elche kamen oft dorthin, um nach Nahrung zu suchen. In der letzten Woche hatten mehrere Bootsfahrer berichtet, sie hätten eine Elchkuh mit zwei Kälbchen gesehen.

Ein prosaischerer Grund, nach Birch zu fahren, war, daß dort Feuer erlaubt waren, anders als auf den meisten Lagerplätzen der Isle Royale. Viele Gegenden waren so stark frequentiert, daß es überhaupt kein Feuerholz mehr gab, und an manchen Stellen waren Zweige und Rinde mannshoch von den umstehenden Bäumen abgerissen. In einem oder zwei Jahren würde das Feuermachen wahrscheinlich überall im Park verboten sein, doch zur Zeit war es auf Birch noch legal, und Anna wollte ein Feuer für Ally. Marshmallows, der Geruch des Feuers, Zweigesammeln, jede Minute ein halbes Dutzend Warnungen und Ermahnungen von Mama – eben die Quintessenz des Campings.

Ein dünner Rauchstreifen, der übers Wasser zog, zeigte, daß Birch Island bereits besetzt war. Anna konnte ihre Enttäuschung nicht verbergen. Die Hot dogs über der bullernden unsichtbaren Flamme ihres Campingkochers zu braten, wäre ein schlechter Ersatz.

»Wir essen einfach unten am Wasser«, schlug Christina vor. »Dann sehen wir besser. Außerdem ist es am Ufer immer weniger stickig als unter den Bäumen.« Sie wußte, daß Anna und Alison es sich in den Kopf gesetzt hatten, ein Lagerfeuer zu machen, und sie versuchte, die beiden zu trösten. Aber es half kein bißchen.

Alison schmollte, während Anna das Kanu aufs Ufer zog und auspackte. Anna bemühte sich, gute Laune zu bewahren, aber sie spürte eine kindische Wut, daß ihre Pläne durchkreuzt worden waren. »Ich bin der Ranger«, sagte sie grämlich.

»Dafür kriegst du hier genausowenig eine Tasse Kaffee wie für einen Dollar«, entgegnete Christina. Dann entschuldigte sie sich, um auf die Suche nach der ›Damentoilette‹ zu gehen, und ließ Anna und Alison allein zurück, die mit baumelnden Beinen auf dem Dock sitzenblieben und sich standhaft weigerten, gute Miene zum bösen Spiel zu machen.

Gerade als Anna drauf und dran war, all ihre Energie zusammenzunehmen und sich wieder wie eine Erwachsene zu benehmen, kam Christina zurück.

»Möchte vielleicht jemand zum Abendessen an mein Feuer kommen?« lud sie die beiden freundlich ein.

Annas erster unnachsichtiger Gedanke war, daß jemand ein Feuer unbeaufsichtigt hinterlassen hatte, und sie verfluchte sich schon innerlich, daß sie ihr offizielles Notizbuch in Amygdaloid gelassen hatte.

»Zwei sehr nette Leute haben uns angeboten, wir könnten uns ihnen doch anschließen.«

Annas Ärger verflog sofort. Das war doch die einfachste Lösung, und ihr wäre sie in hundert Jahren nicht eingefallen. Hinter Chris und Alison schleppte sie die Kühltasche den Pfad hinauf. Die Sonne schien wieder, die Wolken, die sie und Alison heraufbeschworen hatten, waren im Handumdrehen verschwunden. Die Luft duftete nach Kiefernnadeln und den wilden Lilien im Tal, die Ringelblumen steckten am Rand des Plankenwegs, der über die sumpfigen Stellen führte, die Köpfe zusammen. Goldfaden nickte weise im Wald.

»Hier ist es wie in Disneyland«, verkündete Ally und rannte wieder voraus.

Alison war zwar noch nie in Disneyland gewesen, aber Anna wußte genau, was sie meinte. Im Juni entsprach die Isle Royale ziemlich genau den Vorstellungen, die sich die Zeichner von dem Wald gemacht hatten, in dem Bambi und Schneewittchen ihre Tage verbrachten. Hie und da hörte man die Moskitos bedrohlich aus den Schatten surren, aber ihr blutdurstiges Gequengel diente nur dazu, das Märchenland mit einem Schuß Realität zu versehen.

Weil sie die Kühltasche schleppen mußte, landete Anna als letzte auf der Lichtung. Von einem niedrigen Ast einer Fichte begegnete ihr der Blick zweier glitzernder Knopfaugen. Oscar der Bär hielt Wache und beschützte das Camp von Birch Island. Ally stand auf einem Baumstumpf, ein schwarzes Cape vampirartig über die untere Gesichtshälfte geschlagen. Die netten gastfreundlichen Menschen waren Tinker und Damien.

»Wie seid ihr denn hierhergekommen?« fragte Anna überrascht. »Es ist doch gar kein Boot am Dock.«

»Pizza-Dave hat uns in der *Loon* mitgenommen und hier abgesetzt«, erklärte Tinker. »Er war nach Thunder Bay unterwegs, um Pizza zu holen.«

Da fuhr dieser Kerl ein Schiff des National Park Service über sechzig Kilometer übers offene Wasser, um Pizza zu holen – das war ein Entlassungsgrund. Anna mochte Dave. Hoffentlich würde sie ihn nicht eines Tages bei einer solchen Tour erwischen. »Oscar schiebt also Wache«, sagte sie.

»Er hat versprochen, Ally keine Zigarren anzudrehen«, versicherte Tinker. Anna musterte sie durchdringend, aber es war nicht festzustellen, ob Tinker Witze machte oder nicht.

Bevor das erste Marshmallow geschmolzen und vom Stock ins Feuer geplumpst war, dankte Anna dem Schicksal, daß es beschlossen hatte, ihnen die Coggins-Clarkes über den Weg zu schicken. Ally war hingerissen von Damien. Mindestens eine Woche lang würde Christina heimgesucht werden von »Damien hat aber gesagt . . .« und »Damien findet . . .«

Tinker zeigte Anna eine tote Fledermaus, die sie gefunden hatte. Anna hatte das leise Schwirren von Fledermausflügeln gehört, wenn die Tiere nachts über dem Dock flogen, aber sie hatte immer nur übers Wasser huschende Schatten gesehen. Sogar Christina war beeindruckt von Tinkers Wissen und ihrem Enthusiasmus.

Das Tierchen wurde behandelt, als wäre es noch am Leben. Anna dachte schon, daß wahrscheinlich ein respektvolles Begräbnis mit ordentlicher Zeremonie und dem Aufstellen eines winzigen Grabsteins anstand, aber nachdem Tinker die Fledermaus eingehend untersucht hatte, ließ sie die kleine Leiche auf einer hohen Astgabel für die Raubvögel liegen.

Aus irgendeinem Grund – vielleicht wegen ihrer exzentrischen Kleidung oder ihrer kindischen Liebe zu rituellem Zauber – unterschätzte Anna die Coggins-Clarkes immer wieder. An ihrem Verstand gab es nichts auszusetzen.

»Dabei fällt mir ein«, sagte Anna zu ihren eigenen Gedanken, »hat euch denn schon jemand erzählt, was mit Donna Butkus los ist?«

»Nein«, antwortete Damien in einem Ton, der verriet, daß er das auch nicht für notwendig hielt. Er saß neben Ally auf einer Bank am Picknicktisch. Sie hatten die Eßsachen weggeschoben und spielten irgendein Spiel mit Kieselsteinen und Makkaroni. Oscar sah ihnen zu.

»Der Windigo«, sagte Damien.

Anna rollte innerlich die Augen.

»Was ist ein Windigo?« wollte Ally wissen.

»Soll ich dir eine Geschichte erzählen?« fragte Damien.

»Ja, eine unheimliche Geschichte«, freute sich Ally.

»Ich erzähle dir die unheimlichste, die ich kenne – eine wahre Geschichte«, versprach er.

»Ich weiß nicht . . .«, wandte Christina ein.

»Bitte«, bettelte Ally.

Damien wartete, Chris seufzte tief. »Der Windigo«, begann Damien. Mit den angemessenen Schnörkeln und einem durchaus glaubwürdigen französischen Akzent erzählte er Algernon Blackwoods klassische Geschichte vom Windigo, dem kannibalistischen Geist, der die Wälder des Nordens durchstreifte, sich unvorsichtige Reisende schnappte und mit ihnen so unglaublich schnell durch die Lüfte flog, daß ihre Füße bis auf die Stümpfe abbrannten und ihre Schreie über den klaren kalten Himmel hallten.

»Das war vor langer, langer Zeit«, beendete Damien seine Erzählung. »Heutzutage ist alles anders geworden. Es gibt keine Voyageurs mehr und kaum noch Indianer. Aber der Windigo ist noch da, er ist immer noch unter uns. Überall dort, wo die Menschen nach etwas gieren, was sie nicht haben können, überall dort, wo sie andere verschlingen, um sich den eigenen Bauch mit Stolz oder Geld oder Land oder Macht vollzuschlagen, dort lauert der Windigo.«

Chris applaudierte. Tinker strahlte – sie hatte die Geschichte natürlich schon gehört. Damien gab sie bei manchen Abendveranstaltungen zum besten. Ally war starr vor Staunen.

Für Annas Geschmack waren ihre Augen etwas zu weit aufgerissen, diese Geschichte war eigentlich nicht für eine Fünfjährige. »Will denn jetzt jemand wissen, was mit Donna Butkus los ist, oder nicht?« fragte sie unwirsch.

»Was ist mit ihr passiert, Damien?« fragte Ally, um noch einmal seine Stimme zu hören.

»Ihr Ehemann Scotty hat sie aufgegessen«, erklärte Damien. »Mit Mixed Pickles.«

Ally quietschte vor Vergnügen. »War Scotty ein Windigo?«

»Ja.«

»Um Himmels willen!« protestierte Christina.

Tinker streute Schokoladenstückchen auf eine durchgeschnittene Banane.

Oscar blieb ungerührt.

»Ich habe mit Scotty gesprochen«, machte Anna hartnäkkig weiter. »Gleich am Morgen nach Dennys Empfang.

Donnas Schwester Roberta hat sich an der Bandscheibe verletzt. Scotty hat gesagt, Donna ist nach Houghton gefahren, um ihr ein bißchen zur Hand zu gehen.«

»Das hat Scotty gesagt.« Damien machte einen Schmollmund. Offenbar beeindruckte ihn diese Erklärung nicht. »Und die Kiste Mixed Pickles?«

»Danach hab ich ihn nicht gefragt«, räumte Anna ein.

»Aha.«

»Roberta Ingles?« Christina klang leicht alarmiert.

»Ich weiß ihren Nachnamen nicht«, sagte Anna. »Donna nennt sich Butkus, der Teufel mag wissen, warum. Aber Scotty hat behauptet, Donna ist bei ihrer Schwester Roberta.«

»Wann war das – die Sache mit der Bandscheibe?« Christina sah noch immer besorgt aus.

»Warum?« fragte Anna. Die ganze Geschichte hatte doch gar nicht so viel mit Christina zu tun, daß sie sich so dafür interessieren mußte.

»Weil ich am Sonntag mit Bertie eine Radtour gemacht habe. Und da ging es ihr blendend.«

»Bertie ist Roberta, Donnas Schwester?«

»Ja. Sie hat mir aufgetragen, Donna zu grüßen, wenn ich sie sehe.«

»O Gott«, stöhnte Anna. »Und Scotty hat die Insel verlassen.«

»Was ist los, Anna?« Christina legte ihr die Hand auf den Arm.

»Denny und Donna. Donna verschwindet. Scotty lügt. Castle stirbt. Scotty verläßt die Insel. Vielleicht sollte die Polizei in Houghton lieber schon mal nach einer zweiten Leiche fahnden.«

»Die werden sie aber nicht finden«, mischte sich Damien ein und klopfte demonstrativ auf das Glas mit Mixed Pickles, das auf dem Tisch stand.

»Und Scotty hat die Insel nicht verlassen«, fügte Tinker hinzu.

»Habt ihr . . .« Anna zögerte, Worte wie ›spionieren‹ oder

›schnüffeln‹ in den Mund zu nehmen. »Habt ihr Nachforschungen über Donnas Verschwinden angestellt?«

»Ein bißchen. Scotty ist uns gegenüber ein bißchen kurz angebunden, seit er Donna gegessen hat.«

»Vielleicht so eine Art spirituelles Sodbrennen?« vermutete Anna. Alle, einschließlich Ally, musterten sie mit strengen, mütterlichen Blicken. »Entschuldigung. Erzähl weiter.«

»Er war einige Male ziemlich unfreundlich zu Damien. Aber als wir hörten, daß er ein paar Tage nach Houghton gefahren ist, haben wir gedacht, das wäre eine gute Gelegenheit, den Müll nach wiederverwertbarem Material zu durchsuchen, ohne daß es jemanden stört.«

»Ihr wißt, daß das illegal ist?« fragte Anna.

»Es ist ein größeres Verbrechen, Rohstoffe und Energie zu verschwenden«, erwiderte Damien ernst, und Anna entdeckte wieder ein kurzes Aufleuchten der jungenhaften Heftigkeit, die er für gewöhnlich unter seinem schwarzen Cape verbarg.

»Okay. Also, ihr habt seinen Müll durchsucht und ...«

»Auf wiederverwertbares Material«, wiederholte Christina.

»Auf wiederverwertbares Material. Und ...«

»Wir haben ein Flugblatt gefunden, das mit der *Ranger III* am Sonntag gekommen ist – das wissen wir, weil alle es gekriegt haben. Dann war da noch ein TV-Dinner, eins von der Sorte, bei der man einen Plastikteller dazukriegt, und dann schmeißt man das Ganze weg. Die Reste waren noch frisch. Drei Flaschen Jack Daniel's und ein paar Sechserpacks Micheys's Big Mouth. Dave holt den Müll immer mittwochs und samstags ab. Wenn Scotty am Donnerstag morgen nach Houghton gefahren ist, wie er gesagt hat, hätte sein Müll leer sein müssen.«

Wenn er eigentlich hätte leer sein müssen, fragte sich Anna, weshalb hatten die beiden ihn dann auf wiederverwertbares Material durchsucht? Aber sie hielt den Mund. »Waren auch Mixed-Pickles-Gläser dabei?« Diese Frage konnte sie sich jedoch nicht verkneifen.

»Anna, sie war doch schon aufgegessen!« rief Ally genervt.

»Stimmt ja. Habt ihr Scotty gesehen?« fragte Anna ernst. »Oder was von ihm gehört?«

Tinker und Damien schüttelten den Kopf.

»Er könnte sich verletzt haben oder krank geworden sein. Er ist ein erstklassiger Kandidat für einen Herzinfarkt«, sagte Anna. »Sobald wir wieder in Amygdaloid sind, werde ich einen Funkruf durchgeben und dafür sorgen, daß jemand rübergeht und nach ihm sieht.«

»Wir haben doch nicht gedacht . . .«, begann Tinker und sah so betroffen aus, daß Anna schon befürchtete, sie würde anfangen zu weinen oder in Ohnmacht fallen. »Ich hätte dran denken müssen. Offenbar hab ich mich kein bißchen verändert. Was, wenn er verletzt oder tot irgendwo da drin liegt, und wir haben nicht mal nachgesehen?« Tinkers Stimme erhob sich laut und wehklagend.

Anna saß auf der Bank wie angewurzelt. Christina legte den Arm um Tinker und machte besänftigende Gurrgeräusche. Damien ließ den Kopf hängen, ratlos und zutiefst bekümmert.

»Ich glaube nicht, daß es ein großer Verlust wäre«, sagte Anna schließlich, um Tinker zu trösten, aber Christina brachte sie mit einem Blick zum Schweigen.

Wenige Minuten später hatte sich Tinker wieder erholt, aber das Picknick war vorbei.

Sobald sie in Amygdaloid angekommen waren, versuchte Anna, zwei-null-zwei zu erreichen, Scotty Butkus' Nummer. Beim zweiten Mal antwortete Scotty, und Anna verwarf den Plan, Pilcher anzufunken und ihn zu bitten, Scottys Wohnung überprüfen zu lassen. »Ich mach ne Funkprobe, Scotty«, erklärte Anna. »Ich hab soviel Statik hier.«

»Ich hör dich hervorragend«, versicherte er.

Anna verabschiedete sich. Was führten Tinker und Damien bloß im Schilde?

Christina und Ally verbrachten die Nacht in der Ranger-

Station in Amygdaloid. Chris bekam das Bett, Anna und Alison campierten auf dem Fußboden. »Weil uns so was nichts ausmacht«, erklärte Ally. Am nächsten Morgen brachte Anna die beiden zurück nach Rock Harbor, damit sie die *Ranger III* erwischten. Bis Houghton dauerte es sechs Stunden per Schiff. Anna wußte es zu schätzen, daß Chris sie besucht hatte. Zwölf Stunden auf einem Schiff mit einem fünfjährigen Kind. Nicht mal sämtliche Malbücher im Staat Michigan hätten diese Reise erholsam gestalten können.

Anna blieb auf dem Dock stehen und winkte, bis die *Ranger III* aus dem Hafen verschwunden war. Darauf hatte Christina bei ihrem ersten Besuch bestanden. »Wenn ich es schon nie schaffen werde, an Bord der *Queen Elizabeth* nach Europa zu segeln«, hatte sie argumentiert. Seither beachtete Anna das Ritual.

Scotty zu finden, war nicht schwer. Er war meistens in der Nähe, wenn die *Ranger III* oder die *Queen* Segel setzte. Als Anna ihn entdeckte, war er auf der anderen Seite des Hafens gerade in seine Lieblingsbeschäftigung vertieft: Er gab Anglergeschichten zum besten und ließ sich als Gegenleistung welche erzählen.

Eine lange Zeit hockte Anna an Bord der *Belle Isle* und versuchte, nicht auszusehen wie eine Detektivin bei einer Beschattung. Sie beobachtete Scotty nicht, aber sie hätte gern gewußt, wie sie die Antworten auf ihre Fragen bekommen konnte, ohne allzu naseweis zu wirken. Bevor sie nicht etwas handfestere Beweise in der Hand hatte als Tinkers und Damiens Geschichten, wollte sie Ralph oder Lucas lieber nicht belästigen.

Da die Inspiration sich jedoch nicht einstellen wollte, beschloß sie, zu improvisieren. Während sie sich über den Pier der Stelle näherte, wo Scotty bei einem rotgesichtigen Mann mit einer orangefarbenen Traktormütze stand, einen Fuß auf den Bootsrand gestützt, hörte man bereits die Gesprächsfetzen, die für jede größere Legendenbildung typisch sind. »Ich mach keine Witze, dieser Teufelskerl war mindestens . . .«

»Hallo, Scotty«, sagte Anna und gesellte sich zu den beiden Männern. Der Fischer nutzte die günstige Gelegenheit, um eine Entschuldigung zu murmeln und das Weite zu suchen. »Na, wie war's in Houghton?«

Scotty machte ein betretenes Gesicht. »Um die Wahrheit zu sagen, ich war gar nicht dort«, antwortete er mit einem verlegenen Kichern, für das er nicht mal die Lippen auseinandermachte. So lachte er übrigens immer, als ginge es um einen schmutzigen Witz, den er in Anwesenheit einer Lady aber lieber nicht erzählen wollte.

»Ich war ziemlich schlecht drauf. Hab mich ein paar Tage verkrochen«, sagte er.

»Grippe?« erkundigte sich Anna eifrig.

»Ein höllischer Virus. Hat mich regelrecht flachgelegt.«

Anna fielen die drei Flaschen Jack Daniel's und das Bier ein. »Meine Mama hat immer gesagt, bei Grippe soll man vor allem viel trinken«, sagte sie.

Das rief Scottys Karl-Kojote-Gesichtsausdruck auf den Plan, halb peinlich berührt, halb stolz. Anna fragte sich, was er bedeutete, aber Scotty war nicht gewillt, weitere Informationen preiszugeben. »Ich versuche, Donna ausfindig zu machen«, sagte sie etwas unvermittelt. »Sie ist nicht bei ihrer Schwester. Kannst du mir vielleicht sagen, wo ich sie erreichen kann?«

»Jetzt reicht's mir dann aber«, fauchte Scotty. »Diese kleinen Scheißer sollten mich wirklich nicht noch mehr reizen.«

»Wie bitte?«

»Du hast mich genau verstanden. Sag ihnen, sie sollen Donna und mich verdammt noch mal in Ruhe lassen.«

»Welche kleinen Scheißer denn?«

»Hör zu, du kannst hier die Ahnungslose spielen, soviel du willst, bei mir zieht das nicht. Ich bin schon ne ganze Weile länger im Geschäft als du. Ich rieche eine Ratte aus zwei Kilometer Entfernung, und dieser kleine Schwuli und seine Frau – die stinken zum Himmel! Die haben doch nen Knall wegen Donna. Ich kann's nicht beweisen, aber ich verwette mein ganzes Vermögen, daß sie meinen Müll durchwühlen und in mein Fenster glotzen. Wenn ich sie dabei erwische, dann dreh ich ihnen den Hals um. Das sind keine harmlosen kleinen Spinner. Ich hab diese Tinker irgendwo schon mal gesehen. Ich kann mich nicht mehr erinnern, wo, und sie hat sich damals auch noch nicht Tinker genannt. Satanismus, Teufelsanbeterei – das ist meine Theorie. Sie haben Donna Gott weiß was aus Blättern und Moos zusammenbrauen lassen. Ich hatte ehrlich Angst, die beiden würden sie vergiften. Das ist einer der Gründe, weshalb ich Donna zu ihrer Schwester geschickt habe.«

Anna wartete noch einen Moment, aber der Ausbruch war zu Ende. »Donna ist nicht bei ihrer Schwester«, erinnerte sie ihn dann.

»Wenn du Donna was zu sagen hast, dann sag's mir«, knurrte er. Als Anna schwieg, drehte er sich um und stampfte das Dock hinunter. Ein paar Touristen beobachteten die Szene voller Entzücken: Das war allemal besser als ein Vortrag über Wildblumen. Anna grinste schief und folgte Scotty.

Sie hatte ein paar Dinge zu erledigen. Die Ausgänge der Isle Royale zu überprüfen, war nicht schwer. Die *Voyageur*, die *Queen*, die *Ranger III* und das Wasserflugzeug – das waren die einzigen Möglichkeiten, aus Rock Harbor wegzukommen.

Donna Butkus hatte keine Passage auf einem von ihnen gebucht.

Anna wünschte, sie hätte Scotty wegen des Kartons Mixed Pickles gefragt.

9

Anna hatte ihre Pflicht getan: Sie hatte Donnas Verschwinden beim District Ranger gemeldet, allerdings ohne Tinkers und Damiens Kannibalismus- und Reinkarnationstheorie zu erwähnen. Nur das Wichtigste hatte sie Pilcher vorgesetzt: Donna war seit fast zwei Wochen nicht mehr auf der

Insel gesehen worden; Scotty hatte gelogen, was ihren Aufenthaltsort anging; es gab keinen Vermerk, daß sie die ISRO auf einem der kommerziellen Transportmittel verlassen hatte.

Ralph Pilcher nahm die Information seltsam gleichgültig auf. Seine Gedanken konzentrierten sich auf die bevorstehende Ankunft von Fred the Fed, der am nächsten Morgen per Wasserflugzeug eintreffen sollte, auf die Pläne zur Bergung von Dennys Leiche und auf die Ermittlungen am Unterwassertatort.

Die Bergung der Leiche und die Ermittlungen am Tatort stellten ihn nämlich vor ein interessantes Problem. Alles mußte innerhalb von fünfundzwanzig Minuten erledigt sein. Wenn es länger dauerte, verlängerte sich die Aufstiegszeit auf über eineinhalb Stunden für die Dekompression. Und selbst im Tauchanzug lief man dann in dem kalten Wasser Gefahr, auszukühlen.

Ralph wies darauf hin, daß Donna noch nicht offiziell von einem Freund oder Familienangehörigen als vermißt gemeldet worden war; außerdem machte er Andeutungen, daß Tinker und Damien ja wohl kaum die zuverlässigsten Informationsquellen waren. Nachdem Castles Leiche geborgen war und das FBI die Ermittlungen fest in die Hand genommen hatte, würde er sich umhören und mit Scotty und Trixy reden, versprach er. Trixy war Donnas beste Freundin auf der Insel.

Damit mußte sich Anna vorerst zufriedengeben, was ihr nicht weiter schwerfiel. Gespräche mit Scotty gehörten nicht zu ihren angenehmsten Beschäftigungen. Ob es daran lag, daß er automatisch alle Leute haßte, die zwanzig Jahre jünger, weiblich und eine Konkurrenz bei der nächsten Beförderung waren, oder ob sich Annas Benehmen am Hafenkai ihn einfach ärgerte, wußte sie nicht. Aber jedesmal, wenn sie sich mit ihm unterhalten wollte, ging er an die Decke.

Pilcher mit seinem männlichen Charme und seinem Ruf als Schwerenöter würde wahrscheinlich besser mit Scotty zurechtkommen.

Während Anna die *Belle Isle* flottmachte und sich von Mott auf den Weg nach Rock Harbor machte, überlegte sie, ob Scotty wohl genügend Courage und Selbstkontrolle besaß, um seine Frau und ihren Liebhaber zu ermorden.

Scotty und Denny im Zweikampf Mann gegen Mann?

Das schien reichlich weit hergeholt. Scotty hatte zwar durchaus einen rachsüchtigen Zug an sich, aber der äußerte sich gewöhnlich in anonymen Briefen und verleumderischen Telefonanrufen, bevor Stellen vergeben oder Beförderungen gewährt wurden.

Andererseits trank Scotty zuviel, und Alkohol veränderte den Charakter. Hatte es vielleicht im Suff einen Kampf gegeben, wie Jim behauptete? Jedenfalls war das nicht ausgeschlossen. Man konnte nicht bestreiten, daß Butkus seine Oberkörpermuskulatur offenbar fit gehalten hatte. Unter den dünnen Hemden der Sommeruniform war das nicht zu übersehen.

Wenn Scotty Dennys Mörder war, warum hatte er die Leiche dann in die *Kamloops* gebracht? Wozu der Matrosenanzug? Das war eine makabre Spinneridee, die besser zum Mystizismus der Coggins-Clarkes paßte als zu Scottys nüchterner Lebenseinstellung. Es sei denn, der Anzug hatte für Scotty eine besondere Bedeutung – oder für Donna. Vielleicht wollte Scotty seine Frau wissen lassen, daß ihr Liebhaber in dieser Aufmachung in der *Kamloops* entdeckt worden war. Irgendein persönlicher Racheakt. Aber was sollte er bedeuten? Ein privater Scherz unter Liebhabern? Selbst für Denny Castle war ein Maschinenraum fast zweihundert Meter unter der Wasseroberfläche ein seltsamer Ort für ein Stelldichein. Und wenn Tinker und Damien recht hatten, war Donna schon verschwunden, bevor Castle ermordet worden war. Was jeder Theorie widersprach, daß Dennys groteske Grabstätte als Botschaft oder Racheakt an Donna gemeint war.

Anna fragte sich, ob Scotty überhaupt zu einer so anspruchsvollen Tauchaktion fähig war. Immerhin hatte er seine Tauchlizenz nicht nur wegen körperlicher Probleme abgegeben. In einem seltenen indiskreten Moment hatte Lucas Vega Anna erzählt, daß Butkus die Nerven verloren hatte. Und die Art, wie Scotty, wenn das Gespräch auf Tiefseetauchen kam, von der guten alten Zeit schwärmte und für alles Neue nur Verachtung übrig hatte, bestärkte Anna in dem Verdacht, daß Lucas' Geschichte stimmte.

»Hat Denny vielleicht Donna umgebracht, weil sie nichts von ihm wissen wollte, und hat Scotty anschließend Denny getötet, um sie zu rächen?« fragte Anna laut, wie sie ihrem Pferd Gideon in Texas immer Fragen gestellt hatte. Die *Belle Isle* hatte weder ein Fell, mit dem sie zucken, noch Ohren, mit denen sie wackeln konnte – mit mechanischer Gleichgültigkeit brummte sie weiter vor sich hin.

Von den ganzen Spekulationen bekam Anna allmählich Kopfschmerzen. Kurz zog sie in Erwägung, die Fakten noch einmal durchzugehen, aber die wenigen, die sie hatte, waren reichlich absurd. Mit Sicherheit wußte man nur, daß Denny Castle, bekleidet mit einer altmodischen Kapitänsuniform, im Maschinenraum eines vor langer Zeit gesunkenen Schiffes schwamm, in Gesellschaft mehrerer sechzigjähriger Gespenster. Und daß Scotty Butkus einen Karton Heinz Mixed Pickles bestellt hatte.

Dennys Affäre mit Donna, Scottys Faustkampf mit Denny, sogar Donnas Verschwinden – das alles wußte sie nur vom Hörensagen. Es konnte sein, daß Donna auf einem privaten Boot ans Festland mitgenommen worden war. Denny selbst hatte sie vielleicht auf der *3rd Sister* hingefahren.

Rechterhand kam Davidson Island in Sicht. Aus einem Impuls heraus verließ sie ihre Fahrrinne und steuerte zum Dock. Die *Blackduck* lag hier vertäut, gleich daneben das Neunzehn-Fuß-Skiff, das vom Wartungsdienst benutzt wurde. Anna legte mit der *Belle Isle* hinter dem Skiff an und ging den Waldweg zu der Hütte hinauf, die Jo so kurze Zeit mit ihrem Ehemann geteilt hatte.

Die Tür stand offen, aber das Fliegengitter war vorgelegt, damit die Kriebelmücken nicht hereinkonnten, die Ende Juli mit der Blüte der Weidenröschen ebenfalls eine Blütezeit erlebten. Ein Mondfalter, der fast groß genug gewesen wäre, um Dr. Dolittle zum Mond zu transportieren, hing an dem Draht über dem Türgriff. Da Anna ihn nicht aufscheuchen wollte, indem sie klopfte, legte sie die Hand über die Augen und spähte ins dämmrige Innere der Hütte.

»Ist jemand zu Hause?«

»Bloß wir Hühner«, erscholl die Antwort. Als sich Annas Augen an das Halbdunkel gewöhnt hatten, sah sie, wer gesprochen hatte. Sandra Fox saß am Holztisch in Jos Küche; sie trug gelbe Bermudashorts und ein buntes Hawaiihemd. Salz, Pfeffer und Servietten, vermischt mit schleimigen Wasserproben, waren auf die Seite geschoben. Den meisten Raum auf dem Tisch nahm eine ledergebundene Mappe ein. Delphi lag ordentlich zusammengerollt zwischen den Tischbeinen. »Pizza-Dave hat uns hergefahren. Er macht heute Wasserproben«, erklärte Sandra ihre eigene Anwesenheit und die des Hundes.

Anna ging hinein. Im Spülbecken stapelte sich schmutziges Geschirr. Essensreste häuften sich auf der Küchenzeile. Eine Biene summte um eine Pepsi-Dose. Eine aufgerissene Pizzaschachtel lag auf dem Herd. Drei Pizzastücke, an den Ecken nach oben gerollt, lagen neben einer Schale mit aufgeweichten Cornflakes, verziert mit dem Deckel eines Petrischälchens. Ein gebrochenes Herz war keine gute Hausfrau.

»Gut, daß du hier bist«, sagte Sandra. Sie schnüffelte und grinste. »Könnte wahrscheinlich mal gelüftet werden.«

»Sieht aus wie bei mir zu Hause«, konterte Anna. Sie ließ sich auf dem Stuhl neben Sandra nieder. »Wo ist Jo?«

»Oben – sie holt das nächste Fotoalbum. Ich glaube, es gibt eine ganze Menge davon.«

Jetzt erst sah Anna das Buch auf dem Tisch näher an. Es war ein altmodisches Sammelalbum. Die farbigen Schnappschüsse, die mit verzierten Fotoecken auf dem dicken schwarzen Karton befestigt waren, wirkten anachronistisch. Von den Leuten, die auf den Bildern zu sehen waren, kam ihr zunächst niemand bekannt vor. Dann verloren die Klamotten und Frisuren ihre verkleidende Wirkung, und Anna erkannte Denny in einer Schlaghose und mit Bart. Jo hatte sich sehr wenig verändert: In den Siebzigern hatte sie dieselbe Eulenbrille getragen und die Haare ebenso lang, glatt und mittelgescheitelt. Anscheinend hatte Jo in den letzten fünfzehn Jahren lediglich ihren Armeeparka gegen einen Nylonanorak eingetauscht.

»Wir sehen uns schon den ganzen Nachmittag Fotoalben an«, erklärte Sandra. »Ich weiß zwar nicht, ob im Augenblick vor dem Tod wirklich das ganze Leben wie ein Film vor den eigenen Augen abläuft, aber ich kann dir versichern, daß es sich in der Zeit danach vor den Augen aller anderen abspielt.«

»Das muß ja ziemlich seltsam sein«, sagte Anna. Daß sich eine blinde Frau Fotos anschaut, lautete die unausgesprochene Hälfte des Satzes, die Sandra trotzdem verstand.

»Eigentlich nicht. Ich würde gern David und Joseph Muenchs Bilder sehen. Und für Ansel Anselms Fotos von Yosemite würde ich mir die linke Brust abschneiden lassen. Aber Bilder aus Fotoalben sind dazu da, daß man über sie redet, nicht daß man sie anschaut.« Sandra stupste mit ihrem gepflegten Zeigefinger wahllos auf das aufgeschlagene Album. »Hier bin ich mit Tante Gertie vor dem alten Packard. Das war mein erstes Erwachsenenkleid. Mama mußte Tempos in meinen Büstenhalter stopfen, damit sich die Abnäher nicht nach innen falten. Meine ersten hohen Absätze. Sieh mal, wie meine Knöchel einknicken.«

Anna lachte. »Ich verstehe genau, was du meinst. Wie geht's Jo?«

»Schwer zu sagen. Sie weint nicht. Jedenfalls nicht in meiner Gegenwart. Sie weint auch nicht bei den Bildern. Sie will sich irgendwas beweisen. Daß Denny sie wirklich geliebt hat, vermute ich. Diese ganzen historischen Ausflüge müssen doch was beweisen, findest du nicht?«

»Du meinst, etwas anderes als ihre Hartnäckigkeit?«

»Wenn jemand tot ist, kann er es bei den anderen nie wiedergutmachen.«

»Und man selbst kann es auch nicht«, fügte Anna hinzu. »Alles, was einem übrigbleibt, ist, die Geschichte neu zu schreiben.«

Vielleicht würde sie nächste Woche, wenn der Ausflug zur *Kamloops* hinter ihr lag, Zachs Asche nehmen und sie über das kristallklare Wasser der Five Finger Bay in den Wind streuen. Molly wäre erleichtert, Christina würde weinen. Und was würde ich tun, fragte sich Anna. Die Geste wäre rein symbolisch. Sieben Jahre Erinnerungen konnte man nicht so einfach über Bord werfen.

»Ich hab sie.« Die Stimme erklang im selben Moment, als man Jos Schritte auf der Treppe hörte. Unbewußt setzten Sandra und Anna ein mitleidiges Gesicht auf. »Oh, hi, Anna. Ich zeige Sandra gerade ein paar alte Fotos von Denny und mir.« Sie legte zwei weitere Alben auf einen Couchtisch vor dem großen Fenster. Draußen knabberte ein Schneehase am Gras unter dem Gartentisch. Ein Häher, der ein paar Krümel aufpickte, hopste über die ordentlich gefalteten Hasenohren hinweg von der Bank herunter. So freut sich wenigstens noch jemand über die im Kummer nur halb verzehrten Sandwiches, dachte Anna.

Jo klappte das Album auf dem Tisch so behutsam zu, als handle es sich um einen Shakespeare-Folioband, und holte das nächste. Dieses sah eher aus, wie sich Anna einen Aufbewahrungsort für die Erinnerungen eines jungen Mädchens vorstellte: avocadogrünes gepolstertes Leder mit orangefarbenen Blumen-Abziehbildchen, die nach dem Zufallsprinzip über die Vorderseite verteilt waren.

Jo stellte sich zwischen Anna und Sandra und schlug das Album auf. Mit einem Finger, dessen Nagel abgesplittert und schwarz war, deutete sie auf das erste Bild. »Das bin ich mit vierundzwanzig. Ist das Strandkleid nicht Spitze? Hinter mir sieht man das Wohnheim in Santa Barbara, in dem ich gewohnt habe. Die kaputte Stufe hat nie jemand repariert.«

Sandra entging nichts.

Zwar war es nicht allzuviel, aber Anna und Sandra taten, was von ihnen verlangt wurde. Sie nickten, stellten sinnlose

Fragen und halfen Jo, sich alles von der Seele zu reden. Seit dem Tod ihres Mannes hatte sie fünf Pfund abgenommen und sich die Haare nicht gewaschen. Die Haut unter ihren Augen war aufgequollen und sah alt aus. Anna berührte die grauen Strähnen, die sich im Zickzack durch ihre eigenen Haare zogen. Die Begegnung mit dem Tod machte die Leute alt. Wenn man Glück hatte, machte sie einen auch weise. Aber meist blieb nur eine empfindliche Stelle zurück, wie ein schwacher Muskel, ein Teil der Psyche, der unter Druck sofort nachgab.

»Da ist noch eins von Denny«, sagte Jo. Ihre Stimme klang hart, als strengte sie sich an, seinen Namen zu sagen, weil sie meinte, es müßte sein. »Wir wollten zu einer Party oder so was. Er hatte diesen Wikingertick. Wißt ihr, die wurden, wenn sie tot waren, auf ihr Schiff gebracht, dann fuhr man das Schiff hinaus und hat es versenkt. Aber er wollte lieber eine spanische Galeere oder ein altes Kriegsschiff aus der Zeit des Bürgerkriegs, voll aufgemacht, das dann an einer Stelle versenkt werden sollte, wo früher eine Goldader war. Er hat sich vorgestellt, daß die Fische mit ihm auf dem Wrack wieder lebendig werden.« Abrupt hielt sie inne, als hätte sie plötzlich gemerkt, in welche Richtung ihre Erzählung ging.

Plötzlich erwachte auch Anna aus ihrer Trance. Sie betrachtete das Foto, das Jos Geschichte eingeleitet hatte. Ein junger Denny Castle, vielleicht einunddreißig oder zweiunddreißig, mit einem dicken Schnauzbart, stand unter einer Eiche vor einem Steingebäude. Er trug eine Seemannsuniform aus der Zeit der Jahrhundertwende. Anna nahm sich zusammen. Bisher hatte noch niemand erfahren, wie Dennys Leiche angezogen war. Nur sie, Ralph, Lucas und Tattinger wußten Bescheid. Und natürlich derjenige, der Denny in den Maschinenraum gebracht hatte. »Darf ich?« fragte sie so gelassen wie möglich. Vorsichtig schlug sie die durchsichtige Plastikfolie zurück, unter der die Bilder festgehalten wurden, holte das Bild heraus und hielt es ans Licht. Die Mütze, die Jacke mit der schwarzen Litze an den Ärmelbündchen, die acht Messingknöpfe, alles sah genau so aus, wie sie es von Jons und Bobos Video im Kopf hatte.

»Das ist ja ein wundervolles Kostüm«, sagte sie.

»Das ist kein Kostüm«, widersprach Jo und nahm das Bild aus Annas ungeweihten Fingern, sobald es die Höflichkeit erlaubte. »Das ist echt. Die Uniform gehörte Dennys Großonkel. Er ist in den zwanziger Jahren auf den Großen Seen gefahren.«

»Ist er mit einem von den Schiffen untergegangen?« fragte Sandra.

»Nein, er lebt heute in Florida. Ich glaube, er besitzt mehrere Waschsalons. Früher jedenfalls.«

»Das Bild ist schon vor längerer Zeit gemacht worden«, bemerkte Anna.

»Ja, 1981.«

»Hatte Denny die Uniform noch?«

»Wahrscheinlich schon. Warum?« Jo und Sandra musterten Anna argwöhnisch, als hätten sie Angst, Anna wollte Jo die Kleidung ihres verstorbenen Mannes für eine Kostümparty abkaufen, bevor seine Leiche ordnungsgemäß unter der Erde war.

Anna ignorierte Jos Frage. »Weißt du denn, wo sie jetzt ist?«

»Wahrscheinlich bei Mutter Gilma«, antwortete Jo kühl. »Er hat ne Menge Sachen bei seiner Mutter auf dem Speicher gelagert.« Während sie das Bild an seinen Platz zurücksteckte, rutschte ihr Blusenärmel hoch, und Anna sah wieder die blauen und grünen Narben, die sie mit dem Muscheltaucher an der Westküste in Verbindung gebracht hatte. Ob Jo wohl auch tauchte? Der Mann, den sie geliebt hatte, machte sich wegen der Frau eines anderen zum Narren. Das war nach Annas Meinung einer der besten Gründe, den eigenen Ehemann an die Fische zu verfüttern.

Das Leid der Menschheit, vermischt mit dem Geruch verdorbener Lebensmittel, der die Küche erfüllte, drohte Anna auf einmal zu überwältigen. Entschuldigungen vor sich hinmurmelnd, denen nur halb Gehör geschenkt wurde, stand sie auf und trat durch die Fliegengittertür. Der Mondfalter hatte sich nicht von der Stelle gerührt, der Hase und der Häher waren jedoch verschwunden. Anna trottete hinunter zum Dock und machte die *Belle Isle* los.

Ralph Pilcher konnte sie durch sein Beispiel etwas lehren. In weniger als vierundzwanzig Stunden würde sie die klaustrophobische Tauchausrüstung anlegen und in Tiefen tauchen, in die sie noch nie vorgedrungen war. Taucher – diejenigen, die lange genug überlebten, um erfahrene Taucher zu werden – bereiteten sich sowohl geistig als auch körperlich auf eine Tauchaktion vor. Ein Gehirn, das mit Spekulationen und dem seelischen Kummer anderer Leute belastet war, konnte sich nicht ums Überleben kümmern.

10

Am Dock von Amygdaloid sah es aus wie in einer Vorstadt am Samstagnachmittag. Der Pier war auf beiden Seiten von Schiffen gesäumt, ganz hinten lag sogar eines quer. Ein halbes Dutzend Holzkohlegrills stand qualmend auf den Planken. Kleidungsstücke und Handtücher hingen von der Takelage. Männer mit Bierbauch fläzten sich in Liegestühlen, zwei Teenager-Knaben spielten Frisbee über die Köpfe eines unbeeindruckten Publikums. Ein kleines Mädchen warf Knucklehead, dem Fuchs, Stückchen von einem Hot-dog-Brötchen zu.

Anna zählte drei kleinere Verstöße gegen die Vorschriften des Nationalparks, bevor sie auch nur den Motor abgestellt hatte. Um zwei davon würde sie sich gleich kümmern. Das braungelbe Zigarettenboot, das ihren Platz am Dock belegte, mußte sich eine andere Anlegestelle suchen. Und das kleine Mädchen brauchte dringend eine pädagogische Belehrung. Die Frisbee-Spieler würden ungestraft davonkommen. Zwar hielt der Park Service Frisbee in der Wildnis für unpassend, aber Anna hatte gehört, daß dieses Spiel für manche Menschen die Zenmeditation ersetzte, und sie fand, man sollte jeden auf seine Art glücklich werden lassen.

Ein paar Fischer aus Two Harbors sprangen von ihren Liegestühlen, um die *Belle Isle* am Dock festzumachen. Sie waren gute Seeleute – die Sorte, auf die sich der Park Service verlassen konnte, wenn es darum ging, weniger qualifizierten Kollegen aus der Klemme zu helfen. Deshalb war Anna immer froh, ihnen auf den Gewässern der ISRO zu begegnen.

Die *3rd Sister* lag beim Ende des Docks; auf dem Deck stapelte sich jede Menge Tauchgerät. Am Bug hockte Hawk und starrte ins Wasser. Anna hoffte, daß er nicht zuviel Abfall auf dem Grund des Sees entdeckte. Vor sechs Wochen war sie mit Ralph um die wichtigsten Docks herum getaucht, hatte versucht, den neuen Müll wegzuschaffen und alles unberührt zu lassen, was alt genug aussah, um im Lauf der Zeit zu einem historischen Artefakt heranzureifen. In den viertausend Jahren, seit auf der ISRO Menschheitsgeschichte geschrieben wurde, war hier Ackerbau betrieben worden, man hatte Bodenschätze abgebaut, gefischt, gejagt, gebrannt und Bäume gefällt. Die Gegenden, in denen traditionellerweise der Müll landete, konnten archäologische Fundgruben werden.

Holly, das Gesicht von dunklen Locken umrahmt, beugte sich über einen Grill, der unter den zentimeterdicken Steaks beinahe verschwand. Drei Männer, alle ungefähr im gleichen Alter und so ähnlich angezogen, daß sie von der gleichen Seite im Katalog hätten stammen können, tranken Bier und standen Holly im Weg herum.

Trotz Dennys Tod hatten sich Holly und Hawk entschlossen weiterzuarbeiten. Anna bezweifelte, daß sie es aus Gefühllosigkeit taten. Im Gegenteil – zu tauchen war ihre Art, sich von Denny zu verabschieden. Außerdem brauchten sie wahrscheinlich das Geld. Sommer-Konzessionsinhaber – kleine Geschäftsleute, die nicht das Geld der großen Nationalparkunternehmen National Parks Concessionaires Incorporated oder T. W. Services im Rücken hatten – schlugen sich oft nur mit Müh und Not von einer Saison zur nächsten durch.

Anna ging am Dock entlang, beantwortete Fragen, bewunderte tote Fische und lehnte Einladungen zu einem Bierchen ab. Letzteres gehörte übrigens zu den schwierigsten Aufgaben eines Rangers.

»Wie geht's, Hawk?« fragte sie, als sie zur *3rd Sister* kam. Er hob den Blick einen Moment vom Wasser, ließ ihn flüchtig über ihr Gesicht wandern und dann wieder zu dem zurückkehren, was immer ihn dort unten so faszinierte. »Okay«, sagte Anna. »Damit kann ich leben.« Einen Augenblick blieb sie stehen und sah zu, wie die nördliche Sonne Wasser und Luft in blankes Gold verzauberte, daß König Midas vor Neid erblaßt wäre.

Holly wendete das letzte Steak und blickte auf. »Hawk spielt verrückt«, erklärte sie und klang dabei so ärgerlich, wie es Anna noch nie von ihr gehört hatte, wenn es um ihren Bruder ging. Prompt warf Hawk ihr einen wütenden Blick zu. Wenn die Bradshaws miteinander stritten, war das, als schnitten sich Evas zwei Gesichter gegenseitig Grimassen.

Weil ihr nichts zu sagen einfiel, polierte Anna an ihrem Hosenbein die unpolierbare Spitze ihrer Deckschuhe und schwieg. »Nimm ihn bloß nicht ernst«, befahl Holly in strengem Ton. »Das ermutigt ihn nur. Möchtest du ein Steak? Entschuldige, ich hab ganz vergessen, daß du ein Vegetarianer bist. Möchtest du vielleicht ne Karotte?«

»Nein danke«, lehnte Anna ab. »Ich geh gleich wieder.« Sie lächelte die herumstehenden jungen Männer an. Sie machten einen ganz verschüchterten Eindruck, diese drei Super-Typen auf ihrem kostspieligen Abenteuertrip, und Anna fragte sich, wie lange Hawk und Holly wohl schon für dicke Luft sorgten.

Sie ließ das Boot allein unter der Schlechtwetterwolke und ging zurück zu dem sonnenüberfluteten Picknick, das sich über dem restlichen Dock ausgebreitet hatte. Ein paar Minuten setzte sie sich an den Rand des Piers, unterhielt sich mit dem Kind, das den Fuchs gefüttert hatte, und erklärte, daß Knucklehead, die Füchsin, im Wald Junge versteckt hatte, denen sie das Jagen beibringen mußte. Wenn die Kleinen nur lernten, wie man um Brötchen bettelte, würden sie im Winter, wenn der Brötchennachschub verebbte, einfach verhungern.

Das war nur die halbe Wahrheit, aber Anna hoffte, sie würde genügen. Die Tatsachen waren weniger romantisch. Wenn die Füchse zur Plage wurden, sich mit ihrer Bettelei zu nahe an die Touristen wagten und die geringste Gefahr bestand, daß jemand gebissen wurde, oder wenn die Tiere zuviel klauten, würde Lucas Vega Knucklehead über kurz oder lang töten lassen. Diese Geschichte erzählte Anna aber nur erwachsenen Übeltätern. Für kleine Mädchen gab es die beschönigte Version – schließlich sollten sie später alle einmal Rangers werden.

»Na, immer noch Vertrauen in die Menschheit?« Hawk war ihr gefolgt und sah dem Mädchen nach, das zum Familiengrillplatz zurückwanderte. »Wahrscheinlich holt sie bloß Nachschub.«

»Wahrscheinlich.«

»Du bist sehr geduldig«, meinte Hawk.

»Beim zweiten Regelverstoß erschieß ich sie.«

Eigentlich sollte Hawk jetzt lachen, aber er tat es nicht. »Tut mir leid, daß ich so komisch drauf bin. Seit Denny tot ist, gibt's so was leider öfter.«

»Ich weiß, was du meinst.« Anna dachte an Scottys vom Alkohol ramponiertes Gesicht, an Jos geschwollene Augen – von geweinten und ungeweinten Tränen –, sie dachte an sich selbst, die ihre Finger nicht von den wunden Punkten ihrer Mitmenschen lassen konnte und unablässig versuchte, sich Informationen zu erschleichen, die dem Rätsel im Maschinenraum der *Kamloops* einen Sinn verleihen könnten.

»Darf ich dich zu einem Bier einladen?« fragte Hawk.

»Wenn ich mir vorher was weniger Uniformmäßiges überziehen darf, gern.«

»Ich treff dich vor der Ranger-Station«, schlug Hawk vor. Jetzt lächelte er endlich.

Die Midas-Sonne verwandelte sowohl das Lächeln als auch den Mann selbst in Gold, und Anna spürte, wie sie gefährlich dahinzuschmelzen begann, während sie ihm nachsah, wie er zum Schiff zurückging. Für Taucher war Körpergröße und -masse unwichtig. Ihre Körper waren schlank und sehnig, mit natürlichen Proportionen und einem Durchhaltevermögen, das ans Übernatürliche grenzte. Einen schwindelerregenden Moment lang ging Anna durch den Kopf, was das alles bedeutete.

»Hör auf damit, du häßliches altes Weib!« flüsterte sie vor sich hin und lief hinauf zur Station, ohne sich im geringsten alt oder häßlich zu fühlen. Sie hatte sich sogar seit langem nicht mehr so gut gefühlt, denn Chris und Ally hatten ihr ein wenig von deren Behaglichkeit hinterlassen. Mit einem angenehm unvernünftigen Gefühl bürstete sie sich die Haare aus, die nach der langen Gefangenschaft in den Zöpfen als dichte Wellen über ihre Schultern fielen. Zwar paßte es nicht zu ihrer erhitzten Verfassung, allzuviel anzuziehen, aber ihr dünnes Texanerblut hatte sich immer noch nicht an den nördlichen Sommer gewöhnt. Also zog sie ihre Levi's und ein Sweatshirt an.

Hawk saß auf den Stufen, als Anna herauskam. Aus einer Papiertüte zwischen seinen Knien lugten die langen Hälse von vier Flaschen Bier hervor. Die finstere Aura, die vorhin im Bug der *3rd Sister* von ihm ausgegangen war, hatte sich wieder verdichtet; Anna sah deutlich, wie sie auf seinem Nacken lastete und seine Schultern niederdrückte. Sie strich sich die kupferrote Mähne aus dem Gesicht, faßte sie im Nacken zusammen und stopfte sie hinten ins Sweatshirt.

»Also, was ist los?« fragte sie und ließ sich neben ihm nieder. »Du siehst aus, als hättest du die Luftdruckkrankheit.«

»Wirklich?« Er öffnete eine Bierflasche und reichte sie Anna, vergaß aber, eine für sich selbst aufzumachen. Anna nahm einen großen Schluck. Sie liebte das Bier aus dem Mittelwesten. Die Deutschen verstanden einfach was vom Bierbrauen.

Hawk starrte hinunter auf das gelb und blau schimmernde Wasser. Obwohl es schon nach sieben Uhr abends war, hatte sich die Sonne noch nicht hinter den Bäumen verkrochen.

Auf einmal schoß Anna der Gedanke durch den Kopf, daß Hawk nicht so sehr deshalb gekommen war, weil er bei ihr sein wollte, sondern weil er nicht bei Holly sein mußte, wenn er auf Annas Haustreppe saß.

Also gab sie sich damit zufrieden, sein Bier zu trinken und den leeren Platz neben ihm auszufüllen, und stellte sich innerlich von Romantik auf besinnliche Naturbetrachtung um. Menschen waren Rudeltiere wie Elche. Manchmal hatten sogar die unabhängigsten von ihnen das Bedürfnis, sich mit anderen zusammenzutun, Hüften und Schultern aneinanderzuschmiegen und die verletzlichen Flanken vor den Wölfen zu schützen.

»Hast du hier schon mal nen Wolf gesehen?« fragte Anna.

»Nein. Beim Tauchen veranstaltet man ne Menge Lärm. Und an Land sind wir entweder am Reindonnern, oder wir schmeißen ne Party.«

Anna nickte. Das ›Reindonnern‹ des Kompressors, der die Tauchflaschen füllte, und das Geschnatter menschlicher Stimmen trieb die Wölfe bestimmt tief in den Wald.

»Ihr holt Denny also morgen raus?« fragte Hawk, die Augen noch immer auf dem glitzernden Wasser der Hafeneinfahrt.

»Ja, ich vermute, um die Mittagszeit. Ein Kerl vom FBI wird eigens von Houghton eingeflogen, um dabei zu sein.«

»Ein Taucher?«

»Nein.«

Mit einem Achselzucken tat Hawk die Anwesenheit Frederick Stantons als bedeutungslos ab. »Ich wollte, man würde ihn dort unten lassen«, meinte er plötzlich. »Jo wird ihn an Land begraben lassen. Wird ihn in den Boden versenken wie eine Rübe, mit einem Marmorklotz obendrauf, damit er stilliegt. Das ist doch nichts für Denny. Den Körper mit Chemikalien vollgepumpt, damit er nicht verwest, während sein Sonntagsanzug um seine Knochen herum vermodert. Auf der *Kamloops* würde er in alle Ewigkeit schwimmen, den Tauchern den Finger zeigen und den See bewachen. Laßt ihn doch dort unten.«

»Das geht nicht«, entgegnete Anna. »Es ist gegen das Gesetz. Es ist sogar illegal, die Asche einer Leiche in einem Nationalpark zu verstreuen.«

»Selbst mit nem Goldadler-Ausweis?« meinte Hawk, aber er lächelte nicht, und seine Bitterkeit nahm den Worten jede Spur von Humor.

Anna schwieg. Sie trank ihr Bier aus, und Hawk öffnete die nächste Flasche für sie, ohne vorher zu fragen. Sie lehnte nicht ab. »Ich hab bei Jo heute ein Foto von Denny gesehen. Er hatte eine Kapitänsuniform aus der Zeit um die Jahrhundertwende an«, erzählte Anna und sah Hawk dabei aufmerksam ins Gesicht. Das wurde höchstens noch ein bißchen härter, aber weil sich ihre Körper von der Schulter bis zur Hüfte berührten, spürte Anna, daß ihn ein Schauer durchlief. »Kennst du das Bild?«

»Ja. Das heißt, eigentlich nein – nicht das Bild. Ich glaube, ich erinnere mich an die Uniform. Denny hat sie zwei-, dreimal angehabt.« Hawks Stimme klang schwer und gleichgültig, und seine Augen starrten aufmerksam ins Leere. Er war kein guter Lügner. Das gefiel Anna. Aber sie bezweifelte, daß ihr der Grund gefiel, der ihn zum Lügen zwang.

»Was passiert eigentlich jetzt mit der *3rd Sister*?« fragte sie. »Erbt Jo sie?«

»Sie möchte sie gern haben und ein Forschungsschiff aus ihr machen. Ein schwimmendes Süßwasserlabor«, erwiderte Hawk mit angeekeltem Gesichtsausdruck. Wahrscheinlich war für ihn die Vorstellung, daß die *3rd Sister* ein wissenschaftliches Labor wurde, ebenso schrecklich wie für Jacques Cousteau die Vorstellung, als Bürohengst zu enden. »Vielleicht hätte sie es irgendwie geschafft, das Schiff – und Denny – aus dem Tauchgeschäft zu manövrieren, aber Denny hat das Boot Holly und mir vermacht. Das steht in seinem Testament. Jedenfalls hat er uns das mal gesagt.«

Denny Castle hatte also ein Testament gemacht, obwohl er doch höchstens fünfundvierzig oder sechsundvierzig gewesen war. Einen Augenblick erschien das Anna ziemlich verdächtig, aber dann fiel ihr ein, womit er seinen Lebensunterhalt verdient hatte. Er hatte sicher viele seiner Freunde in jungen Jahren sterben sehen.

Sie nahm einen Schluck Bier. Beide Bradshaws schienen Jo zu verachten. Lag der Grund darin, daß sie, wie Hawk es ausgedrückt hatte, Denny aus dem Tauchgeschäft herausmanövrieren, von den Musketieren weglocken wollte? Und, wenn sie schon mal dabei war, den Bradshaws auch noch die *3rd Sister* unterm Hintern wegholen? Sie hatten also gewußt, daß die *3rd Sister* ihnen gehören würde, wenn Denny tot war. War das Grund genug, ihn umzubringen, bevor sich Jo ans Manövrieren machen konnte?

Aber sie hatten Denny beide sehr gemocht, und es wäre wahrscheinlicher gewesen, daß sie Jo umgebracht hätten. Es sei denn, irgendeiner fühlte sich hintergangen. Wenn man einen der Bradshaw-Zwillinge betrog, betrog man den anderen auch. »Dennys Heirat kam ziemlich überraschend«, meinte Anna vorsichtig. »Ich bin immer davon ausgegangen, daß Denny was mit Holly hatte.«

Hawk schnaubte verächtlich. »Holly und Denny? Nie im Leben!« Er lachte. »Niemals.«

Für Anna schien das nicht so weit hergeholt. Im Gegenteil, es war doch naheliegend: Beide liebten das Tauchen, sie wohnten zusammen, sie waren im gleichen Geschäft, setzten sich gemeinsam der Gefahr aus, sie waren ein Mann und eine Frau. Es war schon mehr als wahrscheinlich, es war beinahe zwingend notwendig. Hawks Reaktion machte Anna neugierig. Er fand die Vorstellung amüsant, Denny könnte eine Affäre mit seiner Schwester gehabt haben. Vielleicht war Holly lesbisch. Anna nahm sich vor, Christina danach zu fragen. Die lesbische Gemeinde der Upper Peninsula war klein, bedroht und hielt deshalb eng zusammen. Christina würde auf alle Fälle Bescheid wissen.

»Meines Wissens war die einzige Person, die von Denny mehr als beiläufige Aufmerksamkeit bekam, Donna, Scottys Frau«, fuhr Hawk fort. »Ich hab das nie verstanden. Holly glaubt, Donna sei so altmodisch, daß sie Dennys Phantasie beflügelt hat. In mancher Hinsicht hat er ja überhaupt nicht in dieses Jahrhundert gepaßt. Die ganze Sache war seltsam. Ich glaube, Donna war die erste Frau, in die Denny sich je verliebt hat. Er war vollkommen verrückt, wie ein Kind, wie eine Romeo-und-Julia-West-Side-Story. Es war eine besessene Liebe, die sich in Büchern so gut macht und im wirklichen Leben so schwer aufrechterhalten läßt.«

»Vor allem, wenn Julia verheiratet ist«, sagte Anna trokken.

»Ja, das auch noch.« Jetzt grinste Hawk wieder und zeigte seine kleinen weißen Zähne. Anna stellte sich vor, wie glatt sie sich anfühlten, wenn man mit der Zungenspitze über sie fuhr. Sie versteckte ihr Lächeln hinter dem Hals ihrer Bierflasche.

»An den alten Scotty hat Denny keinen einzigen Gedanken verschwendet«, erzählte Hawk weiter. »Nicht im Ernst jedenfalls. Der war eher eine unangenehme Begleiterscheinung, kein Ehemann.«

»Kein Wunder, daß Scotty ihn so gehaßt hat. Hat Donna das gleiche empfunden?«

»Das weiß ich nicht. In mancher Hinsicht war Dennys Romanze dann doch anders als bei einem Teenager – er hat nicht darüber gesprochen. Jedenfalls nicht mit uns.«

›Uns‹ – das bedeutete immer Hawk und Holly. Anna kannte die beiden lange genug, um das zu wissen. Ob Denny wohl so schweigsam gewesen war, um Donnas guten Ruf zu schützen, oder weil er dachte, die beiden anderen Musketiere würden seine Affäre nicht gutheißen? Sie hatten Jo ganz offensichtlich abgelehnt, und sie hatte nicht einmal eine ›unangenehme Begleiterscheinung‹ belastet. Oder hatte er nicht darüber geredet, weil Holly in ihn verliebt oder sogar seine Geliebte war – auch wenn Hawk dagegen so entschieden protestierte? Noch einmal nahm Anna sich vor, Christina nach Hollys sexuellen Neigungen zu befragen.

»Hat Denny irgendwann in den letzten zwei Wochen Donna aufs Festland mitgenommen?« fragte Anna.

»Jedenfalls nicht auf der *3rd Sister*. Holly und ich hatten das Schiff, und Denny war ziemlich beschäftigt mit seinen

Hochzeitsvorbereitungen. Warum? Ist Donna verschwunden?«

Die Frage war als Witz gemeint, aber als Anna nicht antwortete, stellte Hawk sie ein zweites Mal.

»Ich weiß es nicht«, antwortete sie wahrheitsgemäß.

Das Thema war eine Sackgasse. Eine Weile saßen sie schweigend nebeneinander.

»Pilcher und Vega tauchen runter – und was ist mit dir?« Hawk kehrte zurück zur Bergung der Leiche.

»Ich tauche auch. Und Jim Tattinger.«

»Tattinger – der ist doch ein Eichhörnchen.«

Eichhörnchen nannte man einen ungeübten Anfänger. Also war Hawks Bemerkung eine schwere Beleidigung. Vermutlich wollten Hawk und Holly die traditionelle Feindschaft zwischen der *3rd Sister* und dem Spezialisten für Unterwasser-Kulturschätze fortführen.

»Verstehe ich dich recht, daß du Jim nicht sehr schätzt?« Das war eine Einladung für ein bißchen Klatsch, und Anna hoffte, wenigstens ein bißchen brauchbare Information zu bekommen.

»Wenn er seinen Job ordentlich machen würde, könnte ich ja über seine abstoßende Persönlichkeit hinwegsehen. Er ist ein Zahlenfetischist, ein Erbsenzähler. Die Erhaltung der Wracks ist ihm scheißegal.«

»Er hat auf den Jungferninseln gearbeitet«, warf Anna den nächsten Köder aus.

»Ich weiß.« Jetzt öffnete Hawk endlich eine Flasche für sich und trank ein paar Schlucke. Über die Flasche hinweg sah er Anna an. Seine Augen waren ein klares Haselnußbraun. Er lächelte. »Reden wir nicht über Jim. Das Thema ist ätzender als Salpetersäure.« Im abnehmenden Tageslicht war seine Haut fast bronzefarben, und seine Haare sahen schwarz aus. Durch den abgetragenen Stoff ihrer Jeans spürte Anna die Wärme seines Oberschenkels. Das erinnerte sie daran, daß sie nicht im Dienst war und daß man mit bronzefarbenen jungen Männern auch andere Dinge anstellen konnte, als sie zu verhören.

»Was machst du eigentlich, wenn du dich entspannen willst, Anna?«

Sie grinste über die Antworten, die ihr in den Sinn kamen, und er lächelte zurück. »Musik hören«, antwortete sie schließlich. Zwar war es heute abend nicht ihre erste Wahl, aber es war die akzeptabelste – sozial gesehen.

»Mach doch ne Kassette an. Irgendwas – bloß keine Seemannslieder.«

Anna stand auf und streckte ihm die Hand hin. Er nahm sie, und sie zog ihn hoch.

Ein fernes Brummen auf der Hafeneinfahrt durchdrang den warmen Nebel von Hopfen und körperlichem Verlangen. Annas erster Impuls war, Hawks Hand festzuhalten und sich so schnell wie möglich in die relative Abgeschiedenheit ihrer Hütte zurückzuziehen, die Tür zu verriegeln und die Vorhänge zuzuziehen, sich ein paar Stunden in die Musik von West Texas zu verlieren und auch, wenn sie die Zeichen richtig deutete, in die Musik der Sphären.

Aber statt dessen blieb sie stehen und sah aufs Wasser hinaus. Bevor sie dieses Boot vergessen konnte, mußte sie erst ihre Litanei herunterbeten: War jemand verletzt, krank oder hatte sich verirrt? War jemand an Bord, auf den eins davon in nächster Zukunft zutreffen würde?

»Die müssen auf der Belle Isle campieren«, sagte Anna und meinte die Insel, nach der ihr Schiff benannt war. »Hier gibt's keinen Platz mehr.« Sie hatte Hawks Hand losgelassen. Es war nicht gut, wenn jemand sie so sah. Für eine Frau in ihrem Job gab es keine angenehme Mischung von Arbeit und Vergnügen. Die Isolation und die männliche Vorherrschaft in mittleren und höheren Positionen vergrößerte die übliche Gefahr von Klatsch und Verleumdung für einen weiblichen Ranger um ein Vielfaches.

Jetzt kam das Boot in Sicht: ein schickes kleines Motorboot, das eine schaumige Fahrspur nach sich zog. »Sieht aus wie Patience Bittners Boot«, sagte Hawk.

Anna hatte nicht gewußt, daß Patience ein Boot besaß. »Kennst du sie?«

»Ich kenne das Boot. Wir haben es drei-, viermal hier gesehen, als wir mit Kunden draußen waren. Sie kommt immer allein, und sie sagt nie hallo. Denny hat immer behauptet, sie führte bestimmt was im Schilde, aber Holly und ich denken, sie ist bloß einsam.«

»Denny war schnell mit einem Urteil über andere bei der Hand, was?« sagte Anna vorsichtig.

Hawk lachte. »Einer von seinen Lieblingssprüchen war: ›Es ist schwer, in einer Gruppe zu arbeiten, wenn man allmächtig ist.‹ Denny hatte immer recht. Wirklich. Er hat sich nie Gedanken um sich selbst gemacht, immer nur um den See. Und das hat ihm fast übermenschliche Kräfte verliehen. Er hat andere Leute durchschaut, als wären sie ein offenes Buch.«

»Nicht gerade die Eigenschaften, für die man zum beliebtesten Schüler des Jahres gewählt wird«, sagte Anna.

»Denny hatte es nicht nötig, beliebt zu sein. Außer dem See und ein bißchen Luft zum Atmen hatte er überhaupt nichts nötig.«

Anna hatte das sichere Gefühl, daß Hawk mehr brauchte und daß er das für ein Zeichen von Schwäche hielt, einen Makel seines Charakters.

Am Dock gab es keinen Platz mehr zum Anlegen. Das kleine Motorboot fuhr neben die *3rd Sister*. Patience überquerte das Deck und sprang aufs Dock, ihre hellen Haare glänzten rötlich in der Sonne.

»Wenn Amygdaloid noch eine Spur populärer wird, haben wir bald eine schwimmende Stadt, die Hongkong Konkurrenz macht«, seufzte Anna. Sie konnte kaum hoffen, daß Patience nur halt gemacht hatte, um Annas Plumpsklo zu benutzen. Ihre Befürchtung bewahrheitete sich auch prompt: Patience spazierte geradewegs das Dock hinunter und den Hügel hinauf zur Ranger-Station.

»Sieht aus, als bekämen wir Gesellschaft«, sagte Anna wehmütig.

»Dann schau ich lieber mal nach Holly. Diese drei Schickimickis glauben womöglich, daß sie zum Abenteuer dazugehört.« Kurz berührte seine Hand Annas Arm. »Darf ich später noch mal auf deine Einladung zurückkommen?«

»Klar.« Anna sah ihm nach, wie er den Hügel hinunterging. Hawk Bradshaw wäre perfekt, dachte sie: Er war nur ein- oder zweimal pro Woche in der Stadt und würde mit dem ersten Schnee verschwinden wie des Sommers letzte Rose.

Auf einmal fröstelte sie. Sie war nicht sicher, ob sie Lust hatte, diese Frau zu empfangen, die andere so berechnend für ihre eigenen Zwecke ausnutzte.

11

Am Fuß der Treppe blieb Patience stehen und sah über die Schulter zu Hawks entschwindender Gestalt.

»Störe ich etwa?«

»Ach was, kein bißchen.«

»Schade«, sagte sie, und beide genossen sie die Aussicht noch ein paar Sekunden länger.

Anna ließ sich wieder auf den Stufen nieder und wartete, daß Patience ihr erklärte, was sie nach acht Uhr abends an die Nordküste verschlagen hatte. Heute trug sie die hellen Haare zu einem Pferdeschwanz zurückgebunden; die Farbe der Rosette paßte genau zu ihren pfirsichfarbenen Shorts und dem pfirsichfarbenen Pullover. Ihre Deckschuhe waren weiß, sogar die Schnürsenkel.

Anna schwor sich, wenn sie im Herbst nach Houghton zurückkehrte, würde sie sich Klamotten kaufen. Levi's und Sweatshirt verloren doch allmählich ihren Reiz.

»Ich bin in familiärer Mission gekommen«, sagte Patience. »Carrie ist verschwunden.«

Hoffentlich nicht zusammen mit dem nächsten Karton Mixed Pickles, dachte Anna. »Ein mittelmäßig alarmierendes Verschwinden oder eins, bei dem wir die Küstenwache verständigen sollten?« sagte sie laut.

»Mittelmäßig alarmierend. Diesen Sommer hat Carrie angefangen, über die Stränge zu schlagen. In zehn Jahren wird natürlich irgendein Therapeut zu der tiefschürfenden Erkenntnis gelangen, daß alles meine Schuld war. In der Zwischenzeit mache ich aber sie dafür verantwortlich. Es ist alles sehr unangenehm. Sie kommt um zwei oder drei Uhr morgens nach Hause, zerknautscht und erledigt. Und ich kriege kein Wort aus ihr raus. Sie hat sich von einem netten kleinen Mädchen in eine störrische kleine Schlampe verwandelt. Mein Gott!« Patience stützte den Kopf in die Hände. »Entschuldige, ich mein's nicht so. Einerseits ärgere ich mich, andererseits mache ich mir furchtbar Sorgen. Es ist gräßlich anstrengend.«

»Glaubst du denn, sie ist mit ihrem Freund zusammen?«

»Darauf könnte ich wetten. Sie sollte um halb sechs zu Hause sein. Sie hat gewußt, daß ich verabredet bin. Aber sie kümmert sich bloß noch um sich selbst. Oh! Jetzt klinge ich schon wieder wie ein egoistisches Weibsbild, stimmt's? Dabei erinnere ich mich dunkel daran, daß ich mir geschworen habe, nie solche Sachen zu sagen, falls ich Mutter werde. Ich möchte einfach nicht, daß sie in Schwierigkeiten gerät. Ich hab viel zu jung geheiratet. Mit siebzehn. Was für eine Dummheit! Sie ist dreizehn, gerade eben. Alles, was sie sich damit einhandeln wird, ist Aids.«

Anna hatte Aids total vergessen. Die Probleme der Teenager hatten sich geändert, seit sie selbst auf dem Rücksitz des Chrysler von Steve Durans Eltern herumgeknutscht hatte. »Wie kommst du auf die Idee, daß sie an der Nordküste ist? Ich würde eher denken, sie genießt mit ihrem Knaben das Nachtleben von Rock Harbor. Da gibt's genügend Möglichkeiten.«

»Das sollte man annehmen, stimmt's? Wenn sie schon so ein kleines Flittchen sein muß ...« Anna zuckte zusammen. »Tut mir leid, tut mir leid, tut mir leid. Ich war ja selber ein kleines Flittchen. Aber ich bin so wütend«, entschuldigte sich Patience. »Es wäre mir lieber, sie würde an Land bleiben – dann würde meine Wut wenigstens nicht von der Angst untergraben, daß irgendein blöder Idiot sie in einer von diesen Aluminium-Todesfallen rumkutschiert, die wir für dreißig Dollar am Tag vermieten. Aber ich rede und rede. Ich glaube, daß sie an der Nordküste ist, weil zwei von den Kids, die in der Lodge arbeiten, mir gesagt haben, sie hätten sie auf Belle Isle gesehen. Sie sind nicht an Land gegangen, und Carrie hat ihr Winken auch nicht erwidert, also können sie sich durchaus geirrt haben, aber momentan ist es der einzige Anhaltspunkt.«

»Hast du schon auf Belle Isle nachgesehen?«

»Auf dem Weg hierher. Außerdem bei Merrit Lane, Duncan Bay und Lane Cove.« Das waren sämtliche Campingplätze zwischen Rock Harbor und Amygdaloid, die vom Wasser her zugänglich waren.

»Hast du ein Funkgerät auf dem Schiff?« fragte Anna.

»Ja.«

»Wie muß ich dich nennen?«

»Venture.«

»Dann fahr zurück in Richtung Blake's. Behalt die Küste im Auge, überprüf noch mal die Campingplätze. Das Wasser war heute ziemlich ruhig, selbst um Blake's Point herum, also bezweifle ich, daß ihnen da was passiert ist. Ich fahre runter nach McCargo und sehe, ob ich da was entdecke. Vielleicht ist sie inzwischen ja auch schon zu Hause. Melde dich über Funk, wenn du was findest, und auch, wenn du nichts findest. Wir suchen, bis es dunkel wird. Wenn Carrie um Mitternacht nicht daheim ist, verständige ich Lucas und Ralph. Die können dann für morgen eine Suche organisieren. Aber ich glaube nicht, daß das nötig sein wird – ich brauche die Überstunden viel zu dringend.«

Patience lachte. »Du bist ein echter Trost, Anna.«

»Deine Steuergelder in Aktion.«

»Ich werde es Lucas sagen«, sagte Patience.

Ihre Verabredung zum Dinner war also Lucas Vega gewesen, begriff Anna. Kein Wunder, daß Patience so wütend auf ihre Tochter war.

Verschwunden war der Glanz, den Hawk und zwei Flaschen Bier heraufbeschworen hatten. Was blieb, war eine vom Alkohol verursachte Lethargie. Anna spülte soviel wie möglich davon mit kaltem Wasser ab, schlüpfte in eine Jeansjacke und kletterte wieder an Bord der *Belle Isle*.

Obwohl das Dock noch immer bevölkert war, herrschte jetzt Ruhe: Leute unterhielten sich leise und horchten auf die Seetaucher, die in der Nacht ihren Ruf ertönen ließen. Die *3rd Sister* war außer Sichtweite. In der Ferne hörte man den leisen Donner, mit dem der Kompressor die Flaschen auffüllte. Denny hatte der Lärm immer sehr gestört, und deshalb waren sie ein Stück weiter draußen vor Anker gegangen, wenn sie den Kompressor betrieben. Reindonnern nannte man das hier. Anna konnte den Ausdruck nicht leiden. Dort, wo sie herkam, bedeutete er was anderes.

Das Gold war ebenfalls verschwunden, und an seiner Stelle spiegelte sich das Abendlicht silbern und rosafarben in der ruhigen Fahrrinne. Diese Tageszeit mochte Anna am liebsten. Stille senkte sich über die Inseln, der Wind flaute ab, die Tiere kamen heraus, um zu trinken und zu spielen.

Ein großer Reiher, von der Farbe des Abendhimmels, stand auf einem Stein wenige Meter vom Strand entfernt. Zwei Gänsesäger-Weibchen paddelten mit ihrem gemeinsamen Nachwuchs im seichten Wasser. Einmal hatte Anna zwei Elche in der Hafeneinfahrt schwimmen sehen, nur ihre majestätischen Häupter oberhalb der Wasserfläche. Es gab Naturkenner, die behaupteten, die hier lebenden Elche – oder jedenfalls ihre Urväter – seien die beinahe dreißig Kilometer vom Festland zur Isle Royale geschwommen. Kaum zu glauben – andererseits hatten Fischer die Tiere schon über dreißig Kilometer weit draußen im Wasser gesehen.

Während sie die stille Fahrrinne entlangtuckerte, merkte Anna plötzlich, daß es ihr Spaß machte. Es war ein regelrechtes Vergnügen, nach jemandem zu suchen, der nicht angeblich von einem Ehemann mit kannibalistischen Neigungen aufgegessen worden war und auch nicht mit uralten Leichen in einem Wrack herumschwamm, sondern schlimmstenfalls unerlaubten Sex mit einem Hilfskellner hatte.

Die Dämmerung brach herein. In der Nähe von Kamloops Island stellte Anna das Fahrtlicht an. Falls Carrie es nicht wollte, würde man sie heute nacht nicht mehr finden. Zeit, nach Hause zu fahren.

Am westlichen Himmel schimmerte noch das letzte bißchen Tageslicht. Über Annas Kopf übernahmen bereits die Sterne das Kommando. Sie stellte die Maschinen ab und ging auf Deck, um die Ankunft der Nacht zu genießen. Genauso wie in den Sommernächten in Texas und in Mexiko schwor sich Anna nun auch hier, eines Tages die Sternbilder zu lernen. Aber würde sie die Sterne noch mehr lieben, wenn sie ihre menschlichen Namen kannte?

Eine leichte Küstenbrise brachte ihr den süßen, mannigfaltigen Geruch des Festlands, und sie dachte daran, wie berauschend dieser Duft für die Seeleute gewesen sein mußte, wenn sie monatelang auf dem Wasser gewesen waren. In der Wüste waren immer nur einzelne Gerüche aufgetaucht: der klare Salbeiduft mit einem trockenen Wind, ein Schwall regenfeuchter Erde mit dem letzten Aufflackern eines plötzlichen Gewitters. Im vegetationsreichen Norden konnte Anna selten die Myriaden von Düften trennen. Schichten von Reichtum und Hoffnung, von tief unterm Moos schlummernden Geheimnissen.

Die Brise frischte auf und trug ihr ein neues Stück Information zu: das Brummen eines Fahrzeugs. Es war tief, verriet aber eine hohe Umdrehungszahl, und Anna tippte auf einen kleinen Außenbordmotor mit hundertfünfundsiebzig Pferdestärken. Sie suchte mit den Augen das Wasser bis zur Küstenlinie ab. Abgesehen von einem gelegentlichen Aufblitzen des Sternenlichts auf einer Welle war die Dunkelheit nirgends durchbrochen. Doch das Brummen des unsichtbaren Boots hörte nicht auf, ein stetiges, immer lauter werdendes Dröhnen. Es kam näher, und noch immer sah Anna kein Licht.

Nach Sonnenuntergang ohne Licht zu fahren, war gefährlich, illegal und dumm. Das letzte war für Anna ebenso ein Grund wie die ersten beiden, ihre Grübelei einzustellen.

Statt dessen holte sie ihren Feldstecher aus der Kajüte, stellte sich ins Heck und versuchte, mit den Augen zu verfolgen, was ihre Ohren ihr mitteilten. Endlich entdeckte sie den Übeltäter: ein helles Kajütschiff, kaum groß genug, um sich diesen großartigen Titel erlauben zu können. Es tuckerte langsam direkt außerhalb der Klippen zwischen Twelve O'Clock Island und Hawk Island entlang. Während sie zusah, machte es einen scheinbar überflüssigen Schlenker von der Küste weg.

Wer auch immer am Steuer stehen mochte, wußte also, daß an diesem Küstenstreifen drei dicke Felsbrocken ganz dicht unter der Wasseroberfläche lagen. Aber niemand, der sich mit der Unterwassertopographie so gut auskannte, war so dumm, ohne Licht zu fahren. Es sei denn, er verfolgte dunkle Absichten – oder das elektrische System war im Eimer.

Obwohl die ISRO selten in die Aktivitäten der Drogenfahndung verwickelt wurde, mußte man so nah an der kanadischen Grenze immer mit Drogenschmuggel rechnen.

Anna nahm sich die Zeit, ihren Standort und die bevorstehende Kontaktaufnahme mit dem Boot per Funk durchzugeben, ehe sie die Dienstwaffe aus der Aktentasche im Bug holte und neben das Radargerät legte.

Das Dröhnen der Innenbordmotoren der *Belle Isle* übertönte jedes andere Geräusch. Ihr eigener fahrbarer Untersatz machte sie taub, und so mußte sich Anna ganz auf den Blickkontakt mit dem unbeleuchteten Schiff verlassen.

Sie stellte den Suchscheinwerfer der *Belle Isle* an und richtete ihn auf den Kreuzer, so daß der Fiberglasrumpf in einem Lichtkreis eingefangen wurde wie der Star einer Bühnenshow. Das Schiff beschleunigte, als wollte der Steuermann sein Heil in der Flucht suchen. Anna spürte, wie sich ihr Magen vor Angst und Aufregung zusammenzog. Doch auf einmal kehrte das Schiff zu seinem vorherigen Schneckentempo zurück. Trotzdem ließ die Angst nicht nach. In jedem Lehrgang über polizeiliche Tätigkeiten, in jedem Auffrischungskurs hatten die Lehrer in ihren kugelsicheren Westen die Schüler ermahnt, niemals die besondere Konzentration zu verlieren, die aus der Angst vor dem Unbekannten entstand. Jeder Officer, der routinemäßig einen Verkehrsteilnehmer anhielt, mußte damit rechnen, daß sich dieser plötzlich als schwerbewaffneter Verbrecher entpuppte. Als einer, der genau weiß, daß er wieder im Zuchthaus landet, wenn er den Beamten einen Funkruf machen läßt.

Anna schaukelte sacht auf den Fußballen auf und ab, während sie die Augen über das Schiff schweifen ließ, auf der Suche nach irgend etwas, was nicht so war, wie es sein sollte. Wenn sie eine Kiste mit Maschinengewehren entdeckte oder kleine pralle Säckchen mit weißem Pulver, würde sie sich zurückziehen und Hilfe herbeirufen.

Jetzt hatte die *Belle Isle* das kleine Schiff eingeholt, und Anna näherte sich ihm von Steuerbord. Ihr Scheinwerfer fiel auf den Namen auf dem Heck: Es war die *Gone Fishin'*. Ein paar Minuten blieb sie ihr auf den Fersen. Dann gingen plötzlich die Fahrtlichter an: rote und grüne Augen, die nicht sahen, aber gesehen werden sollten.

Seit dem impulsiven Fluchtversuch war dies das erste Zeichen, daß der Steuermann Annas Gegenwart zur Kenntnis nahm. Sie überlegte, ob dieses verspätete Einlenken den Zweck verfolgte, daß sie sich zufriedengab und das Schiff in Ruhe ließ. Sie nahm ihr Mikro und ging auf Ruffrequenz. »*Gone Fishin'*, *Gone Fishin'*, hier spricht die *Belle Isle*!« rief sie dreimal. Keine Antwort.

Schließlich stellte Anna ihre Lautsprecheranlage ein. »*Gone Fishin'*, hier spricht die *Belle Isle* des National Park Service. Bitte stellen Sie die Maschinen ab. Ich fahre jetzt an Sie heran.« Zehn Sekunden verstrichen. Fünfzehn. Anna richtete den Scheinwerfer wieder auf die Kajüte. Zwei Schatten hoben sich gegen das Licht ab und reflektierten in der Windschutzscheibe. Dann verschwand einer von ihnen.

Vielleicht war es eine optische Täuschung gewesen, möglicherweise hatte sich aber auch jemand rasch geduckt. Anna nahm die Pistole und steckte sie in den Bund ihrer Jeans. Wieder ergriff sie das Mikro. Aber bevor sie ihren Befehl noch einmal durch den Lautsprecher ertönen lassen konnte, drosselte die *Gone Fishin'* deutlich ihr Tempo. Auch Anna verlangsamte, fuhr dicht neben die Steuerbordseite des kleinen Boots und legte dann beide Hebel auf Stop.

Ein Fender kam aus dem Seitenfenster des Kajütboots und erinnerte Anna daran, ihre eigenen herabzulassen. Die beiden Boote trieben sanft in zwanzig bis fünfundzwanzig Zentimeter Entfernung nebeneinander her. Anna wartete eine halbe Minute. Der Steuermann zeigte sich noch immer nicht. »Kapitän der *Gone Fishin'* und alle anderen Passagiere an Bord, bitte kommen Sie auf Deck«, sagte Anna ins Mikro. Sie hielt das Spotlight weiter auf die Kajüte gerichtet und versuchte, durch die dunklen Plexiglasovale in den rückwärtigen Fenstern zu spähen.

Endlich ging die Kajütentür einen Spaltbreit auf, schloß sich wieder und öffnete sich ein zweites Mal, gerade weit genug für einen bleichen, dünnen Mann. Er hielt sich beide Hände über die Augen, um sich vor dem blendenden Scheinwerferlicht zu schützen.

Anna sah magere, weiße Arme, einen dünnen Hals, viel zu lang und viel zu weiß, lange dünne Finger, über einem weißen Gesicht verschränkt. Ein unangenehmes Gefühl überkam sie. Da hatte sie wohl das falsche Fäßchen angestochen.

»Was zum Teufel ist denn los?« rief die nächtliche Kreatur. »Bist du das, Anna?«

Das weiße Fingergitter senkte sich, und Anna erkannte Jim Tattinger. Sie ließ ihre .357 auf dem Sitz liegen und ging zurück aufs Hinterdeck.

Jim hatte den Rand ihres Boots gepackt und hielt die beiden Schiffe zusammen. »Was zum Teufel machst du denn da?« Er war wütend und machte kein Hehl daraus; seine Stimme klang schneidend.

Angriff ist die beste Verteidigung, dachte Anna. Was hatte Tattinger wohl zu verteidigen?

»Hallo, Jim. Du bist ohne Licht gefahren.« Anna ging nach Backbord und beugte sich zu Jim hinüber. Er roch nicht nach Alkohol, auch nicht unangenehm süßlich nach Marihuana. »Ich hab dich für einen Desperado bei einer mitternächtlichen Drogentransaktion gehalten.« Sie lächelte ihn an. Seine Pupillen waren weder erweitert noch klein wie Stecknadelköpfe, also konnte man auch Narkotika und Aufputschmittel ausschließen. Sie waren ein wenig blutunterlaufen, aber das war bei Tattinger keine Seltenheit; wahrscheinlich waren seine Augen rot aus Solidarität mit seinen roten Ohren und seinen karottenroten Haaren.

»Wem gehört das Boot?«

»Ich hab's geliehen«, fauchte Jim. »Aber wer hat dich autorisiert, ohne Uniform Patrouille zu fahren? Ich wette, es war nicht Lucas.«

Anna ignorierte die Bemerkung. »Was führt dich denn mitten in der Nacht ohne Licht in diese Gegend?« fragte sie beiläufig.

»Ich glaube nicht, daß dich das was angeht.«

»Und was ist das?« Anna wies mit dem Kinn zur Kajüte, wo vier Tauchflaschen und ein Paar Flossen auf einem unordentlichen Haufen lagen. Jim zuckte wie eine Marionette an zu kurzen Fäden. Seine Augen weiteten sich, als hätte er – oder eher Anna – einen Geist gesehen.

»Hast du um diese Zeit noch nen Tauchgang gemacht?«

»Oh, du meinst wegen der Flaschen? Nein«, erwiderte er, und in seinen gereizten Ton mischte sich Erleichterung. Anna fragte sich, warum er dachte, er hätte sich von ihrer Angel befreit – und was diese Angel überhaupt gewesen war. »Was machst du denn hier draußen?« wollte er wissen. »Du weißt doch, daß die NPS-Schiffe nicht für den persönlichen Gebrauch bestimmt sind, oder.«

»Uns ist ein vermißtes Kind gemeldet worden. Ich hab die üblichen Stellen an der Nordküste abgeklappert.«

»Ach du lieber Gott!« keuchte Tattinger. Er schien ehrlich betroffen. Damit hatte Anna nicht gerechnet. »Was ist passiert?«

»Carrie Bittner ist zum Abendessen nicht nach Hause gekommen. Patience macht sich Sorgen.«

»Um Himmels willen!« Jims Wut war wieder da, aber Anna verstand nicht, warum.

»Patience überprüft auf dem Rückweg noch mal alles in Rock Harbor«, erklärte Anna. »Wenn Carrie nicht ziemlich bald auftaucht, alarmiere ich Lucas, damit er eine Suchaktion einleiten kann, sobald es wieder hell wird.«

»Um Himm-«, begann Tattinger wieder seinen Refrain, unterbrach ihn jedoch abrupt. »Warte. Bittner? Das Mädchen mit den braunen Haaren, das immer in der Lodge rumhängt?«

Anna nickte.

Jim war offenbar erleichtert. »Die hab ich in Lane Cove gesehen, als ich dorthin unterwegs war. Seither ist von dort kein Boot mehr gefahren, also ist sie wahrscheinlich über Land zurückgegangen.«

»Wann war das?«

»Ich weiß nicht – vor nicht allzu langer Zeit.«

»War sie allein?«

»Herr des Himmels! Ich habe Besseres zu tun, als mich um irgendein rotznäsiges Gör zu kümmern. Du bist doch nicht Dick Tracy, Anna.« Jim verzog die Lippen, bis die feuchte rosarote Unterlippe grell im Scheinwerferlicht auftauchte. »Dir hat niemand erlaubt, dich in meine Angelegenheiten zu mischen.«

Die Bundesregierung hatte Anna dazu autorisiert, dort einzugreifen, wo ein hinreichender Grund vorlag. Aber sie hakte nicht nach. »Ich werde Patience Bescheid sagen«, sagte sie und fügte hinzu: »Und laß bitte das Licht an.«

Die *Gone Fishin'* entfernte sich mit eingeschaltetem Fahrtlicht und Höchstgeschwindigkeit.

Einige Zeit nach Mitternacht empfing Anna über Funk die Meldung, daß Carrie endlich zu Hause eingetrudelt war. Nun war der Tag angebrochen, an dem sie zur *Kamloops* hinabtauchen mußte. Irgendwann fand sie tatsächlich Schlaf, aber er wurde von Träumen gestört: Denny hielt sie sechzig Meter tief unter der Wasseroberfläche fest, während die Luft aus ihren Taucherflaschen entwich, wie die Sterne vom verblassenden Nachthimmel verschwanden.

»Und sieht nicht mehr das Morgenrot«, murmelte Anna. In Trainingsanzug und zwei verschiedenen Wollsocken trank sie ihren morgendlichen Kaffee und starrte dabei aus dem Fenster über der Spüle. Der Tag zeigte sich von seiner trübsten und trostlosesten Seite. Ein bedeckter Himmel schien auf die Klippen hinter der Ranger-Station von Amygdaloid zu drükken. Ölig aussehende Regentropfen liefen die Fensterscheibe herab.

»Kommt schon runter!« schrie Anna. Wenn die Wolken sich als Nebel herabsenkten und den See verhüllten, würde die Tauchaktion zur *Kamloops* verschoben. Aber der Tag zeigte kein Erbarmen: Er blieb kalt und feucht mit guter Sicht.

Anna ging zu der gelb lackierten Spiegelkommode mit den angeschlagenen Ecken und olivgrünen Griffen. Zwischen dem Chaos aus Haarnadeln und Ansteckabzeichen stand eine ovale Schachtel. Auf dem Deckel waren im Dschungel tobende Affen eingeschnitzt. Die Griffe waren anmutig nach oben geschwungene Flügel, wie an balinesischen Tempeln. Anna nahm den Deckel ab. Im Innern der Schachtel lag ein Taschentuch mit Spitzenrand. Die Falten waren vom langen Liegen vergilbt. Darin eingewickelt lag ein goldener Ehering.

Als Zachary gestorben war, hatte Anna diesen Ring abgelegt und ihn in das ›gute alte Stück‹ gewickelt, das ihre Schwiegermutter ihr einmal geschenkt hatte. Ohne den Ring sah ihre Hand häßlich aus, das fand sie nach wie vor, aber in den ersten Jahren nach Zachs Tod hatte sie die Fragerei nicht ertragen, die der Ring herausforderte. »Und was macht Ihr Mann? Wie ich sehe, sind Sie verheiratet – ist Ihr Mann auch da?«

Auf Mollys Anregung hatte Anna ihn schließlich abgenommen. »Es geht ja auch keinen was an«, hatte sie gesagt.

»Die Leute werden denken, ich liebe ihn nicht mehr«, hatte Anna besorgt entgegnet.

»Dann sollen sie dir den Buckel runterrutschen«, hatte der Rat der Psychotherapeutin gelautet.

Anna überlegte, ob sie den Ring wieder anstecken sollte – als Trost, als Talisman für den Tauchgang. Im Lauf der Jahre hatte sie schon mindestens tausendmal vor der Versuchung gestanden. Und wie immer legte sie den Ring auch heute zurück in sein Versteck. Sie war noch nicht bereit, den Fragen die Stirn zu bieten.

»Drei-null-zwo, eins-zwo-eins.« Das Funkgerät brach unvermittelt in ihre Einsamkeit ein, und Anna warf ihm einen wütenden Blick zu. »Drei-null-zwo, eins-zwo-eins.«

»Nur die Ruhe, Lucas.« Durch die offene Tür lief sie ins Büro und griff sich das Mikro von der Basisstation. »Hier drei-null-zwo«, antwortete sie.

»Wie ist denn die Sicht bei dir?«

Eine Sekunde lang zog Anna in Erwägung zu sagen, es herrsche dichter Nebel, aber dann verwarf sie diese Lüge als ihrer unwürdig – außerdem konnte man zu leicht dahinterkommen. »Ich kann drei- bis vierhundert Meter weit sehen. Ruhiger See. Ein bißchen Regen. Windstill.«

»Der MAFOR sagt, es bleibt so. Wellen ein bis zwei Meter.« MAFOR war die Abkürzung von ›Marine Forecast‹, dem speziellen Wetterbericht für den See. Jede Ranger-Station hängte den aktuellen MAFOR aus, bevor sie morgens aufgemacht wurde. An belebten Tagen standen manchmal schon drei oder vier Bootsfahrer da, um ihn zu lesen, bevor die Reißnägel richtig fest waren.

»Officer Stanton, Ralph, Jim, Scotty, Jo und ich wollen jetzt los«, erscholl Lucas' Stimme wieder aus dem Lautsprecher. »Wir sind in ungefähr dreißig Minuten in Amygdaloid.«

»Ich erwarte euch sehnsüchtig«, sagte Anna.

»Eins-zwo-eins Ende.«

Wem die Stunde schlägt, dachte Anna. Heute schlägt sie mir. Dann lachte sie laut. Ihre Morbidität war richtig erfrischend. »Ich gehöre nicht in den Park Service«, verkündete sie dem stummen Funkgerät. »Meine Bestimmung ist das Melodram.«

Eine halbe Stunde später, als die *Lorelei* ans Dock fuhr, stand Anna mit ihrem Tauchgerät bereit. Von den Schiffen, die Amygdaloid gestern abend eine so festliche Atmosphäre verliehen hatten, war nur noch eines da. Der kalte Nieselregen, der aller Wahrscheinlichkeit nach in absehbarer Zukunft nicht aufhören würde, hatte die Fischer zu den geschützteren Amüsements auf dem Festland zurückgescheucht.

Die *3rd Sister* war bestimmt noch irgendwo in der Nähe. Hawk und Holly waren keine Behaglichkeitsfanatiker. Nur akute Gefahr für Leib und Leben hielt sie vom Wasser fern. Wenn Kunden auf der *3rd Sister* für ein Abenteuer bezahlten, schlossen sie damit oft genug einen Teufelspakt. Es gab kein Entrinnen.

Die *Lorelei* glitt parallel zum Dock, und Ralph erschien an Deck, von Kopf bis Fuß in grüne Regenkleidung gehüllt. Lucas machte sich nicht die Mühe, die Motoren abzustellen.

»Wie die Zeit vergeht, wenn man lieber im Bett liegen würde«, sagte Anna, während sie ihre Tauchflaschen über die Reling hievte.

Ralph reichte ihr eine Schwimmweste, und sie fummelte an den Bändern herum. Der Park Service der ISRO stellte nur die Größen Large und Extra Large zur Verfügung, in der Erwartung einer Zukunft, in der es nur noch stämmige, wohlgenährte Rangers gab. Selbst wenn Anna die Gurte so eng wie nur möglich zurrte, würde sie wahrscheinlich aus der Weste herausrutschen, falls sie je bewußtlos im See landete.

Langsam legte Lucas vom Dock ab, wie immer gewissenhaft darauf bedacht, daß keine Kielwelle entstand, die ein anderes Boot beschädigen konnte. Ein Bürstenschnitt und lange braune Haare waren ungefähr alles, was Anna von Frederick the Fed und von Jo erspähen konnte. Scotty und Jim standen hinter den Bänken in der Kajüte. Ralph blieb mit Anna draußen im Regen. Er berührte leicht ihren Ellbogen. »Wie geht's dir denn?«

Seine Freundlichkeit irritierte sie, weil sie dadurch an ihre Angst erinnert wurde. »Ist mir nie bessergegangen«, sagte sie.

Ralph lachte. »Anna Pigeon: goldenes Herz, durchtrainierter Körper, Nerven wie Drahtseile.«

»So ein Quatsch!« Anna sprach das Wort überdeutlich:

»Kuu-watsch«. Neben ›verdammt‹ war es das Lieblingswort ihrer Schwester Molly. Es ersetzte meist den Piepton für ein übleres Schimpfwort.

Ralph lachte wieder.

Anna zog die Kapuze ihres Goretexanoraks fest zu und stellte sich hinter die Kajüte, wo sie keinen Wind abbekam. Die Begegnung mit Officer Stanton konnte noch ein paar Minuten warten, und die frische Luft war ihr wesentlich lieber als das Geplapper, mit dem Scotty die Kajüte ersticken würde, wo er doch schon mal ein so erlesenes Publikum hatte.

Außerdem hoffte sie, daß die Kälte auch Ralph vertreiben würde. Sie konnte jetzt wirklich niemanden brauchen, der sie dazu brachte, Farbe zu bekennen. Zwei entgegengesetzte Ängste bekämpften sich in ihrem Bauch: daß sie tauchen würde und daß sie nicht tauchen würde. Die letztere war schlimmer. Sie befürchtete, Pilcher könnte ihr womöglich eine bequeme Ausflucht anbieten, und sie würde davon dankbar Gebrauch machen.

Ralph lehnte neben ihr an der Kajütenwand, der Wind pfiff um seinen kräftigen Körper. Jungenhafte braune Lokken lugten unter seiner Kapuze hervor und bildeten einen seltsamen Kontrast zu der gebrochenen Nase und den beunruhigend erfahrenen Augen. Ralph Pilcher war kein gutaussehender Mann, aber Anna vermutete, daß ihm das noch nie im Weg gestanden hatte. Plötzlich bekam sie Mitleid mit seiner Frau. Aus Solidarität mit dieser Frau, die sie nicht kannte, rückte sie ein paar Zentimeter von seiner schützenden Wärme ab.

»Ein paar Sachen wollte ich dir noch sagen«, sagte er, während die *Lorelei* aus der Hafeneinfahrt von Amygdaloid aufs offene Wasser des Lake Superior hinausfuhr. »Die Superwoman-Tour funktioniert wirklich gut bei dir, Anna. Gute Tarnung. Aber bei einer Tauchaktion wirst du sie nicht brauchen. Sie würde dich sogar gefährden. Tauchen ist ein Teamsport. Ich werde mich um dich kümmern. Lucas wird mich beobachten. Und wir alle behalten Jim im Auge.«

Anna lachte. Sie fühlte sich besser und nahm ihre fünf Zentimeter wieder in Anspruch. Zum Teufel mit Mrs. Pilcher.

Ralph lehnte sich entspannt an die Wand zurück, und einen Augenblick standen sie in kameradschaftlichem Schweigen nebeneinander und beobachteten, wie die Kielwelle in sich zusammenfiel und verschwand.

»Hast du schon mal eine Leiche geborgen?« fragte Ralph nach einer Weile.

»Mehrere, aber immer an Land.«

»Im Lake Superior ist es eigentlich gar nicht so schlimm. Kein Gestank. Gewöhnlich nehmen wir den Toten die Maske ab. Wenn sie nämlich getaucht haben – also Preßluft eingeatmet –, dann bildet sich durch den Druckunterschied Schaum vor Mund und Nase. Das braucht die Familie eines Toten ja nicht unbedingt zu sehen.«

Dennys Gesicht würde also sauber sein, wenn Jo ihn wiedersah. Keine Maske, keine Drucklufttanks, kein Tauchanzug. Ob Jo das wußte? Würde sie überrascht sein? Konnte sie Überraschung heucheln, falls sie es nicht war? Für eine so kleine Frau verfügte Jo über erstaunliche Kräfte. Dafür hatten all die Jahre gesorgt, in denen sie mit ihrer Laborausrüstung auf dem Buckel durch Wälder und Moore gewandert war. Außerdem ist sie eine Taucherin – oder war es jedenfalls, dachte Anna, als sie sich an die auffälligen Narben an Jos Armen erinnerte. Und eine Frau mit einem starken Willen. Sie hatte es sich in den Kopf gesetzt, Denny Castle zu heiraten, und es trotz aller Schwierigkeiten auch geschafft. War die Vorbedingung dafür gewesen, daß sie Donna Butkus aus dem Weg schaffen mußte? War der Mord an Denny das Ergebnis einer jahrelangen Besessenheit? Oder hatte sie alle beide getötet, als Rache, daß sie ihr Leben an eine unerwiderte Liebe verschwendet hatte?

Der Klang der Maschinen veränderte sich, als Lucas die Geschwindigkeit drosselte. Sie näherten sich der Markierungsboje über der *Kamloops.* Anna schüttelte den Nebel unbeantworteter Fragen ab. Zuerst einmal würde sie tauchen und sonst nichts.

Die *Lorelei* glitt sanft bis zur Boje und blieb dort liegen. Einen Augenblick vertrieb Anna ihre Sorgen und widmete sich der Bewunderung, die nur ein klein wenig von Neid getrübt wurde: Lucas Vega konnte wirklich meisterhaft mit einem Schiff umgehen.

Als erster kam Frederick Stanton aus der Kajüte. Der Bürstenschnitt war eine optische Täuschung gewesen. Er trug die Haare nur hinten und über den Ohren kurz, aber oben lang. Als Anna ein Teenager war, galt diese Haartracht als Indiz dafür, daß jemand gerade vom Friseur kam, und zwar von einem billigen. Bei Stanton erinnerte die Haartracht eher an eine milde Punkrebellion in weißen Socken und harten Lederschuhen.

Bei dem Gedanken, sie könnte sich geirrt haben und Fred the Fed besäße womöglich doch ein paar angenehme Eigenschaften, wurde es Anna ganz warm ums Herz, und sie lächelte ihn an.

»Fred Stanton.« Scotty streckte nur den Kopf aus dem Kajütenfenster und stellte den Officer sozusagen aus dem Hinterhalt vor. Stanton schüttelte sich – ein plötzliches Achselzucken, als wollte er sich von allen Besitzansprüchen freimachen, die Butkus möglicherweise auf ihn zu erheben beabsichtigte.

»Frederick«, sagte er laut und deutlich, während er sich den Handschuh auszog, um Anna angemessen zu begrüßen.

»Anna Pigeon«, sagte Ralph, während sie versuchte, ihren Händedruck zwischen Laschheit und falschem Männlichkeitswahn auszubalancieren. »Sie macht beim feuchten Teil der Bergung mit.«

»Lieber Sie als ich«, meinte Stanton. Für einen Mann hatte er eine auffallend leise und sanfte Stimme. Angenehm und höchstwahrscheinlich irreführend. Das FBI war kein Kindergarten, und Frederick hatte vermutlich gelernt, daß es oft vorteilhaft war, wenn man leise sprach.

»Entschuldigung.« Lucas drängelte sich an Scotty vorbei, der immer noch in dem schmalen Türrahmen stand. Butkus stampfte Cowboysprüche stammelnd an ihm vorbei zum

Heck. Vega sah ihm mit säuerlichem Gesicht nach und hielt argwöhnisch Ausschau nach schwarzen Schuhabdrücken.

Dann kam Jim aus der Kajüte gestolpert, und der Chief Ranger wandte seine Aufmerksamkeit wieder der Tauchaktion zu. »Ralph?« Dabei hob er eine dunkle, wohlgeformte Augenbraue – seine Art, dem District Ranger offiziell die Leitung des Tauchgangs zu übertragen.

Ruhig und effizient begann Ralph nun, den Verkehr auf dem übervollen Deck zu regeln, half überall dort, wo eine Gürtelschnalle nicht einschnappen oder eine Gummikapuze nicht ordentlich sitzen wollte. Zwischendurch zog er sich selbst an, sorgte dafür, daß Scotty nicht auf irgendwelche Wertsachen trampelte, und tauschte ein paar Worte mit Jo.

Mit kribbeligen Fingern zog sich Anna den Anzug samt Kapuze und Gummischuhen an. Die Nervosität, die ihre Finger gefühllos machte, tauchte in ihrer Kehle als bitterer Geschmack wieder auf. Je mehr sie schluckte, desto übler wurde ihr im Magen. Ihre Gedanken kreisten unablässig um verschiedene feige Ausflüchte: Wenn sie eine ihrer Tauchflaschen fallenließ und sich den Fuß brach, brauchte sie nicht zu tauchen; wenn sie über eine Flosse stolperte und mit dem Kopf auf die Reling aufschlug, würde man sie sofort dispensieren, ohne daß ihre Ehre darunter litt.

Aber sie zog und zerrte und schnallte trotzdem weiter, und schließlich war sie ohne Zwischenfall in der Ausrüstung verschwunden. Bucklig, orangehäutig, blauflossig, sahen sie alle aus wie Monster einer außerirdischen Lagune.

»Okay«, sagte Pilcher. »Auf zum tasmanischen Gruppensex.« Aus dem Augenwinkel glaubte Anna in den dunklen Augen des FBI-Agenten ein Flackern zu sehen, das ebensogut Entsetzen wie Amüsement sein konnte. Von den sieben Leuten an Bord war er der einzige, der Pilchers Ritual zur Vorbereitung eines Tauchgangs noch nie erlebt hatte. Unter anderen Umständen hätte Lucas wahrscheinlich mit ein paar sanften Worten gegen solche Obszönitäten protestiert. Aber Pilcher war ein ausgezeichneter Tauchführer. Und Vega war ein guter Manager und erst in zweiter Linie ein Gentleman:

Sein District Ranger hatte die Freiheit, den Tauchgenossen auf seine Art Vertrauen und Gruppengefühl einzuflößen. Hauptsache, es funktionierte.

Anna, Ralph, Jim, Lucas und auch Scotty und Jo stellten sich im Kreis zusammen, als wollten sie Kriegsrat halten. Durch die Isolierschichten spürte Anna Jos harte Schulterknochen. Ein feiner Nebel bildete in ihren langen, glatten Haaren kleine Silbertröpfchen. Als Anna ihre Hand umfaßte, fühlte sie sich feucht und kalt an. Obwohl es wahrscheinlich am Wetter lag, hoffte Anna, daß Scotty genug Verstand besaß, sie auf Anzeichen von Schock zu beobachten.

Warm und trocken schloß sich auf der anderen Seite Ralphs Hand um ihre. »Denny ist im Maschinenraum«, sagte er, und seine Stimme klang ein wenig anders als sonst, ohne jedoch im geringsten künstlich zu wirken. Ein bißchen tiefer und ein bißchen langsamer. Anna spürte fast, wie die Herzen ruhiger schlugen und der Atem sich entspannte.

Bei allen bis auf Jim Tattinger. Seine hellen Augen schweiften unruhig von einem zum anderen, wäßrig, von rosaroten Ringen umgeben. Anna bemerkte, wie seine schlaffen Hände sich weigerten, den Druck von Lucas auf der einen und Jo auf der anderen Seite zu erwidern. Falls Frederick Stanton ein Mensch mit guter Beobachtungsgabe war und nicht wußte, daß dieses Verhaltensmuster bei Jim normal war, kam ihm das vielleicht verdächtig vor.

Ralph redete weiter. »Wir werden ziemlich rasch abtauchen. Ich übernehme die Führung, Anna folgt mir, dann kommt Jim. Lucas, du übernimmst die Nachhut. Wir behalten einander stets im Auge. Beobachtet mich genau. Ich fühle mich einsam da unten. Wir haben jede Menge Zeit, eine Stunde und neunundzwanzig Minuten. Zweiundzwanzig Minuten bleiben wir unten, nicht länger. Und wir steigen alle zusammen auf. Lucas und ich gehen in das Wrack hinein, fotografieren, so gut wir können, sehen uns ein wenig um und holen Denny raus. Jim, du und Anna, ihr inspiziert die Außenseite. Geht nicht tiefer rein als bis in den Maschinenraum. Macht Fotos. Seht euch um. Bleibt zusammen. Behaltet die

Zeit im Auge. Genau zweiundzwanzig Minuten, nachdem wir die Signalleine verlassen haben, treffen wir uns dort wieder. Folgende Gefahren sind zu beachten: Ihr zwei –«, er sah Anna und Jim an, »– dürft auf keinen Fall vom Plan abweichen. Verliert einander nie aus den Augen, und achtet auf die Zeit.

Für uns beide: Schlamm. Lucas und ich müssen auf unsere großen Füße achten, damit wir nicht zuviel Schlamm aufwirbeln und uns im Wrack verirren.«

Alle hatten diesen Vortrag schon mehrfach gehört. Nachdem die Leiche entdeckt worden war, hatte Ralph mit jedem einzelnen genau durchgesprochen, was der Betreffende zu tun hatte. Wie es sich für den Staatsdienst gehörte, war der Plan abgetippt, genehmigt und unterzeichnet worden. Alle, die an der Unternehmung beteiligt waren, und noch ein halbes Dutzend Leute, die es eigentlich nichts anging, hatten eine Kopie bekommen. Doch dies alles noch einmal von dieser ruhigen, vertraueneinflößenden Stimme zu hören, gab den vier Tauchern und zwei Tendern ein ganz besonderes, augenfälliges Zusammengehörigkeitsgefühl. Einmal mehr schweißte es sie zu einem Team zusammen, das ein gemeinsames Ziel hatte, einen Plan, der sie alle mit einschloß.

»Paßt auf. Atmen!« Ralph lachte. Er war voller Energie und Unternehmungslust. »Hey, wir werden dem Tod ein Schnippchen schlagen«, beendete er seine Ansprache mit einer Parole, die genaugenommen kein Scherz war. Anna holte tief Luft. Die Knoten der Angst in ihrem Bauch begannen sich allmählich zu lösen.

Noch einmal überprüfte Ralph die Ausrüstung. Sie tauchten mit Luft. Manche Taucher benutzten für Tauchgänge in der *Kamloops* eine hausgemachte Helioxmischung. Aber Gasgemische waren tendenziell gefährlich, und der National Park Service benutzte deshalb lieber Druckluft. Die Mischung aus Helium und Sauerstoff unterdrückte zwar den Effekt der Stickstoffnarkose, aber dafür verstärkte sie die Auskühlung.

Ralph gab das Startzeichen. Einer nach dem anderen ließ

sich von Backbord ins Wasser rollen. Einen Augenblick lang tanzten ihre Körper auf dem pockennarbigen Wasser als einzige Farbflecken in einer grauen Welt. Der See ist nicht nur kalt, sondern verflucht kalt, dachte Anna, als das eisige Wasser ihr ins Gesicht klatschte, als hätte ihr jemand einen Schlag mit einem Knüppel versetzt; ihre Nebenhöhlen taten weh, und sie spürte, wie sich trotz der Schichten des Anzugs ihre Brüste zusammenzogen.

Entschlossen schob sie den Schmerz beiseite und konzentrierte sich darauf, ihren Kopf vom Treibgut der Gedanken zu befreien.

Jetzt kam Tattinger in Sicht. Der Regler dehnte seine unangenehmen Gummilippen, die Maske vergrößerte seine wäßrigen Augen, und einen Moment mußte Anna an Gollum denken, die bleiche unterirdische Kreatur, bei deren Anblick Bilbo Beutlin regelmäßig eine Gänsehaut bekam.

Pilcher nahm Blickkontakt mit seinem Team auf und hob die Hand zum Okay-Zeichen. Im eisigen Wasser des Lake Superior verschwendete man die Zeit nicht mit unnötiger Plauderei. Sobald man den Regler aus dem Mund nahm, drang das kalte Wasser zwischen die Zähne, was höllisch weh tat, und es konnte sich sogar Eis im Mundstück bilden. Alle Taucher erwiderten Pilchers Okay, und er drehte den Daumen nach unten.

Zeit zum Abtauchen.

Unangenehmerweise fiel Anna ein, daß im alten Rom der nach unten gerichtete Daumen ein Todesurteil bedeutete.

Pilcher drehte sich um und machte sich auf den Weg in die Tiefe. Seine leuchtend blauen Flossen schlugen eine Bresche ins Wasser, eine verlöschende Flamme. Dann war er verschwunden.

Anna folgte ihm.

Ohne Sonne war der See nicht einmal in der Nähe der Oberfläche hell. Weiter unten war die Dunkelheit perfekt. Es war, als würde man durch die Dämmerung in eine Nacht ohne Sterne, ohne Mond, ohne Planeten schwimmen. Hinter Anna schickte die Lampe, die Lucas trug, einen Lichtstrahl durchs Wasser. Manchmal fiel er auf die gelbe Signalleine, die Scotty heruntergelassen hatte. Ein paar Meter vor sich sah Anna das blaue Band, das Ralphs Fortschritt anzeigte.

Hätte sie allein getaucht – oder auch mit einem weniger vertrauenerweckenden Führer –, wären Annas Augen zwischen der blauen Markierung, der Uhr und dem Tiefenmesser hin und her gehuscht, um die Zeit des Abtauchens zu überwachen. Bei ihren ersten Tauchgängen hatte sie Ralphs Zeit gestoppt. Es waren einfache Aufgaben gewesen: vierundzwanzig Meter zur *America* hinunter, zwölf Meter, um Bojen hochzuholen, die sich unter dem Eisniveau verfangen hatten, zwanzig Meter, um zu fotografieren. Ralph schwamm mit regelmäßigen einundzwanzig Metern pro Minute und brauchte dafür nicht einmal auf die Uhr zu schauen.

Eine Minute verging: sieben Markierungen auf der Leine. Allmählich veränderte sich die gleichmäßige Dunkelheit des Seegrunds. Eine bleiche Form wurde sichtbar, ein hellerer Fleck in der düsteren Tiefe.

Die *Kamloops.*

Es war doch ganz leicht: Man schwamm, man fand das Wrack, alles kein Problem. Anna fühlte sich richtig aufgekratzt. Die ganzen komplizierten Vorbereitungen waren doch absurd gewesen. Dieser Tauchgang war ein Kinderspiel, ein Honiglecken, ein Sonntagsausflug, ein Kinkerlitzchen. Sie lachte, daß die Luftblasen ihr um die Ohren blubberten.

Anna war high. Ungefähr alle fünfzehn Meter ein Martini, und jetzt hatten sie schon zwei Martinis hinter sich. Oder waren es drei? Plötzlich konnte sie sich nicht mehr daran erinnern. Sie hatte die Zeit vergessen, sie hatte vergessen, die Markierungen zu zählen. Waren es nun zwei oder drei? Wie viele Martinis brauchte eine relativ kleine Frau, um sich unter den Tisch zu saufen? Oder besser gesagt, knapp zwei Meter unter die Erde. Die Fröhlichkeit verhärtete sich in ihr und wurde Panik.

Ralph stand an der Markierungsleine auf dem Grund des Sees und sah auf die Uhr, wie jemand, der auf seinen Bus wartet. Anna schwamm zu ihm. Er berührte ihre Schulter, sah ihr in die Augen und atmete langsam und demonstrativ. Anna machte es ihm nach. Er hob die Hand, Daumen und Zeigefinger zum Kreis gebogen. Sie würde es schaffen. Einatmen, ausatmen; sie holte wieder Luft.

Jim erschien, dann ein stochernder Lichtstrahl mit Lucas im Schlepptau. Pilcher kontrollierte sie beide, wie er es bei Anna getan hatte. Fast unmerklich. Anna hatte es nur bemerkt, weil sie darauf angewiesen war.

Die *Kamloops* lag auf der Backbordseite, das Heck auf einem kleinen Hügel, der Bug knapp sechzig Meter entfernt auf dem Grund, fast achtzig Meter unter der Wasseroberfläche. Nur wenige Taucher wagten sich dorthin. Das meiste, was der NPS über dieses Ende des Wracks wußte, stammte von ferngesteuerten Roboterkameras – und es war nicht gerade viel.

Die zunehmende Wassertiefe und die Dunkelheit, in der der Bug verschwand, schufen die Illusion, das Schiff sei unendlich lang. Einer der beiden Schornsteine der *Kamloops* lag quer über der Schiffsmitte. Taue trieben zwischen meterlangen Metallrohren, die sich gelöst hatten, als das Schiff untergegangen war. Schwarz klafften Türen und Bullaugen. Wie Knochen ragten an manchen Stellen Metallstücke aus dem Rumpf. Die *Kamloops* war ein schäbiges altes Gespenst, das nie zur Ruhe gekommen war. Anna war froh, daß Jim und sie ihre Nase nicht allzu tief in die Geheimnisse des alten Wracks stecken sollten und ihm auch die jüngst erworbene Leiche nicht zu entreißen brauchten.

Ralph klopfte auf seine Uhr und zeigte zweiundzwanzig: zweimal die geöffneten Hände plus zwei Finger extra. Anna knipste ihre Lampe an. Jim sollte die Unterwasserkamera bedienen. Ohne Anna anzusehen, schwamm er davon. Sie folgte ihm.

Das Schiff war nach Norden gekippt; die Kiellinie fiel nach Westen steil ab. Der Grund des Sees verschwand rundum in der Dunkelheit. Es konnte einem schwindlig werden, wenn man zu lange hinsah. Tattinger schwamm schnell. Bei der verbogenen Schiffsschraube stieß er sich mit einem kräftigen Schlag seiner Flossen nach oben ab und schwamm am Schiffsrumpf entlang. Der abgeflachte Kiel des Frachters verlor sich in der Dunkelheit.

Bei der Geschwindigkeit, die Jim vorlegte, bekam Anna von der Schattenwelt um sie herum nicht viel mit. Da sie die Lampe trug, sah er bestimmt noch weniger. Offenbar bestand seine Vorstellung einer Inspektion darin, daß man Daten in den Computer eingab.

Absichtlich trödelte Anna etwas hinterher, bewegte die Lampe über die Seite des Schiffes und hinunter auf den öden Grund des Sees. Keine Pflanzen, keine Fische, nicht mal besonders viele Steine. Der Sand war glatt und ohne Spuren wie die Wüste nach einem Sturm. Eine rot-blaue Pepsi-Dose leuchtete auf, als das Licht sie traf. Anna machte jedoch keine Anstalten, den fünfzehn Meter langen Umweg zu schwimmen, um den Müll einzusammeln. »Keine Extratouren«, hatte Ralph ihnen eingeschärft. »Genau in solchen Momenten kann es zu Unfällen kommen.« Anna glaubte ihm, und ihre Angst machte sie ausgesprochen folgsam. Die Lampe beleuchtete einen einzelnen Schuh, farblos, aber offenbar in einwandfreiem Zustand. Es war ein altmodischer Arbeitsstiefel, einer, der aus der Schiffsladung gefallen oder herausgeschwemmt worden war. Halb im Sand begraben lag ein Kaffeebecher. Überall waren Metallstücke verstreut, die irgendwann einmal irgendeinen Zweck erfüllt hatten. Noch mehr Rohre und eine in der Mitte auseinandergebrochene Holzkiste mit einem bunten Aufkleber, der noch intakt war.

Ein mißtönendes Klirren ließ sie den Kopf heben. Tattinger hatte mit dem Rücken seines Tauchmessers am Rumpf der *Kamloops* gekratzt. Er schwebte neben einem Bullauge und winkte ihr mahnend mit dem Finger. Obwohl sein Gesicht hinter der Gummimaske nicht zu erkennen war, konnte Anna sich seinen finsteren Ausdruck genau vorstellen.

Sie schwenkte den Lichtstrahl wieder zu ihm, und er schwamm weiter. Der Strahl glitt direkt vor ihm am Schiffsrumpf entlang über die Bullaugen – blinde Augen, die Rosttränen weinten. Zwischen ihnen, dort, wo Tattinger gekratzt hatte, glitzerte etwas. Anna paddelte einmal kräftig mit den Füßen und schwamm näher heran. Um eins der Bullaugen herum war der Rost weggekratzt. Helle, silberne Kratzer, als hätte jemand mit einem harten Gegenstand darauf eingeschlagen. Anna befühlte die Umrandung des Bullauges. Zwischen ihr und der Wand war gerade genug Platz, daß man einen Finger hineinstecken konnte.

Jim, der das Licht vermißte, kam zurück und schwebte jetzt neben Annas Ellbogen. Er schob ihre Hand beiseite, klappte das Messer mit dem roten Griff aus und hebelte es unter das Metall. Ohne jede Anstrengung löste sich das Bullauge und schwang nach innen. Wer auch immer an ihm herumgefummelt hatte, hatte jedenfalls den Verschluß ruiniert.

Jim und Anna wechselten einen fischäugigen Blick durch ihre Masken. Das Loch war kaum mehr als fünfundvierzig bis fünfzig Zentimeter im Durchmesser. Zu klein, um mit Tauchflaschen auf dem Rücken durchzuschwimmen. Anna spähte hinein: Es war die Kapitänskajüte. Für Diebe und Vandalen nicht zu erreichen, und dennoch hatte jemand einen Versuch unternommen.

Jim klopfte auf seine Armbanduhr. Sieben Minuten. Anna tippte auf Jims Kamera und dann auf das Bullauge. Er zögerte; er verbrauchte den Film nicht gern, das wußte Anna. Mit Staatsbesitz ging er genauso geizig um wie mit seinem eigenen. Er hamsterte alles, von Klopapier bis zu Maschinenöl, und legte sogar Listen an, wieviel er wovon hatte. Lauter Zahlen, mit denen er seine Dateien füttern konnte.

Noch einmal klopfte Anna auf das Bullauge, und endlich reichte Jim ihr das Messer. Sie nahm es ihm ab, während er zwei wohlüberlegte Aufnahmen machte.

Vier Minuten. Mit regelmäßigen, kräftigen Bewegungen schwammen sie zurück. In der Tiefe mußte nach Möglichkeit jede Anstrengung vermieden werden, denn sie verdreifachte die Wirkung des Stickstoffs.

Unter ihnen lag jetzt das Heck mit dem Gewimmel von Rohren. Anna ließ den Lichtstrahl in einem Bogen durchs

Wasser wandern. Doch nirgends reflektierte das Gelb der Markierungsleine, und Anna spürte, wie sich die Panik wieder in ihrer Kehle breitmachte. Dann sah sie ein Stück weit rechts einen schwachen gelben Schein. Im gleichen Augenblick entdeckte ihn auch Jim, und beide schwammen erleichtert darauf zu.

Eine Minute. Jetzt, wo der Zeitpunkt des Aufstiegs so nah war, fühlte Anna eine fast unerträgliche Ungeduld. Das Bewußtsein, weitere vierundsechzig Minuten in der unbequemen Ausrüstung zubringen zu müssen, umschlungen von der kalten Umarmung des Sees, war widerwärtig. Nach den Vorschriften der Navy hätten sie nur fünfzig Minuten für das Aufsteigen benötigt, doch Ralph wollte keinerlei Risiko eingehen.

Annas Gedanken begannen zu kreisen, wie Geier, denen Leichengeruch in die Nase stieg. Wenn Ralph und Lucas nun tatsächlich einen Schlammsturm verursacht hatten? Sie hätte nicht genug Courage gehabt, sie zu suchen. Vor Kälte taten ihr sämtliche Schädelknochen weh.

Während sie innerlich vor sich hinfluchte, bemerkte sie plötzlich, daß aus ihrem Regler unablässig Luft ausströmte. Er war aufgeeist. Das war ihr am Anfang der Saison schon einmal passiert, als sie zusammen mit Ralph Müll aus den Docks geräumt hatte. Wenn der Regler erst einmal offen war, würde es nicht lange dauern, ehe die ausströmende Luft ihren Mund mit Eismatsch füllte, und dann würden ihre Lippen von der Kälte taub werden und sich nicht mehr eng genug um das Mundstück schließen lassen.

»Kommt schon, verdammt!« drängte sie Lucas im stillen.

Sie richtete den Strahl ihrer Lampe in das Dämmerlicht und spähte angestrengt zu der Stelle, wo sich der Maschinenraum befand. Noch zwanzig Sekunden. Der dunkle Fleck – die Tür des Wracks – begann zu schwanken, verformte sich und brach in zwei getrennte Schatten auseinander. Ralph und Lucas schwammen zur Leine. Sie hatten Denny Castle bei sich. Obwohl er seit acht Tagen tot war, sah er von den drei Männern am natürlichsten aus. Ganz entspannt trieb er in seiner Uniform zwischen den beiden durchs Wasser, mit offenen, starren Augen. Die Kapitänsmütze saß noch auf seinem Kopf, die Lederstiefel glänzten wie frisch poliert.

Lucas übernahm Denny. Mit Uhr und Tiefenmesser schwamm Ralph langsam empor, bis er neun Meter unter der Wasseroberfläche war. Dort hielt er inne. Er hielt zehn Finger hoch. Sie warteten.

In der von den Tauchern mit ihren Flossen verursachten Strömung bewegten sich Dennys tote Hände, als würde auch er vom vielen Warten ungeduldig. Anna konnte die Augen nicht von ihm abwenden. Eine kindische Angst ergriff sie: Wenn sie wegschaute, würde er sie berühren. Ein Albtraum.

Der Ausdruck ›Martinis Gesetz‹ muß schon vor Timothy Leary geprägt worden sein, dachte sie. Für sie ähnelte diese Erfahrung eher einem LSD-Trip, der dabei war umzukippen, als einem guten ehrlichen Besäufnis.

Sie warf einen Blick auf ihre Uhr. Noch dreißig Sekunden Wartezeit. Dann sah sie wieder zu Castles Leiche.

Die toten Augen hatten sich nicht verändert, aber der Kiefer begann herabzufallen. Denny öffnete den Mund, als wollte er etwas sagen. Ein Schwall rötlicher Blasen kam heraus und stieg hinauf zur Oberfläche.

Annas Kopf begann sich zu drehen. Instinktiv streckte sie die Hand nach der Person aus, die ihr am nächsten war, wie sie es in unzähligen dunklen Kinos getan hatte, wenn Monster, Mumien oder andere Scheusale auf sie zukamen. Dann fiel es ihr wieder ein. Ralph hatte sie davor gewarnt. Bei der Bergung einer Leiche aus tiefem Wasser entfernte man die Maske, bevor die Leiche die Oberfläche erreichte, damit das Wasser die Flüssigkeiten wegwusch, die aufgrund der Druckveränderung austraten.

Es dauerte nur ein paar Sekunden. Dann schwebte Ralph mit einem kräftigen Flossenschlag weiter an der Leine empor. Froh, sich endlich wieder bewegen zu können, folgte Anna ihm. Sollten Jim, Lucas und der stumme, aber doch seltsam ausdrucksvolle Denny Castle hinterherkommen, wie sie wollten.

Zwanzig Minuten bei der Sechsmetermarke. Annas Ungeduld, endlich den silbernen Himmel wiederzusehen, wuchs mit der zunehmenden Helligkeit ebenso wie ihr Wunsch, endlich wieder richtige Luft einzuatmen, erfüllt mit Regen, Böen und Wirbeln und mit Schiffsabgasen. Endlich wieder die verschiedenen Launen des Lebens zu atmen, die man nicht konservieren konnte.

Die letzte Station – vierunddreißig Minuten in nur drei Metern unter der Wasseroberfläche – war so provozierend, daß es schon fast amüsant war, und Anna vergaß die Kälte, die sich im Innern ihres Anzugs sammelte, sich in ihre Zähne bohrte, und sie verdrängte den leeren Gesichtsausdruck von Dennys Leiche.

Dann kamen sie endlich an die Oberfläche. Sogar Scottys Cowboyverkleidung war ein hochwillkommener Anblick. Jo Castle, bleich und verängstigt, wie sie war, schien der leibhaftige Beweis dafür, daß das Leben weiterging – wenn auch nur durch ihren Schmerz. Dort unten war Anna dies alles fern und ungewiß vorgekommen.

Jim Tattinger schwamm zur Wasserlinie der *Lorelei*; Jo und Officer Stanton zogen ihn aus dem See wie einen gestrandeten Fisch. Als nächste entkam Anna den Klauen des Wassers. Ralph schwang sich ohne Hilfe aufs Unterdeck und blieb auf den Leisten sitzen. Vorsichtig nahm er Denny aus Lucas' Armen und hielt ihn fest, während der Chief Ranger an Bord ging.

Anna saß auf Deck, einen Fuß samt Flosse zwischen den behandschuhten Händen, und beobachtete Jo, die ihren Mann in die sehnigen braunen Arme schloß. Der Ausdruck auf ihrem Gesicht war ihr vertraut. Einmal hatte Anna ihn bei Christina gesehen. Damals hatte Ally hohes Fieber gehabt, und ihre Mutter hatte sie im Schlaf betrachtet. Ein Ausdruck, der zu gleichen Teilen aus Zärtlichkeit und Kummer bestand.

Entweder war Jo psychotisch, oder sie hatte Denny nicht umgebracht. Im Gedanken an Jos starke Arme, die sie aus dem See gezogen hatten, hoffte Anna leidenschaftlich, daß letzteres zutraf.

Ungeschickt beugte sich Jo herab und küßte ihren Mann. Leichte Blutergüsse zeigten sich um seinen Mund. Die Kapitänsmütze, die im Tageslicht nur noch absurd wirkte, fiel ihm vom Kopf. Die Messingknöpfe blinkten, als der Kragen der Uniform aufging. Unter der doppelreihig geknöpften Jacke war kein Hemd, und man sah Dennys nackte Schultern. Zwischen Hals und Schulter kam eine bläuliche Quetschung zum Vorschein. Das verfärbte Fleisch hob sich so grell von der weißen Haut ab, daß Anna die Augen abwandte, als könnte sie damit Dennys Würde bewahren.

13

Anna dachte über die Prellung an Dennys Schulter nach. Gewöhnlich löste sie an ihren freien Tagen gern die geistigen Fesseln des Rangerlebens, die einen oft genug paranoid machen konnten. Natürlich war nicht das Rangerleben an sich schuld daran, sondern vielmehr die damit verbundene Polizeiarbeit. Es machte Anna traurig, daß die Grenze zwischen den beiden Bereichen von Jahr zu Jahr mehr zu verschwimmen schien. Aber die jüngsten Ereignisse hatten Anna zu sehr aufgewühlt; es war ihr unmöglich, Ruhe zu finden.

Die Leichenblässe verursachte oft bläuliche Flecken auf der Haut eines Toten. Das Blut, das nicht mehr kreiste, sammelte sich im tiefsten Punkt des Körpers. Bei Denny, der vom Wasser getragen worden und überall gleichmäßig seinem Druck ausgesetzt gewesen war, hätte das Phänomen eigentlich nur an den unteren Extremitäten und da auch nur in sehr schwacher Form auftreten dürfen, aber ganz bestimmt nicht in eklatanten Flecken auf seiner Brust. Die Autopsie würde zeigen, ob Gewalt angewendet worden war, ob die Prellungen von einem Schlag herrührten und, falls ja, ob der Gegenstand, mit dem man ihm die Verletzungen zugefügt hatte, spitz oder stumpf gewesen war. Aber wahrscheinlich würde man nicht feststellen können, welcher Gegenstand benutzt worden war: Baseballschläger, Brecheisen – oder der Türpfosten, gegen den er gelaufen war.

Besonders beunruhigend fand Anna die Tatsache, daß ihr die Anordnung der blauen Flecken bekannt vorkam. Während sie nun an ihrem freien Tag über das blaue Wasser brauste, ging sie in Gedanken die endlose Reihe von Dias durch, die man ihr in den Polizeikursen gezeigt hatte. Coroners, Polizisten, Feuerwehrleute, Spezialisten für die Bergung von Leichen – alle hatten sie ihre eigenen Farbaufnahmen, und jede davon erzählte die Geschichte eines gewaltsamen Todes. Anna durchforstete diese Bilder, in der Hoffnung, mit ihnen die Geschichte zu entschlüsseln, die Dennys Körper erzählen wollte.

Am Nordende von Five Finger Bay vertrieb die pure Schönheit des Tages Blut und Tränen aus ihren Gedanken. Die Küste war übersät mit den weißblühenden Schwarzhimbeerbüschen, die sich wie ein Spitzensaum zwischen dem Blau des Wassers und dem Grün der Bäume entlangzogen. Der Himmel hatte sich in der vorigen Nacht ausgeweint und lächelte jetzt klar und warm. Anna ließ den Maschinen der *Belle Isle* freien Lauf und genoß den Rausch der Geschwindigkeit.

Und das Gefühl, auf der Oberfläche des Sees zu sein und nicht auf seinem Grund.

In Rock Harbor herrschte munteres Treiben. Im Vergleich zu den großen Häfen der Welt war Rock natürlich eher ein Loch in der Insel, aber nach einer Woche an der Nordküste kam sich Anna hier vor wie in New York am 4. Juli.

Sie steuerte die für NPS-Schiffe reservierten Anlegestellen auf Mott an und manövrierte die *Belle Isle* eine schmale Fahrrinne hinunter, zwischen einer Jacht und dem Kielwasser eines frechen Achtzehn-Fuß-Motorboots. Nur ein einziger Platz war noch frei. Aber ein Tourist hinderte sie sehr wirkungsvoll daran, ihn einzunehmen. Er saß auf dem Kai und ließ die Beine baumeln. »Ein waschechter Tourist«, murmelte Anna, während sie die Fischermütze, das Madrashemd, die Bermudashorts, die weißen Socken und die schwarzen Lederschuhe betrachtete.

Es war Frederick vom FBI, Fred the Fed.

Ein Punk im Staatsdienst; seine Vorgesetzten wußten bestimmt nie, ob er an Geschmacksverirrung litt oder sich tatsächlich über sie und ihre Regeln hinwegsetzte.

»Officer Stanton!« rief Anna durchs offene Kajütenfenster. Äußerst ungraziös rappelte er sich auf und machte ihr mit seinen guten Absichten das Leben und das Anlegen um so schwerer. Nur mit knapper Not konnte sie noch die Fender hinunterlassen, ehe er die Bertram zwischen die Pfähle zerrte.

»Ahoi, Anna«, sagte er und kam auf Deck. Anna hatte noch nie gehört, daß jemand mit ›Ahoi‹ grüßte – höchstens als Witz. Aber vielleicht hatte er es auch nicht so gemeint. Sein Gesicht war undurchdringlich.

»Morgen«, grüßte sie möglichst neutral zurück, während sie ein Tau um die Klampe wickelte.

Mit klappernden Ledersohlen kam er näher. Seine Gesichtszüge waren zu groß geraten, aber fein geschnitten, was ihm das Aussehen einer schlecht geschnitzten Heldenfigur verlieh. Die seltsame Kopfbedeckung, das Fünfziger-Jahre-Hemd, die harten Schuhe – nichts an ihm paßte so recht zusammen. Vielleicht war es ja Absicht: Ein Mensch, der sich nicht in ein Schema pressen ließ, war schwer zu durchschauen.

»Ich habe gehofft, ich könnte mich ein bißchen mit Ihnen unterhalten«, sagte er.

»Heute ist mein freier Tag.«

»Gut. Meiner auch. Dann braucht's ja nicht husch-husch zu gehen.«

Ahoi. Husch-husch. Anna grinste. »Sie beantworten meine Fragen, dann beantworte ich auch Ihre«, sagte sie.

Frederick wollte sich wieder auf dem Dock niederlassen, aber Anna schüttelte den Kopf. Sie hatte für eine Weile genung vom Wasser. Dieses Wochenende wollte sie festen Boden unter den Füßen haben.

Nebeneinander wanderten sie landeinwärts, folgten einem ausgetretenen, mit Blaustern und Akelei gesäumten Pfad. Über ein schmales Himmelsband hinweg flüsterten die Bäume einander zu.

Unter einer Kiefer, auf einer Stelle, wo wegen der heruntergefallenen Nadeln nichts wuchs, setzte sich Anna auf den Boden.

»Gibt es hier Schlangen?« erkundigte sich Frederick argwöhnisch.

»Ja.«

»Iih.« Er zog seine muskulösen Beine an, bis sein Kinn auf den Knien ruhte. Sein etwas stümperhaft geziertes Verhalten erinnerte Anna an die entwaffnenden Albernheiten von Lord Peter Wimsey.

»Kennen Sie die Bücher von Dorothy L. Sayers?« fragte sie unvermittelt.

»Nie davon gehört.« Unmöglich zu entscheiden, ob seine Augen funkelten oder nicht. »Das war also Ihre erste Frage«, sagte er. »Jetzt bin ich dran. Sagen wir mal, jemand schmuggelt Drogen zwischen Kanada und den Vereinigten Staaten. Er kauft sie hier und verkauft sie drüben. Ihre Zollkontrollen hier sind doch eine reine Formsache. Vielleicht ist die Isle Royale ja der Umschlagplatz.«

Anna wartete. »Und wie lautet die Frage?« erkundigte sie sich schließlich.

Stanton machte ein überraschtes Gesicht, als läge das doch auf der Hand. »Wer könnte es sein?«

Anna lachte. »Sagen Sie's mir.«

»Nehmen wir mal an, jemand mit einem Schiff. Nehmen wir weiter an, jemand, der regelmäßig hierherkommt. Jemand, der einen Grund hat, immer wieder herzukommen. Vielleicht ein kommerzielles Lotsenboot für die Fischer, ein Unternehmen, das Bootsrundfahrten veranstaltet, jemand mit einer Tauchkonzession.« Er sperrte die Lider weit auf und schenkte Anna einen freundlichen, treuherzigen Blick.

Sie sah weg und gönnte ihren Augen auf dem perfekten Mosaik von Blättern und Rinde hinter den rotbraunen Nadeln eine Erholung. Die Sonne drang durchs Laub und sprenkelte das lebendige Grün mit Glitzerstrahlen. Selbst an Land hatte man auf der Isle Royale das Gefühl, man lebte in einer Wasserwelt.

»Warum glauben Sie denn, daß die Sache was mit Drogen zu tun hat? Warum ein Konzessionsboot? Haben Sie irgendwelche Unterlagen, die Ihre Theorie erhärten?«

»Das sind drei Fragen, Anna, und keine einzige Antwort. Das belastet Ihr Konto.«

Anna schwieg, und einen Augenblick später beschloß er, ihr dennoch zu antworten. »Keine Beweise, nur Statistiken. Wir haben hier ein Grenzgebiet, lasche Kontrollen, eine Insel voller kleiner Buchten, regelmäßigen internationalen Bootsverkehr und einen bizarren Mord. Ich arbeite mit Profilanalysen. Und was wir bisher haben, entspricht dem Profil eines Drogenmordes.«

Alle Leute, die irgend etwas mit Polizeiarbeit zu tun hatten, arbeiteten – bewußt oder unbewußt – mit Profilanalysen, wie Spieler mit dem Zufall. Das gleiche galt für Geschäftsleute, Ladenbesitzer, Rezeptionsangestellte und Prostituierte. Ein ärmlich gekleideter Mann mit Triefnase und roten Augen, der allein in einem finsteren Hauseingang stand und einen schweren Gegenstand in seiner Tasche umklammerte, konnte ein Landpfarrer sein, der an Heuschnupfen litt, sich verirrt hatte und sich zum Trost an seiner Bibel festhielt. Profilanalysen kämen jedoch zu einem anderen Ergebnis. Anhand der statistischen Daten hätte die Polizei in manchen Gegenden Grund genug gehabt, ihn zum Verhör aufs Revier mitzunehmen.

Anna stand auf und klopfte sich den Hosenboden ab. »Ich melde mich bei Ihnen, wenn mir jemand einfällt, der zu Ihrer Theorie paßt«, sagte sie.

Als sie Stanton los war, merkte sie plötzlich, daß sie gar nichts mit sich anzufangen wußte. Der Tauchgang auf der *Kamloops* lag hinter ihr. Dennys Leiche war im Kühlraum der *Ranger III* verstaut, unterwegs zur Autopsie nach

Houghton. Gestreßt von der Tauchaktion und dem bedrükkenden Wetter hatte Anna ihre freien Tage sehnlichst herbeigewünscht. Jetzt, wo sie frei hatte, die Sonne schien und sie sich hätte entspannen und ausruhen können, erwischte sie ihre Gedanken dabei, wie sie unablässig weiter in ihren alltäglichen Bahnen trotteten. Da man bekanntlich hinterher immer schlauer ist, war ihr inzwischen klar, was sie falsch gemacht hatte: Sie hätte an der Nordküste bleiben sollen, sich in einer stillen Bucht verstecken, die Wölfe beobachten und schöne Steinchen sammeln. Das hätte sie wieder ins Gleichgewicht mit sich und der Welt gebracht. Die geschäftige Atmosphäre von Rock Harbor langweilte sie und regte sie gleichzeitig auf. Statt der ersehnten Ruhe war Ruhelosigkeit der Grundton dieses Wochenendes.

Anna warf einen Blick auf ihre Uhr. Ihre Schwester konnte sie erst in ein paar Stunden anrufen. Und bis die Post sortiert war, dauerte es auch mindestens noch eine Stunde. In dem Bedürfnis, wenigstens irgend etwas zu tun, machte sie sich auf den Weg zu Sandra Fox in der Zentrale. Delphi blickte von ihrem Platz unter den Druckern auf und wirbelte zur Begrüßung mit ihrem goldenen Schwanz ein wenig Staub vom Boden auf. Anna ließ sich neben dem Hund nieder und kraulte seine weichen Ohren.

»Du kannst wohl nicht genug kriegen vom Park Service, was?« sagte Sandra, während ihre Fingernägel ungestört weiter auf dem Plastik der Tastatur klapperten. »Sogar an deinen freien Tagen brauchst du jetzt schon deinen bürokratischen Fix.«

»Schnell, schnell«, erwiderte Anna. »Gib mir irgendein Formular, das ich in dreifacher Ausfertigung ausfüllen kann.«

Sandra beendete die Tipperei, der Drucker produzierte eine Zeile in Blindenschrift, und Sandra ließ ihre gepflegte Fingerspitze darübergleiten. Dann sprach sie die Zahlen ins Mikro: »Eins, zweiundvierzig, vierundsechzig ...« Feuerwetter. Anna blies sanft auf Delphis Kopf und wurde mit einem vorwurfsvollen Blick dafür bestraft.

Als die Liste vollständig war, drehte sich Sandra mit einem

zufriedenen Seufzer um und faltete die Hände über dem Bauch. »Tinker und Damien haben nach dir gefragt«, sagte sie. »Aus irgendeinem Grund dachten sie, ich wüßte vielleicht, wo du dieses Wochenende verbringst.« Sie kicherte gemütlich.

Alle Pläne, die auf der ISRO per Telefon geschmiedet wurden, kamen Sandra zu Ohren. Sie nutzte diese unabsichtlichen Vertraulichkeiten nie aus, aber ähnlich wie Sherlock Holmes genoß sie es, die Leute mit geheimnisvollen Kenntnissen über ihr Leben zu verblüffen.

»Aha«, meinte Anna unverbindlich. »Und wo verbringe ich das Wochenende? Oder genauer – wo sollte ich sein?«

»Schlechte Laune, was?«

»Sieht ganz danach aus.«

»Hat die Bergung der Leiche dich auf morbide Gedanken gebracht?«

»Jedenfalls hat sie mich nachdenklich gemacht.« Die schwebende Vision, wie die Strömung dem Toten trügerisch neues Leben verliehen hatte, ließ sie einfach nicht los, genausowenig wie das Bild der blauen Flecken. Doch bevor die Ermittlungen beendet waren, konnte sie nicht darüber sprechen.

»Anscheinend willst du das Drogenszenario nicht schlukken, auf das Frederick Stanton so versessen ist, stimmt's?« bemerkte Sandra.

Anna zuckte kurz zusammen, und Sandra lächelte ihr Sherlock-Holmes-Lächeln.

»Du etwa?« fragte Anna.

»Nein. Warum sollte man sich ausgerechnet einen Nationalpark aussuchen, in dem es von Rangern und trampeligen Fischerleuten nur so wimmelt, wenn es mindestens eine Million versteckter Buchten und unendliche Quadratkilometer unbewachter Seefläche gibt, wo sie ein Rendezvous veranstalten können?«

»Stanton scheint relativ kompetent zu sein«, sagte Anna.

»Stanton ist ein Stadtjunge«, sagte Sandra. Was das bedeutete, war klar: Sein Hirn würde städtische Profilanalysen eines Todesfalls auf der Isle Royale vornehmen. Aber die Nationalparks waren ein besonderes Pflaster. Inseln der Hoffnung, Bruchstücke von Wildnis in einer zunehmend ›zivilisierten‹ Welt, Gegenden, die versuchten, jedem alles zu bieten: Museen, Abenteuer, Einsamkeit, Erholung, Urlaub, Forschung, Naturschutz. Hier herrschten andere Regeln, andere Sehnsüchte, andere Einschränkungen. Und die Leute starben auch aus anderen Gründen.

»Willst du Tinker und Damien besuchen?«

Anna hatte die beiden schon wieder vergessen. Sie sah auf ihre Uhr. Noch eine halbe Stunde, bis die Post kam. Sie sehnte sich nach einem Kontakt mit Chris und Molly, nach einem sinnvollen Gedankenaustausch. Nach Gesprächen, in denen sie weder auf sich selbst noch auf jemand anderes aufpassen mußte. Ralph Pilcher fiel ihr ein: »Die Superwoman-Tour funktioniert wirklich gut bei dir.« Es war keine Tour, es war ein Schutzpanzer. Und wie an jedem ordentlichen Panzer hatte sie an ihm schwer zu schleppen.

»Tinker und Damien ... Meinst du, es war was Dringendes?«

Sandra lachte. »Bei den beiden ist das schwer zu sagen. Vor ein paar Tagen sind sie in Moskey Basin gewandert. Dann haben sie über Funk einen Unfall gemeldet. Mit Schwerverletzten. Scotty hat sofort ein paar Leute vom medizinischen Notfalldienst losgeschickt. Alle natürlich mit Überstunden. Die sind losgesaust wie von der Tarantel gestochen. Und was haben sie gefunden? Ein Boot hatte das Dock am Südende gerammt. Der Fahrer war nicht verletzt, aber er hatte einen Balken im Wasser weggestoßen und einen Seeotter darunter eingeklemmt. Tinker und Damien haben ordentlich was zu hören gekriegt, aber der Otter wird sich sein Leben lang voll Dankbarkeit an sie erinnern.«

Anna lächelte. Ihr war eingefallen, daß sie die Coggins-Clarkes mochte.

Sie fand Damien auf dem Weg zwischen der Lodge und dem

Besucherzentrum von Rock Harbor. Die Hände auf dem Rücken verschränkt, die Augen zu Boden gerichtet, ging er auf und ab, wobei er mit den Lippen lautlose Worte formte. Im khakifarbenen Hemd und der grünen Uniformhose der Student Conservation Association sah er ungewöhnlich normal aus. Und jung. In Annas säuerlicher Laune sah er aus, als wäre er ungefähr zehn Jahre alt.

»Damien!« Ein Ausdruck, den man erschrocken nennen konnte, huschte über sein Gesicht. Sein Winken – ein kurzes Schütteln von Handgelenk und Fingern – wirkte alles andere als begeistert.

Anna ging zu einer Bank am Wegrand. Damien hörte nicht auf, hin und her zu gehen. Anna lehnte sich zurück und wartete, bis er das nächste Mal vorbeikam. »Ich habe eine Führung«, erklärte er unfreundlich und sah dabei auf die Uhr. »In sieben Minuten.«

Dieser kurzangebundene, nervöse Kerl wirkte so anders als der Junge im Cape bei Kerzenlicht, und Anna war ein wenig vor den Kopf gestoßen. Ihr fiel ein, wie wenig sie eigentlich über die Coggins-Clarkes wußte.

»Sandra sagt, ihr wolltet mich sprechen«, sagte sie leichthin. »Anscheinend habe ich einen schlechten Zeitpunkt erwischt. Vielleicht sollte ich lieber zu Tinker gehen.« Sie stand auf und machte Anstalten wegzugehen.

»Spar dir die Mühe«, sagte er scharf.

Anna drehte sich um und hob die Augenbrauen.

Unter ihrem Blick verschwand sein ungehobeltes Benehmen allmählich. »Tut mir leid«, entschuldigte er sich mit der alten jungenhaften Anmut. »Ich bin heute morgen auf der falschen Seite des Universums aufgestanden. Wir wollten dir nur sagen, daß wir die Sache mit Scotty Butkus abgeblasen haben.«

»Aha.« Hätte man ihr das vor zehn Minuten gesagt, hätte Anna sofort versichert, nichts freue sie mehr. Wie Tinker und Damien Mixed-Pickles-Gläser sammelten und Spione spielten – das war genau die Sorte Blödsinn, mit der man sich in Schwierigkeiten bringen konnte. Jetzt, wo sie tatsächlich aufgehört hatten, fand sie es plötzlich eher beunruhigend als begrüßenswert. »Warum?«

Damien sah durch sie hindurch. Eine kleine Touristengruppe kam den Weg herauf. »Die Leute für meine Tour«, sagte er. Als er sich entfernte, die Touristen im Gänsemarsch hinter ihm, überlegte Anna, weshalb er ihrer Frage ausgewichen war, statt ihr irgendeine unverfängliche Lüge zu erzählen. Wenn sie banal genug gewesen wäre, hätte sie sie wahrscheinlich sogar geglaubt, und damit wäre alles ausgestanden gewesen. Ausflüchte waren für einen Ranger mit polizeilichen Befugnissen ungefähr das gleiche wie unvollständige Steuererklärungen für das Finanzamt.

Wollte er vielleicht erreichen, daß bei ihr die Alarmglokken schrillten? Handelte es sich um einen dieser stummen Hilfeschreie, von der ihre Schwester Molly immer erzählte – immerhin bekam sie hundertfünfzig Dollar die Stunde, nur, um sich so was anzuhören. Oder konnte Damien – überzeugungs- oder veranlagungsbedingt – nicht lügen?

»Träum ruhig weiter«, sagte Anna laut. In den vierzig Jahren ihres Lebens hatte sie kein menschliches Wesen kennengelernt, das nicht fähig gewesen wäre zu lügen.

Ob Damiens Wunsch, Anna solle nicht mit Tinker sprechen, ehrlich gemeint war oder nicht – er blieb jedenfalls ohne Folgen. Er hatte Annas Neugier nur noch mehr angestachelt, und das an einem Tag, an dem sie für ein bißchen Anstachelei sehr empfänglich war. Mit neuerwachter Energie ging sie den Weg hinunter und nahm den Pfad durch den Wald, der zum Quartier der Saisonangestellten führte.

Tinker saß auf der Verandatreppe des verwitterten alten Hauses, das als Schlafbaracke diente. Sie hatte den Kopf über ein Buch auf ihren Knien gebeugt, so daß ihr Gesicht hinter einem Vorhang aus blondem Dauerwellengekräusel verborgen war. Irgendwo in den Fichten, die dem verfallenen Gebäude ein bißchen Glanz verliehen, keckerte ein Eichhörnchen, um vor Annas Kommen zu warnen, und Tinker blickte auf.

»Sandra sagt, du willst mich sprechen«, sagte Anna.

»Ja. Ich wollte dich fragen, ob du in McCargo nistende Wanderfalken gesehen hast.«

Die Isle Royale war einer der Orte, in denen die Wanderfalken wieder eingebürgert werden sollten. Das Resourcen-Management hatte damit im Südwestteil der Insel einigen Erfolg gehabt, aber die Nordküste erwies sich als ungeeignet. Anna schüttelte den Kopf.

»Wir haben nämlich einen gesehen«, sagte Tinker.

Anna setzte sich auf die unterste Treppenstufe. Eine große grüne Raupe mit leuchtend blauen Punkten buckelte durch die Farnwurzeln. Damien hatte gesagt, es ginge darum, daß sie die Butkus-Ermittlungen eingestellt hatten. Tinker redete von Wanderfalken. Wenn Anna die glaubhaftere Version hätte wählen müssen, hätte sie sich für die Falken entschieden. Ein Mord würde in der Prioritätenliste sofort auf Platz zwei rutschen, wenn ein ernsthafter Vogelliebhaber ein seltenes Exemplar sichtete.

»Ich habe in McCargo keine Wanderfalken gesehen«, sagte Anna. »Aber ich war in den letzten Wochen auch nicht besonders häufig dort.«

»Hmmm.« Tinker ließ sich anscheinend durch den Kopf gehen, ob auf Anna in solchen Dingen Verlaß war, und Anna hegte den Verdacht, daß sie die Prüfung nicht bestehen würde. Prompt fand sie sich bestätigt, denn Tinker sagte: »Dann müssen Damien und ich wohl selbst hinfahren.« Sie klappte das dicke Buch zu – es war Bent's Lexikon der nordamerikanischen Vogelwelt, Band 10: Raubvögel, Teil 1 – und lächelte freundlich in den Wald.

Anna ärgerte die riesige Raupe und versuchte, sie auf einen Zweig klettern zu lassen. Ein paar Minuten verstrichen. Sie warf den Zweig ins Fichtendickicht. »Damien sagt, ihr habt eure Detektivarbeit aufgegeben«, sagte sie schließlich.

Tinker sah betrübt aus. Mit einer garboesken Geste strich sie sich mit beiden Händen ihre ausgebleichten Haare aus der Stirn.

Aus dem Inneren des Hauses ertönte ein Schlurfen und ein Grunzen. Anna blickte fragend auf. »Pizza-Dave«, erklärte

Tinker, die Hände immer noch in den Haaren. »Das Klo ist mal wieder verstopft.« Wie auf ein Stichwort erklang das Gurgeln und Saugen einer Pumpe.

Anna wandte sich wieder an Tinker. »Alles in Ordnung?« fragte sie, eindringlicher, als sie beabsichtigt hatte.

»Mir geht's ausgezeichnet«, sagte Tinker, aber plötzlich begann sie zu weinen, die Knie mit den Armen umschlungen, ihre mädchenhaften Brüste an die unnachgiebigen Kanten des Vogelbuchs gepreßt.

Abgrundtiefe Schluchzer schüttelten ihren mageren Rükken. Visionen von Mixed-Pickles-Gläsern, vollgestopft mit Fingern, Ohren und Augäpfeln schossen durch Annas Kopf. »Was ist los? Was ist denn?« fragte sie.

»Laß mich in Ruhe!« schrie Tinker, sprang auf, schleuderte ihr Buch von sich, daß es aufgeklappt im Moos landete, und stürzte ins Haus.

Anna überlegte, ob es klug war, ihr zu folgen. Aus irgendeinem Grund war ihre Anwesenheit für Tinker momentan eher bedrohlich als tröstend. Also legte sie das Buch zurück auf die Veranda, wo die Feuchtigkeit ihm nichts anhaben konnte, und kehrte auf dem Weg zurück, den sie gekommen war.

Auf dem halben Weg zum Hafen holte sie Motorengedröhn ein. Die Traktoren des Wartungsdienstes waren als einzige Fahrzeuge auf der Insel zugelassen, und selbst sie durften nicht nach Amygdaloid.

Am Steuer saß Pizza-Dave, der seinen Klempnerjob erledigt hatte. Er war der dickste Mann, den Anna je zu Gesicht bekommen hatte. Der Traktorsitz verschwand fast ganz unter seiner Körperfülle, und der Traktor, ein kleiner vierzylindriger John Deere, wirkte kaum größer als ein Rasenmäher. R & R, die Firma, die die Uniformen für den National Park Service herstellte, hatte nicht einmal annähernd seine Größe auf Lager. Deshalb trug Dave tagaus, tagein bunte T-Shirts mit allerlei Slogans, Jeans und hohe schwarze Turnschuhe.

Als er neben Anna war, ließ er den Hebel der Gangschaltung in seiner Pranke – die etwa so groß war wie ein Frisbee –

verschwinden und stoppte den Traktor. »Tag!« rief er laut, um den Motorenlärm zu übertönen.

»Tag«, sagte Anna und wünschte, er würde den Motor abstellen. Sie wünschte es, wagte es aber nicht zu hoffen. Dave liebte nämlich den Lärm. Er war selbst Teil seiner Maschine. Er ging nie zu Fuß und behauptete von sich, mit dem richtigen Gerät könnte er alles bewerkstelligen.

Jetzt sagte er irgend etwas.

»Was?« schrie Anna, und er schrie zurück: » . . . im Pott!« Anna sah ihn verständnislos an und zuckte die Achseln. »Der Pott, das Klo, die To-Lette, das Örtchen!« schrie er. »Ich konnte nicht anders, ich hab mitgehört. Hier. Das hab ich gefunden.« Er grub etwas aus der Gesäßtasche und hielt es ihr in der geschlossenen Faust entgegen. Annas Hände waren zusammen etwa so groß wie eine von seinen. Sie hielt sie ihm entgegen und vermied es, sich vorzustellen, welcher edle Fund aus der ›To-Lette‹ gleich darin landen würde.

Daves Faust öffnete sich, und ein paar zerknitterte Papierfetzen flatterten heraus. »Hab's so zerrissen gefunden!« brüllte er.

»Was ist das?«

»Versteh nicht! Hab's gefunden!« grölte er. In Anna rührte sich der Verdacht, daß er den Motor nur deshalb laufen ließ, damit er alle Fragen übertönte, die Dave nicht beantworten wollte. »Mit Donna Butkus ist alles okay«, fügte er unvermittelt hinzu.

»Woher weißt du das?« rief Anna.

»Gefühl im Bauch.« Er lachte und strich sich mit der Hand über die mächtige, mit roter Baumwolle überspannte Wölbung. »Und einen Bauch von der Größe soll man nie ignorieren.« Bevor Anna den Mund aufmachen konnte, hatte er schon wieder den Gang eingelegt und bretterte den Weg hinunter.

Sie wartete, bis der unangenehme Lärm vollkommen verebbt war, dann ging sie mitten auf dem Weg in die Hocke und setzte die Papierfetzen zusammen. Es war der Ausdruck eines Nadeldruckers, der von jedem Computer betrieben werden konnte, eine seltsame Mischung von Metapern: »Bevor ihr in den Kellern anderer Leute nach Leichen sucht, vergeßt nicht, daß man auch aus eurem Schrank eine Menge schmutzige Wäsche holen kann.« Dann das Wort ›Hopkins‹ und die Zahlen ›1978‹.

»Herr des Himmels«, murmelte Anna. »Wer denkt sich denn dermaßen mysteriöse Botschaften aus?« Dann mußte sie lachen, weil ihr die Zettel einfielen, die Christina mit Magneten in Entchenform an den Kühlschrank heftete: »Ally beim Zehenspitzen. Ich im Salzbergwerk. Rette dich.« Was bedeutete: Alison war im Ballettunterricht, Chris kam spät von der Arbeit. Und die wörtliche Übersetzung: Warte nicht mit dem Abendessen. Alles konnte mysteriös erscheinen, wenn es einem nicht angemessen erklärt wurde.

Besonders dann, wenn auch noch eine Leiche im Spiel war.

Anna las den Zettel noch einmal. Eine Drohung – wenn du mich verrätst, verrat ich dich. Hopkins – der Name eines Menschen oder einer Stadt; 1978. Anna unternahm einen Rateversuch: Tinker oder Damien hatten im Jahr 1978 einer Person etwas angetan oder in einer Stadt etwas angestellt. Nun schämten sie sich deswegen so oder hatten solche Angst, daß sie bereit waren, ihre Nachforschungen über Donna Butkus' Verschwinden einzustellen, nur damit diese Tat nicht ans Tageslicht kam. Das war dreizehn Jahre her. 1978 mußte Damien elf oder zwölf gewesen sein, Tinker um die zwanzig. Also war vermutlich sie die Bedrohte. Das würde sowohl zu Damiens Reaktion als auch zu Tinkers eigenem Verhalten passen.

Anna faltete die Schnipsel sorgfältig zusammen, steckte sie in die Brusttasche ihres Hemds und knöpfte sie zu. Aber wer bedrohte Tinker? Scotty war der nächstliegende Kandidat. Aber nicht der einzige. Wenn Donnas Verschwinden mit Dennys Tod zusammenhing – und Scotty nicht der Verfasser des Zettels war –, dann lag derjenige, von dem dieser Zettel stammte, als Verdächtiger gut im Rennen.

14

Den Rest des Nachmittags verbrachte Anna damit, ihre Medizin einzunehmen: Sie verließ den menschenreichen Hafen, schnallte eine Wasserflasche an den Gürtel und wanderte zum Ojibway Tower, der gut zehn Kilometer von Rock Harbor entfernt lag. Unterwegs begegnete sie ein paar Rucksacktouristen, mit denen sie aber kein Wort wechselte. Anna trug keine Uniform, war nicht im Dienst und demzufolge nicht verpflichtet, hilfsbereit oder auch nur höflich zu sein. Als sie vor sich Stimmen hörte, verkroch sie sich in den Büschen und muckste sich nicht, bis die Leute an ihr vorbeigegangen waren.

Auf der steinigen Anhöhe über dem sommerlich grünen Blätterdach kletterte sie auf den alten Feuerturm und streckte die Beine in der Sonne aus. Vom Ojibway Tower konnte man die weißen Segel auf dem Lake Superior sehen und die schimmernden Rücken der Vögel im Flug. Die Kiefern verströmten in der warmen Sonnenluft einen süßen Duft. Anna atmete diesen Geruch ein wie eine Droge und spürte, wie sich ihr Gehirn entkrampfte und der Druck gegen die Schädeldecke nachließ. Eine kühle Brise linderte die durch unsichtbare Lasten hervorgerufenen Schmerzen.

Gegen sechs Uhr machte sie sich erfrischt und mit klarem Kopf auf den Rückweg.

Sie war die dritte in der Schlange vor der Telefonzelle in Rock. Neben ihr auf der Bank saßen eine etwa zwanzigjährige Rothaarige und eine echte Blondine mit kinnlangem Haar und breiten Schultern. Anna starrte auf die besetzte Telefonzelle und hörte dem unzusammenhängenden Geplauder der anderen Frauen zu. Es ging hauptsächlich um die typischen Beschäftigungen von T.A.A.s – Touristen auf Abwegen, wie die Rangers die Inselbesucher liebevoll titulierten. Ein Mann war mit seiner Verlobten den Minong Trail hinuntergewandert. Sie hatten nicht genug Wasser dabeigehabt, die Frau hatte Blasen an den Füßen bekommen, ihr Auge war dick geschwollen von Fliegenstichen, die Hochzeit wurde abgesagt. Zwei Jungen hatten am Blake's Point ein Mietsboot zu Schrott gefahren. Das Boot sah aus wie eine zusammengeknüllte Aluminiumkugel, doch die beiden Knaben waren erstaunlicherweise heil davongekommen. Jemand hatte sich beschwert, auf der *Spirogyra,* dem Party-Schiff von Two Harbors, hätten Leute nackt auf der Laufbrücke getanzt.

Die Tür der Telefonzelle öffnete sich. »Sie können rein«, verkündete eine Stimme.

»Willst du zuerst, Trixy?« fragte die Rothaarige.

»Nein, geh du nur«, antwortete die Blondine.

Trixy von der Öffentlichkeitsarbeit, Donna Butkus' Freundin. Wäre Anna ein Terrier gewesen, so hätte sie die Ohren aufgestellt. Sie wartete, bis die Rothaarige gewählt hatte. »Trixy, stimmt's? Ich bin Anna Pigeon.« Sie schüttelten sich die Hände. Wie immer kam sich Anna dabei etwas albern vor.

»Du bist Ranger an der North Shore, stimmt's«, sagte Trixy. Sie hatte eine sanfte Stimme, die leicht in einen süßlichen Singsang verfiel.

Anna bekannte sich zu ihrer Identität und versuchte, möglichst unauffällig auf Donna Butkus zu sprechen zu kommen. »Ich bin Scottys Äquivalent, nur am Nordufer«, sagte sie schließlich. »Scotty kennst du doch bestimmt. Das ist deine fünfte Saison in Rock, oder?«

»Die sechste«, sagte Trixy und fügte dann grimmig hinzu: »Ja, Scotty kenne ich.«

Anna nahm den mürrischen Tonfall als gutes Zeichen – eine Einladung an Pandora, ihre Tratschbüchse zu öffnen. »Das klingt, als wärst du nicht besonders gut auf Mr. Butkus zu sprechen.« Kaum hatte Anna den Schlüssel gedreht, da sprang die Büchse auch schon auf.

»Scotty Butkus ist ein Arschloch«, sagte Trixy. »Ich hoffe, du bist nicht mit ihm befreundet . . .«

Anna lachte. »Ich gehe ihm wohlweislich aus dem Weg. Diese alten Haudegen machen mich nervös. Aber ich hab seine Frau ein paarmal getroffen. Die fand ich eigentlich ganz nett. In letzter Zeit habe ich sie allerdings nicht mehr gesehen.«

»Ihre Schwester Roberta hat sich den Rücken verletzt. Donna muß sie pflegen«, sagte Trixy.

»Hat Scotty dir das erzählt?« fragte Anna mit gespieltem Desinteresse, aber Trixy reagierte trotzdem leicht beunruhigt.

»Ja, hat er. Er hat gesagt, Donna hätte ganz überstürzt abreisen müssen. Warum? Hast du was anderes gehört?«

»Robertas Rücken ist völlig in Ordnung«, sagte Anna vorsichtig. »Sie ist eine gute Freundin von meiner Mitbewohnerin in Houghton.«

»Dieses Arschloch!« schimpfte Trixy.

»Ich nehme an, du meinst Scotty. Was hat er denn sonst noch getan, außer dich anzulügen?«

»Ach, er und Donna haben sich furchtbar gestritten. Er hat sie sogar geschlagen. Was gar nicht so ungewöhnlich ist, aber diesmal ist Donna heulend zu mir gekommen. Sie hatte ein blaues Auge und eine geplatzte Oberlippe. Das war schlimmer als sonst. Normalerweise schlägt er sie an Stellen, die sie anderen Leuten nicht zeigt, weil es ihr zu peinlich ist. Scotty war besoffen. So ein Mega-Arschloch!«

»Hat sie was gesagt, daß sie fort will?«

»Nein. Sie wollte zu Scotty zurück. Sie steckt das alles weg. Aber ich weiß nicht, ob das ein Kompliment ist. Scotty macht sie total fertig. Er hat die Podestnummer drauf: In der Öffentlichkeit gibt er überall mit ihr an, wenn sie dabei ist, als wäre sie irgend so ne Trophäe, die er gewonnen hat. Und sobald sie dann allein sind, hackt er auf ihr rum, bis sie nicht mehr weiß, ob sie eine Prinzessin oder ne Nutte ist. Ich glaube, früher hat er sie nicht geschlagen. Damit hat er erst vor kurzem angefangen. Vielleicht vor zwei Monaten. Donna deckt ihn. Sie hat alles, was eine gute südtexanische Ehefrau braucht: Sie ist hilfsbereit, warmherzig, gleicht seine Schwächen aus, läßt sich mißhandeln und sieht trotzdem noch gut aus.«

»Wie ein handgewebter Navajo-Teppich«, sagte Anna.

»Genau.«

Die Tür der Telefonzelle öffnete sich wieder, und die Rothaarige kam heraus. Als Trixy aufstand, um ihren Anruf zu erledigen, stellte Anna ihr noch eine letzte Frage. »Hast du Donna nach dem Abend noch mal gesehen? Ich meine, nach dem Abend, an dem sich die beiden so gestritten haben?«

»Nein. Ich hatte es eilig, weil ich einen Abendkurs geben mußte. Donna war total am Ende. Ich hab ihr Eiswürfel aufs Auge gelegt, und Dave hat sich angeboten, sie nach Hause zu bringen. Das war's dann.«

Trixy telefonierte nur kurz. Die Rothaarige wartete mit Anna auf der Bank, dann gingen die beiden Öffentlichkeitsarbeiterinnen zusammen weg. Anna begab sich in die Zelle und wählte New York. Es klickte und surrte in der Leitung – ein unmißverständliches Zeichen dafür, daß das eingeworfene Geld durchratterte –, dann endlich kam die Ansage: »Leider ist niemand zu Hause. Bitte hinterlassen Sie eine Nachricht.« Anna wartete auf den Piepton.

»Ich bin's«, sagte sie. »Machst du dich gerade klitzeklein?«

Ein Klicken und ein Geraschel. »Klitzeklein?« fragte Molly. »Ist das ein Bullenbegriff: ›Die Übeltäter wurden dabei ertappt, wie sie sich im Kaufhaus klitzeklein machten‹?«

»Ich werde immer wieder rückfällig. In Houghton gibt es leider keine Selbsthilfegruppe für Frauen mit regressivem Sprachverhalten.« Die vertraute Stille, das hörbare Ausatmen. Anna konnte es nicht ausstehen. »Kannst du nicht mal ohne Zigarette telefonieren?«

»Geht nicht. Zigaretten und Telefonieren gehören zusammen wie Pech und Schwefel. Orale Fixierung, verfrühtes Sauberkeitstraining, frühkindliches Trauma – da kann ich nichts gegen machen. Wie ging's mit dem Leichentauchen?«

Anna erzählte ihr alles, froh darüber, endlich all ihre Ängste aussprechen und sie vor Mollys messerscharfem Verstand ausbreiten zu können. Sie beschrieb ihrer Schwester, wie lebendig die Leiche gewirkt habe, mit Blasen und wedelnden Händen, sie erzählte von Wrackplünderungen, von Donna, von Scotty.

»So ein Arschloch«, lautete Dr. Pigeons Ferndiagnose.

»Meinst du, er hat sie umgebracht?«

»Klar. Die Notaufnahmen sind voll mit Frauen, die geschlagen wurden. Manche von ihnen sterben. Zu mir kommen die Reichen, die überleben. Sie wollen herausfinden, was mit ihnen nicht stimmt, warum sie einen hochanständigen Mann dazu bringen, sich so schrecklich aufzuführen. Das muß natürlich nicht heißen, daß dieser Herr Butkus seine Frau tatsächlich umgebracht hat. Vielleicht ist er einfach nur ein Schläger und ein Arschloch.«

»Donna ist keine Frau, die ihn anzeigen würde, und leider ist es nicht illegal, ein Arschloch zu sein«, sagte Anna.

»Wenn wir Therapeuten nicht soviel Profit daraus ziehen würden, dann wäre ich die erste, die sich für ein entsprechendes Gesetz stark machen würde.«

»Was glaubst du – hat er ihre Leiche aufgegessen?«

»Wie der gute alte Hannibal Lecter? Kannibalismus? Ziemlich unwahrscheinlich. Das ist eine sehr seltene Form der Psychose. Extrem selten sogar. Und selbst die Irren fressen nicht die Knochen und die Haare und die Augäpfel und die Fingernägel. Sie haben ihre Lieblingsteile. Meistens sind es die Innereien – das Herz, die Leber. Wie Draculas Renfield wollen sie sich die Lebenskraft ihres Opfers einverleiben.«

»Aber was ist, wenn er kein Psychotiker ist? Wenn er ihre Leiche einfach nur aufgefressen hat, um sie loszuwerden?«

»Anna, du lebst schon zu lange in der Wildnis. Wenn er sie aufgefressen hat, aus welchen Gründen auch immer, dann muß er ein ganz kleines bißchen psychotisch sein, meinst du nicht?«

»Wahrscheinlich schon«, gab Anna zu.

»Denke ich auch«, bestätigte Molly.

Anna hörte, wie eine zweite Zigarette angezündet wurde. Molly würde bestimmt vor ihr sterben, und sie selbst müßte dann ohne Schutz durchs Leben stolpern. Ein halbes Dutzend Krebsanspielungen lagen ihr auf der Zunge, aber sie schluckte sie hinunter. Sie würde sich damit nur die entsprechenden Bemerkungen über eine Leberzirrhose einhandeln. Wer von ihnen beiden zuerst sterben würde, war ein alter Streit, den keine so recht gewinnen wollte.

»Ich nehme nicht an, daß du mich besuchen kommen willst«, sagte Anna. »Ich könnte dir ein Zimmer mit Aschenbecher besorgen. Und ein Klo mit Wasserspülung.«

»So, wie sich das anhört, könnte ich bei euch mein Schild aufhängen und eine Menge Kunden damit anlocken.«

»Aber nicht für hundertfünfzig Dollar die Stunde. Du machst zwischen zwei Kaffeepausen mehr Geld als der Durchschnittsranger in einer ganzen Woche.«

»Lieber Gott! Kein Wunder, daß ihr eure Ehepartner verspeist. Das ist keine Psychose – das ist das Mittagessen. Und das Geld reicht dann gerade noch, um einen ordentlichen Tafelwein dazu zu kaufen. Apropos – erinnerst du dich an meinen Zehn-Uhr-Patienten? Den Weinkenner mit dem Jahrgangsneid?«

»Klar.«

»Sein Zustand hat sich verschlimmert.« Molly lachte. »Das ist übrigens ein weiterer Grund, weshalb ich nicht ins Niemandsland kommen kann. Er hat eine Modeneurose entwickelt. Er trägt jetzt knallgelbe Hosenträger zu seinen Armani-Anzügen. Befestigt sie direkt an seinem Gürtel, der aus dem Leder eines zweifellos vom Aussterben bedrohten Reptils hergestellt ist.«

»Hier im Niemandsland würden wir ihn als vorsichtig bezeichnen, nicht als verrückt.«

»Du vergißt das Motiv, Anna. Ausgerechnet du! Er findet es nämlich ganz toll. Er tut es, weil er glaubt, es würde seinen Rivalen aufregen. Und er ist so stolz auf seine blöde Idee, daß er mir nicht mal sagen will, wie diese spezifische Form der Rache ihre Wirkung erzielen soll. Vielleicht ruft er ja einen neuen Trend ins Leben.«

Anna kicherte. »Erinnere mich daran, daß ich dir nächstes Mal von Frederick Stanton erzähle«, sagte sie, wobei sie an sein scheußliches Morgen-flieg-ich-nach-Hawaii-Outfit dachte. »Ich muß jetzt leider aufhören. Draußen stehen die

Leute Schlange.« Zwei Schatten saßen auf der Wartebank draußen vor der Telefonzelle.

»Ciao«, sagte Molly. »Oder heißt es bei euch ›Gut Pfad‹? Und paß auf, daß du nicht auf der Speisekarte landest.«

Ehe die Leitung tot war, schaffte es Anna gerade noch, ein ›Okay, tschüs!‹ anzubringen.

Damit ihre Schwester nicht allzu lange vor ihr an die Himmelstür klopfen würde, beschloß Anna, ihrer Zirrhose ein bißchen nachzuhelfen. Statt eines Glases bestellte sie eine ganze Flasche. Normalerweise verkaufte Patience nur Hauswein und nur im Glas. Für Anna holte sie einen 84er-Graves Villages. Achtzehn Dollar die Flasche. Anna war fest davon überzeugt, daß das ein guter Preis war.

Der erdige Feuersteingeschmack war perfekt für diesen Abend. Auf dem Patio hinter der Lodge war die Luft sehr schwül. Wie feuchter Samt legte sie sich auf Annas Haut.

Sie machte es sich im Liegestuhl bequem und genoß den Druck der Holzlatten, die ihren Rücken und ihre Schenkel leicht massierten. Sie trank einen Schluck Graves, behielt ihn im Mund, so daß sie mit der Zunge den Geschmack auskosten und mit dem Körper die Wirkung des Alkohols antizipieren konnte. Die Mysterien der Nacht bildeten den Hintergrund, vor dem Anna noch einmal die kleinen Geheimnisse des Tages durchging, ohne sich an eine bestimmte Reihenfolge zu halten:

Erstens: Denny Castle, tot, sechzig Meter unter der Wasseroberfläche, in ein Kostüm gekleidet, das eigentlich zu Hause bei seiner Mutter in der Truhe liegen sollte.

Frederick Stanton glaubte, sein Tod habe etwas mit Drogen zu tun. Die Profilanalysen ließen Handel zwischen den USA und Kanada vermuten. Die Profile ließen die *3rd Sister* hochverdächtig erscheinen. Und von all den Booten, die in der Woche unterwegs gewesen waren, war die *3rd Sister* das einzige, das sowohl über eine Konzession als auch über Tauchmöglichkeiten verfügte. Wenn es Stanton gelang, eine Anklage aufzubauen, würde die *3rd Sister* beschlagnahmt.

Die Bradshaws würden ihren Lebensunterhalt verlieren. Genauer gesagt, ihr ganzes Leben würde seinen Sinn verlieren. Tauchen war alles, was sie hatten, alles, was sie interessierte.

Zweitens: Mrs. Scotty Butkus war verschwunden. Sie war geschlagen worden, soviel war sicher, und wenn Tinker und Damien recht hatten, war sie aufgefressen worden – wie von einem Windigo, dem kannibalischen Dämon, der angeblich in den Wäldern im Norden sein Unwesen trieb.

Drittens: Tinker und Damien hatten plötzlich ihr eigenes Geheimnis. Wer bedrohte sie? Was war 1978 mit, auf oder wegen ›Hopkins‹ passiert?

Viertens: Warum war Jim Tattinger ohne Licht bei dem Wrack der *Kamloops* aufgekreuzt – achtundvierzig Stunden, bevor die Leiche geborgen werden sollte?

Und fünftens – oder war sie schon bei sechstens? Was für ein Verhältnis hatte Holly zu Denny, und warum fand Hawk den Gedanken, daß es etwas mit Liebe zu tun haben könnte, so absolut lächerlich?

Warum trug Mollys Patient Hosenträger und einen Gürtel? Oder, noch wichtiger – wie war Hawk Bradshaw wohl im Bett?

Anna lachte. Der Wein verfehlte nicht seine Wirkung. In der sanften Dunkelheit lächelte sie über ihre Liste. Bei einigen der Geheimnisse würde die Lösung wesentlich mehr Spaß machen als bei anderen.

Das Geräusch eiliger Schritte unterbrach ihre Gedanken. Sie blieb ruhig sitzen, unsichtbar im schattenlosen Dunkel. Das Getrappel der Schritte endete mit einem Plumps. Eine blasse Gestalt hatte sich zwei Meter von Anna entfernt auf die Holztreppe fallen lassen. Die Person war sehr unruhig. Anna konnte nervöses Fingerknacken und das Scharren von Füßen hören. Der Atem klang nach leicht verstopfter Nase.

»Hallo, Carrie Ann.« Das Mädchen japste erschrocken, was Anna eine gewisse Genugtuung bereitete. »Tut mir leid, daß ich dich erschreckt habe«, log Anna freundlich. »Na, machst du dir nen schönen Abend?«

»Kann man nicht behaupten.« Carrie beherrschte mit

ihren dreizehn Jahren die Kunst der typisch adoleszenten Muffelei bereits bis zur Perfektion. Vier Worte – und die Nacht, die Sterne, der glitzernde See waren als Seniorenkitsch abqualifiziert.

»Ah.« Anna wünschte sich, das gute Kind würde dahin zurückgehen, wo es hergekommen war, und dort weiterschmollen.

Carrie ruckelte hin und her, was man am Reiben der Jeans auf dem Holz hören konnte. »Hat Mom dich hergeschickt, damit du auf mich aufpaßt?«

»Ich war zuerst hier.« Sie schaffte es mit Mühe und Not, nicht ›Du blödes kleines Monster‹ hinzuzufügen.

Geheimnis Nummer sieben – oder acht? Wer war Carrie Anns Freund, und wen ging das überhaupt einen Scheißdreck an? Der Wein machte sich eindeutig bemerkbar. Anna merkte, daß ihre Wortwahl zu wünschen übrig ließ. Bis sie mit Christina zusammengezogen war, hatte sie sich darüber keine Gedanken gemacht, außer vielleicht am Eßtisch ihrer Schwiegermutter. Christina hatte nie etwas gesagt, aber als Alison das erste Mal verkündete, Jimmy Fulton sei ein Oberarsch, zog Christina eine ihrer perfekt geformten Augenbrauen hoch und blickte in Annas Richtung. Seither hatte Anna die entsprechenden Wörter vermieden.

Sie kippte den letzten Schluck Graves wie Wodka hinunter und füllte ihr Glas wieder auf. »Warum sollte Patience wollen, daß ich auf dich aufpasse? Störst du die Tiere, oder zeltest du auf verbotenem Terrain, oder handelst du mit weißen Sklaven, oder was?«

»Quatsch«, brummte Carrie. »Mom denkt, ich bin noch ein Baby.«

Anna verkniff sich jeden Kommentar.

Mit ihren paranoiden Teenagerohren hörte Carrie natürlich die unausgesprochene Zustimmung. »Ich bin aber kein Baby. Ich bin immerhin dreizehn. Julia Wieheißtsiegleich hat mit dreizehn geheiratet.«

»Und mit dreizehneinhalb war sie tot. Du solltest mit deinen Vergleichen etwas vorsichtiger sein.«

»Mom ist in den sechziger Jahren aufgewachsen. Sie hat wahrscheinlich mit jedem Typ in Santa Cruz gepennt. Und jetzt ist es, als wäre Sex nicht mehr zugelassen. Wie der Ford Pinto oder was, der bei jedem Auffahrunfall explodiert.«

Anna lachte. Carrie nicht. Sie hatte keinen Witz machen wollen. »Immerhin gibt es Aids«, sagte Anna.

»Oh. Klar. Als hätte jeder Aids«, maulte Carrie. »Kann ich was von dem Wein abhaben?«

»Nein.«

»Du trinkst zuviel.«

Anna war froh, daß sie keine Kinder hatte.

Carrie rutschte näher zu Anna, die hoffte, es möge sich ein Holzsplitter in Carries Po bohren, aber die Götter waren nicht auf ihrer Seite, und Carrie gelangte unversehrt bis zu ihr. Sie schnappte die Weinflasche und hielt sie sich dicht unter die Nase. »Graves. Mom versorgt dich mit Qualität«, murmelte sie.

Anna dachte, daß Carrie vermutlich mehr von Weinen verstand als die meisten Erwachsenen. »Ich bin beeindruckt«, sagte sie respektvoll.

»Mom tut gern kosmopolitisch.« Mit einem sorgfältig einstudierten Achselzucken tat Carrie das Kompliment ab. »Ich trinke Wein, seit ich fünf bin.«

»Mit Wasser verdünnt?« stichelte Anna.

»Vermutlich«, sagte Carrie betont gelangweilt. »Du solltest Mom mal bitten, dir was aus ihrem Geheimkeller zu geben. Aber den kann man nicht runterkippen.«

Carries Gesellschaft ödete Anna allmählich an. Da sie ihren Platz hier in der Dunkelheit nicht aufgeben wollte, entschied sie sich dafür, einfach nichts mehr zu sagen, in der Hoffnung, Carrie würde sich ebenfalls langweilen und endlich verduften.

»Carrie!« rief jemand.

»O Gott«, stöhnte das Mädchen. »Mom.« Sie trottete davon. Ob sie vor der Stimme floh oder sich zu ihr hin bewegte, interessierte Anna nicht, solange sie sich nur aus dem Staub machte.

»Carrie!«

Offenbar hatte sich Carrie Ann weiter von der Stimme entfernt. Kurze abgehackte Schritte verrieten die Ankunft von hochhackigen Pumps auf der Holzterrasse. Ein schwacher Parfümduft wehte durch die klare Abendluft, als Patience um die dichten Schwarzhimbeerbüsche bog. Der Schein einer Taschenlampe wanderte über Annas Gesicht. Sie kniff die Augen zusammen.

»Entschuldige«, sagte Patience knurrig. »Hast du Carrie gesehen? Ich werde sie noch erwürgen.«

»Wenn das so ist – ja, ich hab sie gesehen. Sie ist in die Richtung gegangen.« Anna deutete in die Dunkelheit, dorthin, woher Patience gekommen war.

»Sie muß vom Deck runtergegangen und um die Büsche herumgeschlichen sein. Dieses kleine Aas.« Patience seufzte, knipste die Taschenlampe aus und setzte sich auf die Treppe. »Ich habe nicht die geringste Lust, sie suchen zu gehen. Irgendwann wird sie schon nach Hause kommen.«

»Dann kannst du sie ja immer noch erwürgen«, schlug Anna vor.

»Erwartest du etwa was anderes?«

»Nein, ich bin absolut dafür«, sagte Anna und weckte dadurch unabsichtlich den mütterlichen Instinkt.

»Carrie Ann ist eigentlich gar nicht so«, verteidigte Patience ihr Küken. »Sie war immer ein braves Mädchen. Wer hätte denn gedacht, daß sie die Trotzphase elf Jahre nach den meisten anderen Kindern durchmacht? Schuld ist nur ihr blöder Freund. Wenn ich wüßte, wer es ist, dann würde ich ihn noch in dieser Minute von der Insel deportieren lassen. Ich hab keine Ahnung, warum Carrie sich so anstellt. Warum darf ich den Jungen nicht kennenlernen? Bin ich so ein Ungeheuer? Sie ist alt genug, um mit Jungs auszugehen. Aber diese Heimlichtuerei macht mich wahnsinnig. Was soll das Getue? Diesen Sommer arbeiten doch gar keine Farbigen hier.«

»Keine Farbigen?« Anna hatte diese Bezeichnung schon seit Jahren nicht mehr gehört. Wenn Patience sich als Kosmopolitin aufspielen wollte, mußte sie ihren bigotten Wortschatz etwas aufpolieren.

»Was gäb's denn sonst für einen Grund für diese Versteckspielchen und die Lügerei?« fragte Patience.

Anna hatte etwa ein Dutzend Antworten parat. Und da sie nicht besonders friedfertig aufgelegt war, begann sie ohne Zögern, sie aufzuzählen: »Es könnte ein verheirateter Mann sein, ein verurteilter Verbrecher, ein illegaler Einwanderer, eine ältere Frau, ein Drogenhändler, ein Alkoholiker –«

»Das reicht!« ächzte Patience. »Mir geht's schon besser – es tut mir gut, mit dir zu reden.« Sie lachte. »Ist noch was von dem Graves übrig?«

»Vielleicht ein Glas oder zwei.« Anna reichte Patience die Flasche.

»Ich mach das sonst nie.« Etwas Weißes flatterte durch die Dunkelheit. Patience nahm einen kräftigen Schluck aus der Flasche und wischte sich dann mit ihrem Taschentuch den Mund ab.

»Du kannst die Flasche austrinken«, meinte Anna. »Ich schulde dir ohnehin nen Drink, weil du mich mit so guten Weinen versorgst. Ein Hauch von Eleganz und Luxus. Das hilft einem, auch in der Wildnis eine gewisse Spur von Kultur zu bewahren.«

»Diese verdammte Carrie.« Patience kehrte wieder zu ihrem ursprünglichen Thema zurück. »Man sollte doch annehmen, sie würde ...« Im Geiste schien Patience all die Dinge aufzuzählen, die ein vernünftiger Mensch unter den entsprechenden Umständen tun würde. Gleichzeitig verwarf sie wohl auch die Möglichkeit, daß ihre Tochter sich an diese Spielregeln halten würde. »Verdammt, verdammt, verdammt und noch mal verdammt!« schimpfte sie, und Anna lachte.

»Warum gehen wir sie nicht suchen?« schlug Anna vor. »Wir finden sie bestimmt nicht, wenn sie nicht gefunden werden will, aber du hättest wenigstens was zu tun. Nimm's nicht persönlich, aber du bist nicht ganz so charmant wie sonst.«

»Wahrscheinlich hast du recht.« Patience seufzte wieder. Sie stand auf und machte die Taschenlampe wieder an. Der Lichtstrahl beleuchtete ihren schwingenden Rock. Leuchtend orangefarbene Seide, die sich in der stillen Luft leicht bewegte. Zierliche flammenfarbene Wildlederschuhe hoben sich leuchtend von dem dunklen Holz der Terrasse ab.

»Wenn man nach Rock kommt, gehört deine Kleidung immer zu den besonderen Attraktionen.« Anna erhob sich etwas wackelig aus dem Liegestuhl. »Ich vermute, daß ich am Ende der Saison mehr als genug habe von Patagonia und L. L. Bean und überhaupt von allen praktischen, strapazierbaren oder warmen Kleidungsstücken.«

»Keine Strampelpyjamas mehr?«

»Nein, seine Strampelpyjamas sollte man nie aufgeben«, sagte Anna. Jetzt, in aufrecht stehendem Zustand, merkte sie, daß sie ein bißchen angetütelt war. Vielleicht mehr als nur ein bißchen. Es war ein Gefühl schwebenden Wohlbehagens. Und bei einem so guten Wein trübte nicht einmal der Schatten eines drohenden Katers den Genuß.

Unterhalb der Lodge, an der Bucht, warfen zwei grelle Suchscheinwerfer ihr Licht übers Wasser. Kaianlagen streckten ihre Betonfinger in den Hafen. In vielen Booten brannte noch Licht. Der Effekt erinnerte an magische Laternen oder, wie Anna dachte, an Glitzern im Schnee.

Sie ging den zweiten Pier entlang.

»Wo willst du hin?« Patience klang ganz beunruhigt.

»Ich dachte, wir könnten mal dein Boot inspizieren. Vielleicht hat sich Carrie dort versteckt. Oder sie hat es sich geschnappt. Man kann nie wissen.«

»Nein, das glaub ich nicht.«

»Mag Carrie nur Boote mit süßen Jungs drauf? Dafür hab ich Verständnis.« Anna war bei der *Venture* angekommen. Unter den Lampen wirkten die grünen Streifen ganz schwarz. Kein Licht innen, kein Zeichen für Leben. Wenn sich Carrie und ihr unerwünschter Liebhaber in der Kajüte befanden, waren sie wirklich mucksmäuschenstill.

Oder tot. Anna schüttelte sich bei diesem Gedanken.

Wenn sie nicht im Dienst war, leistete sie sich den Luxus, feige zu sein. »Möchtest du nachsehen?« wandte sie sich an Patience, die immer noch ein ganzes Stück hinter ihr war, als fände sie die Idee einer Bootsinspektion total absurd.

»Wenn schon jemand Miß Coitus interruptus spielen muß, dann am besten die empörte Mutter.« Patience klang so wütend, daß Anna nicht zu lachen wagte.

Patience klopfte hart gegen das Fiberglas. Keine Reaktion. Sie betrat das Boot, und Anna folgte ihr. Beide schirmten mit den Händen die Augen ab und spähten durch die kleinen Fenster. Der kleine Raum war vollgestopft mit Geräten: Sauerstofftanks, ein Tauchanzug, Flossen. Keine nackten kleinen Mädchen, keine halbbekleideten unbeholfenen Knaben.

»Hab ich's nicht gesagt«, brummte Patience.

Anna sagte nichts. Patience' Gesellschaft machte keinen Spaß mehr. Die schützende Wärme des teuren Weins war wie weggeblasen. »Ich wußte gar nicht, daß du tauchst«, sagte Anna in der Hoffnung, das Gespräch in angenehmere Bahnen zu lenken.

»Ich tauche nicht.«

Anna schwieg. Nach einigen Momenten der Stille schien Patience Annas Bemerkung mit den Gerätschaften in der Kajüte zusammenzubringen. »Nicht wie du, meine ich. Nicht so richtig. Ich bin eine Dilettantin, beim Tauchen wie im Leben. Ich tu nur so.« Sie hatte ihren Humor wiedergefunden, ihren spöttischen Tonfall, ihre spitze Zunge – aber Anna war nicht mehr in der Stimmung dafür. In ihren Ohren klangen Patience' Bemerkungen wie Zeilen aus einem Theaterstück.

»Ich glaub, ich gehe nach Hause«, sagte sie. »Ich kann auf einmal nicht mehr. Wahrscheinlich spüre ich jetzt, wie anstrengend die ganze Woche war.«

»Bist du mit der *Belle Isle* unterwegs?«

Anna nickte.

»Du kannst gern unser Sofa haben.«

Anna lehnte das Angebot ab. Heute hatte sie das Gefühl, daß ein wenig Feuchtigkeit ein geringer Preis für Ruhe und Frieden war.

Die *Belle* lag jenseits der Hafenlichter in einem Hufeisen aus Beton. Anna setzte sich auf die Holzbank am Kai, um die Stille zu genießen, die durch das leise Quietschen der an den Fendern scheuernden Boote noch verstärkt wurde.

»Anna.«

Jemand hatte so leise ihren Namen gerufen, daß sie glaubte, es müsse ein Wispern des Sees gewesen sein. Die Härchen in ihrem Nacken sträubten sich.

»Anna.«

Nein, sie hatte es sich nicht eingebildet. Ein Schatten tauchte hinten auf der *Belle Isle* auf und sprang dann geräuschlos auf den Beton.

»Ich bin's, Hawk«, flüsterte der Geist, ehe Anna sich soweit erholt hatte, daß sie um Hilfe schreien konnte. »Wahrscheinlich kann man nach Mitternacht niemanden überfallen, ohne ihn zu Tode zu erschrecken. Sei mir nicht böse.«

Er setzte sich ganz dicht neben sie. Das warme Gefühl stellte sich langsam wieder ein.

»Ich konnte nicht schlafen«, sagte er. »Zu viele Eichhörnchen auf dem Boot.«

»Ich konnte auch nicht schlafen«, sagte Anna. Sie wußte, das stimmte – obwohl sie es gar nicht versucht hatte.

»Sollen wir es zusammen versuchen?«

»Mit vereinten Kräften?«

»Gemeinsam sind wir stark«, sagte Hawk.

15

Hawk und Anna blieben noch eine Weile auf der Bank sitzen und genossen die Wärme ihrer körperlichen Nähe. Anna rechnete in Gedanken nach: Es war viele Monate und zweitausend Kilometer her, daß sie das letzte Mal mit einem Mann im Bett gelegen hatte. Als sie daran dachte, spürte sie die Hitze der mexikanischen Wüste und die Berührung des Geliebten am ganzen Körper.

Hawk legte den Arm um sie. Leicht, aber bestimmt. Anna schmiegte sich an ihn und freute sich darüber, ihn zu spüren. Gab es mit vierzig noch so was wie Gelegenheitssex? Irgendwie bezweifelte sie das. Zu viele Erinnerungen.

Plötzlich überkam sie der absurde Wunsch, die Worte ›Ich liebe dich‹ auszusprechen. Nicht, weil sie so empfand, sondern nur, weil ihr eingefallen war, wie schön es sich angefühlt hatte, als es so gewesen war.

Sie bedauerte, daß sie so viel getrunken hatte. Ihr Verstand trennte sich vom körperlichen Begehren. Darauf hatte Anna ihn trainiert. Der Körper führte ein Eigenleben. Intellektuelle Bedürfnisse konnten am nächsten Morgen befriedigt werden.

»Ich schlafe auf der *Belle* heute nacht«, sagte sie. »Darf ich dir einen Schlummertrunk anbieten?«

»Nur, wenn der Schlummer dazugehört.«

»Natürlich.«

Sie gingen nebeneinander zum Boot, ohne sich zu berühren. Anna verriegelte die Kajütentür von innen. Hinter dem Lotsenbereich führte eine Stufe zu einer kleinen Lukentür, durch die man zum Bug gelangte. Anna sicherte sie mit dem dafür vorgesehenen Metallhaken und zündete zwei Kerzen an. Die Kabinenbeleuchtung der *Belle Isle* würde die Batterie belasten, und im Moment gab es ohnehin wenig Anlaß für grelles elektrisches Licht.

Hawk setzte sich auf die mit blauem Vinylstoff bezogene Bank und beobachtete schweigend, wie Anna die Luke öffnete, um die milde Nachtluft und das Funkeln der Sterne hereinzulassen. Er schaute ihr zu, wie sie zwei Kassetten in den vielgebrauchten Recorder steckte und auf der einen Seite ›Play‹ und auf der anderen ›Pause‹ drückte. Als Chers Stimme ›It's in his kiss‹ sang, lächelte er.

»Sei nett mit mir«, sagte er, und Anna lachte.

»Ist es dein erstes Mal?«

»Könnte sein.«

»Waisenkinder im Sturm.« Sie setzte sich zu ihm. Er nahm ihr Gesicht in beide Hände und strich ihr mit seinen rauhen Fingern das Haar zurück.

Wenn für Anna irgend etwas neu war, dann war es die Traurigkeit. Während sie sich sanft und zärtlich liebten, spürte sie, wie Hawks Tränen auf ihren Nacken und ihre Brust tropften. Sie selbst begann auch zu weinen, ohne recht zu wissen, warum. Aus Mitgefühl – aber ob für Hawk oder für sich selbst, das konnte sie nicht sagen.

Die ›Mermaids‹-Kassette war zu Ende. ›Wolfs Eyes‹ erfüllte nun die *Belle* mit Musik aus dem Norden. Anna merkte, wie sie in den Schlaf hinüberglitt, doch da ließ ein Gedanke sie hochschrecken. »Verdammt«, flüsterte sie.

»Vasektomie«, erklärte Hawk, als könnte er ihre Gedanken lesen. Er zog sie enger an sich und küßte sie aufs Haar. »Schlaf, Anna.«

Sie schlief traumlos, bis nach Mondaufgang. Der Silberstrahl, der hier auf dem achtundvierzigsten Breitengrad so penetrant war wie ein Scheinwerfer, drang durch die kleine Tür und weckte sie. Der Hafen war jetzt ganz ruhig. Hawk hatte sich auf der dreieckigen Schlaffläche von ihr weggedreht und schlief zusammengerollt wie eine Katze. Anna kroch unter dem Schlafsack hervor, der sie beide zudeckte.

Sie mußte heraus aus der Enge des Schiffsrumpfs – irgendwohin, wo sie frei atmen konnte. Ich habe mich so an das Alleinsein gewöhnt, daß ich gar nicht mehr anders kann, dachte sie, während sie Jeans und ein Sweatshirt überzog. Zu viele einsame Nächte. Etwas rutschte aus der Hosentasche und fiel klappernd auf den Boden. Mit ihren Socken, die ebenfalls auf dem Fußboden lagen, hob sie es auf. Ohne Hawk anzusehen – sie wollte ihn nicht mit ihrem Blick aufwecken –, kletterte sie auf das Heck.

In dem sauber geschrubbten Heck spiegelte sich milchig das Mondlicht. Annas Schatten war schwarz, mit scharf umrissenen Konturen. Sie blickte übers Wasser zu den Piers, an denen ein Fischerboot neben dem anderen vertäut war. Jede Ritze im Beton war pechschwarz, jeder Bolzen deutlich sichtbar. Die Boote schienen zwar keine Farbe zu besitzen, aber sie hatten auch keine Geheimnisse vor dieser Nacht. Der Mond beschien ihre Namen: *Marie III*, *Gladdest Night*,

Fisherman's Home, I.O.U., The Office. Das einzige Boot, in dem noch Licht brannte, war die *Spirogyra*.

Anna setzte sich auf den Motorkasten, um ihre Socken anzuziehen, in die immer noch der heruntergefallene Gegenstand gewickelt war. Es war Tattingers Tauchermesser, das er ihr gegeben hatte, als er bei der *Kamloops* die Luke der Kapitänskajüte fotografierte. Anna hatte es nach Rock mitgenommen, um es ihm zurückzugeben.

Da spürte sie, daß in den Plastikgriff Buchstaben geritzt waren. Tauchermesser waren alle ziemlich ähnlich. Es war nicht ungewöhnlich, daß die Taucher ihre Ausrüstung markierten. Mit dem Daumen strich Anna über die Initialen. Es waren nicht die Buchstaben J.T., nicht R.M. für Ressourcen-Management. Auch nicht U.K.S. für Unterwasser-Kulturschätze. Sie drehte das Messer im Mondlicht, bis sie die Schrift entschlüsseln konnte: ›d'A‹. Vermutlich ein Computercode, dachte sie. Und: Was für ein Affe dieser Tattinger doch ist.

Sie hatte gar nicht gemerkt, daß sie den letzten Teil ihres inneren Monologs vor sich hingebrummelt hatte – bis Hawk sagte: »Murmelst du Zaubersprüche im Mondlicht?«

Er stand in der Tür. Das dunkle Haar fiel ihm in die Stirn, und das silberne Mondlicht schmeichelte ihm ebenso wie die untergehende Sonne in Amygdaloid. Statt wie Bronze schimmerte sein Körper jetzt wie atmender Granit.

»Du bist ein sehr schöner Mann«, sagte Anna.

Er reagierte sehr schüchtern. »Was hast du da?«

»Nichts. Jims Tauchermesser. Er hat's mir bei der *Kamloops*-Aktion gegeben, und ich hab vergessen, es ihm zurückzugeben.« Weil ihr nichts Besseres einfiel, reichte sie Hawk das Klappmesser.

Er drehte es hin und her. »Ja, das ist ein Tauchermesser.« Er setzte sich neben sie, nackt, perfekt. »Würde es dir sehr viel ausmachen, wenn ich nicht die ganze Nacht hierbleibe?«

»Nein«, sagte Anna. Und sie meinte es auch. »Wir kennen uns nicht richtig.«

Er blieb noch eine Weile sitzen. Schließlich sagte er: »Du hast meine Hose an.«

Nur in ein langes Sweatshirt gekleidet, blieb Anna auf dem Deck zurück, während Hawk sich ankleidete. Und als er das Dock entlangging, blickte sie ihm nach. Er entfernte sich so, wie er gekommen war: geräuschlos, diskret, in der Stille der Nacht, wie der Traum eines jungen Mädchens. Es würde am Morgen keine neugierigen Blicke geben, keine anzüglichen Bemerkungen, keinen Tratsch. Er war ein netter Kerl. Während sie ihm nachblickte, wünschte sie sich, er wäre jemand, den sie liebte.

Als sie alleine aufwachte, über sich das vernünftige Tageslicht wie ein goldenes Quadrat, mußte sich Anna einen Moment lang ernsthaft überlegen, ob Hawk Bradshaws nächtlicher Besuch tatsächlich stattgefunden hatte. Nachdem sie zu dem Schluß gekommen war, daß die Erlebnisse Wirklichkeit waren, wußte sie nicht so recht, was sie davon halten sollte. Sie würde Christina fragen, und wenn das nichts brachte, wollte sie sich an die höchste Autorität wenden: Sie würde Molly zu Rate ziehen.

Körperlich fühlte sie sich großartig, entspannt und voller Energie. Sie zog eine Hose über – diesmal ihre eigene – und ein rotes T-Shirt, mit der Aufschrift FRIJOLE FIRE und den Umrissen von El Capitan in West Texas. Ihr in zwei Zöpfe gebändigtes Haar, das an hundert Zeichnungen von Minnehaha erinnerte, müßte unbedingt gewaschen werden. Anna warf den Zwillingsmotor der *Belle* an und tuckerte langsam in Richtung Mott.

Als sie andockte, sah sie die *Loon*, das Boot, das Jim Tattinger immer benutzte. Es erinnerte sie an ihre letzte Aufgabe in Rock Harbor: Sie mußte ihm sein Messer zurückgeben.

Nachdem sie das Boot vertäut hatte, ging sie noch einmal an Bord. Das Messer war verschwunden. Auf dem begrenzten Raum von Kajüte und Bug war jeder Irrtum ausgeschlossen. Das Messer war verschwunden. Hawk hatte es mitgenommen.

Anna setzte sich auf die Bank im Bug und starrte auf die

kleine Linoleumfläche zwischen ihren Füßen, wo ihr das Messer in der vergangenen Nacht aus der Tasche gefallen war. Als sie es das letzte Mal gesehen hatte, hatte Hawk es in der Hand gehalten.

Hatte er es aus Versehen eingesteckt? Aus alter Gewohnheit? Das konnte sie sich nicht vorstellen. Aber während sie seine Levi's aus- und er sie anzog, hatte er das Messer irgendwo ablegen müssen. Er hatte es absichtlich eingesteckt. War er nur deswegen so abrupt verschwunden, weil er ein Messer stehlen wollte, das doch höchstens elf oder zwölf Dollar wert war und sich in nichts von dem halben Dutzend Messer unterschied, die er und Holly besaßen? War er womöglich kleptoman? Unwahrscheinlich – wenn es in einer so kleinen und eng verbundenen Gruppe von Menschen immer wieder irgendwelche Diebstähle gäbe, hätte das nicht unbemerkt bleiben können, und alles, was bemerkt wurde, darüber wurde auch gesprochen. Hawk konnte Jim nicht leiden. Hatte er das Messer vielleicht geklaut, um ihn zu ärgern?

»Nein!« Anna erhob sich impulsiv und schlug sich an der niedrigen Decke den Kopf an. All die unvereinbaren Fakten paßten plötzlich zusammen: Das Messer gehörte nicht Jim.

Es war Zeit für einen kleinen Ausflug aufs Festland. Anna mußte mit Christina und den Lesben in Houghton sprechen. Und Mutter Castle in Duluth einen Besuch abstatten.

16

»Die Abkürzung ›d'A‹: d'Artagnan.«

»Dartan – was?« Christina schüttelte den Kopf.

»Die drei Musketiere«, erklärte Anna. »Porthos und Wieheißtergleich und d'Artagnan.«

»Ach so!« Christina erinnerte sich. »Okay. D'Artagnan ...?«

»Hawk, Holly und Denny. An einem Abend, kurz vor Dennys Hochzeit, hat Holly ihn ›d'Artagnan‹ genannt.«

»Das heißt, ›d'A‹ – das Messer hat Denny Castle gehört?«

»Ja!« Anna war ganz aufgeregt. »Jim hat es da unten gefunden, beim Bullauge. Ich habe nur gedacht, es sei seines.«

Christina schaute Anna erwartungsvoll an. »Und?«

»An Dennys Leiche war ein blauer Fleck wie von einem Gurt. Ich wette, der kam von seinem Tauchgurt. Der Fleck war genau an der Stelle. Als ich angefangen habe zu tauchen, bin ich immer in Panik geraten und habe die ganze Ausrüstung viel zu festgezurrt. Nach einer Stunde hatte ich dann immer so ähnliche rote Flecken auf den Schultern.«

»Wie die Druckspuren von nem Strapsgürtel.«

»Genau.«

»Denny ist sehr viel getaucht. Da hat er doch bestimmt gewußt, wie man die Ausrüstung anlegt, oder?«

»Vielleicht hat jemand an dem Sauerstofftank oder an den Schläuchen gezogen.«

»Willst du damit sagen, er wurde auf der *Kamloops* umgebracht? Da unten im Wasser?«

»Ich glaube, ja. Ich nehme an, er trug seine Taucherausrüstung. Ich nehme an, er hat sich gewehrt, jemand hat an seinem Tank gezerrt, und ihm ist dabei das Messer runtergefallen. Ja, ich glaube, er wurde da unten getötet.«

»Aber du hast doch gesagt, er hätte keine Taucherausrüstung getragen«, sagte Christina verwirrt.

»Das stimmt. Jedenfalls nicht, als wir ihn gefunden haben. Da hatte er eine Kapitänsuniform an, aber als wir wieder hochtauchten, kamen aus seinem Mund blutige Blasen, die aus der Lunge stammten. Das passiert nur, wenn jemand vor dem Tod Preßluft eingeatmet hat. Und ich habe seine Taucherausrüstung – den Tank, die Flossen, den ganzen Krempel – auf Deck der *3rd Sister* gesehen.«

»Lieber Gott«, stöhnte Chris. »Ach, du meine Güte. Da brauch ich dringend Zucker.«

Während die zwei Frauen in dem einen Stück des Käsekuchens, den Christina für solche Notfälle im Gefrierfach aufbewahrte, mit vereinten Kräften herumstocherten, erzählte Chris die Ergebnisse ihrer Recherchen. »Holly Bradshaw ist nicht lesbisch«, berichtete sie. »Aber was sie ist – Mitglied der Demokratischen Partei oder des Sierra-Clubs oder Mörderin –, das kann ich dir nicht sagen. Vielleicht solltest du wirklich Hawk fragen, was so komisch an der Frage ist, ob Holly was mit Denny hatte – könnte ja sein, daß Denny schwul war. Oder sie waren Drillinge, die bei der Geburt getrennt wurden. Aber ne Lesbe ist sie jedenfalls nicht. Das wüßten wir.«

Anna nickte. Das wüßten sie. Chris würde es wissen.

»Womöglich ist sie asexuell«, schlug Chris hoffnungsvoll vor.

Anna schüttelte den Kopf. »Ihre ganze Ausstrahlung, die Signale, die sie sendet – wenn sie nicht homosexuell ist, dann ist sie heterosexuell, auf jeden Fall sexuell. Es ist ein Motiv – das einzige gute Motiv, das ich sehen kann. Hin und wieder stimmt es einfach, ›da werden Weiber zu Hyänen‹.«

»Hmmm.« Christine kratzte die letzten Käsekuchenkrümel mit der Gabelseite zusammen und strich sie sich genußvoll auf die Zunge. »Also. Sie und Denny. Dann Denny und Jo. Dann Denny und die Dame im See?«

»Kann sein«, stimmte Anna zu. »Kann sein.«

Die lange Fahrt nach Duluth machte Anna Spaß. Nachdem sie zwei Monate lang so gut wie kein Auto gesehen hatte, war es eine willkommene Abwechslung. Sie fummelte am Kassettenrecorder herum, sang vor sich hin und genoß die wunderbare Ruhe, die man nur genießen konnte, wenn es keine Touristen und keine Funkgeräte gab. Der Gedanke, im Auto ein Telefon zu installieren, war ihr unerträglich. So unvorstellbar wie ein Telefon im Bad. Manche Orte waren einfach tabu.

Superior, Duluths Zwillingsstadt, lag gleich östlich auf der anderen Seite des Kanals. Die Atmosphäre dort war total ernüchternd. Die Industriehafenstadt erinnerte an die leblosen Eisenhütten von Nordwest-Minnesota – jeder Handel war verschwunden. Die Reihenhäuser am Straßenrand, klägliche Imitationen der Brownstone-Häuser an der Ostküste, wirkten heruntergekommen und baufällig. Männer im arbeitsfähigen Alter hingen in Gruppen an den Supermarkteingängen herum. Rostige Skelette, deren Formen auf das Heben und Bewegen großer Lasten hinwiesen, ragten in den Himmel.

Anna fischte einen Zettel aus der Tasche. In Jos exakter Handschrift war hier die Strecke zu Denny Castles Elternhaus beschrieben. Mrs. Castle lebte auf der Duluth-Seite des Kanals, aber nur ganz knapp. Nach Jos Skizze lag das Haus an einer kleinen Wasserstraße. Anna hatte angenommen, daß Mrs. Castle Geld besaß. Häuser an Wasserwegen waren in der Regel Immobilien erster Klasse. Aber der Kanal war recht verkümmert. Ein brackiges Rinnsal sickerte eine schlammige Rinne entlang, überall Blechdosen, Autoreifen und ausgebrannte Autowracks.

An der 103rd Street bog Anna mit ihrem alten Rambler links ab. Kurz nach der Kreuzung endete die Asphaltierung. Die eine Straßenseite war gesäumt von kleinen Schindelhäuschen, die früher einmal genau gleich ausgesehen hatten, sich jetzt aber durch Jahre individueller Abnutzung voneinander unterschieden. Alte Fundamente und Fliederbüsche, die sich auf der anderen Seite um nicht vorhandene Terrassen rankten, legten die Vermutung nahe, daß hier früher eine entsprechende Reihe von Häusern gestanden hatte, ehe ein Großbrand oder eine fehlgeschlagene Städteplanung sie weggefegt hatte.

Nummer 1047 hatte nichts Auffallendes – außer daß Jo behauptete, Dennys Mutter wohne dort. Anna fuhr an den Straßenrand und stellte den Motor ab. Einen Moment blieb sie noch im Wagen sitzen. Sie betrachtete den vertrockneten Rasen und die brüchige Terrasse. Die Armut und Schäbigkeit empfand sie als sehr peinlich, als wäre sie zufällig auf ein schmutziges kleines Geheimnis gestoßen. Denny hatte sich offensichtlich mehr um Dinge in der Vergangenheit als in der Gegenwart gekümmert. Oder ihm waren nasse Dinge wichtiger gewesen als trockene.

Damit ihr Verhalten nicht die Bewohnerin des Hauses beunruhigte – die Gegend war ziemlich heruntergekommen, und Annas Rambler wirkte auch nicht gerade vertrauenerweckend –, stieg sie aus und ging durch die Gartentür.

Eine halbe Minute nach dem dritten Klopfen und als sie schon glaubte, das Haus sei leer, hörte sie das leise Schlurfen von Hausschuhen drinnen auf dem Flurfußboden. Die Tür öffnete sich weit. Hinter dem kaputten Fliegengitter blinzelte ihr eine winzige Frau mit einer dicken Brille mit dunklem Kassengestell entgegen. Sie war älter, als Anna vermutet hatte, Ende Achtzig, wenn nicht sogar Anfang Neunzig. Wie zum Trotz hatte sie – mit sehr viel Geschick – knallroten Lippenstift aufgetragen und hellrosa Rouge. Die weißen Haare waren zu einem kinnlangen Pagenkopf geschnitten. Ein Kinderhaarreif mit zwei Bären auf einem rosaroten Plastikbaumstamm verhinderte, daß ihr die Haare in die Augen fielen.

»Mrs. Castle?« fragte Anna. »Denny Castles Mutter?«

»O ja«, antwortete die alte Frau, und ihr Lächeln legte eine Reihe großer, regelmäßiger Zähne frei, die beim Sprechen leise klapperten. »Denny ist mein Sohn. Möchten Sie ihn besuchen?«

Anna wußte nicht, wie sie reagieren sollte.

»Er ist noch in der Schule«, erklärte Mrs. Castle. »Aber gegen drei Uhr müßte er nach Hause kommen.« Ihr Gesicht erstarrte, und sie wirkte auf einmal entsetzlich traurig. »Ach Gott. Denny ist gar nicht in der Schule. Waren Sie mit meinem Sohn befreundet?«

Sie stellte die Frage so traurig, daß Anna wußte, ihr war wieder eingefallen, daß ihr Sohn nicht mehr lebte. »Ja. Wir haben auf der Isle Royale zusammengearbeitet.«

»Wollen Sie nicht hereinkommen?« lud Mrs. Castle sie freundlich ein. »Denny kommt gleich aus der Schule nach Hause – ach Gott. Kommen Sie doch herein. Bitte. Ich glaube, ich habe keine Pepsi Cola im Haus. Das trinken doch die jungen Leute heutzutage, Pepsi Cola, stimmt's? Pepsi Cola? Oder lieber Tee? Nein ... Tee ist für ältere Semester wie mich ...« Mrs. Castle blieb zwischen Wohnzimmer und Küche stehen, weil sie nicht wußte, welches Getränk laut Protokoll das richtige wäre.

»Ich möchte eigentlich gar nichts«, versicherte Anna sanft. »Ich bin nur vorbeigekommen, um –« Sie hatte sagen wollen: »um Ihnen ein paar Fragen zu stellen«, aber das schien für eine so zerbrechliche alte Dame zu direkt. »Um Sie zu besuchen«, beendete sie ihren Satz.

»Eine Tasse Tee ...« Mrs. Castle konnte die Getränkefrage noch nicht loslassen.

»Ja, wunderbar. Eine Tasse Tee wäre genau das richtige. Ich trinke gerne Tee.«

»Gut, das Problem wäre gelöst.« Mrs. Castle seufzte erleichtert, führte Anna ins Wohnzimmer und verschwand dann in Richtung Küche.

Anna mußte ihre Vorstellung von Denny als Sohn revidieren. Das Innere des Hauses war sehr säuberlich und gepflegt. Die Fensterscheiben funkelten, nirgends waren Spinnweben zu sehen, auch nicht oben an der Decke – was darauf hinwies, daß eine Putzfrau am Werk gewesen war, die sich besser bewegen konnte als Mrs. Castle. Das Zimmer war erst vor ein paar Jahren frisch tapeziert worden, und die Möbel wirkten zwar abgenutzt, waren aber von guter Qualität und in einwandfreiem Zustand.

In dieser Gegend konnte eine heruntergekommene Fassade durchaus als Schutz dienen, um einen vor nachbarschaftlichem Neid – vor potentiellen Übergriffen – zu bewahren.

Ein altmodisches Klavier nahm im Wohnzimmer eine ganze Wand ein. Darauf standen lauter gerahmte Fotos. Anna betrachtete sie aufmerksam. Die gesamte Großfamilie war vertreten: zahlreiche Gruppenbilder, auf denen die ganz Alten die ganz Jungen auf dem Schoß hielten. Denny als Junge war auf vielen zu sehen: beim Aufschneiden einer Wassermelone, angeberisch auf dem Skateboard, immer grinsend. Dann verschwand er. Bild für Bild zeigte, wie Mrs. Castle ohne ihren Sohn älter wurde. Dann war er wieder da, Mitte Dreißig, ohne das Grinsen. Das war der Denny, den Anna gekannt hatte, der die Welt auf den Schultern getragen hatte und weder Wassermelonen noch Skateboards in seinem überfüllten Terminplan unterbringen konnte.

Auf ein paar Schnappschüssen, die außen in die Rahmen der offizielleren Fotos gesteckt waren, konnte Anna Hawk und Holly erkennen. Jo war nur auf einem Bild zu sehen. Sie trug ein Partykleid aus rosarotem Brokatstoff mit Wespentaille. Ihre Haare waren wie immer in der Mitte gescheitelt und glatt wie Schnittlauch. Neben ihr stand, stolz in seinem gemieteten Smoking, ein Junge, den Anna nicht kannte.

Jo ist ein Rätsel, dachte Anna, man vergißt sie fast, aber sie verschwindet nie ganz.

Mit vorsichtig schlurfenden Schritten trug Mrs. Castle das Teetablett ins Wohnzimmer. Anna eilte ihr entgegen, um ihr die schwere Last abzunehmen. Es gab ein kleines Gerangel, aus dem Anna als Siegerin hervorging. Sie stellte das Geschirr auf ein niedriges Sofatischchen. Nachdem der Tee eingegossen und die Packung Kekse kommentiert worden waren, meinte Mrs. Castle sachlich: »Sie möchten mit mir über Denny sprechen. Er ist tot, das wissen Sie ja.«

»Ja, das weiß ich«, sagte Anna. Sie war froh, daß Mrs. Castle im Moment so klar bei Verstand schien. »Ich würde vor allem gern über seinen Tod sprechen. Wir versuchen, möglichst viel darüber in Erfahrung zu bringen.«

»Damit so etwas nicht noch mal passieren kann?«

»Ja, so etwa.«

Mrs. Castle nickte zustimmend. Anna trank einen Schluck Tee und überlegte dabei, wie sie die Frage formulieren sollte. »Ich habe mir Ihre Fotosammlung angeschaut, solange Sie in der Küche waren«, sagte sie. »Ich hoffe, Sie haben nichts dagegen.«

»O nein.« Mrs. Castle erhob sich und ging mit ihrer Tasse zum Klavier. Sie war so klein, daß sie nach oben blicken mußte, um die Bilder richtig sehen zu können. »Ich bin sehr stolz auf diese Fotos. Sie sind jetzt meine Familie.«

Ihr Tonfall brachte Anna dazu, sich zu fragen, wie viele von den Leuten nicht mehr lebten. »Ich habe kürzlich Jos Fotoalben angeschaut«, begann sie.

»O ja«, fiel ihr Mrs. Castle ins Wort. Sie setzte ihre Tasse samt Untertasse ab und stellte sich auf die Zehenspitzen, um das Bild des Mädchens im Partykleid zu holen. »Das ist es. Das einzige Bild, das ich noch besitze. Früher hatte ich mehrere, aber Denny hatte eines Sonntags nach der Kirche eine von seinen Launen und nahm sie alle runter. Er hat sie mir nie zurückgegeben. Das hier hat mir Jo geschickt.«

Mrs. Castle kam mit dem Foto zum Sofa und hielt es Anna hin, ohne sie es jedoch berühren zu lassen. »Wer ist der Junge?« fragte Anna höflich.

»Ich weiß nicht, wie er heißt. Er ist der Junge, der Jo zum Schulfest im Winter einlud, in dem Jahr, als Denny sich weigerte. Er war manchmal ziemlich gemein. Ich glaube, Jo hat mir das Bild geschickt, weil sie hoffte, Denny könnte es sehen und eifersüchtig werden. Deshalb habe ich es hier aufgestellt. Aber Denny hat es, glaube ich, nie bemerkt, aber mir ist es irgendwie ans Herz gewachsen. Jo trägt so ein wunderhübsches Kleid, finden Sie nicht?«

Anna bewunderte das Kleid gebührend. »Auf ein paar von den Schnappschüssen habe ich Hawk und Holly Bradshaw gesehen«, sagte sie dann.

»Nette Kinder sind das. Aber wild«, sagte Mrs. Castle traurig. »Sie haben mich vor einer Weile besucht.«

»Wann?« Anna merkte gleich, daß diese Frage zu abrupt geklungen hatte. Mrs. Castle machte ein ganz erschrockenes Gesicht, als wären all ihre Gedanken wieder geflohen.

»Ich weiß es nicht genau . . .«

Anna hatte schon Angst, sie könnte die alte Frau wieder aus der Wirklichkeit vertrieben haben, in der sie ohnehin nicht fest verankert war. Sie wechselte das Thema und versuchte es noch einmal mit ihrer ursprünglichen Methode. »Jo hat mir ein paar Fotos von Denny gezeigt. Eines war besonders hübsch. Denny trug eine Kapitänsuniform.«

»Die gehörte meinem Bruder«, sagte Mrs. Castle, zufrieden mit ihrer Fähigkeit, sich zu erinnern.

»Haben Sie sie noch? Ich meine, die Uniform?«

»Natürlich! Selbstverständlich habe ich die noch. Die Kinder wollten damit spielen. Die Uniform ist oben im Schlafzimmer, bei Dennys alten Sachen. Möchten Sie sie sehen?«

Genau das wollte Anna. Sie war froh, daß ihre Schnüffelei der alten Frau sogar Spaß zu machen schien.

Dennys Schlafzimmer wurde seit langem offenbar als Abstellkammer benutzt und roch wie ein Speicher: nach Staub und toten Fliegen. Alte Kleider hingen an Ständern. Zerfledderte Bücher und kaputte Langspielplatten waren an den Wänden gestapelt. Es standen Kartons mit Büchern und Gürteln herum, und auf einem Regal waren lauter verstaubte Vasen aufgereiht. Mrs. Castle bahnte sich einen Weg durch diese Reliquien zu einer Kiste aus blauem Plastik und Aluminium – die billige Imitation einer alten Seemannstruhe.

»Die gehörte Denny. Er wollte schon als kleiner Junge unbedingt Seefahrer werden«, erzählte sie, während sie die Kiste öffnete. »O Gott.«

Anna blickte ihr über die Schulter. Die Kiste war fast leer. Nur ein paar Bücher und ein Kinder-Cowboyhut waren zu sehen. Und es roch nach Mottenkugeln.

»Ich bin mir ganz sicher, daß die Uniform da drin war.« Mrs. Castles Hände begannen zu zittern, ihr Blick wanderte über das allgemeine Chaos im Zimmer.

»War sie noch drin, als Sie sie den Kindern gezeigt haben – ich meine, Hawk und Holly?« fragte Anna vorsichtig. »Als die beiden Sie besucht haben.«

»Aber ja! Natürlich war sie hier drin.«

»Vielleicht haben sich die beiden die Uniform geborgt«, schlug Anna vor.

»Nein«, sagte Mrs. Castle mit Nachdruck. »Daran würde ich mich erinnern. Sie müssen die Uniform gestohlen haben. Sie sind so wild, diese beiden. Schrecklich ungezogene Kinder. Sie haben hier oben mit der Uniform gespielt und sie dann mitgenommen. Ich erlaube ihnen nicht mehr, mit Dennys Sachen zu spielen, bis sie sich entschuldigt haben.«

In der Vorstellung seiner Mutter war Denny wieder lebendig. Anna beließ es dabei.

Auf der Rückfahrt fügten sich die Fakten mit beängstigender Logik aneinander. Holly war nicht lesbisch und hätte durchaus Dennys Geliebte sein können. Die blauen Flecken waren ein Hinweis darauf, daß Denny seine Taucherausrüstung getragen hatte; der blutige Schleim bedeutete, daß er Preßluft eingeatmet hatte. Das Messer bewies, daß er zur *Kamloops* getaucht war. Aus allem ergab sich absolut schlüssig, daß er dort ermordet worden war. Daraus war zu folgern, daß es ein anderer Taucher gewesen sein mußte, und zwar ein erfahrener. Denny war in einem Kostüm gefunden worden, das Hawk und Holly gestohlen hatten. Anna hatte seine Ausrüstung auf der *3rd Sister* gesehen.

Sie dachte an die Nacht auf der *Belle Isle*, dachte an Hawks Tränen auf ihrer Haut und fragte sich, ob er seine Sünden beweint hatte.

17

Als Christina kam, saß Anna hinten im Garten, in der Hollywoodschaukel unter dem weißen Fliederbusch. Vom See stieg Nebel auf. Es war ein kühler Abend – Juli hin oder her. Anna hatte sich gegen die kalte Nachtluft eins von Allys Dinosaurier-Badetüchern um die Schultern gelegt. Ihre alte Levi's-Jacke enger um sich schlingend, setzte sich Christina neben Anna und begann sanft zu schaukeln.

Irgendwoher hörte man Geknatter wie fernes MG-Feuer. Bei dem Nebel konnte man nicht sagen, aus welcher Richtung es kam.

»Da kann's einer nicht mehr erwarten«, sagte Anna.

»Mmm.« Schweigend schaukelten sie hin und her. Der Flieder war längst verblüht. Dunkel glänzende Blätter umgaben sie von allen Seiten. Von der hinteren Veranda drang Licht zu ihnen. Es erhellte den Nebel, ohne ihn zu durchdringen. »Allys Kindergarten macht morgen am See ein Picknick zum 4. Juli.«

»Ich kann nicht mit«, sagte Anna. »Ich muß zurück auf die

Insel. Wenn es aufklart, fliege ich. Sonst nehme ich die *Ranger III*.«

»Vermißt du Zach?« fragte Chris sanft.

»Heute ist sein Geburtstag.«

»Ich weiß.«

Anna sah ihre Freundin an. Das glatte, ovale Gesicht wirkte in der diffusen Beleuchtung alterslos: verklärt. Sie sah aus wie eine Frau aus einer anderen Zeit, aus einer Zeit vor Aerobic und Nautilus-Maschinen, als Frauen runder und zwangsläufig auch netter waren. »Ich veranstalte keine großen Gedenkfeiern«, sagte Anna, etwas irritiert, weil sie so durchschaubar war. »Ich muß nur wieder an alles denken.«

»Warum rufst du nicht deine Schwester an?«

Als Chris dies sagte, merkte Anna, daß sie tatsächlich unbedingt mit Molly reden wollte. Wie ein Kind blieb sie noch eine Weile sitzen, um Chris nicht merken zu lassen, daß sie den berühmten Nagel auf den Kopf getroffen hatte. »Triffst du dich oft mit Roberta?« fragte sie.

»Mmm-hmm.« Chris lächelte selbstzufrieden, was Anna ganz nervös machte. Es war egoistisch zu hoffen, Christina würde nie heiraten und auch nie mit einer Frau einen gemeinsamen Haushalt gründen – aber trotzdem wünschte sich Anna, daß das nie passieren möge.

»Ich lasse meine Freunde nicht im Stich, auch wenn ich eine Beziehung habe«, sagte Christina leise.

Anna erhob sich abrupt. Die Schaukel protestierte mit einem Quietschen. »Ich rufe jetzt meine Schwester an. Vor einer Psychiaterin kann ich mich besser verstecken als vor einer Hellseherin«, brummelte sie, während sie durch den Nebel in Richtung Verandalicht ging.

Schon beim zweiten Klingeln nahm Molly ab.

»Kannst du heute mal ohne Zigarette zuhören?« fragte Anna gereizt, ohne ihre Schwester zu begrüßen.

»Nein.« Kurze Stille, ein Rascheln, dann ein hörbares Ausatmen – der Beweis dafür, daß nicht nur eine von Mrs. Pigeons Töchtern stur sein konnte.

»Warte mal kurz«, sagte Anna. »Ich hol mir was zu trinken.« Als sie zurückkam, klang ihr Mollys Lachen entgegen, noch ehe sie den Hörer ans Ohr legte. Es war ein unverkennbares Meckern, ein ›Heh-heh-heh‹, wie die Parodie eines alten Lustmolchs.

»Also, dann«, sagte Molly, als ihr das Geknister in der Leitung mitteilte, daß Anna wieder am Apparat war. »Nachdem wir jetzt beide mit einem Fuß im Grab und mit dem andern auf einer Bananenschale stehen – was gibt's Neues?«

»Ich habe einen Typen kennengelernt . . .«, begann Anna.

»So weit, so gut. Sex, Abenteuer, Romantik. Die Geschichte gefällt mir.«

»Er ist acht oder neun Jahre jünger als ich . . .«, versuchte Anna fortzufahren.

»Wird ja immer besser. Ausdauer, Virilität, Flexibilität, hohe Lebenserwartung. Hat er vielleicht nen kleinen Bruder?«

»Letzte Woche habe ich eine Nacht mit Hawk verbracht.«

»Mit ›Hawk‹? Ja, mit vierzig wird's erst würzig«, kicherte Molly.

»Verdammt noch mal, würdest du gefälligst die Klappe halten und mir zuhören?«

»Tschuldigung.« Molly klang plötzlich ganz professionell. »Was empfindest du bei der ganzen Sache?«

»Herrgott noch mal!« explodierte Anna. »Ich empfinde gar nichts. Laß mich erst mal ausreden, dann empfinde ich vielleicht was, okay?«

»Mmmmmm . . .« Eine Verbindung von Zigarettenrauch und »Ja«.

Anna atmete tief durch und zählte stumm bis zehn. »Ausradiert, ausradiert«, sagte sie, ihr Kinder-Kennwort für Neuanfang.

»Ausradiert, ausradiert.« Molly war einverstanden. »Du hast also mit einem Mann namens Hawk geschlafen.«

»Ja. War ganz okay. Irgendwie komisch, aber okay. Eigentlich finde ich ihn ganz nett.«

»Du findest ihn ganz nett? Vorsicht, Vorsicht, Anna. Du willst dich doch nicht auf gefährliches emotionales Terrain begeben, oder? ›Ganz nett finden‹ könnte zu ›gut leiden können‹ führen, und von da sind es nur zwei kleine Schritte zu ›wirklich gern haben‹. Du solltest nichts überstürzen.«

»Zahlen die Leute wirklich hundertfünfzig Dollar für so was?« fragte Anna brummig, grinste aber dabei, was ihrer Stimme anzuhören war.

»Warum? Findest du, ich verkaufe mich unterm Preis? Ich habe mir schon überlegt, ob ich nicht einen Babysitterservice für das ›innere Kind‹ anfangen soll, um mir noch ein bißchen Taschengeld nebenbei zu verdienen.«

Anna lachte. »Na, gut. Zurück zu mir. Hier ist das Problem: Es sieht ganz so aus, als hätten Hawk und seine Schwester Holly Denny Castle umgebracht. Vielleicht war es eine Dreiecksgeschichte. Vielleicht wollten sie sich auch ein Boot für ne Viertelmillion verschaffen. Vielleicht ging's um Drogen.«

Vom anderen Ende der Leitung kam nur verblüfftes Schweigen, was Anna sehr genoß.

»Du lieber Gott«, sagte Molly schließlich. »Kein Wunder, daß du dir nie Seifenopern ansiehst. Die sind ja langweilig im Vergleich.«

»Danke«, sagte Anna würdevoll. »Darf ich jetzt mit dem wirklich verwirrenden Teil beginnen?«

»Meine Güte! Ja, tu dir keinen Zwang an. Bitte, schieß los.«

»Angesichts der Tatsachen . . .«

»Sex, Drogen und Mord.«

»Angesichts der Tatsachen«, wiederholte Anna unbeirrt, »möchte ich mich mit Hawk unterhalten, ehe ich zum FBI gehe und ihn und seine Schwester – und ihre Existenzgrundlage, das Boot – ans bürokratische Messer liefere. Ich will ihm ne Chance geben.«

»Ich bin nicht sicher, ob ich dir folgen kann. Du hast ein auf Nettfinden beruhendes Verhältnis mit einem unheimlichen Fremden, von dem du glaubst, er hätte jemanden umgebracht. Und jetzt möchtest du ihn mit der Mordtat konfrontieren. Vermutlich willst du dich mit ihm auf einer windgepeitschten Klippe oder in einem verlassenen Turmgemäuer treffen, allein und schutzlos in einer dunklen, stürmischen Nacht.«

»Ist schon gut«, meinte Anna. Sie wechselte das Thema: »Erzähl mir was von deinen Patienten.«

»Gibt nichts Neues. Liegen alle brav auf der Couch. Anna, willst du das wirklich tun?«

»Ich weiß nicht«, sagte Anna müde.

»Wenn du's tust, dann trefft euch am hellichten Mittag in einem Schnellrestaurant mit vielen Leuten«, beharrte Molly. »Keine dramatische Szene, kein Glamour. Sandwiches mit Eiersalat und schlechtem Kaffee. Uuups. Ich muß auflegen. Gleich fängt David Lettermans Talkshow an.«

Das ›Klick‹ und das ›Tschüs‹ kamen fast gleichzeitig.

Anna legte auf und nahm sich vor, demnächst nach New York zu fahren. An Weihnachten. Engel im Rockefeller Center, Weihnachtsszenen in den Schaufenstern der Fifth Avenue, Elfen bei Macy's. Die New Yorker selbst einigermaßen gut gelaunt. An Weihnachten war die Stadt am erträglichsten.

»Bist du noch am Telefon?« Christina streckte den Kopf zur Tür herein. »Ally möchte gern einen Gutenachtkuß von dir.«

»Wird gemacht«, sagte Anna.

Alison Walters ging jeden Abend mit mehr Tieren ins Bett als der Wärter des Zoos von San Diego. Drei der Tiere waren lebendig: Zwei geschmeidige schwarze Katzen lagen zusammengerollt am Fuß des Bettes, wie Bowlingkugeln, und Piedmont, Annas gelbe Tigerkatze, streckte sich neben dem Kind aus, den weißen Bauch nach oben gedreht, um sich streicheln zu lassen.

Anna küßte Ally auf die Wange und Piedmont auf den Bauch. Christina knipste das Licht aus und schloß die Tür bis auf einen katzenbreiten Spalt für das nächtliche Kommen und Gehen.

Die beiden Frauen gingen in die Küche, eher aus Gewohnheit als aus irgendeinem bestimmten Grund. Anna setzte sich an den kleinen runden Tisch, an dem sie meistens aßen. Christina durchforstete den Kühlschrank nach einem abendlichen Snack.

»Ally und ich, wir werden dich nie verlassen, weißt du«, sagte sie, ohne sich nach ihrer Mitbewohnerin umzudrehen.

Anna hätte am liebsten den Kopf auf den Tisch gelegt und losgeheult, aber da sie nicht recht wußte, warum, ließ sie es bleiben. Sie konnte ja nachher weinen, wenn sie allein in ihrem Zimmer war. Dann würde sie nicht die Last von Mitleid und Verständnis tragen müssen.

Wenn man sich der Insel aus der Luft näherte, sah sie aus wie eine dieser Schatzinseln in der Südsee: ein von einem Saphir eingeschlossener Smaragd. Als Anna, aus Houghton kommend, dort landete, wurde dieser Effekt noch dadurch verstärkt, daß der aufsteigende Nebel die Insel umgab wie Seidenpapier in einer eleganten Geschenkschachtel.

Das Wasserflugzeug landete in Robin Harbor, und Anna überquerte die schmale Halbinsel in Richtung Rock, als gerade die Passagiere aus der *Queen* ausstiegen. Sie nahm sich die *Belle Isle* und fuhr in Richtung Mott. Die schmale Wasserstraße war voller Leute, die den Unabhängigkeitstag feierten. Ein rotes Schnellboot zog einen Wasserskifahrer, der offenbar auf einen unnatürlichen illegalen Tod aus war. Anna sah, daß die *Cisco* ablegte. Scotty war hinter der Sache her.

In Mott Harbor legte sie an. Sie vertäute das Boot und ging den kurzen Kiesweg zu Ralph Pilchers Wohnung hinunter. Es war zwar einer von Ralphs freien Tagen, aber Anna wußte, daß er einen Bericht erwartete.

Die Festangestellten lebten in aneinandergereihten kleinen Apartments, die aussahen wie billige Motelzimmer. Vor jedem war ein als Rasen geltender kleiner grüner Fleck.

Hawk Bradshaw saß im Schneidersitz auf Pilchers Rasen, warf ein Baby in die Luft und machte dazu gurrende Geräusche, die von den Babys auf der ganzen Welt verstanden werden.

Anna hätte am liebsten kehrtgemacht, um wegzulaufen; sie wollte sich hinter einer der alten Mastbaumkiefern an der Straße verstecken, aber sie wußte, noch eine Sekunde, und Hawk würde sie bemerken. Nicht mal genug Zeit, um ein neutrales Gesicht zu machen. Vielleicht hatte es doch sein Gutes, daß sie nicht lesbisch war – eine Frau hätte sie gleich durchschaut. Das mangelnde Verständnis zwischen den Geschlechtern schenkte den Beteiligten wenigstens ein gewisses Maß an Rückzugsmöglichkeiten.

Hawk fing das Baby auf. Auf der zarten Kinderhaut wirkten seine Hände wie aus Mahagoni geschnitzt. Lachend rieb er seine Nase an der Backe des Kindes. Anna stand reglos da. Irgend etwas an dieser rührenden Szene stimmte nicht. Hawk und das Kind – und beide schienen es zu genießen. Anna forschte in ihrem Gedankenwirrwarr nach dem Haken an der Sache.

Vasektomie. Hawk, zweiunddreißig, hatte eine Vasektomie gehabt. Warum sollte ein Mann, der so gut mit Kindern umgehen konnte, dafür sorgen, daß er selbst nie Vater werden würde?

»Anna!« Hawk hatte sie gesehen. Geschickt legte er sich das Baby über die Schulter, wie jemand, der genau weiß, was er macht. Dann stand er auf.

»Hallo, Hawk. Ist Ralph da?« fragte sie beiläufig.

Er wirkte verletzt, dann ärgerlich. »War die Nacht neulich ohne jede Bedeutung?« fragte er leise.

»Die Nacht neulich war die Nacht neulich«, sagte Anna mit einem Achselzucken. Sie wollte lächeln, seinen Arm berühren, noch etwas sagen, aber es gab keinen eleganten Ausweg aus der Situation.

»Tut mir leid, Anna.« Er klang wie ein Mann, der sein Versagen zugibt. Das paßte nicht zu ihrem bisherigen Verhältnis, aber da Anna ihn ohnehin in nicht allzu ferner Zukunft würde verhaften müssen, hielt sie es nicht für angebracht, ihrer verhinderten Romanze nachzutrauern.

»Mir auch«, sagte sie nur. »Ist Ralph da?«

»Er wurde nach Houston gerufen, zusammen mit Lucas,

glaube ich. Es ist wirklich blöd – Mrs. Pilcher und Max« – er rollte das Baby vorsichtig mit den Händen hin und her wie ein Stück Knete – »sind gestern erst angekommen. Max' Mutter ist in Rock, um einen Besuch zu machen. Ich hab mich als Babysitter angeboten.«

Ralph und Lucas waren also nicht auf der Insel. Sie waren mindestens einen Tag, eine Nacht und noch einen Teil des morgigen Tages weg. Anna überlegte, ob sie mit ihrem belastenden Material zu Frederick Stanton gehen sollte. Aber wenn er an der Drogentodtheorie festhielt, würde die *3rd Sister* als Beweismaterial sofort beschlagnahmt, noch ehe Hawk und Holly schuldig gesprochen werden konnten. Aufgrund der Ermittlungen und der bürokratischen Prozeduren konnte es ewig dauern, bis das Schiff wieder freigegeben wurde. Kunden müßten vertröstet werden. Der gute Ruf des kleinen Unternehmens wäre dahin. Versicherungen, Dockgebühren, Wartungskosten würden nicht bezahlt. In kürzester Zeit würde den ›*3rd Sister* Dive Adventures Inc.‹ das Rückgrat gebrochen. Wenn Hawk und seine Schwester zufällig doch unschuldig waren, würden sie einen teuren Preis für Annas Verdächtigungen bezahlt haben.

Hawk küßte das Baby aufs Ohr.

»Hättest du Zeit, mit mir zu Mittag zu essen?« fragte Anna.

»Kochst du was?«

»Besser. Ein gutbesuchtes Schnellrestaurant, Sandwiches mit Eiersalat und schlechtem Kaffee.«

»Und du zahlst?«

»Jeder zahlt selbst.«

Hawk lachte. »Geh bloß nie in die Verkaufsbranche, Anna. Wie wär's mit halb eins? Max' Mutter kommt erst gegen zwölf zurück.«

»Gut, halb eins.«

Bei der Zentrale hinterließ Anna eine Nachricht für Stanton: »Dringend: Kommen Sie bitte dreizehn Uhr dreißig in den Rock Harbor Lodge Lunchroom.« Sandra versprach, ihn sich gleich zu schnappen, wenn sie ihn sah. Anna wußte, daß sie alles tun würde, um ihn zu finden.

Neunzig Minuten totschlagen. Da Anna nicht in Uniform war, beschloß sie, Touristin zu spielen. Sie fuhr nach Rock zurück, setzte sich auf eine Bank oberhalb des Hafens und wartete auf den Beginn der Naturwanderung um elf Uhr. Nach und nach fanden sich die Teilnehmer ein. Bald war die Bank voll, und ein halbes Dutzend Leute stand noch auf dem Asphaltweg herum. Anna redete nicht viel. Es war entspannend, inkognito zu sein und kein Interesse für anderer Leute kleine Abenteuer heucheln zu müssen.

Pünktlich fünf Minuten vor elf kam Leben in die Gruppe: Ranger Tinker näherte sich. Sie wirkte viel älter als bei ihrer letzten Begegnung vor ein paar Tagen: Ihr Gesicht war schmaler und verhärmt, als hätte sie schlecht geschlafen oder nicht richtig gegessen. Sie hätte sich unbedingt die Haare waschen müssen, und ihr sonst so makelloses Uniformhemd war zerknittert. Tinker bemerkte Anna in der Gruppe und reagierte so desinteressiert, daß es schon fast an Apathie grenzte.

Die Naturwanderung schien ihre Laune einigermaßen zu heben. Die Aufgabe, anderen etwas zu erklären, lenkte sie vermutlich von ihrem privaten Kummer ab. Aber Tinkers übliche Begeisterung, ihre fast religiöse Achtung vor der Natur schienen verschwunden. Irgend etwas quälte sie.

Nach der kurzen Wanderung kehrte Anna zur *Belle Isle* zurück, um ihre Uniform anzuziehen. Panzer gab es in allen Variationen: Die Polizei von Los Angeles trug schußsichere Westen. Molly hatte Anne-Klein-Kostüme, Anna ihre grüngraue Dienstkleidung.

Im Lunchroom setzte sie sich an einen Tisch beim Fenster. Sonnenlicht flutete auf das weiße Tischtuch und auf den leeren Stuhl. Den hatte Anna für Hawk ausgewählt: sie selbst mit dem Rücken zur Wand, während Hawk die Sonne in die Augen schien. Typische Fernsehklischees, dachte Anna grinsend. Aber solche Überlegungen gaben ihr wenigstens etwas zu tun. Streßmanagement, würde Molly sagen. Detektiv spielen, so formulierte es Anna.

Hawk verspätete sich. Anna schnippte alle realen und imaginären Brotkrumen vom Tischtuch, schaute ständig auf die Uhr, ging die Gründe durch, weshalb Hawk sie versetzt haben könnte. Alle nicht besonders überzeugend.

Um zehn vor eins fuhr die *Loon* mit Tattinger als Lotsen an das Dock heran. Durchs Fenster sah Anna, wie Hawk vom Boot sprang, Tattinger dankend zuwinkte und den Kai entlang sprintete. Die Sonne leuchtete auf seinen vom Wind zerzausten Locken. Kaltblütiger Killer oder nicht – Anna fand ihn süß. Sie mochte gar nicht daran denken, wie er nach mehreren Jahren Knast aussehen würde.

»Entschuldige, daß ich zu spät komme. Ich hab keine Mitfahrgelegenheit gefunden«, sagte er lächelnd. Er setzte sich auf den Stuhl ihr gegenüber, nahm die Papierserviette und entfaltete sie, als wäre sie aus Linnen. »Bestellst du für uns beide?« Hawk grinste verschmitzt. Die Kellnerin stand bereits mit gezücktem Stift an ihrem Tisch, das Gesicht zu einem höflich-interessierten Ausdruck gefroren.

»Zwei Sandwiches mit Eiersalat, zwei Tassen Kaffee. Keinen Nachtisch.« Zum Dessert gibt's Handschellen, dachte Anna zynisch.

»Was verschafft mir diese Ehre? Kommt jetzt: ›Was den Abend neulich betrifft ... ich finde dich wunderbar, aber ...‹? Nein? Laß mich raten. Du bist verheiratet.«

»Sozusagen«, sagte Anna. Die Unterhaltung, die sie in ihrem Kopf so sorgfältig geplant und immer wieder durchgespielt hatte, war ihr bereits entglitten und lief Amok.

»Ach du lieber Gott!« Ein Wort, lachend hervorgestoßen. »Sozusagen? Sozusagen?!«

»Ich bin verheiratet. Er ist tot. Bis daß der Tod euch scheidet«, erklärte Anna ungeschickt.

»Nur daß es manchmal nicht so läuft. Tote Männer sind hinterhältig. Erinnerungen kann man kaum überbieten. Sie werden mit der Zeit nur immer besser.«

»Apropos tot«, nahm Anna den Faden auf. »Wir müssen über Denny reden.« Soviel zu reibungslosen Übergängen.

Hawk wurde plötzlich ganz sachlich. Wie ein Licht, das

erlischt, verloren seine braunen Augen ihren Glanz, sein weicher Mund wurde schmal und verkrampfte sich. »Okay«, sagte er ausdruckslos. »Reden wir über Denny.«

Die Kellnerin brachte die beiden Eiersalate auf Weißbrot, garniert mit Gürkchen. Weder Anna noch Hawk hatten großen Appetit. Der Kaffee kam und wurde etwas dankbarer in Empfang genommen. Hawk trank einen Schluck, Anna tat nur so.

»Ich habe Dennys Mutter besucht«, berichtete sie. »Sie hat mir die Truhe im Gästezimmer gezeigt. In dieser Truhe hatte sich ein Anzug befunden – eine Kapitänsuniform. Sie war weg. Mrs. Castle meinte, du und Molly, ihr hättet die Uniform gestohlen. ›Die wilden Kinder‹ hat sie euch genannt. Habt ihr die Uniform mitgenommen?«

Hawk überlegte, ehe er antwortete. Nahm noch einen Schluck Kaffee. »Denny fand diese Uniform ganz toll. Er hat gesagt, wenn er an frühere Leben glauben würde – was er nicht tat –, dann würde er denken, daß er so gekleidet war. So hat er sich selbst gesehen.«

Weder ein Ja noch ein Nein. Wie eine Figur in einer griechischen Tragödie preschte Anna mit einem beklemmenden Gefühl des Unvermeidlichen weiter vor. »Als Denny gefunden wurde, hat er diese Uniform getragen. Keinen Taucheranzug, keine Sauerstofflaschen, keine Maske, nur diese alte Kapitänsuniform. Mrs. Castle hat erzählt, sie habe sie dir und Molly gezeigt – etwa um die Zeit, als Denny gestorben ist.«

»Wann ist er gestorben?« fragte Hawk abrupt. »Wann genau?«

»Das erfahren wir erst im Obduktionsbericht – heute, vielleicht auch erst morgen. Warum?«

Hawk antwortete nicht. Anscheinend hatte er gar nicht zugehört. Mit einem Stück Brot schob er ein bißchen Eiersalat auf dem Teller hin und her, machte aber nicht den Eindruck, als wollte er ihn auch essen.

»Ich habe Dennys Sauerstoffflasche in der *3rd Sister* gesehen – so eine übergroße Einzelflasche –, als Lucas und ich gekommen sind, um dir von dem Todesfall zu berichten. Deine

Flasche und die von Molly waren voll, aber die von Denny war fast halb leer. Ihr habt euch nicht die Mühe gemacht, sie aufzufüllen.«

»Warum sollten wir? Denny war tot.«

»Woher wußtet ihr das? Als ihr die Flaschen aufgefüllt habt, hatte man die Leiche noch nicht entdeckt. Und außerdem war ein blauer Fleck an der Leiche. So wie von einem Gurt. Ich vermute, daß Denny die Flasche bei seinem Tod auf dem Rücken hatte – oder jedenfalls bis kurz vorher.«

»Ah. Kapiert. Worauf willst du hinaus?«

Abwartend beobachtete Anna sein Gesicht mit der glatten braunen Haut. Es spiegelte lauter verschiedene Emotionen wider, aber Anna konnte keine vorherrschende Empfindung ausmachen. Außer vielleicht Trauer.

»Ich habe gedacht, Denny könnte möglicherweise von zwei Tauchern umgebracht worden sein«, sagte Anna. »Von zwei Tauchern, die ihm dann die Uniform angezogen und seine Ausrüstung mitgenommen haben. Und die sein Boot und sein Geschäft übernehmen wollten.«

Hawk blickte von seinem Teller auf. Seine Augen waren hart. »Die *3rd Sister* ist so mit Schulden beladen, daß sie eigentlich sofort untergehen müßte. Dafür könnten wir uns eh nichts kaufen. Und glaubst du wirklich, ich hätte Denny wegen eines Bootes umgebracht, selbst wenn es schuldenfrei wäre? Ich kann so ein blödes Boot doch selbst bauen!« Seine Stimme war so kalt, daß Anna sie nicht erkannt hätte, wenn sie Hawk nicht vor sich gehabt hätte.

»Vielleicht nicht wegen der *3rd Sister*, aber wegen deiner Schwester? Wegen Holly.«

Hawk zeigte keine Regung. »Holly mochte Denny sehr«, sagte er.

»Und dann kam Jo und hat ihn geheiratet?«

»Nein. Nicht so – Holly hätte Denny nie auf die Art mögen können. Niemals.«

»Ich kann das nicht so recht glauben«, sagte Anna. Ein Schatten fiel über den Tisch und lenkte ihre Blicke auf das Fenster. Der Schatten gehörte zu Frederick vom FBI. In Anzug und Krawatte erinnerte er an einen Mormonenmissionar, der von Tür zu Tür geht. Er strebte auf die Lodge zu.

Hawk begriff sofort, was das scheinbar zufällige Erscheinen des FBI-Mannes bedeutete.

»Nein!« rief er gehetzt. »Nein.«

»Holly ist nicht lesbisch«, sagte Anna. »Ich hab mich erkundigt.«

»Lesbisch!« Hawk lachte. »Nein.« Die Restauranttür öffnete sich. Anna sah, daß Frederick sich auf diese halbblinde Art umschaute, die so typisch ist für jemanden, der in einer Menge ein vertrautes Gesicht sucht. Sie wollte die Hand heben, um ihn herzuwinken. Hawk hielt sie fest. Er beugte sich über den Tisch, sein Gesicht dicht vor ihrem.

»Es hat für Holly nie einen anderen Mann gegeben als mich. Und für mich keine andere Frau als Holly.«

Die Wahrheit traf Anna schmerzlicher als erwartet. Tiefer, als wenn der Mann, mit dem sie geschlafen hatte, ein Mörder gewesen wäre. »Die Vasektomie!«

»Keine schwachsinnigen Kinder«, sagte Hawk bitter.

»Warum bist du dann mit mir ins Bett gegangen?«

»Du für mich; die drei Modebranchekunden für Holly. Denny war unsere Rettung, unser Schutz; nach seinem Tod haben wir versucht, normal zu werden. Du warst meine beste Chance. Aber es war zu einsam. Holly ist mein anderes Ich. Wenn ich deswegen nach meinem Tod in der Hölle schmoren muß, dann werde ich eben in der Hölle schmoren. Ich will jetzt nicht in der Hölle leben.«

»Und Denny?«

»Wir haben ihn gefunden«, sagte Hawk. »Zwei Tage vor dir. Er trieb in der Nähe des Schiffes, in seiner Ausrüstung, und in der Flasche war Luft. Vielleicht war's Tiefenrausch. Ein Unfall. Eigentlich ist es egal – selbst wenn es ein Mord war. Wir haben ihm das Begräbnis gegeben, das er sich gewünscht hätte. Das waren wir ihm schuldig.«

»Hallo, hallo!« Frederick Stanton hatte ihren Tisch gefunden und sich unterwegs eine Kaffeekanne beschafft, mit der er jetzt ihre Tassen auffüllte. »Ich möchte nichts bestellen«, sagte er zu der Bedienung, die verärgert ankam, um ihre Kaffeekanne zurückzuholen.

Anna brachte kein Wort heraus. Stanton ließ sich auf den Stuhl neben Hawk plumpsen und lehnte sich zurück. Seine betont ausdruckslosen Augen wanderten zwischen den beiden hin und her. Anna vermutete, daß ihm nichts entging. Hawk begann sein Sandwich zu verschlingen. Unter der Sonnenbräune war seine Haut glühend rot. Anna hatte den Appetit endgültig verloren. Beim Anblick des Eiersalats wurde ihr übel. Genau wie beim Anblick von Hawk.

Sie starrte aus dem Fenster und verfolgte das An- und Ablegen der Boote im Hafen. Nichts durchbrach die Stille außer Hawks gedämpftes Kauen. Stanton konnte so gut abwarten, daß Anna seine Gegenwart kaum registrierte.

Zwillinge und Liebende. Denny hatte Bescheid gewußt. Denny war ihr Arbeitgeber gewesen. Ihr Beschützer. Denny hatte verstanden. Sie hatten eine Gefängnisstrafe riskiert, um ihm das Begräbnis zu geben, das zu ihm paßte.

Stanton begegnete ihrem Blick. Sie lächelte. »Tut mir leid, daß ich Sie hierher gebeten habe. Ich wollte nur wissen, ob der Obduktionsbericht schon da ist.«

Der erwartungsvolle Ausdruck verschwand vom Gesicht des FBI-Mannes. »Ach so. Na, gut. Kommen Sie doch in Ralphs Büro.« Er wirkte völlig geknickt, als er sich vom Tisch erhob. Ganz das enttäuschte Kind.

Anna bekam ein schlechtes Gewissen. »Ich muß ein paar Dinge mit Ihnen besprechen.« Sein Gesicht hellte sich wieder auf. Anna fragte sich, welche Taktik er bei anderen Leuten anwandte. Vermutlich immer genau die, die funktionierte. »In einer Stunde – ist das okay?« Sie schaute auf die Armbanduhr. »So etwa halb drei?«

»Einverstanden – halb drei.« Einen Moment zögerte er noch. »Wollen Sie das Sandwich nicht essen?« fragte er schließlich.

»Es gehört Ihnen, wenn Sie wollen.« Anna schob ihm den Teller hin, er lud das ganze Sandwich auf die Handfläche und machte sich davon, im Gehen essend.

Hawk hörte genauso unvermittelt zu kauen auf, wie er begonnen hatte, starrte aber nach wie vor auf seinen Teller. »Tut mir leid, Anna. Wir waren so jung. Wir wußten's nicht besser. Und dann wußten wir's besser und haben versucht aufzuhören. Holly brach die Herzen der Männer. Ich sorgte dafür, daß mich jede Menge Frauen haßten. Holly und ich haben geheult und uns gestritten. Ich habe angefangen zu trinken. Holly hat gekokst. Wir saßen bei Parties immer an den entgegengesetzten Enden des Raums. An ihr hechelte irgendein hübscher Knabe rum, und ich hatte irgendeine Tussie am Bein. Das war krank, Anna, hundertmal kränker als alles, was wir je miteinander tun konnten. Denny hat uns eingestellt. Wenn man tagelang auf dem Wasser draußen ist, versinkt die Welt. Die alten Regeln scheinen absurd. Wir haben neue Regeln aufgestellt. Unsere Eltern sind tot. Wir werden nie Kinder haben. Neue Regeln für eine neue Welt. Wem tun wir damit weh?«

»Wußte Denny Bescheid?«

»Denny war unser Freund.«

»Und Jo?«

»Nein, niemand wußte was, außer Denny.«

»Und jetzt ich.« Ein paar der üblichen Phrasen lagen Anna auf der Zunge: Wie konntest du nur? Du hast mich belogen. Du hast mich benutzt. Aber er hatte nicht gelogen, und sie hatte ihn benutzt. Zum gleichen Zweck: um, für den Augenblick wenigstens, eine Liebe zu vergessen, die mehr Schmerz als Trost bedeutete. »Ist schon okay«, murmelte sie.

»Ehrlich?« Hawk klang, als sei ihm ihre Antwort wirklich wichtig.

»›Okay‹ ist relativ, denke ich«, sagte Anna. »Aber – ja, es ist okay.«

18

Frederick saß zurückgelehnt in Ralphs Stuhl, die Füße überkreuzt auf dem chaotischen Schreibtisch. In seinem billigen Anzug sah er aus wie die perfekte Parodie eines Privatdetektivs der dreißiger Jahre. Anna wußte nicht genau, ob das Absicht war oder nicht.

Sie war gerade am Ende ihrer Geschichte angelangt: »Also haben sie Denny seine Lieblingsklamotten angezogen, ihn in den Maschinenraum gesteckt und zur ewigen Ruhe gebettet.«

»Das war zwei Tage, bevor die Taucher die Leiche entdeckt haben.«

»Ja, zwei Tage vorher.«

Stanton hob einen blauen Top-Secret-Umschlag hoch und deutete darauf, ohne Anna den Inhalt zu zeigen. »Die Obduktion hat ergeben, daß Denny am Tag davor gestorben ist.«

»Dann sind es drei Tage? Drei Tage, bevor die Kanadier ihn gefunden haben?«

»Ja. Hat ihn eigentlich niemand vermißt gemeldet? Niemand wollte wissen, wo er steckt?«

»Er war in den Flitterwochen.« Anna fühlte sich angegriffen. »Daß Leute auf ihrer Hochzeitsreise sich nicht blicken lassen, das erwartet man schließlich.«

»Drei Tage.«

»Er ist in der Hochzeitsnacht gestorben!« dachte Anna laut.

»Man sollte doch denken, die *Braut* hätte was merken müssen«, sagte Stanton.

Jo kampierte am Lake Richie, ein Stück südwestlich vom Moskey Basin, und arbeitete an ihrer Untersuchung über die Süßwasserqualität. Nach Dennys Tod hatte ihr der National Park Service angeboten, doch so lange Urlaub zu nehmen, wie sie es für die Regelung ihrer persönlichen Angelegenheiten brauchte. Jo hatte gerade lange genug freigenommen, um

Dennys Leiche tief in der Erde Michigans bestatten zu lassen – von wo er, wie Holly eines Abends zynisch bemerkte, ihr nie mehr entwischen konnte.

Innerhalb von zwei Tagen war Jo wieder auf die Isle Royal und zu ihrer Arbeit zurückgekehrt. Anna konnte das gut verstehen. Sie hätte es genauso gemacht. Sie hatte es so gemacht – nachdem sie wieder nüchtern war.

Jos Lager befand sich drei Kilometer landeinwärts. Der Pfad war matschig. Kriebelmücken, kleine fliegende Fleischfresser, die von den Kindern hier in Michigan »Allesbeißer« genannt wurden, stachen ohne Vorwarnung zu. Moskitos summten, und Frederick Stanton brummte.

»Erzählen Sie mir von dem Obduktionsbericht«, sagte Anna in der Hoffnung, ihn von den Strapazen abzulenken. Und in der Hoffnung, die Mücken würden ihn ihrerseits so weit ablenken, daß er ihr aus Versehen etwas Wichtiges mitteilte.

»Nett, daß Sie mitgekommen sind, Anna. Oh, sschhh!«

Anna drehte sich um. Stanton starrte empört auf einen seiner schwarzen Lederschuhe, der jetzt braun vom Schlamm war. Sie lachte. »Sie können einem ja richtig Angst einjagen, wenn Sie wollen.«

Er machte ein beleidigtes Gesicht, ganz die gekränkte Unschuld.

»Die Obduktion . . .«, gab Anna als Starthilfe vor.

»Tot seit dem 17. Juni, vier Tage, ehe die Kanadier die Leiche entdeckt haben. Tod durch Ertrinken.«

»Ertrinken? Mit einem fast vollen Tank?«

Stanton lachte leise. »Die Leiche hatte keinen Tank dabei.«

Anna sagte nichts. Sie ging weiter und wartete auf die Fortsetzung des Berichts. »Und was ist mit den Druckstellen?« fragte sie, als nichts kam.

»Davon wissen Sie schon? Na, so was. Warum fragen Sie dann noch? Sagen Sie mir doch, was Sache ist.«

»An den Schultern, wo der Gurt verläuft, waren Druckstellen. Er hatte seine Taucherausrüstung an, als er starb. Das vermute ich jedenfalls.«

»Ausgezeichnet.« Stanton klang ehrlich beeindruckt. »Sie können offenbar denken.«

»Gelegentlich.« Anna riß langsam der Geduldsfaden.

»Erinnern Sie mich dran, daß ich in Ihrem Park nicht mit Drogen handle.«

»Sie glauben nicht mehr an diese These.«

Stanton sagte nicht ja und nicht nein.

Anna blieb stehen. »Möchten Sie, daß wir zusammenarbeiten, oder wollen Sie weiter den Privatschnüffler spielen?«

Stanton blickte auf seine Schuhe und dann zu dem Blätterbaldachin über sich. Er grinste, zuckte die Achseln, trat von einem Fuß auf den anderen.

Anna ließ sich nicht aus dem Konzept bringen. »Sie haben das nie ernsthaft geglaubt, stimmt's? Sie haben nur gehofft, wenn Sie damit drohen, die *3rd Sister* zu konfiszieren, dann kommt jemand und versucht, die Unschuld der Bradshaws nachzuweisen. Oder ihre Schuld.«

»Ich verlasse mich immer auf die ortsansässigen Beobachter«, sagte Stanton schließlich. »Die wissen, wo die Leichen begraben sind und wer mit wem schläft.«

»Dann helfen Sie mir doch bitte auf die Sprünge.«

Stanton schien über die Effektivität überbehördlicher Zusammenarbeit nachzudenken. »Okay«, sagte er nach kurzem Überlegen. »Castle ist ertrunken. In seinen Lungen befand sich Wasser. Wenn Sie recht haben mit Ihrer These, daß die Druckstellen von seinem Gurt stammen, ist er mit sehr viel Sauerstoff gestorben. Das finde ich höchst merkwürdig.«

Anna erzählte ihm von dem Messer. Wenn unter Wasser ein Kampf stattgefunden hatte, dann hatte Denny möglicherweise dabei das Bewußtsein verloren, und der Angreifer hatte sein Mundstück herausgezogen.

»Und ihn da unten gelassen, damit er tot aufwacht?«

»So stell ich's mir vor«, sagte Anna.

»Und warum?«

»Keine Ahnung.« Sie wandte sich wieder zum Gehen, und die nassen Zweige der Schwarzhimbeerbüsche hinterließen dunkle Spuren auf ihrer Hose.

»Drogen«, sagte Stanton. »Wenn man das Unmögliche ausgeschlossen hat, dann bleiben eigentlich nur noch Drogen übrig, so unwahrscheinlich diese Hypothese auch klingen mag.«

»Ein Motiv, das auf alle Eventualitäten paßt?«

»Das ist doch perfekt«, sagte Stanton. »Verdammt!« schrie er dann. Ein klatschendes Geräusch, und ein Moskito oder eine Kriebelmücke segnete das Zeitliche. »Ich bin immer für Drogen«, quasselte er weiter. »Dann bleibt der Polizei das ewige Rätselraten erspart.«

Sie entdeckten Jos Lager auf einem Felsvorsprung mit Blick über Lake Richie. Ihr Zelt zwischen den wilden Sarsaparillen sah aus wie ein orangerotes Osterei.

Frederick krabbelte halb hinein. »Ich durchsuche nicht!« rief er Anna zu. »Das darf ich nämlich nicht ohne Durchsuchungsbefehl. Ich prüfe nur, ob Waffen oder Bomben vorhanden sind. Schutz des Beamten.«

Anna setzte sich auf einen Felsbrocken, der durch Büsche abgeschirmt war. Von dort konnte sie den Pfad überblicken, der vom See heraufführte. Nachdem Stanton seine Nachforschungen abgeschlossen hatte, kam er und setzte sich, hochgewachsen wie er war, vorsichtig neben sie, wobei er die knochigen Knie an die Brust drückte. Trotz seines ständigen Murrens hatte der Marsch ihn nicht einmal außer Atem gebracht.

»Meinen Sie, Jo hat Denny umgebracht?« fragte Anna ganz direkt.

»Der Ehepartner gehört immer zu den Hauptverdächtigen.«

»Besser als Drogen?«

»Nichts ist besser als Drogen.«

»Keine Profilanalysen, bitte. Denken Sie persönlich, daß Jo es getan hat?«

»Ich denke nie«, antwortete Stanton feierlich. »Ich bin Regierungsbeamter.«

Anna gab auf. Seine mangelnde Mitteilsamkeit amüsierte

sie nicht mehr. Sie bedeutete auch keine Herausforderung. Sie war nur noch ärgerlich.

Draußen auf dem See erschienen silberne Ringe auf der blauen Oberfläche. Fische, die aus dem Wasser auftauchten, um sich ihr Abendessen zu schnappen. Demnächst würde Jo Castle zurückkommen. Anna malte sich verschiedene Szenen aus: Jo, die in ihrer Eifersucht Denny zur *Kamloops* gefolgt war oder ihn in der Hochzeitsnacht zu einer mitternächtlichen Tauchaktion verlockt hatte; Kampf, Tod. Vielleicht hatte Jo herausgefunden, daß Denny immer noch hinter Donna her war. Vielleicht hatte sie sogar beide umgebracht.

Die Geschichte ergab für sie keinen Sinn. Das Messer: Anna konnte sich nicht vorstellen, daß sich Denny mit einem Messer gegen seine Ehefrau zur Wehr setzte. Der Ort der Handlung: zu schwierig, um einen geplanten Mord durchzuführen, und was konnte – ohne Worte – sechzig Meter unter Wasser solche leidenschaftlichen Wallungen auslösen?

Trotzdem hatte das wichtigste Argument gegen Jo als Täterin nach Annas Ansicht nichts mit Spuren oder Beweismitteln zu tun. Jo Castle besaß einfach nicht genug Leidenschaft. Sie war eine Aussitzerin. Wenn Denny untreu war, dann neigte ein Typ wie Jo eher dazu, die Rivalin zu überleben, als den Ehemann zu ermorden. Mit dieser Taktik war es ihr letztlich gelungen, Denny für sich zu gewinnen, und das hatte zwanzig Jahre gedauert.

Am anderen Ende des Sees erschien eine buckelige Gestalt auf dem Pfad. »Das ist bestimmt Jo«, sagte Anna. »Ich erkenne sie an ihrem Rucksack.«

»Psst«, machte Stanton. »Das Wasser trägt Geräusche weiter.«

Sein übergroßes Gesicht war konzentriert und angespannt. Die Kanten seines normalerweise so schlacksigen Körpers wirkten scharf wie Messer.

Die Gestalt in der Ferne verschwand zwischen den Bäumen. Frederick und Anna warteten. Anna hatte das Gefühl, neben einem lauernden Löwen zu sitzen. Auf einmal hatte sie den irrationalen Drang, laut zu rufen, um Jo zu warnen.

Zwanzig Minuten vergingen. Der See war spiegelglatt. Auf der anderen Seite des Gewässers stellten zwei Wanderer ihr Gepäck gegen einen Baum und wateten ins flache Wasser. Gedämpft und unverständlich drangen ihre Worte hinauf zu dem Felsvorsprung. Ein Knirschen auf dem Weg: Schritte. Ohne weitere Vorwarnung betrat Jo Castle die Lichtung.

»Hi.« Sie wirkte völlig desinteressiert und kaum überrascht, als käme es öfter vor, daß sie hier abends von irgendwelchen Beamten erwartet wurde.

Anna erinnerte sich gut an diese Apathie. Das dumpfe Gefühl, das eingesetzt hatte, als der Schmerz nachließ, war in gewisser Weise schlimmer gewesen als die vorherigen Qualen. Die Dumpfheit setzte ein, wenn man den Tod als Tatsache akzeptierte: unabänderlich, für immer. Dann hatte die Welt eine ganze Zeit lang nichts Positives mehr zu bieten. Anna hätte Jo gern gesagt, wenn sie das durchgestanden habe, würde das Leben wieder besser. Aber es war wohl nicht der richtige Zeitpunkt dafür.

Jo ließ ihren Rucksack geräuschvoll auf den Boden plumpsen. Er wog an die hundert Pfund.

»Ich bin Frederick Stanton«, stellte sich der FBI-Mann vor. Er trat vorsichtig zwischen Jo und den Rucksack. Schutz des Beamten. »Wir haben vor etwa einer Woche miteinander gesprochen.«

»Ich erinnere mich.« Jo blickte sich um, als suchte sie einen Platz, wo sie sich hinsetzen konnte. Als sie nichts sah, verlor sie das Interesse. »Wollen Sie eine Tasse Kaffee oder irgend etwas?«

»Nein, nichts«, sagte Stanton, als Jo zum Zelt ging. »Wir sind hierher gekommen, um mit Ihnen über den Tod Ihres Mannes zu sprechen.«

»Ja.«

»Warum setzt du dich nicht hin, Jo? Komm doch hier neben mich.« Anna tätschelte den Felsbrocken. Gehorsam folgte Jo ihrer Aufforderung. Stanton warf Anna einen verärgerten Blick zu, und Anna vermutete, daß er es vorgezogen hätte, wenn Jo allein und ohne Beistand vor ihm gestanden hätte, wörtlich und im übertragenen Sinn. Das war ihr aber ziemlich gleichgültig. »Was wollten Sie sagen, Frederick?« half sie nach.

Stanton wartete und reagierte nicht auf den sarkastischen Tonfall. »Wann ist Ihr Mann gestorben, Mrs. Castle?« Er fragte eigentlich nicht, er forderte Information. Wut untergrub Annas Selbstbeherrschung. Officer Stanton war selten, was er zu sein schien. Er liebte Umwege, aber er gelangte normalerweise an sein Ziel.

»Wann?« wiederholte er.

»Anna und Lucas haben mir mitgeteilt, daß Denny . . . daß Dennys Leiche gefunden wurde. Das war am 22. Juni. Ich bin ziemlich sicher, daß es der 22. war. Ich war gerade dabei . . . Was habe ich damals gerade gemacht, Anna?«

Stanton ließ nicht locker. »Ich will nicht wissen, wann Sie es erfahren haben, Mrs. Castle. Wann ist Ihr Mann gestorben?«

Jo blickte sich hilfesuchend nach Anna um. Diese machte ein verständnisvolles Gesicht, sagte aber immer noch nichts. Jo wandte sich wieder an Stanton. »Ich weiß es nicht«, sagte sie klar und deutlich.

»Er ist am 17. Juni gestorben. Vier Tage, ehe die Leiche gefunden wurde. Fünf Tage, ehe man Sie davon in Kenntnis setzte.«

Jo schob das Kinn vor. Ihr Gesicht wirkte trotzig und verschlossen.

»Sie müssen doch gewußt haben, daß Ihr Mann verschwunden war. Sie hatten gerade geheiratet – Ihr Mann ist während der Flitterwochen verschwunden, und Sie haben ihn nicht vermißt gemeldet. Ich möchte wissen, warum.« Stanton wartete etwa zehn Sekunden ab, dann deutete er mit dem Finger auf Jo. »Brechen Sie Ihre Zelte hier ab. Melden Sie sich morgen früh um acht in Pilchers Büro. Wir möchten Ihnen ein paar Fragen stellen.« Er ließ den Arm sinken, drehte sich um und stapfte den Weg zum Moskey Basin und der *Belle Isle* hinunter.

»So ein Arschloch!« schimpfte Anna. »Ist alles okay, Jo?«

Jo erhob sich. Mit Stanton war auch ihr Trotz verschwunden. Sie wirkte müde und erschöpft. »Ich will hier nicht alles abbrechen«, sagte sie matt. »Ich bin gerade mittendrin. Die Arbeit von mehreren Wochen wäre verloren. Lieber Gott!«

Sie ließ sich zu Boden sinken, im Schneidersitz, und verbarg das Gesicht in den Händen.

»Warum hast du Denny nicht vermißt gemeldet?« fragte Anna leise.

Jo blickte nicht auf, nahm nicht die Hände vom Gesicht. »Ich dachte, er sei bei Donna. Sie mußte nur mit dem kleinen Finger winken, und schon rannte er los. Selbst in meiner gottverdammten Hochzeitsnacht.«

Anna blieb sitzen und blickte über den See, um Jo ein bißchen Ruhe zu gönnen. Denny und Donna: Sie hätten zusammen abhauen, Bräute und Ehemänner im Stich lassen und zu einer Blitzscheidung nach Reno fahren können. Aber Denny war tot und Donna verschwunden.

»Ich würde an deiner Stelle noch nicht aufbrechen«, sagte Anna. »Es ist nicht nötig, daß du deine Experimente aufs Spiel setzt. Ich regle das schon mit Stanton.«

»Danke. Die Arbeit ist im Moment das einzige, was ich habe. Da darf nichts schiefgehen.«

Anna ließ Jo auf dem Boden sitzend zurück, das Gesicht vor ihren Erinnerungen versteckt.

Sie wäre fast über Frederick gestolpert. Den Rücken gegen einen Baumstamm gelehnt, die langen Beine über den Weg ausgestreckt, saß er etwa sechs Meter von Jos Zelt entfernt, hinter einer dichten Schutzwand aus Blättern versteckt.

»Herrgott noch mal!«

»Interessant«, bemerkte Frederick. Er richtete sich auf. »Klang ziemlich überzeugend. So was Blödes. Ich hab gewußt, daß es gute Gründe gibt, weshalb ich nie geheiratet habe. Ich meine, abgesehen davon, daß nie jemand um meine Hand angehalten hat.«

Anna erholte sich rasch von ihrem Schrecken, aber die ganze Angelegenheit hatte ihr die Laune verdorben. Ausgenutzt zu werden, war ein unangenehmes Gefühl, und in letzter Zeit war ihr das ein bißchen zu oft passiert.

Sie schlug beim Weitergehen ein ziemliches Tempo an und hoffte, so Stanton und seine blöden Tricks abschütteln zu können. Mürrisch vor sich hin brummend, kam er hinter ihr hergezottelt. Ein paarmal ließ er wieder irgendwelche Sprüche los – seine Taktik, die Zuhörer zu entwaffnen, wie Anna inzwischen vermutete. Sie ging nicht darauf ein.

In weniger als einer Stunde erreichten sie das Ufer des Moskey Basin. Sieben Uhr abends, und die Schatten waren noch nicht lang. Die *Belle Isle* lag im Hafen. Die Bucht wirkte still und friedlich. Eine kühle Brise vom See wehte durch das Gras an der Baumgrenze. Der schmale Landstreifen zwischen Moskey und Lake Superior war von einem weißen Nebelschleier bedeckt.

Ein grünes Fiberglaskanu lag unterhalb des Docks am Strand, und eine feine Rauchfahne stieg nebelhell von der Feuerstelle vor der Schutzhütte auf. Anna freute sich, daß zur Abwechslung kein Motorboot den Platz okkupiert hatte.

Die Tür der Hütte öffnete sich, und eine Frau in einem Sweatshirt mit roter Kapuze trat heraus. Ihr krisseliges blondes Haar bildete eine Art Heiligenschein um ihr Gesicht. »Tinker!« rief Anna.

Stanton trat hinter sie, so dicht, daß sie die Wärme seines Körpers spürte. Die kühle Nebelluft hatte das Ufer erreicht, und Anna hätte die körperliche Nähe als angenehm empfunden, wenn sie nicht deren Ursprung bedacht hätte.

»Freunde von Ihnen?« fragte Stanton und fügte gleich hinzu: »Ach ja, das sind ja Ihre munteren Kannibalen!«

»Warten Sie im Boot auf mich«, befahl Anna. Schuldbewußt trottete Frederick den Strand entlang zur *Belle Isle*. Obwohl es hier am Ufer keine Versteckmöglichkeiten gab, wartete Anna, bis er den Anlegeplatz erreicht hatte. Die Hütte stand direkt vor den Bäumen, und Anna hatte für heute genug von Stantons falschen Abgängen und seinem überraschenden Wiederauftauchen.

»Ich hab mir schon gedacht, daß du es bist, als ich die *Belle Isle* gesehen habe!« rief Tinker, als Anna näher kam. »Damien sammelt gerade Feuerholz. Wo hast du denn gesteckt?«

»Ich hab Jo besucht«, sagte Anna. Auch ohne Einladung setzte sie sich an den Picknicktisch, die Füße auf der Holzbank. Mit Steinen war ein in drei Abschnitte eingeteilter Kreis ausgelegt. Mehrere kleine Stoffsäckchen, die mit einer Schnur zugezogen waren wie altmodische Tabakbeutel, lagen in der Nähe verstreut. Anna hob einen auf und roch daran: ein Gewürztee, Orange und Nelke oder Zimt.

»Ah«, sagte Tinker ohne ersichtlichen Grund. Und dann: »Okay, okay.« Sie ging zurück in die Hütte. Einen Augenblick später tauchte sie mit einem ausgestopften Bären in der Hand wieder auf. Sie setzte das Stofftier vor Anna auf den Tisch. Der Bär starrte Anna mit neugierigen Knopfaugen an.

»Oscar macht sich Sorgen«, sagte Tinker. »Du begibst dich immer an Orte, wo einem der Pelz naß wird.«

»Ich hoffe bloß, er raucht nicht zuviel vor lauter Streß«, sagte Anna grinsend.

»Schwer zu sagen«, sagte Tinker scheinbar ernsthaft.

Anna lachte und nahm den Bären in den Arm. Sie fühlte sich getröstet. »Ich hab irgendwo gelesen, daß der Blutdruck und der Pulsschlag sich beruhigen, wenn man mit Teddybären schmust.«

»Stimmt.«

Anna behielt Oscar auf dem Schoß. In Tinkers Welt war das nichts Albernes, und Anna kam sich auch gar nicht albern vor. Sie schaute Tinker zu, wie sie Holz aufs Feuer legte und Metalltöpfe auf den Grill stellte. Tinkers Gesicht war angespannt, und ihre Bewegungen wirkten schwerfällig, als wäre sie völlig erschöpft. Klinische Symptome für Depressionen: Anna erinnerte sich, wie Molly sie nach Zachs Tod an ihren Porzellanfingernägeln aufgezählt hatte.

»Du siehst aus, als könntest du ein bißchen mehr Teddyschmuserei brauchen«, sagte Anna. »Bist du vielleicht der Grund, weshalb Oscar nachts vor Sorge nicht schlafen kann?«

»Oscar ist ein alter Sorgenheini«, sagte Tinker liebevoll.

»Wer erpreßt dich?« fragte Anna unvermittelt.

Tinkers Hände, die gerade dabei waren, Bohnen in einen Wassertopf zu brechen, zuckten unruhig. Mit einer Stimme, die so leise war, daß man sie fast nicht hören konnte, erwiderte Tinker: »Mich erpreßt niemand.«

»Ich hab diesen kryptischen Zettel über Hopkins und die schmutzige Wäsche gelesen«, sagte Anna.

»Davon weiß ich nichts.« Tinker fuhr sich mit dem Ärmel über die Augen.

»Meine Schuld«, gab Anna zu. »Wie gesagt, die Notiz war ziemlich kryptisch.« Sie blieb noch eine Weile sitzen und streichelte Oscars Ohren. Der Nebel hüllte sie ein. Die *Belle Isle* wirkte richtig gespenstisch. Die Landzunge, die das Moskey Basin vor den Launen des Sees schützte, war verschwunden.

Schließlich setzte Anna den Bären ab und erhob sich. »Egal, was es ist – es kann nicht so schlimm sein«, sagte sie.

»Doch, es kann«, sagte Tinker nur.

Anna ging und überließ sie dem bißchen Frieden, das sie zwischen ihren Töpfen und Pfannen und Kräutern für sich finden konnte.

Mit der Hilfe von Radar, das heißt, von gezackten grünen Linien auf einem dunklen Bildschirm, fuhr die *Belle Isle* langsam vom Moskey Basin in Richtung Rock. Stanton summte alte Donovan-Songs. Anna schaffte es, ihren Ärger einigermaßen zu unterdrücken, indem sie ihre Gedanken ordnete. Sie hatte sich fest vorgenommen, Fred the Fed nicht in ihre Überlegungen einzuweihen, bis er ihr irgendeine weiterführende Information oder sonst irgendwelche Einblicke angeboten hatte.

Die Bradshaws und Jo waren also ausgeschieden – zumindest nach Annas Überzeugung, und sie hatte keinen Zweifel daran, daß sich auch die entsprechenden Alibis finden würden, nachdem jetzt der Obduktionsbericht vorlag und die Todeszeit feststand. Die Ermittlungen mußten demzufolge wieder von vorn beginnen. Zurück zur Drogentheorie des FBI und zu Tinkers und Damiens Windigo. Denny und Donna; Kokain und Kannibalismus.

Es wäre tragisch, aber einfach gewesen, wenn Hawk und Holly den Mord begangen hätten. Motiv, Mittel, Gelegenheit: Bei ihnen schienen alle drei Punkte gedeckt. Die verschiedenen Teile hatten so wunderbar zusammengepaßt. Aber ihre einzige Schuld bestand darin, daß ihnen Denny mehr am Herzen gelegen hatte als das Gesetz. Und darin, daß sie Inzest begangen hatten.

Bei den anderen Varianten fiel immer eines der großen drei aus: Entweder fehlte das Motiv oder das Mittel, oder die Gelegenheit.

Jim Tattinger verfügte über die Mittel: Er verfügte über ein Boot und eine Taucherausrüstung, und er war ein qualifizierter Taucher. Die Gelegenheit hatte er auch gehabt. Er war in der fraglichen Nacht auf der Insel gewesen. Anna hatte ihn beim Empfang gesehen. Am Tag, bevor die Leiche geborgen wurde, hatte sie ihn erwischt, wie er mit einem Boot voller Tauchgeräte ohne Licht in der Nähe der entscheidenden Stelle aufgekreuzt war. Er hatte eindeutig darauf spekuliert, daß niemand ihn sah. Als sie ihn angehalten und ausgefragt hatte, war er sehr aggressiv geworden. Da er gewußt hatte, daß die Ermittlungen am nächsten Tag beginnen sollten, hatte er vielleicht versucht, zur *Kamloops* zu tauchen und alle Beweise zu vernichten.

In puncto Motiv sah es bei Tattinger allerdings schlecht aus. Allgemeine Antipathie und berufliche Animositäten schienen als Antrieb für einen so komplizierten und riskanten Mord nicht auszureichen. Es sei denn, es hatte zwischen den beiden Männern tiefergehende Zwistigkeiten gegeben. Jim hatte seinen Job auf St. John's in der Karibik unter relativ merkwürdigen Umständen verlassen. St. John's war hauptsächlich ein Unterwasser-Park. Hatte Jim unter dem Verdacht gestanden, versunkene archäologische Schätze entwendet zu haben? Machte er auf ISRO etwas Ähnliches? Hatte Denny Verdacht geschöpft? Ihn vielleicht sogar erwischt? Aber wobei? Die Tauchaktion war so gefährlich, daß ein Kunstschatz schon sehr wertvoll sein mußte, damit es sich lohnte. Der Frachtbrief der *Kamloops* wies keine Wertgegenstände auf. Das Schiff war ein Frachter gewesen und hatte Rohre und Versatzstücke transportiert. Nicht gerade glamourös.

Für Tattinger sprach am stärksten Tattinger selbst. Er war ein Kotzbrocken. Anna wollte ihn als Täter. Sie lächelte, weil ihr einfiel, daß ein verrosteter alter County Sheriff im Polizeirechtkurs gesagt hatte, die meisten Leute würden verhaftet, weil sie sich der P.-P. schuldig gemacht hatten: Polizisten-Provokation.

»Ein Rubel für Ihre Gedanken«, sagte Stanton.

»Es würde sich nicht mal lohnen, Glasnost-Rubel dafür auszugeben«, entgegnete Anna. Sie war froh, daß zumindest ihre Gedanken nicht käuflich waren. Als Kinder hatten sie und Molly sich stundenlang ausgemalt, wie es wäre, in einer telepathischen Welt zu leben. Jetzt, als Erwachsene, fand Anna diese Vorstellung gruselig. Es gab Tage, Wochen, in denen man nur im Inneren des eigenen Kopfes wirklich ungestört war.

Stanton begann »Sunshine, Superman« zu pfeifen. Anna kehrte zu ihren Überlegungen zurück.

Scotty Butkus hatte ein Motiv, ein klassisches sogar: der gehörnte Ehemann, der ein Verbrechen aus Leidenschaft begeht. Er hatte die Gelegenheit gehabt: Er war in der fraglichen Nacht auf der Insel gewesen. Bei ihm waren die Mittel das schwache Glied in der Kette. Zwar hatte er Zugang zu Booten und zu Tauchgeräten, aber er war kein Taucher. Sein Gesundheitszustand und, wichtiger noch, seine nervliche Verfassung ließen das nicht zu. Und Anna bezweifelte, daß er eine mitternächtliche Tauchaktion wagen würde. Sie glaubte nicht mal, daß er nach sechs Uhr abends je nüchtern war. In der Tiefe hätte ihn der angetrunkene Mut das Leben gekostet.

Sie brauchte noch andere Verdächtige. Pilcher und Vega – beide hätten es tun können, hatten aber kein Motiv. Erpressung? Es gab einen Erpresser auf der Insel, aber der war immer noch aktiv. Und außerdem paßte Erpressung nicht zu Denny.

Patience hatte die Mittel, ein Boot – Hawk hatte sogar erwähnt, er habe sie ein paarmal in der Nähe der Boje gesehen, die die Lage der *Kamloops* markierte –, und sie besaß eine Tauchausrüstung. Zwar gab sie sich immer als absolute Amateurin aus, aber Anna vermutete, daß sie gut tauchen konnte. In der Nacht, als Denny umgebracht wurde, hatte sie sich auf der Insel aufgehalten. Aber bei Patience gab es kein Motiv. Sie hatte Denny gemocht und verehrt. Was hätte sie davon gehabt? Keine Erbschaft. Keine Liebe.

Auf dem Radarbildschirm erschien ein verschwommener grüner Punkt in der Form von Rabbit Island. Mott war die übernächste Insel. »Wo soll ich Sie absetzen?« fragte Anna.

Stanton wohnte auf Mott im V.I.P.-Quartier. Sie dockte die *Belle* ein. Der FBI-Mann lernte schnell: Er ließ die Fender runter und vertäute die Leinen wie ein alter Seebär.

Auf dem Betonpier schüttelte er ihr herzlich die Hand. »Sie waren mir eine große Hilfe. Wirklich toll!«

Anna fühlte sich nicht besonders geschmeichelt. »Ein Floh in einem Flohzirkus kann lernen, wie man durch Feuerreifen springt. Aber das macht ihn noch lange nicht zu einem Trapezkünstler«, sagte sie unfreundlich.

»Nein, aber er bringt die Leute dazu, sich zu kratzen.« Stanton wedelte mit dem Obduktionsbericht, den er vom Boot mitgenommen hatte, und verkündete fröhlich: »Die Todeszeit steht fest. Also kann ich anfangen, die Alibis zu überprüfen. Alibis machen mir Spaß. Da komme ich mir immer vor wie ein Schnüffler.«

Der Nebel verschluckte seine gemächlich davonschlendernde Gestalt und dämpfte das knirschende Geräusch seiner harten Schuhsohlen auf dem Kies.

Das letzte Tageslicht schwand dahin. Anna fror und war deprimiert. Die *Belle Isle*, die sich sanft in der Bugwelle eines vorbeifahrenden Bootes wiegte, das man in einer Entfernung von vierzig Metern nicht mehr sehen konnte, wirkte wenig einladend: ein enges, feuchtes schwimmendes Büro. Es war das Ende eines langen, schweren Tages, und Anna hatte nur einen Wunsch: Sie wollte nach Hause. Wo immer das sein mochte. Amygdaloid mit dem Funkgerät, den Spinnweben und dem schmalen Bett wäre angenehm. Houghton mit Chris und Ally und den Katzen wäre schön. Ein Doppelbett mit Zachary der Himmel.

»Laß den Quatsch«, sagte Anna laut. Im Nebel klang ihre Stimme ganz seltsam.

Gelächter drang unzusammenhängend durch den kalten Nebel. Die Trail Crew. Oder die Männer vom Wartungsdienst. Beide Gruppen hatten Schlafbaracken auf Mott. Beide tranken genug Wodka, um an der Ost- und der Westküste zur Entziehungskur geschickt zu werden. Auf der Upper Peninsula von Michigan, wo die meisten der Mitglieder herstammten, galt es nur als eine Form der Entspannung, als Gelegenheit, um ein bißchen Dampf abzulassen.

Scotty war zweifellos mit von der Partie, erzählte Lügengeschichten und öffnete Bierflaschen mit den Zähnen, um bei den Neuankömmlingen Eindruck zu schinden. Dave aß seine Pepperoni-Pizzen, die er immer aus dem Nichts herbeischaffen konnte. Der Fernseher plärrte. Man redete über Außenbordmotoren, tote Fische oder weibliche Körperteile. Aber weil Anna sich nach Wärme und Licht sehnte, ließ sie sich trotz allem von dem Lärm anlocken.

Pizza-Dave hatte immer Bier vorrätig. Wenn die Sauna nicht belegt war, würde sie sich mit zwei Flaschen Bier dorthin zurückziehen, die Klamotten von sich werfen, den süßen Zederndufte einatmen und die trockene Hitze der Wüste spüren.

19

Nachdem Anna zwei Bier hinuntergekippt und wieder herausgeschwitzt hatte, duschte sie gründlich und wusch sich die Haare – danach erschien ihr das Leben wieder lebenswert.

Der Nebel hatte sich noch nicht gelichtet, im Gegenteil, er lastete eher noch schwerer auf der Insel als vorher. Ihre überhitzte Haut dampfte, und sie fühlte sich wie ein Nebelwesen – nicht mehr unterdrückt von den Dunstschwaden, sondern in Harmonie mit ihnen. Sie mußte an die Märchen denken, in denen die Leute Umhänge trugen, durch die sie unsichtbar wurden, und ging stumm die Holzstufen der Sauna hinunter.

Die vom Nebel aller Farbe beraubten Bäume erhoben sich wie schwarze Rauchgebilde am Rand der Wohnsiedlung des National Park Service. Die Holzbaracken, gebaut in den dreißiger Jahren von den Burschen des Civilian Conservation Corps und im Lauf der Jahre durch Mäusenester und unzählige Farbschichten zusammengehalten, verliehen der Siedlung einen geisterhaften Charakter.

Das laute Cowboygelächter verstärkte noch den Eindruck, daß man sich hier an einem Ort außerhalb von Raum und Zeit befand. Dann das Trappeln von groben Stiefeln auf Holzplanken: Scotty. Im Schutz des Nebels näherte sich Anna leise dem Ursprung des Getöses – der Baracke der Trail-Crew-Männer.

Vielleicht lag *in vino* nicht immer *veritas*, aber gewöhnlich konnte man doch mit einem gewissen Mangel an Diskretion rechnen. Wenn sie ein bißchen Glück hatte, konnte sie vielleicht irgend etwas in Erfahrung bringen.

Verschwommene Farbkleckse im Nebel. Die Crew kochte im Freien. Ein zersägtes Faß mit metallenen Zaunpfosten als Beinen diente ihnen als Küche, auch wenn sie nicht unterwegs waren. Der Geruch von gegrilltem Fleisch erwärmte die feuchte Luft. Früher hatte Anna den Geruch gemocht, er war identisch gewesen mit gutem Essen. Aber da sie nun schon seit Jahren nichts dergleichen mehr aß, roch es für sie nur noch nach Tod.

Ein Knirschen, dann ein Plopp, kehliges Beifallsgegröle: Scotty hatte mal wieder eine Bierflasche mit den Zähnen aufgemacht. »Du bist doch wieder Junggeselle – kommst du mit nach Thunder Bay?« Eine heisere Stimme schnitt durch den Nebel und ließ Anna zusammenzucken, als hätte man sie entdeckt. In Thunder Bay gab es eines der bekanntesten Etablissements am See. Nach allem, was Anna gehört hatte, ging es dort besoffen, laut und billig zu. Sehr verlockend.

»Nee«, nörgelte Scotty. »Wenn Donna das erfährt, zieht sie mir bei lebendigem Leib die Haut ab. Sie hat den alten Hengst ziemlich fest an der Kandare.«

Anna verspürte einen Brechreiz, trotz ihrer geisterhaften Distanz.

»Da hab ich aber andere Sachen gehört ...« Anna erkannte die Stimme des Widerspruchs. Ein riesiger lilafarbener Fleck bewegte sich an der dunkleren Wand der Baracken entlang. Es konnte nur Pizza-Dave sein. Oder Moby-Grape. Anna unterdrückte ein Kichern. Zwei Bier in der Sauna hatten die gleiche Wirkung wie mindestens vier unter normalen Bedingungen.

»Welches Arschloch hat dir denn das erzählt?« knurrte Scotty.

»Hat mir was erzählt?« fragte Dave unschuldig.

Aber Scotty ließ sich nicht in die Falle locken. »Diese gottverdammten kleinen Mistkäfer«, murmelte er. Anna konnte ihn kaum verstehen, aber sie wußte, ihre Tarnkappe hätte einer näheren Prüfung nicht standgehalten, also blieb sie, wo sie war. »So ein paar ausgeflippte Saisonarbeiter haben versucht, meine Frau und mich auseinanderzubringen«, sagte Scotty kampflustig. Er machte ein hinterhältiges Gesicht, wie ein alter Hirtenhund mit zusammengekniffenen Augen und verzerrtem Mund. »Ich hab ihnen ein Angebot gemacht, das sie nicht ablehnen können«, zitierte er einen Film, der älter war als mindestens zwei der Teammitglieder. »Heut abend werd ich sie noch mal dran erinnern, falls sie vergessen haben, daß man mit dem alten Hengst keine Scherze treibt.«

Anerkennendes Gemurmel. Dann Gelächter. Diese Männer sind so alt wie die Welt, dachte Anna. Das sind die Männer, die schon zu Bärenquälereien, Hundekämpfen, Prügelstrafen, Hinrichtungen, Hexenverbrennungen gegangen sind. Jetzt geben sie sich mit Fußball und Jagen zufrieden – Sportarten, bei denen sie entweder den Schmerz aus sicherer Entfernung beobachten oder ihn Lebewesen zufügen, die sich nur mit Zähnen und Klauen verteidigen können.

Das Gespräch pendelte sich auf das Thema Baseball ein. Aus den Bäumen kamen dichte Nebelfinger, die das heiße Metall des Grills umklammerten. Als sie wieder in den Wald zurückkrochen, beschloß Anna, ihnen zu folgen.

Zitternd betrat sie die Ranger-Station und klickte den elektrischen Heizlüfter an, den Sandra Fox im Sekretariat stehen hatte. Die warme Luft roch ein bißchen nach Delphis Fell. Anna setzte sich auf Sandras Stuhl und ließ ihre Gedanken wandern. Der Nebel drang immer näher und machte die Fenster blind. Die Fenster, durch die Sandra nie hinausschauen würde.

Anna hatte schon vermutet, daß Scotty der Verfasser der kryptischen Hopkins-Notiz sei. Jetzt war sie sicher. Es gab mehrere Gründe, weshalb er so tief gesunken war, daß er Erpressung als Druckmittel einsetzte. Tinker und Damien hatten ihn wahrscheinlich zu sehr genervt. Daß sie sich so intensiv mit seinen Eheproblemen befaßten, war ihm bestimmt gegen den Strich gegangen. Aber der überzeugendste Grund schien, daß die Coggins-Clarkes zu dicht an eine Wahrheit herangekommen waren, die Scotty geheimhalten wollte – nämlich, wohin seine Frau verschwunden war.

Trotz der Capes und Räucherstäbchen und Windigo-Geschichten waren Tinker und Damien im Grunde ganz vernünftige Leute. Wenn sie sich bemühten, konnten sie mit Sicherheit auch komplizierte Rätsel lösen. Scotty hatte das bestimmt gespürt.

Einer Eingebung folgend, ging Anna in Ralph Pilchers Büro. Sein Schreibtisch sah immer aus wie eine Sammelstelle für Altpapier. Nachdem Anna fünf Minuten lang in irgendwelchen Zetteln gewühlt hatte, fand sie den Schlüssel zu seinem Aktenschrank. Die Mühe hätte sie sich sparen können: Pilcher hatte vergessen, ihn abzuschließen. Sie ging rasch die Unterlagen der Saisonarbeiter durch und holte die Ordner von Tinker und Damien heraus. Dann legte sie die Füße auf Pilchers Schreibtisch und begann zu lesen.

Vieles wußte sie bereits. Tinker, dreiunddreißig, und Damien, vierundzwanzig, waren seit drei Jahren verheiratet. Beide hatten unter der Rubrik »bisherige Arbeitsstellen« angegeben, sie hätten am Südrand des Grand Canyon geheiratet, als sie dort im Park gearbeitet hatten. Ihre Berufserfahrung und Ausbildungsorte waren aufgezählt, und bei den Zeugnissen von anderen Jobs schien man sich allgemein darüber einig zu sein, daß die beiden ›etwas versponnen, aber ganz in Ordnung‹ seien. Der District Ranger von Voyageurs allerdings hatte Tinker als ›empfindlich und launisch‹ beschrieben, was bedeutete, daß er sie für ziemlich labil hielt.

Auf der letzten Seite – der Seite, die Anna immer total frustrierte, weil die Regierung eine Liste aller Adressen der letzten zehn Jahre verlangte – fand sie schließlich die Information, die sie gesucht hatte.

Von 1974 bis 1980 hatte Tinker in Hopkins, Minnesota, gelebt.

Anna wählte die Zentrale der Polizeidienststelle in Houghton. Pilcher würde dies bestimmt nachträglich genehmigen, wenn die Telefonrechnung kam. Eine Frau meldete sich. Anna stellte sich vor und fragte, ob sie zwei 10-29-Checks für sie durchführen könnte. Die Antwort lautete ja. Zuerst las Anna Tinkers Führerscheinnummer und Geburtsdatum vor, dann die Daten von Damien. Dann mußte sie ein paar Minuten warten, während der Computer leise klickend seine Suchaktion machte.

»Keine Strafanzeigen, keine Haftbefehle, weder bei Theresa Lynn Coggins noch bei Daryl Thomas Clarke.«

»Danke.« Anna legte auf. Theresa und Daryl: Unter diesen Namen würden keine Capes wehen, keine rituellen Kerzen flackern. Coggins und Clarke, kein Doppelname – es war also noch nicht in den Computer eingegeben worden, daß die beiden geheiratet hatten, oder, was wahrscheinlicher war, der Bund fürs Leben hatte noch nicht das staatliche Siegel erhalten.

Namensänderungen und eine nicht vom Staat abgesegnete Ehe, aber keine Vorstrafen, nicht mal wegen unbezahlter Strafzettel.

Entweder war das, womit Scotty sie bedrohte, nichts Illegales, oder es war dem Auge des Gesetzes bisher entgangen. »Schmutzige Wäsche«, hatte Scotty geschrieben. Tinker hatte es zwar nicht ausgesprochen, aber doch zu verstehen gegeben, daß es sich um ein schwereres Verbrechen handelte. Diebstahl? Vandalismus? Autoschiebereien? Kindesmißbrauch? Ritualmorde? Allein schon die Vielfalt der Gewalttaten, welche die Menschen einander zufügten, genügte, um die Existenz eines Teufels glaubhaft zu machen – beziehungsweise die Existenz eines Gottes in Frage zu stellen.

Anna knipste die Schreibtischlampe aus und öffnete das Fenster einen Spaltbreit. Irgendwo über dem Nebel leuchtete das Licht des nördlichen Mondes. Die Natur mit ihrer hinreißenden Schönheit war grausam, das wußte Anna, grausam, aber nicht rachsüchtig. Die Unwetter, die den See heimsuchten und viele Schiffer das Leben kosteten, die Schneestürme, die die Menschen in den Wahnsinn trieben und sie zu Kannibalen machten, taten dies ohne böse Absicht, ohne Liebe oder Haß. ›Mutter‹ Natur war ein irreführender Begriff. Mit Mutter verband man Liebe und Zuneigung. Die Freiheit, die Anna in der Wüste gespürt hatte und die sie jetzt in den Wäldern der Isle Royale erlebte, brachte keine Verpflichtungen mit sich, sie kannte weder Neid noch Wut, noch Freundschaft.

Kein Wunder, daß der Mensch immer darauf aus ist, sich die Natur untertan zu machen, dachte Anna. Er kann es nicht ertragen, daß ihn die Natur nicht liebt – oder wenigstens haßt. Der Natur sind wir Menschen ganz einfach gleichgültig.

Schritte hallten im Nebel. Dann Gelächter, das langsam leiser wurde. Die Trail Crew läutete die zweite Phase des

Abends ein. Einige Männer, die nur leicht angetrunken waren, machten sich, noch einigermaßen sicher auf den Füßen, auf den Heimweg. Der harte Kern gab sich weiter den feuchtfröhlichen Vergnügungen hin.

Anna nahm die Füße von Pilchers Schreibtisch und spähte durch den immer dichter werdenden Nebel. Sie wollte herausfinden, wer den besseren Part gewählt hatte.

Scotty Butkus ging etwa einen Meter entfernt an dem Fenster vorbei, hinter dem Anna saß. Sein wettergegerbtes Gesicht war zu dem gleichen Grinsen verzerrt wie vorhin, als er verkündet hatte, er werde den »Mistkäfern« eine kleine Erinnerung zukommen lassen.

Tinker und Damien waren draußen am Moskey Basin. Im Juli, das heißt in der Hochsaison, konnte man unmöglich vorher wissen, welchen Platz sie unbesetzt vorfinden würden, selbst wenn sie vorher jemandem gesagt hätten, wohin sie fahren wollten. Da sie wußte, daß sie gut versteckt waren, hatte Anna eigentlich keine Angst um sie. Aber sie war neugierig.

Sie nahm sich nicht die Zeit, die Akte zurückzulegen und den Schrank zu schließen, sondern schob gleich das Fenster vollends nach oben, um hinaus auf den mit Kies bestreuten Weg zu klettern. Indem sie sich dem Takt von Scottys Stiefeln anpaßte, konnte sie das Geräusch seiner Schritte als Deckung nutzen.

Hinter dem Dock bog er rechts ab, in einen Sandweg, der in das dichtbewaldete Innere der Insel Mott führte. Hier waren seine Schritte viel leiser, und Anna mußte weiter zurückbleiben, um nicht entdeckt zu werden.

Die Bäume säumten den Weg wie dunkle Schatten. Ohne sie hätte man sich leicht verlaufen können, selbst auf einem von zweirädrigen Karren ausgefahrenen Pfad. Der Nebel nahm Anna jedes Orientierungsgefühl. Sie konzentrierte sich ganz auf Scottys immer leiser werdende Tritte.

Sie kam an eine Gabelung. Links führte der Weg hinauf zu dem Wasserreservoir, das die Insel versorgte. Rechts kam man zu den Wohnungen der Festangestellten. Es schien Jahre her, daß sie diesen Weg eingeschlagen hatte und auf dem Rasen vor dem Haus des District Ranger Hawk mit dem Baby angetroffen hatte – dabei waren seither noch keine zwölf Stunden vergangen.

Scotty ging an Pilchers Tür vorbei, an der Wohnung des Chefs der Öffentlichkeitsarbeit. Er strebte offenbar heimwärts. Wahrscheinlich will er sich betrinken, bis er ins Bett fällt, dachte Anna, als er das Haus betrat.

Die Verfolgungsjagd war beendet. Anna wollte sich schon auf den Rückzug machen, aber irgendwie hatte sie das Gefühl, daß der Abend doch noch nicht vorüber war. Es hatte bestimmt seinen Grund, daß ihr das Geschenk der Unsichtbarkeit zuteil geworden war, und dieser Grund mußte sich erst noch manifestieren. »Du bist ja schon bald so schlimm wie Tinker«, brummelte Anna vor sich hin, aber sie verließ den Weg und kauerte sich an einen Baum, um dort in der Kälte auszuharren.

Vorraum, Flur, Wohnzimmer: Ein Lichtpfad begleitete Scotty durch die Wohnung. Obwohl Anna noch nie im Apartment der Butkus gewesen war, konnte sie sich alles bestens vorstellen: geraffte Vorhänge, überall Bilder – der Versuch, durch Kunst die Nüchternheit der Beamtenwohnung zu mildern. Diese feminine Note wurde inzwischen durch leere Bierdosen, Zigarettenkippen und schmutzige Unterwäsche verspottet.

Die Deckenbeleuchtung im Schlafzimmer wurde angeknipst, und die Lichterkette war damit am Ende angelangt. Annas Hintern wurde langsam vom Boden her feucht, und die Baumrinde scheuerte durch ihr Hemd.

Womöglich war Scotty bewußtlos umgefallen – obwohl er gar nicht so besoffen gewirkt hatte. Es schien wahrscheinlicher, daß er wieder ins Wohnzimmer gewandert war und es sich dort vor dem Fernseher bequem gemacht hatte, während sie sich hier draußen im Dunkeln den Arsch abfror.

Mit einem Seufzer rappelte sie sich wieder hoch. Höchste Zeit, nach Hause zu gehen, auch wenn dieses Zuhause die wenig verlockende *Belle Isle* war.

Nachdem sie zwanzig Meter gegangen war, hörte sie eine

Tür ins Schloß fallen. Wieder diente ihr der Nebel als Freund und Helfer. Sie verließ den Pfad und trat in die schützende Dunkelheit. Heimliche Schritte, die aber nur für sie in ihrem Versteck so verstohlen klangen, näherten sich von der Wohnsiedlung her. Stiefelschritte: Scotty Butkus marschierte an ihr vorbei. Er hatte sich dunkle Kleidung angezogen und trug unter dem linken Arm ein Bündel, das ein bißchen größer war als ein menschlicher Kopf.

Anna mußte sofort an alle Windigo-Geschichten denken, die sie gehört hatte, und es lief ihr kalt den Rücken hinunter. Dinge, die bei Tageslicht albern wirkten, gewannen bei Nacht und Nebel eine sehr viel bedrohlichere Dimension. Anna folgte Scotty in einem Abstand von zwanzig bis dreißig Schritten.

Er blieb stehen. Anna blieb stehen. Sie konnte fast spüren, wie er horchte, wie er mit allen Sinnen den Nebel zu durchdringen versuchte. Auf dem Kies wagte sie es nicht, sich zu bewegen. Ihr Atem sägte rasselnd an der Stille wie eine alte Kettensäge. Sie wußte, wenn sie vernünftig überlegte, daß Scotty mindestens acht oder zehn Schritte vor ihr war; sie wußte, daß er sich genausowenig geräuschlos bewegen konnte. Und doch erwartete sie, daß irgendwo aus der Dunkelheit eine Hand auftauchen und ihr die Kehle abdrücken würde.

Scotty begann sich weiter von ihr zu entfernen. Egal, warum er angehalten hatte – jetzt schien er sich ganz sicher zu fühlen. Er ging zielstrebig weiter. Anna folgte brav.

Der Nebel kam in Wellen, manchmal so dicht, daß Anna kaum zwei Meter weit sehen konnte, dann wieder konnte sie Scotty im Schein der spärlich am Wegrand aufgestellten Laternen erkennen.

Scotty stapfte unermüdlich weiter, bis zum Hafengelände vor dem Verwaltungsgebäude. Er verhielt sich nun viel vorsichtiger als bisher, blickte sich aufmerksam um, inspizierte das Büro, und als er offensichtlich zu dem Schluß gekommen war, daß ihn niemand beobachtete, begab er sich zufrieden an Bord der *Lorelei*.

Anna begriff, warum er plötzlich so viel umsichtiger war. Erpressung war zwar auch nicht gerade eine Bagatelle, aber wenn jemand ein Regierungsfahrzeug für persönliche Zwecke verwendete, war das eine sehr ernste Angelegenheit. Bei den Rangern am Nord- und Südufer ließ man eine gewisse Großzügigkeit walten, weil ihre Station so isoliert lag, aber in Rock Harbor machte Lucas keine Kompromisse. Das war ein Kündigungsgrund.

Das Fahrlicht der *Lorelei* wurde eingeschaltet, dann sprang der Motor an. Anna wußte, sie konnte Scotty nicht mit der *Belle Isle* verfolgen, ohne entdeckt zu werden. Selbst bei dichtestem Nebel würde er den vertrauten Klang eines Bertram-Motors erkennen.

Sie rannte schnell den Kai entlang. Auf dem Beton machten ihre Gummisohlen kein Geräusch. Kurz bevor die *Lorelei* vom Dock wegbog, sprang Anna an Bord. Zwei der Kajütenfenster gingen auf das Heck hinaus; zwischen den beiden Fenstern befand sich eine Tür. Flink wie eine Katze huschte Anna zur Tür und lehnte sich mit dem Rücken dagegen. Hier befand sie sich, was die Kajüte betraf, im toten Winkel, das heißt, sie war in Sicherheit.

Ein schwacher grüner Lichtschein drang durch die Fenster. Der Radar war eingeschaltet. Die *Lorelei* fuhr langsam aus dem kleinen Hafen hinaus. In der Mitte der Hafeneinfahrt, als das Ufer im Nebel nicht mehr zu sehen war, nahm Scotty das Gas weg und ging in den Leerlauf. Ein Klicken – das eine Kajütenfenster öffnete sich. Ein leises Rumpeln – die Gummifender. Scotty hatte sie vergessen. Jetzt holte er sie herein. Jeden Moment würde er auf Deck kommen, um den Heckfender hochzuziehen.

Einen irrationalen Augenblick lang überlegte Anna, ob sie es für ihn tun sollte.

Der Bugfender plumpste auf seinen Platz. Stiefelschritte. Anna schlich geduckt am Fenster vorbei und bewegte sich langsam zur Hafenseite. Als die Kabinentür aufging, trat sie mit beiden Füßen auf die schmale Reling. Sie hielt sich an dem Chromgeländer fest, das am Kabinendach entlanglief, und klammerte sich wie eine Klette seitlich ans Boot. Scotty zog den Steuerbordfender tropfend auf Deck. Er war so nahe, daß Anna sein schweres Eau de Cologne riechen konnte.

Plötzlich begriff sie, in was für einer prekären Situation sie sich befand. Scotty brauchte nur einen Bootshaken zu nehmen und sie in den See zu stoßen. In dem eisigen Wasser würde sie es nie bis zum Ufer schaffen. Er war so nahe an ihr dran – er mußte sie doch spüren und riechen!

Aber da der vielgerühmte sechste Sinn des Menschen beim nachträglichen Erzählen präsenter ist als in der tatsächlichen Situation, spürte Scotty Annas Anwesenheit nicht. Er sicherte den Fender und ging in die Kajüte zurück. Wie bei allen Menschen, die sich alleine glauben, war sein Gesichtsfeld ganz beschränkt.

Anna hievte sich auf das Dach, damit er sie vom Fenster aus nicht sehen konnte. Sie merkte, daß das Boot nach rechts bog. Das Kielwasser ging nach links, was ihre Wahrnehmung bestätigte. In ein paar Minuten würden sie den Hafen von Rock Harbor erreichen. Sie hatte richtig vermutet. Die *Lorelei* schwenkte in Richtung Steuerbord. Scotty nahm das Tempo zurück. Anna lag reglos da und versuchte angestrengt, im Nebel das Dock auszumachen.

Die *Lorelei* kam fast zum Stillstand. Dann tauchte auf der Hafenseite plötzlich die Mauer auf. Scotty hatte sich verschätzt, und eine schreckliche Minute lang war Anna auf ihrem Kabinendach deutlich sichtbar, während er versuchte, mit einem Bootshaken am Ufer Halt zu finden. Zum Glück wandte er ihr den Rücken zu. Anna nutzte das Scharren des Metallhakens, um ungehört vom Dach hinunterzurutschen, und kauerte sich dann wieder an die seewärts liegende Reling. Als Scotty sich in die Kajüte zurückbegab, ging er zwar in nur gut einem Meter Entfernung an ihr vorbei, aber sie war für ihn außer Sichtweite.

Nach ein paar Sekunden tauchte er wieder auf, das Bündel unter dem Arm. Er betrat den Kai. Anna wartete, bis sie hörte, daß er nicht mehr auf dem Beton, sondern auf dem mit

Rindenstückchen bestreuten Pfad ging, der vom See wegführte. Erst dann schwang sie sich hinunter auf Deck.

Im Bug der *Lorelei* entdeckte sie in einem Fach unter der Bank die Aktentasche des District Ranger. Darin befanden sich außer Broschüren und Tabellen auch eine geladene .357, Handschellen und eine Dose Tränengas. Obwohl die nächtliche Szenerie so bedrohlich wirkte, fand Anna die .357 doch zu melodramatisch. Soweit sie wußte, war Scotty nicht bewaffnet. Also steckte sie nur das Tränengas und die Handschellen in ihre Jeanstasche.

Am Himmel schimmerte silbern das Mondlicht durch die Wolken. Anna wartete ab, bis Scotty die Baumgrenze erreicht hatte, dann folgte sie ihm im Dauerlauf.

Zwischen den Bäumen herrschte absolute Dunkelheit. Mit ausgestreckten Händen, als wollte sie in Hollywood die Rolle einer Blinden übernehmen, tastete sich Anna Schritt für Schritt vorwärts. Der Gedanke, sie könnte Scotty direkt in die Hände laufen, ließ sie zusammenzucken.

Das grelle Licht eines Scheinwerfers drang durch den Nebel. Zuversichtlich ging Anna darauf zu. Alle Wohnsiedlungen wurden durch die aufdringliche Helligkeit blauer Flutlichter vor der Magie der Nacht geschützt. Der Scheinwerfer hier markierte die Wohnungen der Saisonarbeiter.

Auf der Veranda des Hauses, in dem Tinker und Damien wohnten, brannte ein gelbliches Licht, das die grelle Beleuchtung etwas dämpfte. Anna blieb stehen und versuchte, mit Augen und Ohren den Nebel zu durchdringen. Als sie schon fast glaubte, Scotty habe ein Ziel angesteuert, das ihr nie in den Sinn gekommen wäre, hörte sie ein klägliches Quietschen: Jemand entfernte ein Fliegengitterfenster aus seinem Rahmen.

Anna vergaß die Kälte, vergaß ihre Angst. Mit vorsichtigen, aber flinken Schritten eilte sie zur Hausecke. Ein schabendes Geräusch, dann ein Aufprall – das Fliegengitter war aus dem Rahmen gelöst und auf den Boden geworfen worden. Ein paar Sekunden blieb Anna, an die Hauswand gepreßt, stehen. Als sie um die Ecke spähte, sah sie noch, wie

Scottys Stiefel über den Fenstersims im Zimmer von Tinker und Damien verschwanden.

Also begab sie sich zur Vordertreppe. Im Haus brannte kein Licht. Die Mitbewohner von Tinker und Damien waren entweder nicht zu Hause oder schon im Bett. Anna versuchte die Tür zu öffnen. Sie war nicht verschlossen. Das hatte sie auch nicht anders erwartet. Die alten Dielen knarzten und stöhnten, als sie das Wohnzimmer durchquerte. Mit den Fingern vorsichtig die Wand entlang tastend, ging sie den dunklen Flur hinunter. Bei der zweiten Tür rechts blieb sie stehen und preßte das Ohr dagegen. Aus dem Raum drang verstohlenes Gekraspel.

Leise drehte sie den Türknopf. Als sie sicher war, daß der Schnappriegel weit genug gedreht war, drückte sie die Tür auf und betrat das Zimmer. Der Lichtschalter befand sich auf der rechten Seite. Mit der Handfläche knipste sie ihn an.

Scotty kniete neben dem Etagenbett. Vor ihm auf dem Fußboden lag das Paket. Er war gerade dabei, es auszupakken.

»Hallo, Scotty – was ist denn hier los?«

Anna hatte erwartet, daß er überrascht sein würde, ja, darauf hatte sie gezählt. Was sie allerdings nicht einkalkuliert hatte, war, daß er in Panik geraten würde. Aus der Hocke stürzte sich Scotty auf sie. Sein Gewicht traf sie an den Oberschenkeln und schleuderte sie so heftig gegen die Tür, daß ihre Gedanken zu tanzen begannen.

Aber gleich faßte sie sich wieder. Wie mit einer Kamera registrierte sie die Situation: auf Taillenhöhe Scottys dunkles Haar, auf dem sich vom Nebel kleine Wasserperlen gebildet hatten, ein Fuß mit Stiefel war nachgezogen, der andere nicht zu sehen, weil er ihn unter sich hatte. Sein Arm war um ihren Rücken geschlungen, seine Schulter unter ihrem Rippenbogen eingeklemmt.

Wenn er den zweiten Fuß auch noch heranzog, konnte er wieder ausholen und ihr die Rippen und womöglich auch das Rückgrat brechen.

Anna packte eine Handvoll Haare und hielt so seinen

Kopf fest. Mit dem rechten Daumen drückte sie gegen den Punkt unterhalb seines linken Ohrs, wo der Kiefer und die Schädelknochen aufeinandertreffen. Der Druck gegen ihre Rippen nahm zu. Sie grub ihren Daumen tiefer in die Kuhle.

Ein bißchen Schmerz tut Wunder. Selbst durch den Alkoholschleier mußte Scotty die Wirkung ihres Daumens spüren. »Laß los. Laß los«, befahl Anna laut und verstärkte den Druck. Sie spürte, wie bei Scotty eine gewisse Lähmung einsetzte. »Tu, was ich sage. Jetzt gleich. Laß los.«

Er ließ die Arme sinken und wollte etwas sagen. Vielleicht »Okay«.

Seinen Kopf immer noch mit der Faust und dem Daumen festhaltend, entfernte sich Anna von der Tür. Scotty fiel auf die Knie. Mit den Händen versuchte er ihren Daumen wegzureißen, aber sie preßte noch erbarmungsloser auf den Nerv. »Hände runter. Auf den Fußboden. Ganz. Mach schon. Mach schon.«

Scotty gehorchte. Anna drückte weiter, bis er mit dem Gesicht nach unten auf dem abgetretenen Linoleum lag. »Hände auf den Rücken. Handgelenke über Kreuz. Hände nach hinten!«

Anna stützte ein Knie auf seinen Nacken, das andere auf seinen Hintern, dann fischte sie Pilchers Handschellen aus der Tasche. Scotty zuckte, als er das vertraute Klicken hörte, aber es war zu spät. Sie legte die Schellen um seine Handgelenke und schloß sie schnell.

Nicht einmal eine Minute war vergangen, seit sie das Zimmer betreten hatte. Ihr Herz klopfte wie wild, und sie sah ein bißchen verschwommen. Sie setzte sich auf den Bettrand. Scotty lag zu ihren Füßen. Einer ihrer Mitarbeiter, ein Ranger wie sie, ein Beamter mit polizeilichen Befugnissen, lag vor ihr, gefesselt wie ein Ferkel. Anna wußte nicht, was sie mit ihm anstellen sollte. Sie war angesichts der Ereignisse nicht minder überrascht als Scotty. Und aller Wahrscheinlichkeit nach steckte sie sogar in größeren Schwierigkeiten als er.

Der National Park Service war bestimmt nicht allzu erpicht darauf zu glauben, daß Scotty in die Wohnung von

Kollegen eingebrochen war, um sie zu erpressen, damit sie nicht Gottweißwas ausplauderten. Wenn sich Scotty eine gute Geschichte ausdachte – er konnte sagen, er hätte den beiden nur einen Streich spielen wollen oder er sei durchs falsche Fenster geklettert –, dann würde das Anna bestenfalls in eine peinliche Lage bringen, und schlimmstenfalls würde man ihr vorwerfen, sie habe einen Beamten tätlich angegriffen. Sie hoffte inständig, daß Scotty nicht so logisch dachte oder daß das Paket einen abgeschnittenen Kopf enthielt oder wenigstens ein Kilo irgendeiner illegalen Substanz.

»Herrgott, Scotty – was soll das alles?« schimpfte sie.

»Das geht dich einen Scheißdreck an«, knurrte er vom Fußboden her.

Anna dachte über die Antwort nach. »Es geht mich sehr wohl etwas an«, erklärte sie dann. »Du erpreßt eine Freundin von mir. Was weißt du über Tinker?«

»Du kannst nicht beweisen, daß ich irgend etwas über die beiden weiß.«

»Dann sag mir doch bitte, was du über den verstorbenen Denny Castle weißt. Zum Beispiel, warum er so plötzlich verstorben ist.«

Keine Antwort.

»Wo ist Donna?« Anna versuchte es auf diese Tour. Scotty sagte etwas, das wie »diese blöden Mistkäfer« klang. Anna war müde. Und sie hatte genug von Scotty Butkus. »Laß Tinker in Ruhe«, sagte sie. »Hör auf, sie zu erpressen. Du bringst sie noch um damit.«

»Ich denke nicht dran aufzuhören.« Er bäumte sich auf und versuchte sich aufzusetzen. Mit dem Fuß drückte Anna ihn nach unten. Er schlug mit dem Kopf gegen das Bücherregal, das die Cloggins-Clarkes unter dem einzigen Fenster im Zimmer aus Brettern und Backsteinen zusammengebastelt hatten. Ein paar Kerzen wackelten gefährlich. Eine billige Instamatic-Kamera mit Blitzlicht wäre fast auf den Boden gefallen.

Anna holte sich den Fotoapparat. Klick! Blitz! »Ich hab dich!« rief sie. Scotty brüllte, als hätte das Blitzlicht ihn verbrannt. »Der ›alte Hengst‹, zusammengeschlagen und gefesselt wie ein Schlachtochse – von einem Ranger-Mädel«, spottete sie. Klick. Blitz. Scotty versuchte, das Gesicht zum Boden zu drehen. »Zu spät. Ein toller Schnappschuß«, sagte Anna.

»Die Kamera gehört Tinker. Und der Film auch. Ich werde dafür sorgen, daß sie die Bilder bekommt. Wenn du sie belästigst oder wenn ihr großes Geheimnis irgendwie an die Öffentlichkeit dringt, dann werd ich ihr sagen, sie soll die Fotos im Posterformat vergrößern und bei der Trail Crew an die Tür hängen.«

Scotty lag reglos da, und weil er keinen Mucks von sich gab, glaubte Anna schon, der Schock sei zuviel für ihn gewesen und er sei einem Herzinfarkt erlegen.

»Das wirst du teuer bezahlen«, knurrte er schließlich. Trotz der Drohung war Anna erleichtert, daß er überhaupt sprach. »Ich hab in so gut wie jedem Park ein paar Freunde sitzen. Und ich werde jeden einzelnen von ihnen anrufen. Ich werde dich überall anschwärzen, von Acadia bis Joshua Tree. Du möchtest im Park Service Karriere machen? Nach diesem kleinen Auftritt hier hast du keine Chance mehr. Nicht die geringste.«

»Kennen diese Leute dich schon lange?« fragte Anna.

»Allerdings.«

»Dann kann ich ja noch hoffen, daß sie die Informationsquelle richtig einschätzen.«

Scotty schaffte es, sich hinzuknien. Anna ließ es zu. »Mach diese gottverdammten Handschellen auf«, sagte er.

Anna schaute ihn nur an, ohne sich von ihrem Bett zu erheben. »Ralph bewahrt den Schlüssel in seiner Aktentasche auf, und die ist auf der Lorelei. Ich hab ihn gar nicht mitgebracht.« Mit diesen Worten erhob sie sich und hielt die Schlafzimmertür auf. Scotty krabbelte hinaus, und Anna beobachtete, wie er sich in dem schmalen Flur mit Hilfe der Wände in die Senkrechte hocharbeitete.

Sie schloß die Tür hinter sich und verriegelte sie. Scotty würde die Handschellen schon loskriegen, aber es würde ihn einige Zeit kosten. Das hielt ihn auch von ihr fern.

Plötzlich konnte sie vor Müdigkeit kaum noch stehen. Sie setzte sich wieder aufs untere Bett. Vor ihr lag das Bündel, das Scotty über Wasser und Land transportiert hatte, um es Tinker unter die Nase zu halten. Anna hob es an zwei Ecken hoch und schüttelte es. Heraus purzelte die Leiche eines Babys. Anna schrie auf.

Aber es war kein Baby. Es war eine Plastikpuppe, die von Kopf bis Fuß blau angemalt war.

20

Anna verknipste den Rest des Films in Tinkers Instamatic. Sie machte zwei Bilder von der Puppe und zwei von dem kaputten Fliegengitter. Als der Film voll war, drehte sie ihn zurück und steckte die Rolle in die Tasche. Bei Tinker konnte man nicht sicher sein, ob sie hartherzig genug war. Bei Anna schon.

Sie wickelte das blaue Baby in sein Plastikleichentuch, dann warf sie einen Blick auf den Wecker: Kater Sylvester aus Glitzersteinen, und sein Schwanz und seine Augen bewegten sich mit den Sekunden. Es war bereits nach zehn Uhr abends, und sie saß hier in Rock Harbor fest, ohne Essen, ohne Wein, ohne trockene Kleidung, ohne frische Unterwäsche und ohne ein Bett zum Schlafen.

Patience schloß vermutlich gerade das Restaurant in der Lodge. Wenn Anna nur ein einigermaßen jämmerliches Gesicht zeigte, würde ihr Patience alles bieten, was sie brauchte, außer der Unterwäsche. Anna kroch mit dem Baby durchs Fenster, hängte das Fliegengitter an die richtige Stelle und trabte durch den Nebel davon.

Die Lichter der Lodge leuchteten warm und einladend. Als Anna aus der Dunkelheit des Waldes trat, hatte sie das Gefühl, mindestens einen Monat allein durch die Wildnis geirrt zu sein. »Ich war verloren, doch jetzt bin ich daheim . . .« Während sie den alten Choral vor sich hin sang, merkte sie, daß ihre Stimmung sich hob.

Im Speisesaal hingen noch zwei Gruppen herum, eine mit sechs Leuten, eine mit acht. Sie wurden von der Kellnerin und den zwei Hilfskellnern mürrisch gemustert, aber Anna war ihnen dankbar, denn ihretwegen war die Küche noch offen. Und die Bar. Anna bestellte Pasta Alfredo und ein Glas Chianti. Die Pasta war klebrig und das Brot aufgewärmt, aber Anna wollte nicht meckern, weil sie viel zu froh war, in einem warmen, hell erleuchteten Raum zu sein, in dem freundliche Menschen ihr etwas zu essen servierten.

Patience schien müde, war aber gepflegt wie immer. Sie war zu Anna an den Tisch gekommen und hatte ihr prompt das Sofa angeboten. Als der hübsche junge Kellner, in der Hoffnung auf ein Trinkgeld, das zweite Glas Chianti brachte, fühlte sich Anna schon richtig munter. Selbst das Geschniefe von Carrie Ann, die an der Anrichte laut mit dem Geschirr herumhantierte, wirkte eher heimelig als muffig.

Gegen elf Uhr rief die größere Gruppe nach der Rechnung, und Patience glaubte, demnächst nach Hause gehen zu können. Mit Carrie Ann im Schlepptau kam sie an Annas Tisch. Obwohl die Tochter gerade erst das Teenageralter erreicht hatte, war sie bereits größer und breiter als ihre Mutter.

»Wir üben uns in Gemeinsamkeit«, erklärte Patience Carrie Anns Anwesenheit zu dieser späten Stunde. Anna schob ihren Stuhl zurück und trank den letzten Schluck Chianti. »Bewachung unter dem Deckmantel der Mutterliebe ist an die Stelle von Vertrauen und ›Mach-deinen-eigenen-Kram‹ getreten. Gewisse Personen, die noch in die Kategorie ›Kind‹ gehören, vertreten nämlich die Ansicht, drei Uhr nachts sei eine angemessene Zeit, um schlafen zu gehen.«

Anna wünschte, Patience würde sich mit ihren Beleidigungen/Anspielungen/Wasauchimmer direkt an ihre Tochter wenden, statt sie wie eine geschickte Billardspielerin an ihr abprallen zu lassen. So etwas wie ein kostenloses Abendessen gibt es eben nicht, ermahnte sich Anna. Für eine Mahlzeit und ein Bett hatte sie sich versklavt.

»Noch mehr Fluchtversuche unterm Sternenhimmel?« fragte Anna, um wenigstens irgend etwas zu sagen.

»Jede Menge«, sagte Patience.

»O Gott!« Carrie Ann rollte mit ihren großen braunen Kulleraugen. »Welche Predigt kommt jetzt? Aids oder ›Als ich in deinem Alter war‹?«

»Halt die Klappe!« fuhr ihre Mutter sie an. Und zu Anna gewandt, meinte sie: »Laß dich sterilisieren.«

Anna begann sich zu fragen, ob es wohl ein zu teurer Preis für ein warmes Bett war, an diesen Diskussionen teilnehmen zu müssen.

Als sie bei Bittners zu Hause waren, verschwand Carrie Ann gleich in ihrem Zimmer.

»Gott!« Patience ließ sich in den Plastiksessel fallen. »Ich brauch nen Drink. Brauchen, nicht wollen – das ist der feine Unterschied zwischen Sucht und Genuß. Soll ich dir auch was eingießen?«

»Ja – irgendwas«, sagte Anna. Sie sehnte sich nach einer heißen Dusche, einem weichen Morgenmantel und dem Sofa, das Patience ihr sonst immer angeboten hatte. Aber da sie wußte, daß sie als Bittstellerin keine große Wahl hatte, fand sie sich damit ab, daß sie sich brav alles anhören mußte, von Geständnissen bis hin zu Nörgeleien.

»Wein! Herrgott, was wären wir ohne Wein?« Es war eine rhetorische Frage. »Wein ist so ziemlich das einzige, worauf man wirklich zählen kann. Schade, daß man Kinder nicht nach dem Jahrgang aussuchen kann. Wäre das nicht toll, wenn man sagen könnte: ›O ja, 78, das ist ein ausgezeichneter Jahrgang für Kinder. Süß, ein bißchen altklug, aber nicht frech.‹ Erinnerst du dich an die Zeit der Prohibition?«

»Nicht aus erster Hand«, sagte Anna. »Aber ich hab viele Filme gesehen. Wie zum Beispiel *Die Unbestechlichen* mit Sean Connery.«

»Die Prohibition hätte fast den kalifornischen Weinbau ruiniert. Ein vernichtender Schlag.« Patience brachte zwei Gläser Rotwein zu der Couch, auf der Anna hockte und von einem trockenen Morgenrock träumte. »Ein paar Weinbauern haben weitergemacht – wie die Katholiken im kommunistischen Rußland oder die weltlichen Künstler während der

Inquisition – Künstler, die ihre Werke aus einem repressiven Land herausschmuggeln.«

»Mhm.« Anna trank einen Schluck. Vollmundig, kompromißlos. »Kalifornien?«

»Nein!« Patience lachte. »Ungarn. Wen juckt's?« sagte sie mit einem plötzlichen Stimmungswandel. »Wein ist Wein. Er bringt dich ans Ziel.«

»Nur ist das ›Ziel‹ nicht mehr das gleiche«, sagte Anna müde. Und während sie es sagte, merkte sie, daß sie für den Abend wohl genug Alkohol konsumiert hatte.

»Du klingst wie eine Frau, die einen langen Tag hinter sich hat«, sagte Patience.

»Einen langen Tag«, wiederholte Anna. Sie merkte, daß sie nicht darüber reden wollte – weder über Jo noch über Stanton und seine direkten Fragen, noch über Scotty und seine Erpressungsversuche und das blaue Plastikbaby. Am liebsten wollte sie sich vor die Glotze hocken. Und möglichst etwas sehen, was sie schon kannte. Ohne Gewalt.

»Kommt heute abend nicht *Mord ist ihr Hobby?«* fragte sie. »Ich hab schon ewig nicht mehr ferngesehen.«

21

Anna schlief sehr gut. Als sie aufwachte, war ihr Kopf wieder klar. Auf Patience' Sofa sitzend, warm eingehüllt in die Decke, drehte sie nachdenklich die Puppe hin und her. Das Baby war lebensecht: krumme Beinchen, runde Arme, die blauen Augen klappten zu, wenn man es hinlegte. Keine Anzeichen von Gewalt, keine gebrochenen Beine, kein Puppenmesser steckte im Rücken. Nichts, was eine Drohung bedeuten könnte. Das einzig Anormale war die blaue Färbung.

Blau bedeutete Tod durch Ersticken oder Ertrinken – im eisigen Wasser des Lake Superior ein Tod oder ein Begräbnis wie bei Denny Castle? Warum wurde dann in der Erpressernotiz auf »Hopkins« verwiesen?

Anna packte das Spielzeug wieder in seine Mülltüte. »Patience, kann ich mal telefonieren?« rief sie. Aus dem Badezimmer drang gedämpft eine zustimmende Antwort.

Ein privates Telefon: Anna genoß den Luxus, als sie den Hörer abnahm. Pflichtbewußt nannte sie der benutzerfreundlichen Dame von der Telefongesellschaft ihre Kreditkartennummer und wurde dann mit Hilfe der Auskunft zur Stadtbücherei in Hopkins durchgestellt. Eine sehr effizient klingende Frauenstimme antwortete nach dem ersten Klingeln. Anna stellte sich vor. »Ich brauche Hintergrundinformationen über Theresa Coggins«, erklärte sie der Bibliothekarin. »Sie hat von 1974 bis 1980 in Hopkins gewohnt. Wäre es vielleicht möglich, daß Sie für mich überprüfen, ob ihr Name während dieser Zeit irgendwo in der lokalen Presse auftaucht?«

Normalerweise nicht, aber heute morgen war wenig los, und die Bibliothekarin hatte immer davon geträumt, als Ranger in einem Nationalpark zu arbeiten; also erklärte sie sich bereit, Annas Bitte zu erfüllen. Sie werde zurückrufen.

Patience kam aus dem Bad, in eine teure Duftwolke gehüllt. Ihre schlanke Figur wurde durch die geschmackvolle Eleganz ihres taubengrauen Kleides noch betont. Dazu trug sie die passenden Schuhe. »Wie machst du das nur?« fragte Anna.

»Ich habe vielleicht nicht klug geheiratet«, sagte Patience mit einem Blinzeln, »aber meine Scheidung war genial. Carrie Ann!«

Neben ihrer Mutter wirkte Carrie wie eine dicke, lahme Ente, als sie den Flur hinuntertrottete und unter mütterlicher Aufsicht in die Lodge geführt wurde.

Anna ließ beim Duschen die Badezimmertür offen, damit sie das Telefon hören konnte. Während sie sich abtrocknete, klingelte es. Ihres Besucherstatus eingedenk, meldete sie sich mit: »Hier bei Bittner. Anna Pigeon am Apparat.«

Es war die Bibliothekarin aus Hopkins. Ja, zwischen 1978 und 1980 waren in der Regionalzeitung mehrere Artikel über Theresa Coggins veröffentlicht worden. Mrs. Coggins und ihr

Ehemann David Coggins hatten wegen Totschlags vor Gericht gestanden. Man hatte sie angeklagt, ihre Tochter Constantina, zehn Monate und zwölf Tage alt, getötet zu haben.

»Auwei!« ächzte Anna.

»Wie bitte?«

»Nichts. Bitte, fahren Sie fort.«

»Die beiden wurden freigesprochen«, berichtete die Bibliothekarin mit einem enttäuschten Unterton in der Stimme. »Das ist alles. Abgesehen von einer Hochzeitsanzeige zwei Jahre später: David Coggins hat eine gewisse Agnes Larson geheiratet. Über Theresa Coggins gibt es sonst nichts. Vielleicht ist sie weggezogen. Oder sie hat ihren Namen geändert.«

»Haben Sie ein Faxgerät?« fragte Anna.

»Auf der Post ist eins.«

Anna gab der Bibliothekarin die Faxnummer des Parks durch und bedankte sich überschwenglich.

Die Zeitungsartikel zwangen sie, die Ranger-Station in Mott aufzusuchen. Im ganzen waren es siebzehn Artikel: über den Tod des Kindes, den Prozeß, die öffentliche Reaktion, den Freispruch.

Der erste Abschnitt des ersten Artikels erzählte die Geschichte:

»Während des Kälteeinbruchs vom letzten Sonntag, als die Temperaturen auf minus fünfundzwanzig Grad sanken und der Wind-Kälte-Faktor fast minus vierzig betrug, machten David und Theresa Coggins Langlauf am Winetka Lake, in der Nähe ihres Wohnsitzes in Hopkins-Süd. Sie nahmen ihre zehn Monate alte Tochter Constantina in einer Rückentrage mit, die Mrs. Coggins auf dem Rücken trug. Die körperliche Anstrengung verhinderte, daß David und Theresa die Kälte spürten, aber das Baby erfror in seiner Trage.

›Ich dachte, sie würde schlafen‹, erklärte die neunzehnjährige Mutter. ›Und dann ist sie nicht mehr aufgewacht.‹«

Anna lehnte sich zurück und legte den Kopf gegen die Wand. Eine blaue Babypuppe. »Man sollte Scotty mit einem stumpfen Pfadfindermesser das Herz aus der Brust schneiden.«

»Setz mich auf die Liste der Freiwilligen«, bot Sandra Fox an, ohne die Finger von dem Ausdruck zu nehmen, den sie gerade las. »Was gibt's Neues?«

»Nichts.«

»Du bist ein Ekel, Anna Pigeon, weißt du das?«

»Ich verschiebe nur das Unvermeidliche. Du findest doch mit der Zeit alles heraus. Betrachte es als Herausforderung.«

»Ich hasse dieses verdammte Faxgerät«, sagte Sandra ohne Groll. »Da kommen dauernd Nachrichten in mein Büro gerattert, und ich kann sie nicht lesen.«

Anna lachte, weil sie Sandra zu verstehen geben wollte, daß sie wußte, es war ein Scherz. Sandra las weiter. Die Finger blieben auf ihrem Platz, wenn sie vom Telefon oder vom Funkgerät unterbrochen wurde. Anna zog einen Schuh aus und vergrub die Zehen in Delphis warmem Fell. Der Hund klopfte mit dem Schwanz auf den Fußboden.

Scotty erpreßte Tinker, um sie und ihren Mann daran zu hindern, weiter nach seiner verschwundenen Frau zu fahnden, der angeblichen Geliebten des Toten.

Obwohl es naheliegend schien, glaubte Anna nicht, daß Scotty Denny umgebracht hatte. Sie konnte sich vorstellen, daß Scotty im Suff, außer sich vor Wut und eher aus Versehen, seine Ehefrau umbrachte. Aber der Mord an Castle war klug kalkuliert gewesen. Und gefährlich.

»Scotty hätte gar nicht den Mumm dazu«, murmelte sie vor sich hin.

»Anfang, Mitte und Ende«, sagte Sandra, »oder ich will gar nichts von der Geschichte hören.«

Anna dachte weiter nach. Wenn Scotty es nicht getan hatte – wer dann? Jim Tattinger, weil er so ein Kotzbrocken war? Weil Castle für ihn beruflich eine Bedrohung dargestellt hatte? Weil Castle irgend etwas gewußt oder einen Verdacht gehabt hatte? Tattinger war unter mysteriösen Umständen von den Virgin Islands weggegangen. Hatte Denny den

Grund gekannt? Konnte es sein, daß man Tattinger verdächtigt hatte, Schiffswracks geplündert zu haben? Verdächtigt, aber nicht überführt, so daß die Anklage nie an die Öffentlichkeit gedrungen war? Oder hatte der National Park Service beschlossen, die Sache als interne Angelegenheit zu betrachten, um nicht in Verruf zu geraten – was eher anzunehmen war?

Setzte Tattinger womöglich auf ISRO seine Aktivitäten fort?

»Sandra, würdest du mir einen Gefallen tun?«

»Nein. Auf keinen Fall. Wie du mir, so ich dir. Auge um Auge. Eine Hand wäscht die andere. Und so weiter.«

»Überprüf doch bitte für mich, warum Jim Tattinger von den Virgin Islands weggegangen ist.«

»Wird gegen Jim wegen Dennys Tod ermittelt?«

»Nein«, sagte Anna. »Es gibt keinerlei Verdachtsmomente gegen ihn. Deshalb mußt du das für mich rausfinden. Das Personalbüro, der District Ranger – die ganzen offiziellen Kanäle mußt du meiden.«

»Von Inselsekretärin zu Inselsekretärin?« fragte Sandra lächelnd. »Die Zentralen, durch die alle Informationen gehen? Du willst, daß ich meine Position mißbrauche, um einer ahnungslosen Kollegin Klatsch und Tratsch zu entlocken?«

»Darauf läuft es hinaus.«

»Wie du mir, so ich dir«, entgegnete Sandra.

Anna nannte ihr die Indizienbeweise, die sie im Zusammenhang mit Jim Tattinger gesammelt hatte, und daß sie ihn in der Gegend der Stelle, wo die *Kamloops* gesunken war, angetroffen hatte – nach dem Mord, aber bevor die Leiche entdeckt wurde. Sie hätte gerne auch noch angedeutet, daß Jo und die Bradshaws höchstwahrscheinlich unschuldig waren, aber da die drei vom FBI noch nicht offiziell entlastet waren, traute sie sich nicht. Viele Informationen waren es nicht, aber Sandra faßte sie als Vertrauensbeweis auf.

»Ich werd sehen, was sich machen läßt«, versprach sie.

Anna bedankte sich und trat hinaus in den Sonnenschein auf dem Dock. Der Nebel war verschwunden, und es würde heute sicher an die zwanzig Grad warm werden. Sie wollte dringend zurück zum Nordufer und ihre normale Arbeit wieder aufnehmen.

Die *Belle Isle* mußte aufgetankt werden, und auch der Vorrat an Schokoriegeln war gefährlich geschrumpft, also beschloß Anna, in Rock einen Zwischenstopp zu machen. Vor der Bank oberhalb des Hafens ging Damien Coggins-Clarke auf und ab. Er wartete auf die Teilnehmer seiner Lehrwanderung. Anna lief den Weg zu ihm hinauf. Wieder einmal wurde sie alles andere als begeistert begrüßt.

»Es ist alles in Ordnung«, sagte Anna freundlich. »Keiner kann euch mehr erpressen. Die Vergangenheit wird nicht ans Tageslicht gezerrt. Alles geregelt.«

Damien blieb stehen und sah ihr ins Gesicht. »Der Windigo hat soviel Macht. Die Leute werden von der Angst aufgefressen. Sie müssen andere verschlingen, aber wirklich satt werden sie nie. Ich hab gedacht, ich könnte für sie sorgen«, fügte er schlicht hinzu. »Aber alles, was ich tun konnte, war, sie lieben.«

»Letzten Endes zählt doch nur das, und sie wird begreifen, daß sie genau das gebraucht hat und nichts anderes.«

Damien ging wieder vor der Bank auf und ab, die Augen auf etwas gerichtet, das weiter weg war als die Berge. »Es ist vorbei?« fragte er, als er wieder zu Anna zurückkam.

»Die Erpressung ist vorbei«, sagte Anna. Der Tod eines Kindes war für eine Mutter nie vorbei.

Nach kurzem Schweigen hellte sich Damiens Gesicht von innen auf. »Ich möcht dir gern was geben.«

Anna zuckte innerlich zusammen. Geschenke waren ihr unangenehm. Aber ehe sie ihre Bedenken äußern und sich der Situation entziehen konnte, hatte Damien bereits etwas aus seiner Hosentasche gefischt. »Hier. Das ist ein Nephrit. Wir haben ihn vor dem Ufer gefunden.« Es war verboten, auf der Insel Grünsteine zu sammeln. Nur vor dem Ufer war es erlaubt. »Der schönste, den ich je gesehen habe.« Damien drückte Anna den Stein in die Hand.

Anna betrachtete den glänzenden, jadefarbenen Stein, der

genau in ihre Handfläche paßte. Er war wunderschön, gerundet von der jahrelangen Arbeit der Wellen, ein dunkles, leuchtendes Grün, das von helleren Venen durchzogen war, so daß ein ungewöhnliches Muster entstand.

»Du solltest den Stein schon von Anfang an bekommen«, sagte Damien sehr ernst, als hätte er Angst, sie könnte ihn zurückgeben. »Ich hab's nur bis heute nicht gewußt. Als ich ihn hochgeholt habe, meinte Tinker gleich: ›Schau dir mal das Zickzackmuster der grauen Linien an – wie die grauen Haare in Annas Zöpfen.‹ Siehst du? Er gehört zu dir.«

»Danke«, sagte Anna und umschloß den Stein mit den Fingern.

Damien schien zufrieden. Hinter ihm kam eine lärmende Gruppe aus der Lodge geströmt, hauptsächlich junge Mädchen. »Sieht aus, als käme dein Publikum«, sagte Anna.

»Ich würde gern schnell zu Tinker laufen und ihr die gute Nachricht überbringen – könntest du vielleicht meine Lehrwanderung übernehmen, Anna?«

Einen Moment lang amüsierte er sich über Annas entsetztes Gesicht, dann sagte er: »War nur ein Scherz.«

Als sich Anna auf den Weg machte, hörte sie noch, wie Damien ihr mit seiner mädchenhaften Stimme »Danke!« nachrief und »Oscar findet, du bist sehr tapfer!«

Oscar konnte offenbar selbst über größere Entfernungen telepathisch kommunizieren. Diese absurde Vorstellung erheiterte Anna.

22

Die Woche verlief friedlich, und Anna war sehr froh darüber. Der aufregendste Vorfall am Nordufer war, daß einem Städter, der aus Minneapolis/St. Paul zu seinem ersten Angelurlaub angereist war, ein Angelhaken aus dem Oberschenkel entfernt werden mußte. Von seinen Kumpeln, die allesamt erfahrene Angler waren, bekam er kein Mitleid, weil sie fanden, er hätte ihn sich allein herausholen sollen.

Auf einer seiner regelmäßigen Inseltouren kam Lucas Vega auch in Amygdaloid vorbei. Er trank eine Tasse Kaffee mit Anna und berichtete ihr von den Obduktionsergebnissen und von Stantons Alibi-Schnüffelei.

Da die Todeszeit nun feststand, konnte Stanton bei allen die Alibis überprüfen. Hawk und Holly waren als potentielle Mörder ausgeschieden. In der Nacht von Dennys Ermordung waren sie in Grand Marais gewesen. Die *3rd Sister* hatte wegen einiger kleiner Reparaturen im Hafen von Voyageur gelegen. Hawk und Holly hatten bis zum bitteren Ende an der Bar im Hotel getrunken und auf Dennys Hochzeit angestoßen. Nach drei Uhr morgens hatte der Bartender sie mit zu sich nach Hause genommen und in seinem Gästezimmer übernachten lassen. Bruder und Schwester waren zu blau gewesen, um noch irgendwo hinzufahren.

Da Stanton seine Drogentheorie noch nicht so ganz aufgeben wollte, betrachtete er die beiden immer noch als mögliche Komplizen. Wenn Denny von Drogenhändlern umgebracht worden war, dann schien es wahrscheinlich, daß die Bradshaws in sein angebliches Drogengeschäft verwickelt gewesen waren.

Jo Castle stand überhaupt nicht mehr unter Verdacht. Sie war in ihrer Hochzeitsnacht allein gewesen und hatte geglaubt, ihr Bräutigam habe sie wegen einer anderen Frau verlassen. Das hatte sie dermaßen fertiggemacht, daß sie die ganze Nacht mit ihrer Mutter telefoniert hatte. Jos Mutter bestätigte die Geschichte. Die Telefongesellschaft ebenfalls. Das Gespräch hatte gegen Mitternacht begonnen und fast bis zur Morgendämmerung gedauert. Denny war um halb elf Uhr abends noch lebendig gesehen worden, als er und Scotty ihre kleine Auseinandersetzung gehabt hatten. Die neunzig Minuten, die bei Jo nicht überprüfbar waren, hätten nicht ausgereicht, um am anderen Ende der Insel tief unten im See einen Mord zu begehen.

Anna war nicht überrascht angesichts dieser Nachrichten.

In ihren Augen waren die drei längst keine Verdächtigen mehr. Es tat ihr leid, daß Hawk und Holly dem Spinnennetz, das dieses Verbrechen umgab, noch nicht ganz entronnen waren. Die *3rd Sister* konnte immer noch beschlagnahmt werden.

Der Chief Ranger erzählte Anna außerdem, die Obduktion und die darauffolgenden Ermittlungen hätten ergeben, daß das von Jim gefundene Tauchermesser offen gewesen und die Klinge nicht lange vorher benutzt und beschädigt worden war. Die Leiche hatte Schnittwunden an den Fingern, und auch die Handschuhe des Taucheranzugs waren angeschlitzt. Außerdem hatte man an den Handschuhen Farbspuren festgestellt. Vieles sprach dafür, daß es kein natürlicher Tod gewesen war. Die Ermittlungen waren längst nicht abgeschlossen.

Vega lobte Anna dafür, daß sie die Rolle der Bradshaws bei den geheimnisvollen Vorgängen entschlüsselt hatte, und schlug vor, sie solle doch zwei Tage nicht Patrouille fahren und statt dessen die Ranger-Station in Amygdaloid putzen. Als Anna ihm versicherte, der Rattenkot und die Spinnweben seien historische Kunstwerke und für die rustikale Atmosphäre des Gebäudes unerläßlich, fand er das überhaupt nicht komisch.

Mit seinem schüchternen Charme lehnte er eine zweite Tasse Kaffee ab. Er habe eine Verabredung zum Abendessen, erklärte er, und zwar mit Patience Bittner.

Auch wenn sie noch so freundlich vorgetragen wurden – die Vorschläge eines Chief Ranger waren als Befehle zu betrachten. Die letzten beiden Tage ihrer Arbeitswoche verbrachte Anna also ellbogentief in Seifenlauge. Und während sie das Büro auswischte, mußte sie auch noch die gutgelaunten Bemerkungen der Fischer über sich ergehen lassen, die ihr versicherten, sie habe nun ihre wahre Berufung entdeckt.

Am Montag abend, das heißt, am Abend vor ihren beiden freien Tagen, legte die *3rd Sister* in Amygdaloid an. Anna war gerade dabei, die Tür des Plumpsklos wieder einzuhängen, wobei sie die Scharniere hin und her drehte, damit die Schrauben das verwitterte Holz besser faßten.

Sie hatte weder Hawk noch Holly wiedergesehen, seit Hawk ihr bei einer Portion Eiersalat alles gestanden hatte. Feige tat sie so, als würde sie ihn nicht vom Dock heraufkommen sehen.

»Das Leben hat seine glamourösen Seiten, was?«

Immerhin brachte Anna ein Lächeln zustande, als sie sich Hawk zuwandte. Er stand ein paar Meter entfernt, außerhalb der Riechweite der Toilette. »Kann man wohl sagen«, murmelte sie. Dann widmete sie sich wieder ihrem Schraubenzieher, damit ihre Augen und ihre Hände beschäftigt waren. »Ich habe gehört, du und Holly, ihr hättet euren Platz als Hauptverdächtige räumen müssen.«

»Das haben wir vor allem dir zu verdanken.«

»Soviel ich weiß, habt ihr das der Tatsache zu verdanken, daß ihr euch in Grand Marais in aller Öffentlichkeit habt volllaufen lassen.«

Hawk lachte höflich. Anna entspannte sich ein bißchen, aber da sie immer noch Angst vor einer Gesprächspause hatte, fragte sie rasch: »Irgendwelche Eichhörnchen auf diesem Trip?«

»Nein. Nächste Woche wieder. Ein Paar aus Florida. Er weiß alles übers Tauchen, was es zu wissen gibt. Jedenfalls hat er das Holly am Telefon erzählt. Aber ein Kunde ist ein Kunde. Wir müssen Kohle machen – beziehungsweise unsere Zahlungen abstottern –, solange die Sonne scheint.«

Anna war mit dem oberen Scharnier fertig, überprüfte die Tür und sah Hawk dann zum ersten Mal richtig ins Gesicht. Er wirkte müde und ausgelaugt. »Hast du Angst davor, die *3rd Sister* zu verlieren?« fragte sie.

»Stanton schnüffelt immer noch herum. Es sind genug Gerüchte im Umlauf, um sein Interesse noch ne ganze Weile wachzuhalten.«

»Was für Gerüchte?« wollte Anna wissen.

»Die üblichen. Daß es Drogenschmuggel gibt. Geschichten aus zweiter Hand über wilde Parties draußen auf dem See.«

»Und ist was dran an diesen Gerüchten?« hakte Anna nach.

»Vermutlich schon. Aber Holly und ich kommen nicht genug unter die Leute, um zu wissen, worauf sich diese Geschichten beziehen. Ich glaube, wenn ich was wüßte, würde ich zu Stanton laufen und alle verpetzen. Jeder hat seinen Preis. Mein Preis ist das Boot.«

»Und Holly.«

Er machte ein gequältes Gesicht, und Anna bedauerte ihre Stichelei. Sie wandte sich wieder der Toilette zu und begann, ihr Werkzeug einzusammeln. »Lucas hat vorläufig verboten, daß Parkmitarbeiter zur *Kamloops* tauchen. Zu gefährlich, meint er. Und er hat recht. Keiner von uns taucht genug, um wirklich gut zu sein – außer Ralph. Aber irgendwas hat da unten nicht gestimmt. Es hatte was mit der Luke zu tun, wo Dennys Messer gefunden wurde«, sagte Anna. »Es würde nichts schaden, sich die Sache noch mal genauer anzusehen.«

Sie konnte sehen, wie ihr Vorschlag bei Hawk ankam. Er und Holly waren professionelle Taucher, die besten, und sie hatten großes Interesse am Ausgang der Ermittlungen. »Du bist ein Schatz«, sagte Hawk plötzlich und küßte sie auf die Wange. »Selbst wenn es nichts bringt – wenigstens fühlen wir uns dann nicht mehr so hilflos.«

»Macht Fotos!« rief Anna ihm nach, als er zum Dock zurückrannte.

Am Dienstag morgen, dem ersten Tag von Annas »Wochenende«, fuhr sie mit dem Motorboot nach Lane Cove, von wo sie die knapp zehn Kilometer nach Rock Harbor zu Fuß zurücklegte. Mitte Juli, und die Insel erlebte einen so üppigen Sommer, daß Annas Wüstenherz den Reichtum kaum fassen konnte. In den Lichtungen zwischen Kiefern und Espen waren taillenhohe Wiesen voller Wildblumen: rote Waldlilien, flammenfarbenes Springkraut, die zarten blauen Blüten einer wilden Iris, Wasserdost und überall das Knallgelb des kanadischen Habichtskrauts.

In Texas war jede noch so zarte Blüte Anlaß zu Jubel gewesen. Oft hatte Anna Gideon irgendwo stehen und das trockene Gras fressen lassen, während sie zwischen den Felsen hindurchgekrochen war, um eine einsame Blüte näher betrachten zu können. Die Isle Royale besaß einen so hemmungslosen Überfluß, daß selbst Anna ihn inzwischen als selbstverständlich hinnahm und fast blind durch die leuchtenden Farbteppiche wanderte, während sie in Gedanken irgendeinem ärgerlichen Detail des menschlichen Zusammenlebens nachging.

Der lebhafte Betrieb in Rock Harbor bedeutete fast eine Erleichterung. Anna mußte sich nicht länger an einer Schönheit freuen, die so komplex war, daß man sie schon fast als Belastung empfand. »Wollen wir mal kleine Brötchen bakken«, ermahnte sich Anna, um sich dann wieder mit gutem Gewissen ihren trivialen Tätigkeiten zu widmen.

Jim Tattinger nahm sie auf der *Loon*, dem Boot des Ressourcen-Management, mit nach Mott Island. Er kannte nur ein Thema: die Obduktion und die Alibis. Seiner Meinung nach waren die Bradshaws zu billig davongekommen. »Ich hab immer gedacht, Holly sei okay, aber Denny hatte ihr wirklich zugesetzt. Sie hatte diese harte Seite, die Frauen mit dem Älterwerden kriegen. Sie würde vor nichts zurückschrecken, glaube ich. Das ist dieser Zwillingstrick«, beharrte er. »Wie im Kino. Der eine von beiden ist in der Bar, während der andere jemanden umbringt, und alle glauben, es sei dieselbe Person, und sie habe ein stichfestes Alibi.«

Wie dieser eine an der Bar sich selbst vor Dutzenden von Augenzeugen den ganzen Abend zuprosten konnte, das sagte Jim nicht.

Obwohl Anna ihn gern als den Schuldigen gesehen hätte, glaubte sie doch im Grunde ihres Herzens, daß Jim Tattinger zu mickrig war, um Denny Castle umgebracht zu haben. Nicht nur physisch, sondern auch psychisch. Zu ihm paßte es eher, Hunde zu treten und Mücken die Flügel auszurupfen. Anna wußte, er hätte keine Schuldgefühle. Seine Selbstgerechtigkeit war durch jahrelange Übung unerschütterlich geworden. Hätte Jim einen Mord begangen, würde er niemals Reue empfinden, sondern nur mit Wut und Frustration reagieren, falls das Verbrechen aufgedeckt werden sollte.

Wenn er Kunstwerke stehlen und ihre historische Bedeutung für die Öffentlichkeit zerstören würde, dann würde er, nach Annas Vorstellung, vor Gericht mit auf und ab hüpfendem Adamsapfel verkünden: »Es war nur ein Haufen altes Gerümpel, das kaum jemand je zu Gesicht gekriegt hat. Jetzt ist es wenigstens an einem Ort, wo es jeder sehen kann . . .«

Anna ließ ihn reden. Tattinger war das, was Christina immer als »totale Schlaftablette« bezeichnete. Man konnte nicht mit ihm streiten, weil seine Aussagen und Beschwerden keinerlei Substanz hatten. Nur frustriertes Gewäsch, das seiner Enttäuschung Ausdruck verlieh.

Doch selbst in dieser großzügigen und verständnisvollen Verfassung war Anna froh, als sie seiner Gesellschaft nach der Landung in Mott entrinnen konnte.

Sandra Fox war in der Zentrale. Zur Abwechslung gaben weder Funkgerät noch Telefon einen Mucks von sich. Sandra saß da, die Füße auf dem Tischchen mit dem Drucker, und las *Peyton Place*.

»Ich sehe, du widmest dich den Klassikern«, meinte Anna, ließ sich auf den Besuchersessel plumpsen und blinzelte Delphi zu.

»Ich lese nur die unterstrichenen Passagen.« Sandra legte das Buch beiseite. »Soziologische Recherchen. Ich gewinne gewisse Einsichten in den Park Service im allgemeinen und die Isle Royale im besonderen.«

»Mit der Zeit kommt es einem hier fast vor wie Peyton Place, was?«

»Wenn du das sagst, klingt es, als wäre es was Schlimmes«, sagte die Sekretärin mit einem amüsierten Kichern. »Alles ist nur Teil einer großen Komödie, Anna. Die Pizza Surprise des Lebens, die auf dem Teller vor uns liegt.«

Anna lachte. Sie hatte alles viel zu ernst genommen. Daran war ihre Monomanie schuld. Und von der war sie immer noch nicht kuriert. »Hast du was darüber rausgefunden, warum Jim seinen Job auf Virgin Islands aufgegeben hat?«

»Oh, Anna! Du bist so eine Ausbeuterin! Keine Blumen, keine Pralinen, und du rufst am nächsten Tag nie an.« Sandra lachte gutgelaunt in sich hinein, und Anna wand sich unbehaglich. »Aber ich habe tatsächlich was rausgefunden. Alicia Folk sitzt dort in der Zentrale. Redet gern. Nette Frau. Nach einigem Vorgeplänkel hat sie die Auskunft rausgerückt. Anscheinend hatte unser Jimmy eine heiße Affäre mit der Tochter des District Ranger. Der DR hat einigen Wirbel veranstaltet, und Jimmy hat sich in ein gesünderes Klima abgesetzt. Wer hätte das gedacht? Stille Wasser und so weiter . . .

Anna schüttelte den Kopf. »Das kann nicht der Grund sein. Affären sind im Park Service so verbreitet, daß sie nicht geahndet werden. Es wundert mich immer, daß erste Ehefrauen noch nicht zu einer vom Aussterben bedrohten Spezies erklärt worden sind. Eine Affäre mit einer Frau – selbst wenn's die Tochter des Chefs ist . . .«

Sandra unterbrach sie, indem sie mit der Zunge schnalzte. »Du bist zu überstürzt mit deinen Schlußfolgerungen, Anna. Du setzt etwas voraus. Habe ich etwa gesagt, er hätte eine Affäre mit einer Frau gehabt?«

Mit leerem Kopf und leerem Gesicht wartete Anna ab.

»Die Tochter des District Ranger war zwölf.«

Anna hatte einen sauren Geschmack im Mund. Sie mußte unbedingt mit Patience reden.

Sandras blinde Augen schimmerten. »Da ist man doch irgendwie stolz, zur Menschheit zu gehören, findest du nicht?«

»Was ist mit dem kleinen Mädchen passiert?« wollte Anna wissen.

»Wer weiß. Kleine Mädchen werden in solchen Fällen immer weggezaubert. Was soll mit ihr passiert sein? Hoffentlich war sie nicht schwanger. Hoffentlich ist sie nicht bestraft worden. Wer weiß?«

»Warum ist Jim nicht eingelocht worden? Grund genug wäre das doch.«

»Du kennst doch den Beamtenapparat. Es ist schwieriger, jemanden zu feuern, als im Wahljahr eine Steuererhöhung durchzuboxen. Er hat therapeutische Beratung bekommen.

Mußte zur Strafe ein bißchen auf der Couch liegen. Hilft aber selten was.«

Anna nahm sich vor, Molly zu fragen, warum. Und ob irgend jemand je sein Geld zurückbekommen hatte. Sie stand auf und streckte sich. Ihre Gelenke knackten, und Delphi zog besorgt die Augenbrauen hoch. Sandra griff wieder nach *Peyton Place* und legte das Buch auf ihre Schenkel.

»Sag mir Bescheid, wenn du den Roman ausgelesen hast«, sagte Anna. »Ich glaube, er sollte für alle Angestellten mit polizeilichen Befugnissen Pflichtlektüre sein.«

»Wer buddelt, findet Dreck«, sagte Sandra philosophisch.

Die Zeit fürs Mittagessen war längst vorbei. Anna fühlte sich schon leicht schwindelig. Als sie wieder draußen in der Sonne war, suchte sie sich am Dock ein warmes, windstilles Plätzchen und holte ihr Sandwich und die Wasserflasche aus dem Rucksack.

Etwa zwanzig Meter von ihr standen Scotty Butkus und Jim Tattinger beim Feuermelder vor der Ranger-Station. Ein sanfter Windhauch bewegte das Seil an der Fahnenstange, und das Gebrummel der beiden Männer wurde immer wieder durch das klirrende Geräusch der gegen die Stange schlagenden Metallhalter durchbrochen.

Anna merkte an den Blicken der Männer, daß sie nicht nur über sie redeten, sondern auch wollten, daß sie es merkte. Sie hatte sich keinen der beiden zum Freund gemacht. Sie wußte genau, daß Scotty ihr Schwierigkeiten machen konnte und es auch vorhatte. Selbst wenn es nur die Stichelvariante war, würde es lästig werden. Es war bereits lästig. Anna beschloß, die beiden Herren zu ignorieren.

Junge Entchen – schwarze Enten –, schon mit Federn, aber immer noch unglaublich süß, schaukelten um das Heck der *Loon*. Wie auf Befehl tunkten sie alle gleichzeitig den Kopf ins Wasser, und für ein paar Sekunden konnte Anna nur noch ihre orangefarbenen Füße und die braungefiederten Hinterteile sehen. Die Mutter paddelte in der Nähe herum, und aus ihrem Schnabel kamen ständig irgendwelche erzieherischen Quaktöne.

Anna verdrückte ihr Käsesandwich und widerstand der Versuchung, den kleinen Enten auch nur einen winzigen illegalen Krümel zuzuwerfen.

Die Enten ließen sie an Donna Butkus denken. Donna hatte jeden Morgen an einer entlegenen Uferstelle die Vögel gefüttert; beobachtet von Tinker und Damien, den Vogelliebhabern, die selbst im Traum niemals irgendwelche wildlebenden Tiere füttern würden – oder sich eine Chance entgehen ließen, andere dabei zu erwischen.

Nach den Beschreibungen, die Anna seit Donnas Verschwinden bekommen hatte, hatte sie ein ganz bestimmtes Bild von ihr: eine altmodische Schönheit aus den Südstaaten, sanft, mollig – die perfekte texanische Ehefrau. Als sie heiratete, war sie jung und – so ließ jedenfalls der Rest des Erscheinungsbildes vermuten – unschuldig gewesen. Und sie ehelichte einen Mann, der mehr als doppelt so alt war und sie von ihrer Familie und der Sonne und der Heimat wegholte und in den schneereichen Winter von Houghton mitnahm.

Anna stellte sich vor, wie einsam, wie orientierungslos sich Donna gefühlt haben mußte, ehe ihre Schwester Roberta nachgekommen war. Und Scotty hatte bestimmt auf die einzige ihm zur Verfügung stehende Art reagiert, nämlich mit Wut und Alkohol. Denny, stets der Gentleman, fanatisch und intensiv, war in die Bresche gesprungen. Donnas Verwirrung hatte sich vermutlich zu echtem Leid verdichtet – ihre ganze Erziehung, ihre Sozialisation und ihre Herkunft fesselten sie an einen Mann, den sie vielleicht nie geliebt hatte. An einen Mann, der sie schlug. Scottys Eifersucht steigerte sich. Alkoholisierte Auseinandersetzungen, Tränen, noch mehr Gewalt.

Und dann? fragte sich Anna, während die jungen Enten ihrer Mutter auf die Backbordseite der *Loon* folgten und verschwanden. Eines Tages ist Donna plötzlich weg, und Scotty erzählt Lügengeschichten. Nicht einmal ihre Schwester weiß, wo sie steckt. Scotty bestellt einen Karton mit Mixed Pickles. Damien schwört, Scotty sei die menschliche Personifizierung des Windigo. Donnas beste Freundin behauptet,

Scotty habe Donna umgebracht und sie bei lebendigem Leibe aufgefressen . . .

Weibliche Intuition oder nur eine etwas unglückliche Wortwahl?

Scotty und Jim beendeten ihr intimes Gespräch. Butkus verschwand im Verwaltungsgebäude. Jim steuerte auf die Stelle zu, wo die *Loon* angelegt hatte. Beide Männer ignorierten Anna demonstrativ. Sie mußte Jim zweimal laut zurufen, ehe er reagierte, und dann sah es fast so aus, als würde er sich weigern, sie nach Rock mitzunehmen. Aber der gesunde Menschenverstand siegte, wenn schon nicht die Höflichkeit, und Jim gab nach.

Auf der kurzen Fahrt mußte Anna sich zusammennehmen, um ihn nicht dauernd anzustarren. Sie hatte noch nie einen Pädophilen gesehen. In allen von ihr besuchten Seminaren über sexuell abweichendes Verhalten hatten die Leiter immer betont, die betreffenden Männer wirkten oft ganz normal, nette Nachbarn, attraktive Typen mit Ehefrauen und Kindern. Jim Tattinger brach mit dieser Tradition. Er sah aus wie der typische Kinderschänder aus der Broschüre eines Casting-Büros.

Während der halben Fahrt überlegte sie, ob es wohl klug wäre, ihn wissen zu lassen, daß sie über seine Neigungen Bescheid wußte. Vielleicht würde ihn das so erschrecken, daß er sofort auf den Pfad der Tugend zurückkehren würde. Oder es könnte ihn veranlassen, ein Risiko einzugehen, das seiner momentanen Geliebten Schaden zufügen würde.

Anna entschied sich dafür zu schweigen. Sie wollte zuerst mit Patience reden, dann mit dem Chief Ranger. Dafür bezog er schließlich sein dickes Gehalt.

In der Lodge erfuhr Anna, daß Patience und ihre Tochter für ein paar Tage aufs Festland gefahren waren, weil Carries Zahnspange neu eingestellt werden mußte. Anna war froh über diesen Aufschub. Die Sache war ein Hornissennest, und sie war nicht scharf darauf hineinzustechen.

23

Anna blieb lange genug in Rock Harbor, um ihre Post von der *Ranger III* in Empfang nehmen zu können. Wie immer war ein Brief von Chris dabei, den sie sich aber für später aufhob. Als sie sich über Land zur Lane Cove und zu ihrer Station begab, wurde sie unterwegs von einer guten Nachricht überrascht.

Damien kam hinter ihr her gerannt. Er wirkte wieder wie ein sorgloser kleiner Junge, als er da behende wie ein Greyhound den Asphaltweg entlang sauste. »Sie singt wieder!« rief er Anna zu. Mit ›sie‹ meinte er offensichtlich seine Frau, und ›singen‹ bedeutete wohl soviel wie leben. Anna freute sich, daß sie Damien ein bißchen von der Last hatte abnehmen können. »Wir sind am Wochenende immer im McCargo Cove. Wenn dort ein Wanderfalke nistet, sieht sie das gleich. Sie sieht alles!«

Die Betonung des letzten Wortes schien anzudeuten, daß Tinker das Sichtbare und das Unsichtbare sehen konnte, das Materielle und das Spirituelle. Anna widersprach nicht.

Auf dem Weg über den Greenstone Ridge trödelte Anna ziemlich. Sie genoß das Gefühl von Zeit und Unsterblichkeit, das die langen Sommertage ausstrahlten. An mehreren Stellen war das Gerippe der Insel von seinem Pelz aus Bäumen und Büschen freigerubbelt – der Pfad führte über nackten Fels und war nur durch Steinhaufen markiert.

An so einer kahlen Stelle verließ Anna den Pfad, bis sie außer Sichtweite war, setzte ihren Rucksack ab und legte sich hin. Der graue Fels saugte die schwachen Strahlen der Sonne Michigans auf, und die Wärme verwöhnte Annas Rücken und Schultern.

Ihre Gedanken wanderten zurück nach New York City, zu dem Apartment in Hell's Kitchen, zu Zachary, der in einem kleinen mexikanischen Restaurant in der Ninth Avenue den Kellner spielte und auf seinen großen Durchbruch wartete. Geld war nie vorhanden. Jedesmal, wenn man das Licht anknipste, huschten Kakerlaken davon wie böse Geister. Die jungen Typen in Apartment 1C sprayten Obszönitäten an die Wände im Treppenhaus und zertrümmerten die Briefkästen. Die Frau, die auf der anderen Seite des Lüftungsschachts wohnte, schlief tagsüber und beschimpfte nachts ununterbrochen ihren Ehemann. Das war in dem Sommer, als die ganze Stadt von Ratten heimgesucht wurde. Die »New York Post« brachte sogar Schlagzeilen darüber. Zach berichtete, er habe in der U-Bahn-Station Forty-second-Street eine Ratte auf den Gleisen gesehen, die so groß war, daß neun Touristen einsteigen wollten, weil sie dachten, es sei die Nummer 7.

Und doch war Anna damals glücklich gewesen. Zachary war da gewesen. Und alles war voller Hoffnung. Man braucht nicht viel, dachte sie. Man sollte denken, es wäre leicht, sich diesen Zustand des Glücks zu bewahren.

Anna blickte hinauf zum Himmel, spürte den warmen Stein unter ihrem Rückgrat. Spielerisch malte sie sich aus, sie würde ihren Körper Molekül für Molekül durch Erde ersetzen.

Das Menschsein abzustreifen, würde Frieden und Ruhe bedeuten, indem man sich den langsameren geologischen Rhythmen anpaßte. Man würde spüren, wie die Tiere über einen hinweghuschten, wie die Herbstblätter sich sanft in den Hautfalten niederließen, wie eine Schneedecke den Körper kühl zu einem langen Schlaf einlud.

Die Moskitos weckten Anna wieder auf. Es dämmerte bereits, und sie lag hier wie ein Smörgåsbord. Sie erwachte aus ihrem Erdtraum mit dem Gedanken: Man kann aus Stein kein Blut heraussaugen.

Aber wenn es doch Moskitos gab, die das konnten, dann waren es die von der Isle Royale. Verfolgt von blutsaugenden Dämonen, rannte Anna die letzte Meile durch die herannahende Dunkelheit und flüchtete aufs Wasser und in die *Belle Isle*.

Zwei Tage später, als sie gerade brummig das Dock in Amygdaloid entlangging und mit Eimern die Fischinnereien wegspülte, die irgendein blöder Angler in ihrer Abwesenheit dort deponiert hatte, kam die *3rd Sister* den Kanal heraufgetukkert und glitt mühelos in ihren Anlegeplatz. Ohne aufzublikken wußte Anna, daß Holly am Steuer saß.

Sie watete durch die Silbermöwen, die ihre improvisierte Bouillabaisse angelockt hatte, und half Hawk, die Stricke an den Pflöcken zu vertäuen.

Holly sprang von Deck, kraftvoll und elegant. Sowohl Holly als auch ihr Bruder sahen besser aus als die ganze Zeit seit Dennys Tod. Ein Teil der Arroganz, die einen integralen Bestandteil ihres Charmes ausmachte, kehrte langsam in ihr Verhalten zurück.

Inzwischen hatte Hawk seiner Schwester sicherlich erzählt, daß Anna von dem Inzest wußte. Anna vermutete, daß es kaum etwas gab, worüber er nicht mit seiner Schwester redete – wahrscheinlich wurden für ihn die Dinge erst Wirklichkeit, wenn sie auch für seine Schwester existierten.

Entweder machte es Holly nichts aus, oder sie überspielte es geschickt. Sie begrüßte Anna mit dem gleichen kurzen Lächeln wie immer. »Wir haben die Bilder«, sagte sie. »Heute morgen haben wir sie in Grand Marais abgeholt.«

Einen Moment lang kapierte Anna nicht, was sie meinte. Dann fiel ihr ein, daß die beiden ja zur *Kamloops* tauchen wollten, um zu sehen, was es dort gab.

Wie die meisten Unterwasserfotos waren auch die, die Holly aufgenommen hatte, etwas unscharf. Die Zeit war sehr begrenzt gewesen. Sie und Hawk hatten sich auf die Stelle beschränkt, wo sie Dennys Leiche entdeckt hatten. Drei der Bilder zeigten die Luke, an der Jim und Anna die Kratzspuren entdeckt hatten. Die übrigen sieben konzentrierten sich auf die Umgebung.

Seit der Tauchaktion zur Bergung der Leiche hatte Anna die statistischen Daten der *Kamloops* gesammelt. Nicht nur die Ausführungen des ursprünglichen Schiffsbauers, sondern auch die Informationen des Amts für Unterwasser-Kulturschätze in Santa Fe. Es war nicht schwierig, Unterlagen über das Schiff zu bekommen. Wie alle ISRO-Wracks war es genau registriert.

Nachdem sie ihren Schreibtisch in der Ranger-Station oberflächlich aufgeräumt hatte, breitete Anna ein Diagramm des Schiffes und die zehn Fotos der Bradshaws vor sich aus. Bruder und Schwester beugten sich interessiert über die Zeichnung, während Anna ihre Gedanken entwickelte.

Wie sie schon vermutet hatte, führte die zerkratzte Luke zum Quartier des Kapitäns. Nach den Beschreibungen des Schiffsbauers, die mit Annas Erinnerungen übereinstimmten, betrug der Durchmesser der Öffnung nur etwa einen halben Meter, das heißt, genau gesagt 49,8 Zentimeter.

Anna betrachtete die Fotos der Luke sehr aufmerksam. Dann holte sie aus ihrem Schreibtisch einen Briefumschlag, dem sie zwei Fotos entnahm, um sie mit den neuen Fotos zu vergleichen.

»Jim hat diese Aufnahmen gemacht, als wir Dennys Leiche geborgen haben. Seht mal.« Sie legte die verschiedenen Fotos nebeneinander auf den Schreibtisch. »Da sind noch mehr Kratzer. Jemand war seither wieder unten und hat an dem Bullauge herumhantiert. Der Schnappriegel war schon kaputt, als Jim und ich unten waren. Und diese Kratzer konnte man sehen. Auf euren Bildern sind sie verschwommener. Hier sind sie nicht so tief. Die alten hier sehen aus, als hätte jemand einen spitzen Gegenstand verwendet. Die anderen sind neu, eher wie Schrammen, als würde jemand immer wieder diese Luke benutzen und irgend etwas herauszerren.«

Eine Weile starrten sie zu dritt auf die Fotos. »Durch die Luke kommt man nicht mit einem Sauerstofftank auf dem Rücken«, sagte Anna schließlich.

Hawk hielt die Nahaufnahme der Kratzspuren so, daß er sie im Sonnenlicht ganz deutlich sehen konnte. »Diese Spuren könnten von einer Kette stammen. Oder von einem Draht. Vielleicht hat jemand durch das Bullauge etwas aus der Kabine geangelt.«

»Was gibt's denn in so ner Kapitänskajüte zu holen?« fragte Holly. »Ich meine, da steht das übliche Zeug rum – aber kein Mensch würde deswegen zur *Kamloops* tauchen. Viel zu gefährlich. Alles, was ich in der Nähe der Luke sehen konnte, waren ein paar kaputte Holzkisten und zerbrochenes Geschirr.«

Anna blätterte den Ordner mit den Unterlagen durch, die sie über die *Kamloops* gesammelt hatte, und holte die Fotokopie des Frachtguts heraus. »Maschendraht, Maschinen aus England, Rohre, Versatzstücke, Stahlkabel«, begann sie laut zu lesen. Sie ging die Liste der Waren durch. Die *Kamloops* war ein Frachter und hatte alltägliche Güter transportiert. Die Zeit und die Umstände hatten vielleicht manche dieser Güter wertvoller gemacht, als sie es ursprünglich gewesen waren, aber es war nichts dabei, wofür es sich lohnen würde, immer wieder sein Leben aufs Spiel zu setzen oder einen Mord zu begehen.

»Du beschäftigst dich mit der falschen Liste«, sagte Holly. »Wenn der Dieb an der Kapitänskajüte herumfummelt, dann ist er vermutlich hinter irgendwelchen persönlichen Besitztümern her.«

»Hinter Golddublonen«, sagte Hawk in übertrieben geheimnisvollem Tonfall.

»Falsches Jahrhundert«, entgegnete Holly.

»Falsches Gewässer«, sagte Anna.

»Richtige Art von Reichtum«, hielt Hawk dagegen.

»Frachtschiffkapitäne waren nicht reich«, überlegte Anna laut. »Schmuggelware?«

»Könnte sein«, stimmte Holly zu. »Was hat man denn 1927 geschmuggelt?«

»Wir befinden uns nicht allzu weit von Chicago. Da gab's diese große Gangsterszene. Vielleicht schmutziges Geld, Drogen . . .«, begann Anna.

»In Zement eingelegte Herren«, warf Hawk ein.

Die beiden Frauen ignorierten ihn.

»Aktien, Wertpapiere, gestohlene Ware: Schmuck, Gold, Silber . . .«

»Schnaps«, meldete sich Hawk wenig hilfreich.

»Möchtest du vielleicht rausgehen und draußen spielen?« fragte Holly. Obwohl sie in Gedanken ganz woanders war, freute sich Anna, daß Hawk lächelte.

»Ich bin schon brav«, versprach er.

»Egal was es ist – es muß klein genug sein, um durch eine Luke zu passen, nahe genug, daß man es angeln kann – und für irgend jemanden muß es sehr wertvoll sein«, sagte Anna.

»Eins hast du vergessen: Es muß leicht sein«, sagte Hawk, jetzt endlich ernst. »Da unten hat man keine Zeit. Es ist zu kalt für Dekompressionszeiten. Ein kurzer Tauchgang ist so ziemlich das einzige, was geht. Maximal zwanzig Minuten – wenn du weißt, was du tust. Du mußt das Ding holen und sofort wieder hochtauchen.«

»Oder die Dinge«, verbesserte ihn Anna und deutete auf die Kratzer, die auf mehr als einen Versuch hinwiesen. Sie rieb sich die Augen und lehnte sich in ihrem Stuhl zurück. Planlos schob sie die Fotos hin und her, als wären sie Teile eines Puzzles, das sie zusammenzusetzen versuchte. »Ich wollte, das Ganze würde etwas mehr Sinn ergeben.«

»Ich auch«, meinte Holly. »Stanton stellt auf dem Festland Fragen, sowohl in Voyageur als auch in Grand Marais. Die Leute dort sehen uns schon ganz komisch an. Bei unserem Geschäft kann man sehr schnell seinen guten Ruf loswerden.«

»Besser, als sein Boot loszuwerden.«

»Ohne unseren guten Ruf hilft uns auch das Boot nichts.«

Anna nahm die sieben übrigen Fotos und hielt sie in der Hand wie Pokerkarten: der Schiffsrumpf, der in der dunklen Tiefe verschwand, eine Aufnahme des Rumpfs aus der anderen Richtung, so daß man andeutungsweise das Licht der Oberfläche sehen konnte, Schlammhügel, die Pepsi-Dose, an die Anna sich von ihrer eigenen Tauchexpedition her erinnerte, eine Aufnahme von Hawk an der Luke und eine Kaffeetasse, die halb im Grund vergraben war.

»Wenn ich bloß nicht solche Angst gehabt hätte da unten«, sagte Anna. »Dadurch kann ich mich so schlecht erinnern, wie es wirklich aussah.«

»Das ist quasi bei allen Leuten so, wenn sie tiefseetauchen«, tröstete Holly.

»Vor allem bei Eichhörnchen«, fügte Hawk hinzu.

»Ich fand dich netter, als du noch depressiv warst«, entgegnete Anna. »Warum macht ihr zwei euch nicht wieder an die Arbeit oder unternehmt irgendwas anderes?« Sie stand auf und packte die Papiere und Fotos wieder in den Ordner. »Ich hab viel zu tun.«

»Meinst du, wir sollen Nüsse für den Winter sammeln?« fragte Hawk.

Anna lachte. »Ja, möglichst viele.«

Am Abend, wie an den meisten Abenden, wenn der Touristenbetrieb nachgelassen hatte und es am Dock ruhig geworden war, goß sich Anna ein Glas Wein ein, das sie dann hinaustrug auf die Stufen zur Ranger-Station, wo sie dann saß und trank und beobachtete, wie der Tag sich langsam in Silber verwandelte.

Christinas Brief steckte immer noch ungelesen in ihrer Tasche. Anna holte ihn heraus, zusammen mit dem Päckchen Unterwasserfotos, die sie sich noch einmal ganz genau ansehen wollte. Mit einem Finger riß sie den Umschlag auf, voller Vorfreude auf einen Gruß von Zuhause. Der Brief war kurz und geschäftsmäßig, hinten auf ein altes Memo gekritzelt. Chris hatte ihn während ihrer Mittagspause geschrieben. Er begann mit einer Entschuldigung für einen orangefarbenen Fingerabdruck in der Ecke. Ein Pfeil deutete auf den Fleck, und auf dem Pfeilende stand in Christinas schwungvoller Handschrift: »Pardon. Doritos.« Anna las den Rest des Briefes: Bertie machte sich jetzt doch Sorgen. Sie hatte immer wieder versucht, von Scotty etwas zu erfahren, aber nur widersprüchliche Geschichten oder eklatante Lügen zu hören gekriegt. Also hatte sie bei der Polizei in Houghton eine Vermißtenmeldung gemacht. Und da die vorgeschriebene Wartezeit längst abgelaufen war, hatten die Ermittlungen schon begonnen. Ally beschäftigte sich im Kindergarten mit dem Leben der Dinosaurier. Christina überlegte, ob sie nicht dienstagabends einen Kochkurs belegen sollte. Piedmont vermißte Anna, angeblich.

Piedmont. Anna faltete den Brief wieder zusammen. Sie

wünschte sich, sie hätte jetzt eine Katze auf dem Schoß, die sie an ihrem orangefarbenen Schwanz ziehen könnte. Als würde ihr Wunsch in Erfüllung gehen, erschien plötzlich ein rötliches Fell im dunklen Grün des Busches, keine vier Meter von ihrem Platz entfernt.

Knuckleheads Junge waren schon alt genug, um den Bau zu verlassen. Schon mehrmals hatte Anna ihre schwarzen Gesichter schüchtern durch die Büsche lugen sehen. Nachts hörte sie oft ihr lautes Geschrei und die gedämpften Balgereien im dichten Unterholz. Heute abend waren die Kleinen sehr wagemutig gewesen und hatten sich herumgewälzt und gespielt wie Kätzchen, während ihre Mutter sie beobachtet hatte, das Kinn auf die Pfoten gelegt. Knucklehead nahm bei aller Zutraulichkeit nie die Augen von Anna oder jedem anderen Menschenwesen, jetzt, da die Kleinen der Sicherheit des Baus entwachsen waren.

Auf der Treppe, neben Anna, lagen die Unterwasserfotos der *Kamloops*. Der Wind ließ sie rascheln, also packte Anna sie unter ihren Oberschenkel, damit sie nicht davonfliegen konnten. »Vielleicht erfahre ich ja was durch Osmose«, sagte sie zu Knucklehead.

Informationen besaß sie inzwischen einige, aber nichts paßte zusammen. Ein Mord, an einem unmöglichen Ort begangen, aus wenig einleuchtenden Gründen, von einer nicht identifizierten Person. Vielleicht hatte Stanton ja recht, vielleicht ging es tatsächlich um Drogen, um Kauf oder Verkauf oder Konsum.

»Absolut unwahrscheinlich«, erklärte Anna der Füchsin. Sie versuchte, mit Gewalt Fakten miteinander zu verbinden, die nicht zusammenpaßten, so wie die Steckperlen einer Kinderkette. Jemand wollte etwas haben, das seines Wissens in der Kapitänskabine war – oder das er zumindest dort vermutete. Der kaputte Schnappriegel und die Kratzer bewiesen, daß der oder die Täter versucht hatten, dieses Etwas durch die Luke zu ziehen – mit oder ohne Erfolg.

Denny war bei eben dieser Luke tot aufgefunden worden. Anna verschmolz diese beiden Informationsbruchstücke miteinander: Also hatte Denny gesehen, wie der oder die Täter mit was auch immer zugange gewesen waren, und deswegen war er umgebracht worden.

Der umsichtige Profi Denny war um Mitternacht alleine zu einem extrem gefährlichen Wrack getaucht. Denny hatte niemandem mitgeteilt, was er vorhatte. Anna bastelte weiter: Also hatte Denny nicht im voraus gewußt, daß er die Tauchaktion machen würde, und da die *Blackduck* kein Funkgerät besaß, hatte er seinen Entschluß nicht melden können.

Daraufhin war Denny jemandem gefolgt. Jemandem, den er verdächtigte. Nach dem Empfang war er ihm (oder ihnen) in der *Blackduck* gefolgt. Sie waren getaucht, er war getaucht.

Denny Castle war ein hervorragender Taucher. Denny Castle war umgebracht worden. Also war der Mörder entweder ein noch besserer Taucher oder jemand, vor dem Denny keine Angst hatte, oder aber dieser Jemand hatte Denny überrascht.

Die Geräusche einer Balgerei rissen Anna aus ihren Gedanken. Die jungen Füchse knurrten, senkten ihre Nasen auf die Pfoten, reckten die Hinterteile hoch in die Luft – Kampfhaltung mal drei. Das Tableau ging über in ein Gewühle aus Pelz, und Anna lachte. Man vergaß fast, daß es sich um wilde Tiere handelte. Der Wunsch, sie zu streicheln, ihnen Namen zu geben und sie zu füttern, war fast unwiderstehlich.

Das Brummen eines Motorboots unterbrach die Rauferei. Wie rote Blitze verschwanden die jungen Tiere rasend schnell durch die Büsche, als wären sie nicht mit dem Knattern von Motorbooten aufgewachsen.

Anna stand auf, um zu sehen, was los war. Ein grün-weißes Kajütboot durchschnitt die silberne Oberfläche der Hafeneinfahrt. Patience Bittners Boot, die *Venture*. Sie näherte sich der Anlegestelle in einem solchen Tempo, daß die vertäuten Boote zu schaukeln begannen und die Fischer lautstark protestierten.

Patience stieg nicht aus. Sie stand auf Deck und hielt die *Venture* mit den Händen am Dock fest. Ihr normalerweise so gut frisiertes Haar war zerzaust und hing strähnig herunter, wodurch die tiefen Falten in ihrem Gesicht noch betont wurden. Sie trug eins von Carries alten Sweatshirts, was sie in Annas Augen zum ersten Mal unförmig und ungepflegt erscheinen ließ.

Die Touristen, die bei einem Glas Bourbon oder Bier den Abend genossen, spitzten die Ohren, um zu hören, was passiert war. Anna kauerte sich auf den Pier, so daß sie mit Patience auf Augenhöhe war. »Was ist los? Carrie?« Als ihre Frage mit einem grimmigen Nicken beantwortet wurde, bekam sie ein schlechtes Gewissen. Denny Castles Ermordung, Donnas Verschwinden – beides bereits angerichteter Schaden – hatten ihre Aufmerksamkeit so ausschließlich beansprucht, daß sie ihre Hauptaufgabe aus den Augen verloren hatte: zu beschützen und zu bewahren. Sie hatte Jim Tattinger und seine Vorliebe für kleine Mädchen ganz vergessen, nicht mehr an Carrie Bittner und ihre heimliche Affäre mit dem mysteriösen Liebhaber gedacht.

»Sie ist abgehauen«, sagte Patience. »Sie sollte im Speisesaal das Geschirr abräumen. Ich mußte das Lagerverzeichnis durchgehen, das die *Ranger III* geliefert hatte, und war deshalb am Dock. Meine Nachtschicht sagte, Carrie sei zum Abendessen weggegangen und nicht mehr zurückgekommen. Ich habe überall nach ihr gesucht, wirklich überall. Ich bin ans Nordufer gekommen, weil sie sich dort letztes Mal versteckt hat – Lane Cove, erinnerst du dich? Das hier hat sie in der Wohnung hinterlassen. Ich schätze, etwa eine Stunde, bevor ich zurückgekommen bin.«

Anna nahm den Zettel entgegen, den Patience aus ihrer Hosentasche zog. Auf einem Briefbogen mit kleinen gesichtslosen Mädchen mit übergroßen Hauben in einer Ecke war mit stumpfem Bleistift geschrieben: »Das Leben mit dir ist wie ein Gefängnis. Du glaubst, du bist der einzige Mensch, der richtig leben darf. Aber nicht alle Leute halten mich für ein kleines Mädchen. Als hättest du mir so eine schöne Kindheit gegeben! Ich will mit allem Schluß machen, und du kannst meinetwegen deinen Freunden gegenüber so tun, als wäre das eine Staatsaffäre.«

»Ich hab nicht aufgepaßt«, sagte Patience, und Tränen stiegen ihr in die bereits geröteten Augen. »Ich war so beschäftigt den ganzen Sommer. Carries Liebesprobleme waren für mich nur eine Belastung, für die ich keine Zeit hatte. Carrie war zwar dauernd muffig, aber ich hatte nicht das Gefühl, sie sei depressiv. Ich weiß, sie bringt sich nicht um – dafür ist sie noch viel zu sehr ein Baby –, aber schon die Tatsache, daß sie so einen Brief hinterläßt ...« Die Tränen verschlossen ihr die Kehle, und sie hörte auf zu reden, weil sie nicht losheulen wollte.

»Was für ein Tag ist heute?« wollte Anna wissen.

Diese unerwartete Frage lenkte Patience vorübergehend von ihren Ängsten ab. »Freitag.« Sie wartete auf eine Erklärung.

»Tattingers freier Tag«, sagte Anna. »Ich nehme an, wenn Carrie schreibt, sie will ›Schluß mit allem machen‹, meint sie ihre Kindheit, nicht ihr Leben.« Anna ging auf die *Venture* und holte eine Schwimmweste unter dem Sitz hervor. Während sie sie anlegte, erzählte sie Patience, was sie über Tattinger in Erfahrung gebracht hatte.

»Als Carrie das erste Mal weggelaufen ist, hat mir Jim gesagt, wo sie steckt«, sagte Anna. »Er hat sich ziemlich komisch verhalten, aber ich habe mir das damit erklärt, daß er ja sowieso ein Arschloch ist, und nachdem Dennys Leiche entdeckt worden war, habe ich gedacht, er sei deshalb ohne Licht dort herumgeschlichen. Carrie war bei ihm – das möchte ich wetten. Und er wollte verhindern, daß ich es merke. Sie war der zweite Schatten, den ich in der Kabine gesehen habe.«

»Was für ein Junge könnte denn dermaßen inakzeptabel sein?« wiederholte Patience die Frage, die sie vor ein paar Wochen schon einmal gestellt hatte. »Ein Junge, der auf die vierzig zugeht. Ich bring sie um.«

Wenn ich Mutter wäre, dachte Anna, dann würde ich erst mal Jim Tattinger umbringen. Tattinger konnte mit Frauen nicht umgehen, er konnte sie weder umwerben noch dominieren, noch ein ebenbürtiger Partner für sie sein, also hatte er seine sexuelle Aufmerksamkeit Mädchen zugewandt, die noch so jung waren, daß er sie mit seiner Weisheit und seiner Reife beeindrucken konnte. Carrie Ann, ein unbeholfenes, langweiliges Mädchen, das schneller erwachsen werden wollte, als es ihrer Mutter lieb war, schien dafür das ideale Objekt.

»Wenn du nicht zufällig unterwegs irgendwo ein helles Kajütboot namens *Gone Fishin'* gesehen hast, dann fahr nach Süden«, sagte Anna. »Dort hab ich ihn das erste Mal angetroffen. Ich nehme an, er hat eine kleine Bucht ausprobiert.« Patience steuerte südwärts die Hafeneinfahrt von Amygdaloid hinunter. »Ich würde nicht Carrie die Schuld geben«, fügte Anna noch hinzu.

»Ich bring sie um, weil sie gelogen hat und ihre Mutter zu Tode geängstigt«, sagte Patience. »Und ich werde Jim Tattinger umbringen, um der Menschheit einen guten Dienst zu erweisen.« Sie gab Vollgas, und die *Venture* schoß in einem Tempo davon, das Anna verblüffte. Der Motor war offensichtlich frisiert worden. Er war um einiges stärker als der Motor in einem normalen Chris-Craft-Kajütboot.

Das Dröhnen zerriß die abendliche Stille, während der Kiel durch das stille Wasser pflügte. Anna hielt gewohnheitsmäßig nach Baumstümpfen und anderen Gefahren Ausschau. Sie dachte an das ›Schicksal, schlimmer als der Tod‹, das sie nun verhindern oder unterbrechen wollten. Das Ende der Kindheit: »Glaubst du, Carrie war noch Jungfrau?« fragte sie.

»Ja, da bin ich mir ziemlich sicher. Sie war überhaupt nicht hinter Jungs her. Und man könnte auch nicht behaupten, daß die Knaben in ihrer Klasse sich darum gerissen hätten, Carrie nach Hause zu begleiten. Vor der achten Klasse hatte sie richtig Angst. Da fängt das nämlich an mit den Parties und dem Ausgehen und allem. Gott!« Patience geriet richtig in Rage. »Gerade erst dreizehn. Vor acht Wochen war sie noch zwölf. Ich reiße Tattinger in Stücke. Carrie ist doch keine Lolita. Sie ist eher ein ziemlich häßliches kleines Mädchen.«

Anna war überzeugt, daß diese Sichtweise einiges zu Tattingers Erfolg beigetragen hatte. Aber sie sagte nichts.

Falls Carrie und Jim miteinander ertappt wurden – der ganze Trubel, der mit Sicherheit folgen würde, wenn der Skandal an die Öffentlichkeit drang, würde Carrie vermutlich mehr schaden, als wenn sie jetzt einfach ruhig und gelassen abwarten würden, bis sie heimkam. Am Morgen könnten sie dann in aller Ruhe darüber reden. Es sei denn, Jim übte Druck auf sie aus. Es sei denn, sie hatte sich ihm bis jetzt widersetzt, weil sie noch nicht bereit war, ihren Körper irgend jemandem hinzugeben. Es sei denn, sie hatte beschlossen, heute abend mit der Kindheit Schluß zu machen, nicht, weil sie mit ihren dreizehn Jahren eine Beziehung anfangen wollte, sondern nur, um ihrer Mutter eins auszuwischen. Und kennt man mit dreizehn Jahren den Unterschied?

»Glaubst du, Carrie Ann hat mit Jim geschlafen? Kam sie dir irgendwie verändert vor? Hat sie irgendwas gesagt?« fragte Anna.

»Wie soll ich das wissen? Ich bin doch nur ihre Mutter«, giftete Patience. Nachdem sie Dampf abgelassen hatte, ging sie doch noch auf die Frage ein. »Carrie wirkt immer ein bißchen lahm, aber sie ist nicht dumm, und sie hat ein gutes Gefühl für alles. Und sie kann sich nicht gut verstellen. Wenn sie sexuell aktiv wäre, dann hätte sie entweder fromm und reumütig reagiert oder arrogant und unausstehlich – je nachdem, wie's gelaufen wäre. Aber sie war ja vor allem muffig. Ich würde denken, die Antwort lautet nein. Sie hat zuviel Angst und ist zu verwirrt. Dieser Scheißkerl! Sie hatte noch nicht mal ihre Tage.«

Also auch keine Angst vor Schwangerschaft, dachte Anna. Irgendwie machte das die Situation schlimmer, nicht besser. Es machte Carrie zu einem Kind.

Durch das dumpfe Dröhnen des Motors wirkte die Stille noch erdrückender. Die *Venture* transportierte ihre Fracht aus Wut und Sorge über das Wasser, und in ihrem Kielwasser senkte sich wieder der Friede der Sommernacht über den See.

»Ich weiß, es sieht so aus, als hätte ich mich nicht mehr um sie gekümmert«, sagte Patience, ohne Anna anzusehen. »Aber das stimmt nicht. Ich war nur einfach erschöpft. Alleinerziehende Mutter – die Garantie für Schuldgefühle. Ich hatte es satt, ständig mit einem schlechten Gewissen herumzulaufen, weil ich nicht Supermom war. Also hab ich das letzte Jahr freigenommen. So ne Art Sabbatjahr vom Muttersein. Schlechtes Timing, aber ich war leergepumpt.«

Anna konnte dazu nichts sagen. Schon allein Carrie Anns Anblick, wie sie mit muffiger Miene durch die Pubertät schlurfte, wirkte ermüdend. Trotzdem hatte Anna Mitleid mit dem Mädchen. Niemand sucht es sich aus, in einer kaputten Familie aufzuwachsen. Vielleicht brauchte Carrie Ann einfach einen Vater, und Tattinger hatte seinen Preis für diese Rolle verlangt.

»Kleine Mädchen sollten nicht für die Liebe bezahlen müssen«, sagte Anna, aber sie redete nur mit sich selbst. Patience konnte sie wegen des Motorengeräusches nicht hören.

Sie entdeckten die *Gone Fishin'* im Little Todd Harbor. Ein weißes Licht leuchtete pflichtbewußt am Heck. Tattinger wollte nicht riskieren, daß sein Rendezvous wegen irgendwelcher Verstöße gegen Bootsvorschriften unterbrochen wurde.

Auf Deck war niemand, aber aus der Kabine drang ein blasser Lichtschein. Anna war nicht überrascht. Tattinger war kein Naturliebhaber. Er entschied sich lieber für die zivilisierte Unbequemlichkeit einer engen, aber von Menschen gebauten Kabine als für die berauschende Schönheit einer Sommernacht.

Patience steuerte die *Venture* direkt auf das vertäute Boot zu, ohne die Geschwindigkeit zu drosseln. Einen Moment lang befürchtete Anna, sie könnte es absichtlich rammen.

Mit einer Präzision, die einer Holly Bradshaw Ehre gemacht hätte, drehte Patience kurz vorher ab, kam seitlich zur *Gone Fishin'* und erwischte sie mit dem Heck, gerade bevor das Kielwasser sie außer Reichweite trieb.

»Laß mich das erledigen«, sagte sie, als Anna mit etwas Verspätung die Fender anbrachte.

Anna hatte nichts dagegen, Patience die Honneurs machen

zu lassen. Sie begab sich auf das Heck der *Venture*, von wo sie eine gute Aussicht hatte, und wartete auf das Feuerwerk.

Patience blieb vor der Kajütentür stehen und richtete sich hoch auf, so daß ihre zarte Gestalt von eins sechzig eine richtig imposante Größe anzunehmen schien. Anna war froh, daß nicht sie es war, die jetzt gleich in flagranti erwischt werden würde.

Patience klopfte, öffnete die Tür einen Spaltbreit und rief leise: »Carrie, Schätzchen – ich bin's, Mom.« Dann wartete sie ein paar Sekunden, um ihrer Tochter Zeit zu geben, genügend Klamotten überzuziehen, daß es nicht mehr ganz so peinlich war.

Aus der Kabine hörte man aufgeregtes Geraschel, was Anna trotz der unangenehmen Situation zum Lächeln brachte. Einer der unerfreulichsten Aspekte des Ranger-Daseins war für sie der Coitus interruptus. Wie oft schon hatte sie unabsichtlich draußen in der Wildnis durch ihr Auftauchen einen verursacht.

Das Licht in der Kabine ging aus. Patience machte die Tür jetzt richtig auf und betrat den Raum. »Ich bin's, Baby. Mach dir keine Sorgen«, hörte Anna sie sagen. Gleich darauf wurde eine gekrümmte Gestalt aus der Kabine geschoben. Patience folgte. Sie wollte den Arm um ihre Tochter legen, wurde jedoch heftig weggestoßen.

Irgendwann während der zwei Stunden, die es gebraucht hatte, um Carrie ausfindig zu machen, war dem Mädchen die Bluse abhanden gekommen. Ihre schwarzen Jeans trug sie noch, und die Basketballschuhe waren sogar noch gebunden. Patience und Anna waren rechtzeitig gekommen, um sie zu retten. Nicht davor, jemals Sex zu haben, dachte Anna, aber vor der Erinnerung, ihren ersten Sex ausgerechnet mit Jim Tattinger gehabt zu haben.

Carrie weinte wie ein kleines Kind. Es war ein einziges Geschluchze und Gegluckse. Ob wegen der Demütigung oder aus Angst oder einfach aus Wut darüber, daß sie ertappt worden war, vermochte Anna nicht zu entscheiden.

Patience zog ihr Sweatshirt aus, und Carrie streifte es mit

ungeschickten Bewegungen über, wobei sie den helfenden Händen ihrer Mutter zu entgehen versuchte.

»Geh auf die *Venture*«, befahl Patience. Die mütterliche Sanftmut war aufgrund der Zurückweisung in Strenge umgeschlagen. Patience hob etwas vom Fußboden auf, gleich bei der Kajütentür. »Du hast das da vergessen«, sagte sie bissig und ließ ein weißes Stück Stoff hin und her baumeln. Es war ein Anfänger-BH. In dem Licht, das vom Heck ausging, konnte Anna die kleinen Plastikkörbchen und die breiten Träger erkennen.

Mit einem Aufschrei packte Carrie den Büstenhalter und stolperte schniefend und schluchzend über die Reling ins Boot ihrer Mutter. Sie verschwand in der Kajüte und knallte die Tür hinter sich zu. Aus den gedämpften Lauten schloß Anna, daß Carrie Ann sich auf den Sitz geworfen hatte und in ihre verschränkten Arme schluchzte.

Während der ganzen Szene hatte Jim Tattinger sich nicht blicken lassen. Das Licht in der Kajüte der *Gone Fishin'* war nicht wieder angeknipst worden, und man hatte kein Geräusch gehört.

Patience stieß die Tür jetzt weit auf. Eine unsichtbare Hand schlug sie wieder zu. Mit einer Kraft, die Anna verblüffte, trat Patience gegen das dünne Holz. Es gab nach, und die Tür krachte nach innen. Ein Aufheulen – entweder von den Scharnieren oder aus Schmerz. Anna hoffte, es war das letztere. Patience stand seitlich neben der schwarzen Öffnung. »Komm raus, oder ich fackel dein Scheißboot ab«, sagte sie leise. »Ich schwöre bei Gott, das tu ich.«

Ein Rascheln, und dann erschien eine blasse Gestalt im Türrahmen.

»Komm richtig raus«, kommandierte Patience eisig. »Ich hab noch nie einen Kinderschänder von nahem gesehen.«

Tattinger trat heraus in das wenig schmeichelhafte weiße Licht. Er trug eine Unterhose und ein T-Shirt – entweder weil er sie noch nicht ausgezogen oder weil er sie schnell wieder übergezogen hatte. Die Unterhose war weiß, Marke »Fruit of the Loom«, und ausgebeult wie eine schlechtsitzende Babywindel. Das T-Shirt hatte er in die Unterhose gestopft. An den Füßen trug er blaue Socken, und seine karottenroten Haare standen struwwelig vom Kopf ab.

Anna war darauf gefaßt, daß er gleich zu winseln beginnen würde, wie immer. Sie wartete auf den endlosen Strom der Selbstrechtfertigungen, der jetzt kommen mußte. Gerade als sie schon glaubte, Tattinger würde dieses eine Mal genug Anstand besitzen, sich zu schämen, fing er an zu reden.

»Sehen Sie, Mrs. Bittner«, begann er, als wäre Patience keine Mitarbeiterin, sondern Jahrzehnte älter als er. »Es ist nicht das, was Sie denken.«

Eine Hand griff nach dem blau-weißen Gummizug seiner Unterhose, zog ihn weg von dem knochigen Körper und ließ ihn wieder zurückschnappen. Tattinger verdrehte die Füße nach innen und griff sich zwischen die Beine, eine Parodie männlicher Bescheidenheit.

»Es ist genau das, was ich denke«, sagte Patience. »Nur verschrumpelt und häßlicher.« Tattinger machte den Mund auf, um etwas zu sagen, aber Patience ließ ihn gar nicht erst zu Wort kommen. »Du hast mir nichts zu sagen«, sagte sie heftig. »Und du wirst auch nicht mit Carrie sprechen oder in ihre Nähe kommen. Wenn du es doch tust, bring ich dich um. Das meine ich ernst. Wenn du dich fernhältst, dann will ich mich damit begnügen, es Lucas zu erzählen, damit du deinen Job verlierst und im Knast landest. Und dort bist du dann das kleine Mädchen, an dem die häßlichen Männer sich vergreifen, und ich werde mich über jeden Tag freuen, den du mit gesenktem Kopf und heruntergelassener Hose über irgendeine Bank gebeugt verbringst.«

Als sie mit ihrer Rede fertig war, trat sie einen Schritt zurück, stellte sich breitbeinig hin, umschloß die eine Faust mit der anderen Hand und holte mit gestreckten Armen zu einem Schwinger aus. Ihre Fingerknöchel trafen Jims Kiefer genau unterhalb des linken Ohrs, und er ging zu Boden.

Als die *Venture* davonfuhr, hörte Anna Jim schreien: »Das ist Körperverletzung! Das ist Körperverletzung! Ich werde Sie anzeigen!«

»Das bringt er fertig«, sagte Anna. »Widerlich genug ist dieser Typ.«

»Ich werde ihn anzeigen«, sagte Patience. »Und meine Anzeige wird Folgen haben.«

Carrie Ann begann zu heulen.

24

»Beratung!« Patience spuckte das Wort regelrecht aus, vor Wut kochend.

Auf Patience' Bitte hin war Anna ihr und Carrie mit der *Belle Isle* nach Rock Harbor gefolgt und hatte sie dann zum Haus des Chief Ranger auf Mott Island begleitet. Nach dem Gespräch mit Lucas Vega begaben sich die beiden Frauen und das pausenlos schluchzende Mädchen wieder in Patience' Wohnung hinter der Lodge. Carrie wankte in ihr Zimmer und ins Bett, um ihre Stofftiere naßzuheulen. Anna setzte sich auf die Couch und beobachtete Patience, die in der winzigen Küche aufgebracht hin und her stapfte.

»Schon das zweite Mal nur Beratung«, sagte Anna wenig hilfreich. Sie hatte keine große Lust, den Park Service zu verteidigen. Lucas war genauso schockiert gewesen wie sie, wenn man dem Blitzen in seinen normalerweise so ruhigen dunklen Augen glauben konnte, aber er konnte nicht viel mehr versprechen, als daß Jim Tattinger dazu verdonnert werden würde, sich einer psychologischen Beratung zu unterziehen. Aus Gründen, die Anna sehr gut nachvollziehen konnte, wollte Patience es ihrer Tochter – und sich selbst – ersparen, vor Gericht beweisen zu müssen, daß es sich um versuchte Vergewaltigung und um Kindesmißbrauch handelte. Lucas würde eine Beschwerde einreichen, aber wenn Patience nicht Anzeige erstattete, hatte er nicht die Macht, Tattinger zu entlassen oder ihn auch nur ohne Bezahlung vom Dienst zu suspendieren. An höherer Stelle interessierte man sich nicht besonders für die geschmacklosen kleinen

Ausrutscher der Untergebenen. Wie in jeder Bürokratie kam man auch im Park Service am ehesten nach oben, wenn man einen Wust von Papieren, eine Lawine aus Plänen und Studien und Vorschlägen produzierte, aber gleichzeitig mit wirklichen Taten sehr zurückhaltend war.

»Ich werd auf meine alten Tage noch richtig zynisch«, sagte Anna, ihre eigenen Gedanken unterbrechend.

»Zynismus ist nur ein Synonym für Realismus«, knurrte Patience. Anna lachte. Zuerst reagierte Patience verärgert, doch dann hellte sich ihr Gesicht auf, und sie lachte ebenfalls. »Ich bin schrecklich, stimmt's? Das war heute wieder einer von diesen Tagen, an denen man nur sagen möchte: Das Leben ist ein Haufen Scheiße, und dann stirbt man. Das schlimmste ist, ich kann mich daran erinnern, daß ich mal glücklich war. Ich war mal eine nette Frau: fröhlich, optimistisch, lustig. Ich kann mich daran erinnern, aber nur noch mit Mühe. Die gute alte Zeit wird mit jeder Minute älter.« Mit einem satten Plopp zog sie den Korken aus einer Flasche, und darauf folgte das vertraute, tröstliche Gluckern, als sie den Wein eingoß.

Patience brachte die Gläser zum Sofa und reichte Anna das eine. »Auf die ›Beratung‹«, sagte sie und hob ihr Glas.

»Auf alte Freunde und bessere Zeiten«, sagte Anna.

Patience hatte nichts dagegen, darauf zu trinken. Am heutigen Abend, so vermutete Anna, hätte Patience allerdings auf alles getrunken. »Zu hell«, murmelte Patience, knipste die Lampen an den Sofaenden aus und öffnete die Vorhänge, die das dunkle Viereck des großen Fensters verdeckt hatten.

Nun, da im Raum kein Licht mehr brannte, wirkte das Fenster nicht mehr wie ein totes schwarzes Auge, sondern ließ einen hinausblicken auf das glitzernde Wasser von Rock Harbor. Rasperry Island erschien als gezackte Silhouette vor einem perlgrauen Nebelvorhang, der weiter draußen im See hing.

»Man braucht hier nicht viel«, sagte Patience, während sie sich in einen Sessel kuschelte. »Selbst der Halbmond scheint hell genug. Ich mach das dauernd. Das heißt, nicht dauernd«, verbesserte sie sich. »Nur, wenn ich Miss Video dazu bringen kann, den Fernseher auszumachen. Du hast keine Kinder, stimmt's?«

Anna fand, daß Patience etwas wehmütig klang. »Keine.« Sie trank einen Schluck Wein.

»Wolltest du keine?«

»Ich wollte keine.«

»Aber du warst verheiratet«, sagte Patience. »Das hab ich von Sandra erfahren. Sie sagt, du seist verwitwet, nicht geschieden. Es heißt, damit wird man besser fertig. Wahrscheinlich kommt's draufan. Ich wäre gern Witwe geworden – ein paarmal hätte ich am liebsten selbst dafür gesorgt, mit meinen bloßen Händen . . .«, Patience unterbrach sich abrupt, und auf einer Uhr, die Anna nicht sehen konnte, tickten hörbar fünfzehn Sekunden. »Wenn ich mehr als ein paar Schluck Wein intus hätte, würde ich den Alkohol verantwortlich machen. Aber so, wie es aussieht, muß ich wahrscheinlich zugeben, daß ich ein taktloses Trampel bin. Ich bin total fertig – glaubst du mir das? Mein Mund plappert einfach los. Hoffentlich habe ich keine alten Wunden aufgerissen.«

»Die werden nicht durch Worte aufgerissen«, sagte Anna wahrheitsgemäß.

»Sondern?«

»Dadurch, daß man vergißt. Du denkst, du bist wieder okay, wieder so stark wie vorher, und kannst diese alten Gebäude mit einem Sprung überspringen. Dann tun sich die Wunden auf, und du stürzt ab und fragst dich, ob du je wieder die Frau sein wirst, die du mal warst.«

Sie tranken schweigend und beobachteten dabei ein verspätetes Segelboot, das mit eingeholten Segeln die Hafeneinfahrt heraufgetuckert kam.

»Bei ner Scheidung ist das anders«, sagte Patience. »Die Wunden sind vielleicht nicht so tief – sie sind ganz bestimmt nicht so tief –, aber ständig reibt jemand Salz rein. Andere Frauen, die aussehen wie die »Andere«, seine Freunde, deine Freunde, die Sachen, die er behalten hat, die Sachen, die er nicht gekriegt hat, die Kinder, die jedesmal, wenn du schimpfst, ihren Daddy anrufen wollen und die zur Mami gelaufen kommen, wenn sie Geld brauchen. Geld. Du lieber Gott, ja, das Geld. Plötzlich kaufst du dir mit deinen fünfunddreißig Jahren Klamotten bei Woolworth und kramst deinen Bibliotheksausweis hervor, weil du dir nicht mal mehr ein neues Taschenbuch leisten kannst. Bei nem Todesfall kannst du wenigstens in dem schwarzen Seidenfummel, den du dir von dem Versicherungsgeld gekauft hast, schön tragisch aussehen.«

Anna lachte. »Patience, ich glaube, du würdest eher verwaiste Jungfrauen in die Sklaverei verkaufen als was von Woolworth anziehen.«

»Das stimmt«, sagte Patience.

»Zachary hatte keine Versicherung.« Anna wußte nicht genau, warum sie Patience das erzählte, aber es kam ihr ganz natürlich vor. »Er ist seit sieben Jahren tot.«

»Was ist passiert?«

»Er ist von einem Taxi überfahren worden, auf der Ninth Avenue in New York City.« Beide Frauen lachten.

»Sorry«, sagte Patience.

»Ist schon okay. Alle Leute finden es komisch. Ich auch. Wie ne absurde Komödie, nehme ich an. Scheidung: Hast du damals angefangen, in der Weinkellerei zu arbeiten? Nach der Scheidung?« Anna lenkte das Gespräch wieder auf Patience.

»Irgendwie fand ich das damals schick«, sagte Patience. »Aber das Geld war auch entsprechend. Elf Dollar fünfundsechzig in der Stunde. Mir ist es total rätselhaft, wie jemand davon leben will.«

Seit sie für den Park Service arbeitete, hatte Anna niemals auch nur annähernd Elf Dollar fünfundsechzig verdient. Aber das erwähnte sie nicht.

Patience goß den Rest Wein in die Gläser. Der Alkohol begann Annas Muskeln zu wärmen und ihr Gehirn zu entspannen. »Wart ihr reich zu Hause?« fragte sie.

Patience schien die Frage nicht zu ärgern. »Wir hatten ›genug‹, wie meine Mutter immer gesagt hat, aber reich waren wir nicht, nein. Meine Eltern haben eine Schweinefarm in Elkhart, Iowa.« Sie sagte das in dem Tonfall einer Dame des 19. Jahrhunderts, die gestehen muß, daß sie eine gefallene Schwester oder ein schwachsinniges Kind hat.

»Eine ehrliche Arbeit«, bemerkte Anna freundlich.

»Alles hat nach Schweinen gestunken. Meine Kleider, meine Haare, die Jungs, mit denen ich ausging, das Essen – alles roch nach Schweinen. Seit ich denken kann, habe ich mir was Besseres gewünscht. Selbst als ich noch ganz winzig war. Ich hatte diese Kindervorstellung vom Himmel – du kennst doch diese verzierten weißen Gartenstühle aus Gußeisen, die aussehen, als wären sie aus fetten Kletterpflanzen geschweißt?«

Anna nickte.

»Irgendwie war das für mein kleines Spatzengehirn der Inbegriff von Eleganz. Ich habe mir stundenlang ausgemalt, in einem Chiffonkleid in so einem Gartenstuhl zu sitzen und die Jungs mit der Kuhscheiße an den Stiefeln abblitzen zu lassen.« Sie lachte. »Kindisch. Aber die Träume haben mich da rausgeholt. Dafür hab ich sie gebraucht.«

»Und wovon träumst du jetzt?« fragte Anna.

»Von größeren Gartenstühlen, von feinerem Chiffon und von reichen Bonzen, die ich abblitzen lasse.« Patience erhob sich von ihrem Sessel. »Die haben wir gekillt«, sagte sie und brachte die leere Flasche weg. Anna blieb, wo sie war, blickte hinaus in das neblige Mondlicht, genoß die Wirkung des Weins. Wieder ein Plopp, dann das Gurgeln: Patience machte eine zweite Flasche auf.

»Ich muß morgen früh zur Arbeit!« protestierte Anna.

»Keine Sorge.« Anna brachte den Wein und zwei frische Gläser herein. »Das ist gute Qualität. Zu gut für mich, hab ich mir immer gesagt, aber dieses Schweine-Gespräch hat mich dazu gebracht, sie doch zu öffnen. Einmal im Leben will ich den Besten. Und du hast zufällig das Glück, dabeizusein. Hier.«

Anna probierte einen Schluck. Es war der Beste – der Beste, den sie je getrunken hatte. Ein Rotwein, obwohl er in dem blassen Mondlicht fast schwarz wirkte, so vollmundig und warm, daß Anna endlich das ganze Gerede von Sonne und Hügellage und im Faß gereift kapierte.

Sie tranken, ohne zu reden. Der Wein selbst war Ereignis genug. Schweigend tranken sie die Flasche aus. Patience verabschiedete sich, indem sie Annas Arm leicht berührte. Anna lag noch eine Weile im Mondlicht und genoß das Alleinsein. Sie nahm die Weinflasche in die Hand und drehte sie hin und her. Das Zeug war gut. Von ihrem National-Park-Service-Gehalt würde sie sich einen so exzellenten Jahrgang nie leisten können. Die Flasche sah sehr verwittert aus, das Etikett war verblaßt und zerknittert. Irgend etwas daran kam ihr bekannt vor. Anna wollte die Lampe anknipsen, aber das Mondlicht und der Alkohol waren stärker als ihre Neugier.

Heute genügte es, daß sie high geworden war.

Egal, wie hervorragend der Wein gewesen war – Anna hatte zuviel getrunken. Gegen zwei Uhr morgens wachte sie zitternd auf. Der Mond war weitergewandert, und die Hafeneinfahrt lag jetzt im Dunkeln. Die Insel war so still, daß Anna das leise Knacken des Hauses hörte.

Alkoholvergiftung und die Stunde des Wolfs bedrängten sie. Die Welt war ein widerlicher Ort, die Menschen eine Krebsgeschwulst, die sich ausbreitete und die Erde zugrunde richtete. Und sich gegenseitig.

Anna wünschte sich, sie wäre eine Katze oder ein Schatten – oder wenigstens nüchtern. Auf dem Sofa liegend, starrte sie in die Dunkelheit, bis sich die Bewußtlosigkeit ihrer erbarmte und zurückkehrte.

Als sie wieder erwachte, war es hell, aber der Nebel verhinderte, daß man den Sonnenaufgang sehen konnte. Ein dumpfer Schmerz im Hinterkopf und ein generell ausgedörrtes Gefühl sagten Anna, daß sie so bald nicht wieder einschlafen würde. Sie gab den hart erarbeiteten Katersymptomen nach und stolperte in die Küche, um sich ein Glas Wasser zu holen.

Die Weinflaschen waren verschwunden, die Gläser standen sauber auf der Anrichte neben der Spüle. Patience muß sich genauso mies gefühlt haben wie ich, dachte Anna, wenn sie mitten in der Nacht in ihrer Wohnung herumgeschlichen ist und aufgeräumt hat. Anna leerte an der Spüle stehend ein halbes Glas Wasser und füllte dann das Glas noch einmal auf. Theoretisch half Flüssigkeitszufuhr gegen Hangover. Theoretisch halfen alle möglichen Sachen. In Wirklichkeit bewirkte nur die Zeit, daß das Gift aus dem Körper geschwemmt wurde. Anna schaute wieder auf die Uhr: 5:42. Sie hatte einen langen Tag vor sich.

Molly stand immer um sechs auf. Annas Schwester war eine Frau mit ausgeprägten Gewohnheiten: Sie stand auf, um bei einer Tasse Kaffee und einer Zigarette rauchend die Sechs-Uhr-Nachrichten anzusehen, und abends ging sie mit einem Scotch und einer Zigarette und der Tonight Show ins Bett.

Anna überbrückte zwanzig Minuten unter der heißen Dusche. Um fünf nach sechs wählte sie die Nummer ihrer Schwester in New York. Sie sehnte sich nach einer Tasse Kaffee, traute sich aber nicht, in Patience' Küche herumzuhantieren. Molly nahm nach dem ersten Klingeln ab. »Dr. Pigeon«, meldete sie sich knapp. Die Förmlichkeit verwirrte Anna kurz.

»Ich bin's, Anna. Du klingst, als wärst du schon länger als fünf Minuten auf. Ist alles in Ordnung?«

»War ne ziemlich schlimme Nacht.« Das Klappern von Geschirr und Besteck begleitete Mollys Worte.

»Machst du gerade Kaffee?« frage Anna neidisch.

»Die zweite Kanne.« In der Leitung war ein Klicken zu hören. »Wart mal kurz«, sagte Molly. »Ich erwarte einen Anruf.« Nach ein paar Sekunden war sie wieder da. »Falscher Alarm. Es war keiner dran. Das Telefon hat seine Macken.«

»Migräne?« fragte Anna. Ihre Schwester litt an Migräne, seit sie zwanzig war, hatte aber schon lange keinen Anfall mehr gehabt.

»Nein. Die kommt später, wenn ich dem Druck hinter meinen Augen trauen will. Ich hab gestern abend einen Patienten verloren. Ich dachte, du wärst die Polizei. Lauter Fragen. Ich hab die Antworten, die sie zufriedenstellen. Keine, die mich zufriedenstellen.«

»Selbstmord?« wollte Anna wissen. Molly hatte in ihren zwanzig Jahren als Therapeutin nur zwei Selbstmordfälle gehabt. Für eine Psychologin hatte sie unter beiden sehr gelitten. Was Annas Zuneigung zu ihr noch gesteigert hatte.

»Nicht ganz. Zumindest bezweifle ich, daß es das Hauptmotiv war. Erinnerst du dich an meinen verrückten Weinkenner?«

»An den verbitterten Gourmetautor?«

»Genau. Er ist gestern abend die Fassade eines dreistöckigen Gebäudes in Brooklyn Heights hochgeklettert. Der Mann ist – war – Ende Fünfzig, und seiner Figur hat man angesehen, daß er kein Kostverächter ist. In den letzten zehn Jahren ist er höchstens mal ein paar Stufen hochgeklettert, und wenn ein Aufzug in der Nähe war, nicht mal das.«

»Ist er gesprungen?«

»Die Polizei dachte zuerst, er sei gesprungen, aber er ist gestürzt. Alle Fenster waren von innen verriegelt. Er muß außen hochgeklettert sein.«

»Hast du eine Ahnung, warum? Ich meine, hat er in dem Gebäude gewohnt oder was?«

»Nein. Er hat versucht, in das Speiselabor und die Küchen seines Rivalen zu kommen. Ich glaube, er hat gedacht, wenn er da reinkäme, würde er etwas finden, womit er nachweisen könnte, daß die ›Große Entdeckung‹ ein Schwindel war.«

»Lieber Gott«, sagte Anna. »Man sollte denken, jeder, der es sich leisten kann, würde für so was jemanden anheuern und nicht selbst den Stuntman spielen.«

»Aber dieser Typ war anders. Ich hätte es wissen müssen. Seine Obsessionen haben mich amüsiert, Anna. Ja, amüsiert. Ich fand sie lustig. In meinen Augen waren sie nichts, was jemanden zu so einer Verzweiflungstat treiben könnte. Die letzten beiden Sitzungen hat er von Rache gesprochen. Er hat gesagt, die gelben Hosenträger würden nicht genügen, er wolle seinen Rivalen lächerlich machen und ihn bloßstellen und vielleicht sogar umbringen. Die Pläne waren total überstiegert – wie aus nem Comic. Du kannst es dir ja vorstellen: Plastikbomben, wenn's gewalttätig sein sollte, oder eben komplizierte Erfindungen wie auf ner Karikatur von Rube Goldberg, um ihm öffentlich eine Sahnetorte ins Gesicht zu schleudern. Wie ein kleiner Junge. Ich hab nicht aufgepaßt. Ich muß nen Artikel für ›Psychology Today‹ schreiben, und im August muß ich in Princeton eine Konferenz leiten. Ich saß nur da und hab mich feingemacht, wie ein blöder Filmstar, während dieser arme Kerl um Hilfe gerufen hat. Das System hat ihn im Stich gelassen. Ich habe ihn im Stich gelassen. Dr. Quick-Fix. Ich war in meine eigenen flotten Theorien verliebt. Und Gustav Claben ist gestorben.«

»Das tut mir so leid«, war alles, was Anna sagen konnte. Molly konnte man nicht trösten, wenn sie glaubte, sie habe versagt. Die Leute fanden es schwierig, eine Frau zu lieben, der sie nichts geben konnten. Der Schmerz würde vergehen, und Molly würde aufpassen, daß es nie wieder passierte. Zumindest nicht genauso.

Wieder klickte es in der Leitung. Diesmal war es tatsächlich ein anderer Anruf: das Krankenhaus, in das Mollys Patient eingeliefert worden war. Molly verabschiedete sich abrupt und ließ Anna mit dem deprimierenden Gefühl zurück, daß sie mehr hätte tun sollen. Sie hätte wenigstens irgend etwas Gescheites sagen sollen. Es wäre so schön, wenn sie Molly einmal etwas zu bieten hätte.

Was hab ich denn zu bieten? dachte Anna voller Selbstironie. Sollte sie jemanden verhaften, weil er im Central Park illegal zeltete? Ein Pferd beschlagen oder ein Boot einfahren für Mollys Park-View-Praxis?

Anna nahm sich vor, Molly bald wieder anzurufen und mehr zuzuhören als zu reden. Damit mußte sie sich erst mal zufriedengeben.

Als sie vom Telefon aufblickte, stand Patience im Flur zwischen Wohnzimmer und Bad. Sie machte ein komisches

Gesicht, als könnte sie sich nicht recht entscheiden, ob sie ins Zimmer kommen oder wieder ins Bett gehen sollte.

»Du störst nicht«, sagte Anna. »Ich bin fertig mit Telefonieren.«

Patience warf ihr einen strengen, ja wütenden Blick zu – jedenfalls kam es Anna in ihrem verkaterten Zustand so vor.

»Ich hab meine Kreditkarte genommen«, sagte Anna. Sie fühlte sich wie ein Kind.

Der wütende Gesichtsausdruck wich dem ironischen Lächeln, das so typisch war für Patience. »Da mach ich mir keine Sorgen«, meinte sie leichthin. »Schließlich weiß ich ja, wo du wohnst. Carrie!« rief sie den Flur hinunter.

Carrie Ann kam angeschlappt. Ihre Muffigkeit hatte sich zu einer Art Haß verhärtet. Bei einem so jungen Mädchen wirkte das sehr beunruhigend.

Während Patience ihre Tochter hinaus in den Nebel trieb, rieb sich Anna das Gesicht und ächzte. Offenbar stand ihr wieder einer dieser Das-Leben-ist-ein-Haufen-Scheiße-und-dann-stirbt-man-Tage bevor.

25

Der Nebel beherrschte alles. Während Anna langsam die Hafeneinfahrt in Richtung Mott entlangtuckerte, die Augen auf den Radarschirm gerichtet, hatte sie das Gefühl, daß der Dunst auch ihr Gehirn einhüllte und ihre Gedanken trübte. Sie konnte nicht sagen, wo der Kater aufhörte und der Nebel begann. Sie sehnte sich nach der Klarheit der Wüste, nach dem direkten, klaren Sonnenlicht, das nicht durch die Lufthülle des Wassers gefiltert wurde, nach der Luft, die so transparent war, daß selbst hundert Meilen entfernte Berge aussahen, als wären sie nur eine Tageswanderung weg.

Plötzlich tauchte hinter ihr aus dem Nebel ein anderes Boot auf, knapp backbords der *Belle Isle*. Anna beschleunigte, um eine Kollision zu vermeiden. Wie sich zeigte, war das Manöver überflüssig, aber es war ziemlich knapp gewesen, und Anna fluchte vor sich hin. Sie verlangsamte ihr Tempo wieder, spähte hinaus in den Nebel und überlegte, ob sie den anderen Lotsen zusammenstauchen sollte.

Das Boot kam auf gleiche Höhe, und Anna griff nach dem Mikrofon der Lautsprecheranlage, aber dann sah sie, daß es die *Lorelei* mit Scotty Butkus am Steuer war.

Er schaltete den Motor ab – offensichtlich wollte er Anna etwas mitteilen. Sie folgte seinem Beispiel und ging nach hinten zum Achterschiff. Das Wasser war absolut ruhig. Der Nebel hüllte die Boote ein wie ein dichter Vorhang und verschluckte alle Geräusche, jede Farbe. Sie hätten sich genausogut in einem Vakuum befinden können, in einem fensterlosen weißen Raum.

»Na, Scotty, was gibt's?« eröffnete Anna das Gespräch, als Butkus aus der Kajüte der *Lorelei* herauskam.

»Nur Routine. Bei der Waschküche sind bestimmt ein paar Sonntagsfahrer unterwegs. Ich bleib heute in der Nähe von Rock.«

Anna vermutete, daß es Scotty nicht um die Gesundheit und das Wohlergehen der Touristen ging, sondern daß er das Loran-System nie so richtig kapiert hatte und nur ungern mit Radar fuhr. »Ja, es ist wirklich die totale Suppe«, sagte sie. »Ich brauche einen Blindenstock, damit ich zum Nordufer zurückfinde.«

Irgend etwas war anders an Scotty. Sein Hemd war frisch gebügelt wie immer, seine Stiefel glänzten. Aber er bewegte sich anders, seine Schultern waren straffer, seine Kopfhaltung selbstbewußter. Er wirkte arrogant, aufgeplustert. Anna wollte gern wissen, warum. Er spannte sie nicht auf die Folter.

»Ja.« Er kniff die Augen zusammen, um sie gegen die nicht vorhandene Sonne zu schützen, und blickte in eine nicht vorhandene Ferne. »Es ist ein beschissener Tag, vor allem, wenn man die halbe Insel versorgen muß.« Er stellte seinen gestiefelten Fuß auf die Reling und stützte den Ellbogen aufs Knie. Wie gut er nach Texas gepaßt hätte!

Butkus wartete darauf, daß sie ihn fragen würde, warum er für die halbe Insel zuständig sei, aber Anna hatte nicht die Absicht, ihm diesen Gefallen zu tun. Er gab vor ihr nach. »Es macht mir nichts aus, den stellvertretenden District Ranger zu spielen«, fuhr er fort. »Das bin ich inzwischen gewohnt. Aber dafür, daß ich die Arbeit eines stellvertretenden Chief Ranger machen soll, bekomme ich einfach nicht genug Geld.«

Das war also der Grund. Scotty schwebte im Schweinehimmel: Ralph und Lucas hatten beide frei. »Wo sind denn die andern alle?«

»Stimmt! Hab ich vergessen. Da oben in Amygdaloid kriegt man nichts mit. Gruppentreffen des Backcountry Management. Bis morgen.«

Mehrmals während der Saison verbrachten Lucas, Ralph, Marilyn – die leitende Naturkundlerin – und Lyle, der Chef des Straßen-Teams, drei Tage im Hinterland und debattierten Fragen des Wildnis-Managements.

»Ach so. Na ja, ich mach mich lieber wieder auf den Weg, ehe wir angerempelt werden«, sagte Anna.

»Wenn du hier noch was zu erledigen hast, dann tu das möglichst schnell«, befahl Scotty genüßlich. »An nem Tag wie heute brauche ich dich am Nordufer.«

»Wird gemacht.«

Der Nebel in Annas Kopf und außerhalb davon wurde immer dichter. Scotty und die *Lorelei* lösten sich in nichts auf, wie Gespenster bei Sonnenaufgang. Die *Belle Isle* sprang sofort an, und Anna beschleunigte. Bei dem dichten Nebel hatte man gar nicht das Gefühl, sich vorwärts zu bewegen. Der gezackten grünen Karte auf dem Radarschirm folgend, näherte sich Anna vorsichtig dem kleinen Hafen von Mott Island. Die *Loon*, die *Blackduck* und Pizza-Daves kleiner Flitzer waren alle sicher vertäut. Niemand, der nicht unbedingt mußte, war heute auf dem Wasser.

Anna legte an und ging dann den Kiespfad zum Verwaltungsgebäude hinauf, das dreißig Meter entfernt und unsichtbar war.

»Kaffee . . .«, krächzte sie an der Tür der Zentrale, und Sandra antwortete mit einem freundlichen Lachen.

»Ne frische Kanne«, sagte sie, ohne von ihrer Tastatur aufzublicken.

»Nach deinem Tod wirst du garantiert heiliggesprochen«, sagte Anna. Da sie wußte, daß der Chief Ranger tief im Wald steckte, borgte sie sich seine persönliche Kaffeetasse, einen weißen Becher mit der roten Aufschrift SMOKEY DER BÄR IST KOMMUNIST. Frischer Kaffee in einer richtigen Tasse, und schon sah der Tag nicht mehr so düster aus.

»Das ist nicht deine Tasse«, sagte Sandra vorwurfsvoll, als Anna den Kaffee eingoß. Anna merkte, daß sie das leise Klikken, als die Schnauze der Kanne die Tasse berührte, verraten hatte.

»Ich trinke aus der von Lucas«, gestand sie.

»Das ist fast so schlimm, wie wenn du auf dem Thron des Kaisers sitzen würdest«, warnte Sandra. Sie hatte ihre Arbeit abgeschlossen und wandte sich Anna zu.

»Ich werd meine Fingerabdrücke wegwischen, wenn ich fertig bin.« Anna trank einen Schluck und seufzte zufrieden.

»Arbeitest du heute hier, damit Scotty sich nicht so einsam fühlt? Es ist schrecklich, wenn man sich in Schale wirft, und dann ist niemand da, den man herumkommandieren kann.«

»Nein. Ich habe bereits den Marschbefehl vom Stellvertreter erhalten: zurück nach Amygdaloid, und zwar so schnell wie möglich. Das ist mir aber ganz recht. Ich bin nur vorbeigekommen, um ein bißchen zu tratschen.«

Um sich für die Information, die Sandra ihr beschafft hatte, zu revanchieren, erzählte Anna von der Affäre zwischen Jim und Carrie und wie sie beendet wurde. Sandra reagierte genau wie Patience mit dem schockierten Ausruf: »Beratung!« Da sie aber weniger zynisch war als Carries Mutter und Anna, hatte sie doch noch etwas Vertrauen zu Lucas Vega.

»Er wird sich schon was einfallen lassen«, sagte sie zuversichtlich. »Seine Mutter besitzt halb San Diego County. Da muß es doch ein paar kleine Senatoren oder Kongreßabgeordnete geben, auf die er ein bißchen Druck ausüben kann, damit diese ihrerseits auf jemanden Druck ausüben.«

Bei der zweiten Tasse Kaffee erkundigte sich Anna nach Jo. Sandra hatte sie ein paarmal getroffen und sie auch zum Abendessen eingeladen. »Sie arbeitet unheimlich viel«, berichtete sie. »Ständig erzählt sie von PCB und Fischen und Schleim und von irgendwelchen Prozenten von irgendwas. Sie hält jede Minute von jedem Tag genau fest.«

»Hauptsache, es hilft«, murmelte Anna, aber sie fragte sich, wie Jo wohl mit den endlosen Minuten der Nächte zurechtkam.

Über Tinker und Damien gab es nur Gutes zu berichten. Scotty hatte seine Erpressungsversuche offenbar eingestellt, und die beiden waren bester Laune. Sandra erzählte, sie würden jede freie Minute im McCargo Cove verbringen und nach dem mythischen Wanderfalken fahnden.

»Heute finden sie ihn bestimmt nicht«, sagte Anna.

»Ich hab gehört, es sei neblig.«

Anna trank ihren Kaffee aus. »Komm mit, Delphi«, sagte sie. »Führ mich zurück nach Amygdaloid.«

Als sie um Blake's Point bog, die Augen starr auf den Loran gerichtet, bedauerte Anna es fast, daß das Wasser so still war. Selbst das Geräusch von rauhen Wellen am Bootsrumpf wäre ihr lieber gewesen als dieses Nichts.

Zwischen Blake's Point und Steamboat Island vollführte Anna eine Wendung zu dem 248-Grad-Kompaßkurs, den ihr die Erfahrung und die Orientierungshilfen diktierten. Die Hafeneinfahrt von Amygdaloid, normalerweise eine zwar schmale, aber ungefährliche Passage, nahm einen anderen Aspekt an, wenn man keins der beiden Ufer sehen konnte. Anna suchte sich vorsichtig ihren Weg durch die Mitte.

Das Dock an der Ranger-Station war verlassen. Nachdem Anna die *Belle Isle* an ihrer Anlegestelle vertäut hatte, stieg sie aus.

Im Haus, umgeben von vier Wänden und mit einem knisternden Feuer im Ofen, schien der Nebel weniger bedrohlich. Anna nahm zwei Aspirin für ihre Kopfschmerzen, machte sich eine Tasse starken Tee und setzte sich an den Schreibtisch, um ihre bürokratischen Pflichten zu erledigen. Wie viele Tauchgenehmigungen wurden ausgestellt, wie viele Angelscheine verkauft, wieviel Einkommen mußte an die Michigan Fish and Game abgeführt werden? Sie verfaßte einen Bericht über zwei Feuerstellen, die sie auf Green Island zerstört und wieder saniert hatte, und schrieb eine halbe Seite über die Entfernung des Angelhakens aus dem Oberschenkel des Herrn aus Minneapolis/St. Paul. Außerdem mußte sie noch ein kurzes Formular ausfüllen über die Beschwerden von zwei Parkbesuchern, die sich beklagt hatten, das Partyboot *Spirogyra* habe zur Nachtruhezeit zuviel Lärm verursacht. Zu Ralphs Unterhaltung fügte Anna auch noch die Behauptung eines Besuchers hinzu, die Gäste auf der *Spyroga* hätten Wesen aus dem Weltall herbeigerufen. Anna überlegte, ob sie für die Sache mit Jim Tattinger ein normales Berichtformular nehmen sollte oder das für kriminelle Handlungen. Da sie wußte, daß Lucas gemeinsam mit Patience und seinem Vorgesetzten entscheiden wollte, ob der Vorfall als kriminelle Handlung zu betrachten sei, faßte sie einfach die Ereignisse schriftlich zusammen. Diese Zusammenfassung konnte später auf ein beliebiges Formular übertragen werden.

Bei einem Thunfischsandwich und laschen Kartoffelchips öffnete sie den Umschlag mit der internen Post, den sie von Mott mitgebracht hatte. Er enthielt eine vier Tage alte Notiz über das Treffen der Backcountry-Management-Gruppe und eine Ankündigung des geplanten Sommerfests, das jedes Jahr am 25. Juli auf der Insel abgehalten wurde. Eine Mitteilung weckte Annas besonderes Interesse: Lucas hatte einen Zwischenbericht über den Stand der FBI-Ermittlungen im Fall Denny Castle geschrieben. Es gebe keine neuen Informationen, hieß es da, und am Schluß stand etwas, was fast wie eine Drohung klang: »Frederick Stanton wird die laufenden Ermittlungen weiterführen.«

Der Tee, das Sandwich und die bürokratische Routine hatten eine normalisierende Wirkung auf Anna. Ihr Gehirn war nicht mehr ganz so vernebelt. Die Erleichterung darüber wurde nur durch das nagende Gefühl getrübt, daß sie irgend etwas vergessen hatte. Anna schob die Papiere auf ihrem Schreibtisch beiseite, legte die Füße hoch und kippte mit dem Stuhl nach hinten, den Kopf in die ineinander verschränkten Finger gebettet. Sie war schon immer der Ansicht gewesen, daß Rodin für seinen Denker eigentlich diese Pose hätte wählen sollen.

Während sie auf das blinde Fenster starrte, ging sie in Gedanken den Tag noch einmal durch. Das unbehagliche Gefühl betraf irgendwie das Gespräch mit ihrer Schwester.

Molly war ihr Maßstab für Vernunft, ihr Fels, ihr Anker, ihre Realitätskontrolle. Anna wußte, daß sie Molly ihr Leben verdankte. Nach Zacharys Tod hatte es Tage gegeben, an denen nur das Wissen, daß es ihrer Schwester etwas ausmachen würde, wenn sie sterben würde, sie daran gehindert hatte, ihren weingetränkten Kummer mit hundertfünfzig Stundenkilometern auf dem Henry Hudson Parkway zu beenden.

Molly hielt nicht viel von Selbstmord. ›Man muß im Spiel bleiben. Irgendwann wendet sich das Blatt. Wär doch schade, wenn man das verpassen würde‹, sagte sie immer.

Und heute morgen, als ihre Schwester in Schwierigkeiten steckte, hatte Anna nur gestammelt: ›Ach du liebe Zeit, es tut mir so leid . . .‹

Irgendwo in dem Gespräch war etwas vorgekommen, was Anna mehr hätte sagen sollen, als ihr klar war. Mollys ganze Berufstätigkeit basierte auf der Theorie: Wenn du aufmerksam und lange genug zuhörst, teilt dir selbst der leidendste Mensch mit, wie du ihm helfen kannst.

Vielleicht hatte sie einfach die Chance verpaßt, ihrer Schwester wenigstens einen Teil ihrer Schulden zurückzuzahlen. Anna setzte sich wieder aufrecht hin. Das nächste Mal würde sie noch genauer, noch länger zuhören.

Hinter dem Fenster zog die Dämmerung herauf. Zwei von Knuckleheads Jungen spielten in der Nähe der Lichtung. Ihr orangerotes Fell verlieh der Szenerie ihren einzigen Farbtupfer. Das kleinere Füchschen stand auf den Hinterbeinen und tanzte und versuchte, ein paar fette Schwarzhimbeeren zu erwischen. Der Anblick erinnerte Anna an den Fuchs mit den sauren Trauben aus Aesops Fabel, und sie mußte lachen.

Aber sie hörte abrupt wieder auf. Trauben. Plötzlich wußte sie, was sie in dem Gespräch mit Molly nicht kapiert hatte und was sie den ganzen Nachmittag verfolgt hatte. Es hatte nichts mit dem Seelenfrieden ihrer Schwester zu tun. Es waren die gelben Hosenträger des toten Weinkenners, die er getragen hatte, um seinen Rivalen zu irritieren. Knallgelbe Hosenträger, die an violett-schwarzen Trauben festgemacht wurden. Das war es, was ihr auf dem Weinetikett in Patience' Wohnung so bekannt vorgekommen war. Anna erinnerte sich an die Flasche im Mondlicht. Die Umrisse schwarzer Trauben, darüber verblaßte Linien, die im vertrauten Y altmodischer Herrenhosenträger endeten.

In dem engen Büro auf und ab gehend, versuchte Anna krampfhaft, sich an die Geschichte zu erinnern, die Molly ihr über die Weinprobe in Westchester erzählt hatte, über die Rivalität zwischen den beiden Spezialisten. Ein seltener kalifornischer Wein war während der Prohibition aus Napa Valley herausgeschleust worden – eine Schiffsladung, die dann auf dem Weg zur Grenze verschwunden war. Ein seltener Wein, der fast schon ein Mythos war. So selten, daß er für mehrere tausend Dollar pro Flasche gehandelt wurde. So selten, daß Mollys Patient bereit gewesen war, sein Leben zu riskieren – und zu verlieren –, um nicht eingestehen zu müssen, daß sein Rivale tatsächlich die verschwundene Fracht gefunden hatte.

Aber die Fracht war gefunden worden, aufgespürt von einer Frau, die für eine kalifornische Weinkellerei gearbeitet hatte, deren Lebensinhalt der Wein war, die zuerst und vor allem auf Geld aus war. Patience hatte den vermißten Wein auf der *Kamloops* entdeckt. Er hatte nicht auf der Frachtliste gestanden, weil er zwischen den persönlichen Besitztümern des Kapitäns nach Kanada geschmuggelt werden sollte.

Denny hatte etwas von der Plünderei geahnt. War der Sache nachgegangen. Seine Arroganz hatte verhindert, daß er sich vor einer kleinen Frau fürchtete, die in seine Welt gehörte. Da hatte Patience ihn irgendwie umgebracht. Sie hatte ihn ertränkt.

Mit einer Pobacke auf dem Schreibtisch sitzend, dachte Anna über die zynische blonde Frau nach, mit der sie sich angefreundet hatte. Ihr Mut, ihr klarer Verstand, ihre Dreistigkeit – all die Eigenschaften, die Patience so faszinierend machten – waren ihr bei ihren kriminellen Aktivitäten sehr nützlich gewesen. Selbst eine noch so geniale Scheidung konnte ihr auf Dauer nicht die eleganten Seidenklamotten finanzieren, und Patience war gierig. Die Gier hatte die edleren Gefühle besiegt. Die Gier beherrschte alles. Die Gier hatte den Diebstahl selbstverständlich und einen Mord möglich gemacht.

»Eins-zwei-eins, drei-null-zwei!« rief Anna in ihr Basisfunkgerät. Drei Versuche brachten keine Antwort. In dem von Gletschern gebildeten Innern der Insel gab es jede Menge Stellen, die man per Funk nicht erreichen konnte. Offenbar hatten Ralph und Lucas an einer dieser Stellen ihre Zelte aufgeschlagen.

»Verdammt«, flüsterte Anna. Mit dem Mikrofon in der Hand überlegte sie sich, ob es viel Sinn hatte, das Thema mit Scotty über Funk zu erörtern. Wenn Scotty Mist baute, würde Patience verschwinden, ehe jemand sie aufhalten konnte – mit oder ohne Nebel. Und Scotty baute bestimmt Mist. Anna hatte das Etikett gesehen, sie kannte die Geschichte, aber handfeste Beweise hatte sie keine. Scotty besaß nicht genug Geduld, um einfach abzuwarten, ohne Anspielungen zu machen oder pseudo-heroische Taten zu vollbringen. Bis Lucas und Ralph von ihrer Konferenz zurück waren, hatte Patience sich längst aus dem Staub gemacht.

Am besten sollte man sich erst mal gar nicht einmischen, beschloß Anna. Morgen würde sie nach Rock Harbor fahren. Dann war auch Lucas wieder da, und sie konnte alles mit ihm besprechen.

Anna legte das Mikrofon weg und starrte hinaus in den Nebel. Die jungen Füchse waren verschwunden.

›Wie hat sie es bloß geschafft, in die Kapitänskajüte reinzukommen, um das Zeug rauszuholen?‹ fragte Anna die Welt.

26

Ehe die Nacht das letzte bißchen Helligkeit verschluckte, mußte Anna ihre Abendpatrouille machen. Kurz schossen ihr aufsässige Gedanken durch den Kopf: ein Glas Rotwein hier am warmen Ofen statt einer Bootstour durch die Waschküche – wer würde das schon merken? Heute abend würde sie kaum irgendwelchen Touristen begegnen.

Aber wenn jemand die Gewässer nicht kannte, konnte er schnell in Schwierigkeiten geraten. Anna seufzte und zog ihre Goretexjacke über.

Die Hafeneinfahrt war leer. Zwei Boote lagen in der Herring Bay in der Nähe der *Belle Isle*, ein Dutzend weitere ankerten sicher in McCargo Cove. Anna machte sich wieder auf den Heimweg. Langsam schipperte sie durch den Nebel, der jetzt, nach Sonnenuntergang, von Weiß in Grau überging. Als sie Twelve O'Clock Point erreichte, zehn Kilometer von Amygdaloid Island entfernt, begann sie sich zu überlegen, ob sie sich zu Hause als erstes ein Glas Wein einschenken oder die Uniform ausziehen sollte.

Dieser schwierige Entscheidungsprozeß wurde unterbrochen, weil sich plötzlich ihr Funkgerät meldete.

Zuerst knisterte es ein paarmal, was ein Hinweis darauf war, daß jemand an seinen Mikrofonknöpfen herummachte. Dann erklang eine klägliche Kinderstimme. »Hallo? Hallo? SOS. Bitte! SOS.«

Anna nahm ihr Mikro und wartete darauf, daß der Anrufer zu senden aufhörte. Endlich hörte sie das Klick. »Verstanden«, sagte sie überdeutlich. »Ich heiße Anna. Wenn ich aufhöre zu sprechen, drückst du den Knopf am Mikrofon, sagst mir, wo du bist, und dann läßt du den Knopf wieder los, okay? Ich höre jetzt auf zu reden.«

Die darauffolgende Stille erschien Anna sehr lang, weil sie atemlos wartete, aber es waren sicher nicht mehr als fünfzehn oder zwanzig Sekunden. Ein paarmal machte es klick, dann kam endlich wieder die Kinderstimme. »Ich bin draußen bei der *Kamloops*. Meiner Mom ist irgendwas passiert. Ich glaube, sie ist tot. Bitte, komm.«

»Carrie Ann? Bist du das?« fragte Anna.

Nach einem kurzen Durcheinander – das Mädchen wollte reden, während Anna noch sendete – versuchte es Anna noch einmal: »Carrie Ann?« Diesmal kam sie durch.

»Ja?«

»Bist du an der Tauchboje der *Kamloops* oder bei Kamloops Island?«

»An der Boje.«

»Und deine Mom steckt in Schwierigkeiten. Was ist los?« Noch während sie redete, änderte Anna die Richtung. Sie war keine zwei Minuten von dem Wrack entfernt. Carrie Ann antwortete nicht. Anna machte noch einen Versuch, aber das Mädchen blieb stumm.

»Zwei-null-zwei, drei-null-zwei, verstanden?« Anna wollte mit Rock Harbor Kontakt aufnehmen. Scotty war ihre einzige Hoffnung auf Unterstützung. Selbst wenn sie Ralph und Lucas erreichen könnte – die beiden befanden sich zu tief im Backcountry, um helfen zu können.

»Äh . . . negativ.«

Anna berichtete kurz über ihr Gespräch mit Carrie. »Ich fahre jetzt zur *Kamloops*. Ich halte dich auf dem laufenden.« Dann probierte sie noch einmal, Ralph Pilcher zu erreichen. Keine Antwort. Scotty hörte mit. Er versprach, er werde Ralph von der Ostseite zu erreichen versuchen.

Vier Wegstunden tief im Backcountry, und es wurde dunkel – Ralph und Lucas konnten nicht viel Konkretes tun, aber es war Vorschrift, sie über solche Aktionen zu informieren. Und Anna mußte zugeben, daß es sie beruhigen würde, wenn sie im Ernstfall Funkkontakt mit ihnen hätte.

Die Situation war zwiespältig: Vielleicht saß Patience tatsächlich in der Klemme – aber es konnte natürlich auch sein, daß sie Anna in eine Falle locken wollte.

Im Zweifelsfalle für den Angeklagten, ermahnte sich Anna. Sie hätte nie gewagt, einen Hilferuf zu ignorieren. Der See war viel zu gefährlich. Und warum sollte Patience eine Konfrontation herbeiführen wollen? Sie hatte ja auch keinen Grund anzunehmen, daß Anna ihr auf die Schliche gekommen war. Anna griff wieder zum Mikrofon und rief Rock Harbor.

»Scotty, die Sache wird eventuell kompliziert.« Sie drückte sich absichtlich so vage aus, weil es keine Möglichkeit gab, über die Funkfrequenz ungestört ein Privatgespräch zu führen. »Wenn du auch schon mal losfahren könntest – ich brauche vielleicht Unterstützung.«

Still. Dann machte es zweimal klick, als wäre Scotty unsicher im Umgang mit dem Mikro. »Sobald es geht«, sagte er schließlich. »Ich hab Probleme mit dem Motor.«

»Blödarsch«, knurrte Anna, wenn auch nicht ins Mikrofon. Scotty log. Er konnte bei Nebel nicht navigieren und wollte sich irgendwie herausreden. »Hast du Ralph und Lucas erreicht?«

»Negativ.«

Loran – Long Range Navigation – brachte Anna zur Boje. Das Radarsystem verhinderte, daß sie die *Venture* rammte. Das Boot war ohne Licht im Nebel so gut wie unsichtbar. Anna brachte die *Belle Isle* längsseits. Vorsichtshalber holte sie ihre Smith & Wesson aus der Aktenmappe und steckte sie in die Tasche ihres Regenmantels. Dann kletterte sie über die Reling. »Carrie! Carrie Ann!«

Die Kajütentür öffnete sich langsam. Gegen die Kälte in einen Kinderschlafsack gehüllt, kam Carrie Ann Bittner angetappt.

»Was ist passiert?« fragte Anna. »Wo ist deine Mutter?«

»Sie ist tauchen gegangen«, antwortete Carrie in dem beleidigten Ton, den Anna inzwischen so gut an ihr kannte. »Es ist schon ne ganze Weile her, daß sie runtergetaucht ist. Sie hat sich bestimmt verletzt, oder sie ist irgendwo eingeklemmt.«

Anna konnte das Gesicht des Mädchens nicht genau sehen, und der Stimme war nichts zu entnehmen. Ohne weitere Erklärung ging sie an Carrie vorbei in die Kajüte. Sie war leer.

Warum war Patience bei dem schrecklichen Nebel hier rausgefahren und hatte auch noch ihre Tochter mitgeschleppt? Bei dieser Frage ging ihr plötzlich ein Licht auf. Ihr fiel das Klicken in der Leitung wieder ein, als sie mit Molly telefoniert hatte – das Klicken, das Molly für ein anderes Gespräch gehalten hatte, das sich aber nicht als solches herausgestellt hatte. Wahrscheinlich hatte Patience in Carries Zimmer den Hörer abgenommen, vom Tod des Weinkenners mit den gelben Hosenträgern gehört und sich ausgerechnet, daß Anna früher oder später ihre Schlüsse ziehen würde.

Wenn Patience Bescheid wußte, war es nachvollziehbar, daß sie ein letztes Mal tauchen wollte, um den Rest Wein zu bergen, ehe man ihr das Handwerk legte. Carrie wurde mitgeschleift, weil sie unter Hausarrest stand. Wenn sie allein zurückgeblieben wäre, hätte sie vermutlich bei Mr. Tattinger Trost gesucht.

»Wie lang ist deine Mom schon unten?« wollte Anna wissen.

»Hab ich doch schon gesagt«, knurrte Carrie. »Ne ganze Weile. Vielleicht ne halbe Stunde.«

Zuerst dachte Anna, Carrie wüßte nicht, daß eine halbe Stunde in der Tiefe für ihre Mutter das Todesurteil bedeuten konnte, aber dann fiel ihr ein, daß sie ja über Funk gesagt hatte: »Ich glaube, sie ist tot.«

»Warum taucht sie hier?« fragte Anna.

Carrie zuckte die Achseln. »Woher soll ich das wissen?« Sie klang eher sauer als besorgt. »Sie ist dauernd da unten.«

Anna gab Scotty über Funk ihre Pläne durch. »Ich mache einen kurzen Tauchgang«, sagte sie und dankte den Göttern, daß ihre Stimme nicht verriet, wie groß die Angst war, die wie Gift durch ihre Adern kroch.

»Zehn-vier«, erwiderte Scotty. »Ich bleibe auf dem verdammten Boot. Wirklich ein blöder Zeitpunkt für ein lahmes Pferd.«

Anna wiederholte ihre Beschimpfung von vorhin. Die Wut half ihr die Angst zu bekämpfen, während sie nun Taucheranzug, Flossen, Bleigewichte und Tanks anlegte. »Mach alle Lichter auf der *Venture* an«, befahl sie Carrie, die eingemummelt dastand und alles stumm verfolgte.

Ehe sie eintauchte, suchte sie die Wasseroberfläche sorgfältig mit ihrer Lampe ab, ob irgendwo Blasen oder Trübungen waren oder sonst irgend etwas, was auf einen Hinterhalt und ein Grab in den Wellen hindeutete. Der Nebel behinderte sie dabei ziemlich.

Schließlich hatte sie keine Wahl mehr, sie mußte los. Das Wasser war schwarz wie der Tod. Anna konzentrierte sich auf ihre Atmung, umklammerte ihre Lampe und ließ sich vom Heck der *Belle Isle* rückwärts ins Wasser rollen.

Die Kälte griff ihre Nebenhöhlen mit solcher Vehemenz an, daß sie das Gefühl hatte, ihre Augen würden von innen nach außen gepreßt. Ein paar Sekunden lang bekam sie vor Schmerz kaum Luft und verlor die Orientierung. Das Universum schrumpfte auf eine einzige, lähmende Wahrnehmung zusammen: erbarmungslose, tödliche Kälte.

Sie zwang sich, in den Brustkorb zu atmen und die eisigen Stiche bewußt durch sich hindurchgehen zu lassen. Dann korrigierte sie ihre Haltung und machte die Leine ausfindig, die Patience gelegt hatte. Unpassenderweise fiel ihr das Lied »Follow the yellow brick road« aus dem *Zauberer von Oz* ein, als sie der zitronenfarbenen Leine in die immer dunkler werdende Tiefe hinunter folgte. Zehn Sekunden, fünfzehn – zwei weiße Tiefenmarkierungen leuchteten auf. Anna blickte aufmerksam auf die Uhr und zählte. Das knallgelbe Seil, das sanft in dem schwachen Licht wiegte, das bedrängende Dunkel – die Welt war nicht größer als ihre Meßgeräte.

Der Druck nahm zu, und Anna spürte, wie ihr schwindelig wurde. Sie vergaß fast weiterzuzählen. Im Hinterkopf setzte ein dumpfer Schmerz ein. Es fiel ihr immer schwerer, zusammenhängend zu denken. Die leise Angst, die sie auf der *Belle Isle* empfunden hatte, war nun zu einem schrillen Monster geworden, das sich all ihrer Organe bemächtigt hatte. Dreiundsechzig Sekunden waren vergangen, seit sie die Wasseroberfläche verlassen hatte.

Das schlangenartige Seil hatte langsam einen richtig hypnotischen Effekt auf sie. Anna merkte, daß sie nicht mehr an die Gefahren der eisigen Tiefe dachte – auch nicht mehr an die Frau, die sie retten wollte. Irgendwie mußte sie sich bewußtmachen, daß Patience der Feind war, die Mörderin. Denny hatte das nicht getan, und sein Verstand hatte bestimmt in diesen Tiefen wesentlich besser funktioniert als der ihre.

Zwei Minuten, fünfundsechzig Sekunden: Der Grund blockierte den Strahl ihrer Lampe. Anna hielt inne. Mit einer Hand ergriff sie aus Sicherheitsgründen die gelbe Leine, dann knipste sie ihre Lampe aus. In den Jahren beim Park Service hatte sie bei gut einem Dutzend Rettungsaktionen mitgemacht. Normalerweise hätte sie jetzt eine Trillerpfeife genommen oder den Namen gerufen. Aber in diesem schrecklichen Schattenreich hatte sie nur ihre Lampe, die sie an- und ausknipsen konnte. In Dunkelheit gehüllt, inspizierte Anna den Seegrund.

Ein Aufblitzen, dann ein konstanter Lichtstrahl: Patience befand sich auf der Südseite des Wracks. Ohne ihre eigene Lampe wieder anzumachen, schwamm Anna zu dem Licht.

Als sie seitlich des Schiffs näher herankam, konnte sie sehen, daß Patience ihre Lampe auf dem Schiffsrumpf abgestellt hatte. In dem Lichtkeil sah sie Patience – oder eine Gestalt im Taucheranzug, die sie für Patience Bittner hielt –, wie sie kniend mit geschickten Bewegungen die Sauerstofftanks anlegte. Die Tanks sahen anders aus als die, welche Anna verwendete. Sie wurden einzeln angebracht, jeweils auf einer Seite der Tragbänderung. Neben Patience lag eine Netztasche voller dunkler Gegenstände.

Einen Moment lang weigerte sich Annas stickstoffverwirrtes Gehirn, die Situation zu erfassen. Dann fügte sich plötzlich alles zusammen – so schnell, daß Anna sich richtig blöd vorkam. Die Luke, die zur Kapitänskajüte führte, war zu klein, um mit den Sauerstofftanks durchzukriechen. Patience, die selbst in dem kompakten Taucheranzug kaum dikker war als ein Kind, verwendete seitliche Sauerstofftanks, von denen jeder seinen eigenen Regler hatte und die nur angeklippt wurden, so daß man sie schnell abnehmen konnte. Das erlaubte ihr, sie nacheinander durch das Bullauge zu schieben und dann selbst hinterherzuklettern.

Annas Fuß schlug mit der Flosse leicht gegen den Rumpf, wobei die Schnallen ein metallisches Geräusch an der Schiffswand machten. Patience fuhr mit dem Kopf herum. Anna wartete ab, merkte, daß sie den Atem angehalten hatte, und atmete weiter.

Patience Bittner schien nur kurz beunruhigt. Bei der Dunkelheit und unter der Maske war es zwar nur schwer zu erkennen, aber Anna hatte nicht das Gefühl, daß Patience gemerkt hatte, daß sie nicht mehr allein war.

Nachdem sie die Sauerstofftanks wieder angelegt hatte, packte Patience den Netzsack und begann den Rumpf des Schiffes hinaufzuschwimmen. Der Strahl ihrer Lampe war auf den schrägen Schiffboden gerichtet. Sie brauchte ganz offensichtlich keine Hilfe, und man hatte auch nicht den Eindruck, daß sie jemanden erwartete. Und es war eindeutig, daß sie noch keine halbe Stunde unter Wasser war. So wie Anna hatte sie sich für eine Kurztauchaktion entschieden. Gefährlich, aber für das Geld, das sie mit dem Wein verdiente, lohnte sich das Risiko durchaus. Die Zeit, die sie hier unten brauchte, machte mehr als eine Expedition erforderlich; jeweils für eine Ladung. Carrie hatte sich keine Sorgen um ihre Mutter gemacht, sondern sie verpfiffen, aus Rache für den Verlust ihres ersten Liebhabers.

Schärfer als ein Schlangenzahn – ein undankbares Kind, dachte Anna, *King Lear* zitierend.

Da die Zeit so knapp war, vermutete Anna, daß Patience mit ihrer Beute schleunigst wieder aufsteigen würde, aber sie schwamm zum Deck.

Im Schutz der Dunkelheit folgte ihr Anna, froh, daß sie das hier unten in der Tiefe lautlos tun konnte.

Ohne einen Moment an dem unbeleuchteten Eingang zu zögern, schwamm Patience in den Maschinenraum.

Anna glitt zur rechten Seite der Tür, so daß sie von innen nicht gesehen werden konnte, und wartete. Eine Minute verging, dann noch eine. Am anderen Ende des Raums, in dem Labyrinth aus Maschinen und schmalen Durchgängen, sah sie ein flackerndes Licht auf der Schotte.

Im Maschinenraum konnte es eigentlich nichts Wertvolles geben, jedenfalls nichts, wofür sich die wertvolle Zeit lohnen würde, die Patience dort verschwendete. Anna fragte sich, was Patience mit ihrem Wein im Wert von hunderttausend Dollar und mit fünf vierundsechzig Jahre alten Leichen dort verloren hatte. Sie blickte auf die Uhr. In wenigen Minuten war ihre Grundzeit abgelaufen. Noch ein bißchen länger, und sie brauchte zwanzig bis vierzig Minuten Dekompressionszeit.

Sie knipste ihre Lampe an und folgte Patience ins Innere der *Kamloops*.

Gleich hinter dem Eingang bekam sie fast einen Anfall von Klaustrophobie. Der Maschinenraum hatte eine niedrige Decke, und die Durchgänge waren sehr eng. Im Lichtstrahl konnte sie die grauen Schotten sehen. Rechts führte ein Durchgang in einen Raum voller Maschinen, die Gänge dazwischen waren gerade so breit, daß ein Mann durchpaßte. Vorne teilte sich die Passage in mehrere schmalere Gänge, die zwischen den einst funktionierenden Organen des toten Schiffs hindurchführten.

In dem klaren, stillen Wasser und in gut sechzig Meter Tiefe schienen die Wracks immer erstaunlich sauber, als wären sie erst vor wenigen Wochen untergegangen. Trotzdem lag über allem ein so feiner Schleier aus Schlamm, der kaum die Konturen der Maschine veränderte. Jeder Schlag mit dem Fuß wirbelte ihn auf. Anna schwamm sehr vorsichtig.

Das Licht auf die Bodenplanken gerichtet, damit es nicht Patience' Aufmerksamkeit erregte, bewegte sich Anna den

Gang hinunter. Da sie wußte, daß irgendwo die fünf Leichen Wache hielten, fühlte sie sich beobachtet, ein kribbeliges Gefühl im Rücken – jeden Moment konnte eine knochige Hand nach ihr greifen …

Der Lichtkreis von Patience' Lampe tanzte auf dem Schott am Ende des Ganges, ganz unnatürlich, immer auf dem Schott oder den Maschinen, immer sichtbar – als würde Patience nach Verfolgern suchen. Wie ein Irrlicht verschwand es, als Anna die Ecke erreichte. Wie ein Irrlicht führte es sie einen anderen, schmaleren Zwischengang hinunter.

Wie ein Irrlicht, dachte Anna – und dann wurde ihr plötzlich klar, daß sie, wie andere ahnungslose Reisende, absichtlich in die Irre geführt wurde. Patience mußte sie gesehen haben, als sie von der *Belle Isle* abtauchte, und hatte sie ins Schiff gelockt.

Anna hielt inne. Das Gefühl, daß tastende Hände nach ihr griffen, wurde immer stärker – bis sie ihr Herz in den Ohren pochen hörte. Sie fragte sich, ob das Geräusch durch die Schallwellen weitergetragen wurde. Langsam und mißtrauisch, den Blick auf das Licht gerichtet, das sie immer tiefer ins Schiffsinnere führte, schwamm sie den Weg zurück, den sie gekommen war. Die Leichen waren unwichtig geworden. Im Vergleich zu den Lebenden waren sie harmlos.

Irgend etwas stimmte nicht mit Patience' Lampe.

Das Licht, das vorher noch sehr hell gewesen war, wurde schwächer und merkwürdig unscharf. Schlamm! Patience rührte den Schlamm im Maschinenraum auf. Der Weg verschwand hinter einer undurchdringlichen Wand. Voller Panik versuchte Anna zu fliehen.

Patience war im Kreis gegangen, hatte sich zwischen den verwirrenden Durchgängen durchgeschlängelt und befand sich nun zwischen Anna und dem Ausgang. Die bräunlichgraue Wand kam auf Anna zu und löschte alles aus. Ihr Licht half nichts mehr. Das Wasser war völlig trübe. Schott, Bodenplanken, selbst Maschinen, die nur gut zehn Zentimeter entfernt waren – alles wurde unsichtbar.

Die Welt blieb stehen, existierte nicht mehr. Der See, das Schiff und jetzt selbst der Raum, in dem sie sich befand, erdrückten sie. Es gab keinen Ausweg. Sie konnte nichts tun. Anna wollte schreien – der Druck in der Brust wurde so unerträglich, daß ihr der Schmerz Tränen in die Augen trieb. Die Angst fraß sie innerlich auf. Sie hatte keine Kraft mehr. Die durch das Mundstück hektisch eingeatmete Luft verbrannte ihre Kehle mit eisigem Schlamm. In ihrem Kopf drehte sich alles. Sie konnte nichts sehen, nur wild um sich schlagen. Mit heftigen Kickbewegungen schwamm sie verzweifelt durch das trübe Wasser.

Ein quälender Schmerz schoß durch ihre linke Schulter. Als sie sich freikickte, schlug sie mit den Knien gegen eine harte Fläche. Panisch tastete sie mit den Händen darüber. Die Bodenplanken. Anna war gegen den Fußboden geschwommen. Ihr Gleichgewichtssinn war weg, ihre Sehfähigkeit war weg, ihr Gehör, alles. Nichts sagte ihr, ob sie tiefer in das Schiff hinein schwamm, zur Decke hinauf oder seitwärts in das Maschinenlabyrinth mit seinen verschlungenen Pfaden. Mit stumpfen, behandschuhten Fingern krallte sich Anna in das Metall des Fußbodens – oder war es das Schott? Die Decke?

Die Unsinnigkeit dieser Handlung ließ sie innerlich aufhorchen. Sie zwang sich zur Ruhe und dachte an die Grundregeln, die Ralph ihr beigebracht hatte. Atmen. Sie konzentrierte sich auf die Bewegung ihres Zwerchfells, spürte, wie sich ihre Brust hob, wie durch den Gummischlauch Luft eingesogen wurde, um das Vakuum zu füllen. Bewußt atmete sie ein und aus. Ihre Lippen waren ganz gefühllos, ihr Mund fühlte sich an wie aus Eis. Ein und aus. Es ist das rationale Denken, nicht die Position der Daumen, was uns gefährlicher macht als die Affen.

Das rationale Denken. Zuerst mußte sie mit mikroskopischer Genauigkeit herausfinden, wo sie sich befand. Sie stellte selbst die vorsichtigen Flossenbewegungen mit den Füßen ein und wartete, wobei sie spürte, wie ihr die Zeit davonlief – diese Substanz, die noch knapper war als Luft. Da sie sich nicht mehr regte, suchte das Bleigewicht, das sie gegen den Auftrieb mitgenommen hatte, seinen natürlichen Zustand, und sie sank leicht nach unten. Ihre Knie und dann auch ihre Hände berührten den Schiffsboden.

Du bist nicht mehr orientierungslos, sagte sie sich selbst – hauptsächlich weil sie den beruhigenden Effekt einer banalen Konversation haben wollte. Du befindest dich auf dem Boden des Maschinenraums der *Kamloops*. Nicht an der Decke. Nicht am Schott. Gut.

Sie schloß die Augen, um den braunen Schleier nicht mehr sehen zu müssen, der für sie der physische Ausdruck absoluter Verwirrung war. Im Geist versuchte sie den Weg nachzuvollziehen, den sie Patience gefolgt war. Ins Schiff, einen Korridor entlang, mit der Wand auf der linken Seite, rechts zu den Maschinen hin offen. Dann nach links, in einen anderen, schmalen Gang, dann wieder links durch eine offene Tür.

Vorsichtig, um ja nicht den Kontakt zum Boden zu verlieren, legte sie sich mit abgespreizten Armen und Beinen hin. Ihre linke Hand berührte das Schott, die rechte – nichts. Sie nahm also die Lampe in die rechte Hand, drückte den Bauch fest auf den Boden und fuhr mit der linken Hand in den Winkel, wo Schott und Boden zusammentrafen. So begann sie, sich rückwärts den kurzen Gang hinunter zu bewegen. Jedenfalls hoffte sie, daß sie rückwärts kroch und in ihrer Panik nicht umgedreht hatte, was bedeuten würde, daß sie tiefer ins Schiff hinein schwamm. Ihre Hand verlor den Kontakt. In Anna blitzte ein Hoffnungsschimmer auf. Es war genau die richtige Stelle für die Tür, die sie gesehen hatte, als sie bei der Verfolgungsjagd in den letzten Gang eingebogen war. Sie bewegte sich Zentimeter für Zentimeter nach rechts, bis ihre Lampe seitlich auf das Schott stieß. Wieder wechselte sie die Lampe in die freie Hand. Mit den Fingern tastend, machte sie eine erste Biegung, dann eine zweite.

Wenn die Karte in ihrem Kopf stimmte, mußte sie jetzt wieder an eine Tür kommen. Eine Unterbrechung in der Wand – sie glaubte schon, sie könnte entkommen. Voller Zuversicht schwamm sie weiter. Noch etwa sieben Meter, und sie würde hinaus in den See gelangen.

Mit der Hand dem Winkel zwischen Schott und Boden folgend, schwamm sie weiter. Aber keine Veränderung im Schlammschleier verhieß offenes Wasser. Kein andeutungsweise helleres Viereck in der hoffnungslosen Dunkelheit tröstete das Auge.

Das Schott ging in ein anderes über. Keine offene Tür, keine Freiheit. Die Wand ging in einem Winkel von neunzig Grad nach links weiter.

Wieder wurde sie von Panik überschwemmt, nachdem Hoffnung und Aktivität die Angst zwischenzeitlich verdrängt hatten. Anna konnte nicht atmen. Der Mechanismus ihrer Sauerstofftanks funktionierte nicht mehr richtig. Durch das Mundstück kam keine Luft. Sie unterdrückte den Impuls, die Maske abzureißen, um sich nicht so eingeengt zu fühlen.

›Atme!‹ befahl Ralph.

Ihr Mund war völlig taub von der äußeren und inneren Kälte. Mit ihren behandschuhten Fingern packte Anna ihre Lippen, drückte sie nach unten und paßte sie an den Regulator an, den sie gar nicht mehr spüren konnte. Mit dem Rükken zur Wand versuchte sie zu atmen. Luft. Sie nahm sie in sich auf, atmete sie wieder aus. Ich werde ruhig und friedlich sterben, dachte sie. Und am liebsten noch nicht gleich.

Die Karte, die sie im Kopf entworfen hatte, war hinfällig. Mit der Hand tastete sie das unerwartete Schott ab, auf der Suche nach etwas, das ihrem Gedächtnis auf die Sprünge helfen würde, damit sie eine neue Karte zeichnen konnte. Eine, die sie aus dieser Hölle heraus und zurück ins Land der Lebendigen führen würde.

Etwa zwanzig Zentimeter von der Ecke führte eine Fuge vertikal nach oben. Anna verfolgte sie mit ihren vor Angst und Kälte klammen Fingern. Die Fuge bildete einen rechten Winkel und dann noch einen. Eine Tür – ihre innere Karte hatte sie doch nicht im Stich gelassen. Patience hatte die Tür zum Maschinenraum verschlossen. Ein Hebel, der in einem

Winkel von fünfundvierzig Grad nach unten zeigte, befand sich links in der Mitte. Annas Hand umschloß das Metall. Einen Moment zögerte sie. Wenn die Tür nicht aufging, bedeutete das für sie den Tod.

Mit einer Kraft, die sie überraschte und beruhigte, drückte sie nach unten. Der Hebel rührte sich nicht. Mit nachlassender Energie versuchte sie, den Metallgriff nach oben zu reißen. Er gab nicht nach. Verzweifelt kämpfte sie mit einer Vorrichtung, die dafür bestimmt war, Stürmen standzuhalten, die tausend- und tausendmal mehr Druck ausüben konnten als ein menschlicher Arm.

Die Anstrengung machte sich bemerkbar. Nicht nur um sie herum war es dunkel, auch in ihr drin. Anna merkte, wie ihre Hände den Hebel loslassen wollten und ihr Wille dahinschwand wie ein Licht, das sich in der Nacht verliert. Sie fiel nach hinten, ihre Füße mit den Flossen hatten keinen Kontakt mehr mit der Wirklichkeit des Schiffsbodens. Mit der Kraft der Verzweiflung umklammerten ihre Finger noch einmal den Hebel. Aber sie konnte sich nicht halten, sie glitt in die schlammige Dunkelheit. Mit dem einen Fuß kickte sie die Lampe weg.

Wie aus endloser Ferne starrte sie auf das fallende Licht. Der Strahl verlor die graubraune Trübung und wurde immer klarer. Mit dem Rücken schlug sie sanft gegen etwas auf, ihr Fall wurde aufgehalten. Entgegen aller Logik klammerte sie sich immer noch an dem Türgriff fest.

Als sich der Schlammnebel lichtete, wurde auch Annas Kopf wieder klarer. Im Verlauf von mehr als fünfzig Jahren im Wasser des Lake Superior war der Türgriff auf der Offen-Position eingerostet. Patience hatte die Tür geschlossen, sie aber nicht verriegeln können. Wenn Anna gestorben wäre, dann hätte man ihre Leiche hinter einer unverriegelten Tür gefunden, ein ewiges Geheimnis: die Frau, die den Tod hinter einer offenen Tür gewählt hatte.

Eine kickende Fußbewegung brachte Anna zurück in die relative Freiheit des Seegrunds. Das letzte karge Licht des vom Nebel verschleierten Himmels Michigans war verschwunden. Die Seeoberfläche erschien nicht mehr heller. Außer der Lampe, die sie sich wieder geholt hatte, gab es keinen Lichtschimmer. Es war, als schwämme sie durch schwarze Tinte.

Anna überprüfte die Zeit. Sechs Minuten waren vergangen, seit sie in den Maschinenraum der *Kamloops* geschwommen war; fünfzehn, seit sie aus ihrem Patrouillenboot gesprungen war. Zehn Minuten war die maximale Tiefenzeit bei einer kurzen Tauchaktion, wenn man mit minimalen Dekompressionspausen wieder auftauchen wollte.

Erschöpft an Körper und Seele, suchte sie tastend nach der Rettungsleine, nach der Tiefenmarkierungsleine, die sie wieder nach oben bringen und ihr die Pausen angeben würde. Sie war weg – Patience war davon überzeugt gewesen, daß es niemand geben würde, der den Heimweg finden mußte. Ohne Licht an der Oberfläche war das Wasser so richtungslos wie das Weltall. Loszuschwimmen könnte den Tod bedeuten – wenn man in die falsche Richtung schwamm.

Anna drückte einen Knopf am Schlauch ihrer Niederdruck-Luftpumpe. Langsam begann sie aufzusteigen. Wie Pooh der Bär mit seinem Ballon, dachte sie, und dieser Gedanke war der optimistischste, den sie seit ihrem Sprung von der *Belle Isle* gedacht hatte.

Der kleine Kreis, den ihre Lampe auf das Deck der *Kamloops* warf, verschwand langsam, bis er schließlich das Totenschiff nicht mehr erreichte. Anna verlor jedes Gefühl von Bewegung. So sehr sie sich auch bemühte, sie schaffte es nicht, Chronometer und Tiefenmesser gleichzeitig im Auge zu behalten. Sie kam mit dem Zählen aus dem Takt, vergaß, wie weit sie gekommen war. Sie hatte keine Ahnung, wie schnell sie aufstieg, wie lange sie unten gewesen war.

Unter ihr, dort, wo der Lichtkegel in die Dunkelheit drang, schwebte eine formlose weiße Erscheinung heran. Anna versuchte, das Licht genau auf sie zu richten, aber die Gestalt bewegte sich hin und her, als wollte sie immer nur für eine Sekunde gesehen werden, um sich dann wieder ins unendliche Dunkel zurückzuziehen. Die Angst vor den ihr bekannten Gefahren, vor der Luftdruckkrankheit oder einer Embolie, weil das Blut in den Lungen Blasen bildete, hielt sie davor zurück, schnellstens die Flucht zu ergreifen. Dann war es direkt vor ihr – eine Leiche aus der *Kamloops*. Bleich. Tot.

Nein, nicht tot. Hände mit farblosen Hautfetzen griffen nach ihr. Doch ehe die Finger zugreifen konnten, entschwand die Leiche wieder im Dunkel. Dann tauchte Denny Castle auf. Er trieb auf Anna zu, aber auch er war nicht tot, er lebte und trug nichts als seine Kapitänsuniform.

Halb wach, halb im Traum wurde Anna nach oben getragen. Ralph kam vorbeigeschwommen, sah sie prüfend an und deutete auf eine Uhr, die sie nicht lesen konnte. Formvollendet, die perfekte Gastgeberin im schimmernden Seidengewand, bot ihr Patience ein Glas Wein an. Molly war auch da, aber das überraschte Anna nicht weiter, denn Molly war immer da, wenn sie in Schwierigkeiten steckte.

Dann träumte Anna von Fischen, die ihr mit nassen Schwänzen ins Gesicht schlugen. Ob sie die Augen geöffnet hatte oder wieder zu Bewußtsein gekommen war, wußte sie nicht genau, aber jedenfalls war die Dunkelheit nicht mehr so total. Die Fischschwänze waren Wellen. Sie hatte die Wasseroberfläche erreicht, und sie lebte. Der Nebel hatte den See immer noch fest im Griff. Anna begann zu schwimmen, aber es ging nicht. Sie hatte ja auch keine Ahnung, ob sie in Richtung sicheres Land schwamm oder hinaus in den See. Und die Kälte war inzwischen durch die Schichten ihres Taucheranzugs gedrungen, hatte ihre Muskeln aller Kraft beraubt und umklammerte ihre ohnehin schon so langsamen Gedanken mit tödlichen Fingern.

Wie himmlisch es jetzt wäre, sich einfach zurückzulehnen, zu schlafen, nicht mehr kämpfen zu müssen, aber Molly schimpfte mit ihr und sagte so was wie: Sie müsse im Spiel bleiben. Wenn ich mich ausgeruht habe, dachte Anna, dann werde ich schon kapieren, was meine Schwester da quasselt. Die Fische schlugen mit ihren Schwänzen, und Zigarrenqualm wehte über das Wasser.

Zigarrenrauch und Fische – das paßte nicht zusammen.

Anna zwang sich zum Aufwachen. Die Fischschwänze verwandelten sich wieder in Wellen. Der Zigarrenrauch blieb Zigarrenrauch, süßlich und schwer. Um die Halluzination abzuschütteln, zwang sich Anna, mit den Armen zu kraulen, mit den Füßen zu kicken. Der See fühlte sich an, als wäre er aus Beton, so unnachgiebig umschloß er ihre Glieder.

Der merkwürdige Rauch, klar wie ein Signalfeuer, blieb in der Luft. Blind und taub und mit schmerzenden Gelenken kämpfte Anna sich vorwärts, kickte sie die Kälte weg, kickte den Tod noch eine Minute weg.

Ihre Gedanken konzentrierten sich ganz auf den Geruch des exotischen Tabaks und darauf, daß sie sich bewegen mußte.

Bleib im Spiel.

Doch schließlich griff der Tod nach ihr. Er hatte es satt, auf die Überreste des Lebens zu warten. Ihre bleischweren Arme wurden gefesselt, und sie wurde vorwärts gezerrt. »Nein!« schrie sie gegen das würgende Mundstück.

Murmelnde Stimmen. »Wir haben dich. Wehr dich nicht. Wir haben dich«, sagten sie. Die Stimmen der Toten im Maschinenraum. Anna versuchte krampfhaft, ihre Träume abzuschütteln.

Das Atemventil, ihr Lebensodem, wurde von ihren gefühllosen Lippen gezerrt. Die Maske wurde ihr vom Gesicht gerissen.

»Anna!« rief jemand überrascht. Der Klang ihres eigenen Namens ließ sie auffahren, so daß ihre Lungen wieder zu arbeiten begannen. Sie atmete richtige Luft ein. »Anna, wir sind's.«

Der Kampf war zu Ende. Annas Kopf wurde wieder klar. Ohne die Maske konnte sie sehen. Tinker Coggins-Clarke beugte sich über sie. Sie hielt einen ihrer Arme fest umklammert. Damien den anderen.

»Du darfst nicht strampeln«, sagte Tinker sanft. »Sonst kippen wir um. Komm ins Boot. Der Tod kann dir nicht ins Boot folgen.«

Mühsam zwang Anna ihre Beine, die sich wie totes Treibholz anfühlten, sich zu bewegen, und Damien und Tinker zogen sie in ihren kleinen Aluminiumflitzer.

»Was macht ihr hier draußen im Nebel?« fragte Anna mit schwacher Stimme. Einen kurzen Augenblick dachte sie, daß sie die beiden eigentlich verwarnen müßte, weil sie ohne Licht fuhren, aber dieser Gedanke löste sich in erschöpftes Lachen auf.

»Wir wollten ein Experiment in sensorischer Deprivation machen«, erklärte Damien ganz ernst.

»Und Oscar hat das Zelt verpestet«, fügte Tinker hinzu. »Ich hab ihm gesagt, wenn er schon seine stinkenden Zigarren rauchen muß, dann kann er auch den Elementen trotzen.«

Anna blickte zum Bug. In einen winzigen gelben Regenmantel gekleidet und mit einem Haarband am Bug festgebunden, saß da der braunäugige Teddybär.

»Ich kauf dir ne Kiste Havanas«, versprach Anna. »Und einen roten Sportwagen.«

27

Die Coggins-Clarkes hatten sich ein paar Meilen von Kamloops Point durch die stille Dunkelheit treiben lassen – um zu fühlen, wie der See atmete, sagten sie. Soweit Anna es jetzt abschätzen konnte, war sie mehr als anderthalb Kilometer geschwommen.

Ohne Tauchflasche, Maske und Flossen, aber immer noch in ihrem Taucheranzug, lag sie wie ein gestrandeter Fisch in der Mitte des kleinen Motorboots. Auf seinen Wunsch hin – Tinker dolmetschte – war Oscar unter den Reißverschluß ihres Taucheranzugs gekrochen. Obwohl er damit riskierte, daß sein Pelz naß wurde, wie der kleine Bär erklärt hatte.

Nach der surrealen Erfahrung ihrer Tauchaktion kam es Anna nicht weiter verwunderlich vor, daß Tinker und Anna freundlich mit einem ausgestopften Bären im Regenmantel diskutierten. Im Vergleich zu der pechschwarzen, luftlosen Dimension fast sechzig Meter unter der Wasseroberfläche erschien ihr diese sanfte Form des Irrsinns fast glaubwürdig.

Halb sitzend, lehnte sie sich gegen Tinkers Knie. Sie spürte die langen, schmalen Finger ihrer Retterin seitlich am Kopf. Damit mein Kopf nicht wegrollt, dachte Anna und fühlte sich getröstet. Mit der anderen Hand betätigte Tinker den Hebel des 75-PS-Außenbordmotors.

Annas Arme und Beine waren bleischwer. Sie konnte sie kaum bewegen, nur manchmal zuckten sie unwillkürlich und schlugen geräuschvoll gegen die Wand des Aluminiumbootes. Wenn Anna redete, klang ihre Stimme weit weg, und die ganze Geschichte von Patience und dem Wein und der *Kamloops* wirkte absurd.

Den Kopf über einen Kompaß gebeugt, den er an einer Schnur um den Hals trug, steuerte Damien das Boot durch die Dunkelheit. Eine am Bug befestigte Taschenlampe war das einzige Licht.

»Vorsicht!« rief Anna plötzlich. Im Nebel hatte sie etwas gesehen – oder besser, erahnt. Augenblicklich drosselte Tinker den Motor und half Anna, sich aufzurichten.

»Oha!« meinte Damien gutgelaunt, als der Flitzer gegen ein schwimmendes Hindernis stieß. »Ein Boot«, sagte er.

»Klar ist das ein Boot«, sagte Anna gereizt, während sie versuchte, ihre nutzlosen Beine zu bewegen.

Tinker registrierte den mürrischen Tonfall. »Es geht dir besser«, lobte sie.

Anna lachte. Der stechende Schmerz, den das Lachen in ihrer linken Lunge, gleich beim Herzen, auslöste, beunruhigte sie. »Ja«, sagte sie und holte japsend Luft. »Au!« Dieses Stöhnen galt dem Schmerz im rechten Knie, als sie sich an der Reling des Bootes hochzog, gegen das sie gestoßen waren.

Halb aufrecht stehend konnte sie auf das Achterdeck blikken. »Das ist die *Belle Isle*. Sie muß losgemacht worden sein. Helft mir mal.«

Damien schob seine Schulter ungeschickt unter ihr Hinterteil und schaffte es, sie so auf die Bertram hinüberzuhieven, ohne daß sein eigenes Boot umkippte. Tinker und Damien folgten ihr mit etwas mehr Geschick und vertäuten ihr Boot mit der Achterklampe.

Auf wackeligen Beinen torkelte Anna zum Steuer. Nun, da sie wieder am Leben, an der Wasseroberfläche und auf ihrem Patrouillenboot war, kannte sie nur noch ein Ziel: Sie mußte Patience Bittner finden.

Tinker und Damien nahmen stumm auf der Bank gegenüber der des Lotsen Platz und beobachteten händchenhaltend, wie das Drama sich entwickelte – mit Interesse, aber nicht weiter besorgt. Anna vergaß bald, daß sie überhaupt da waren.

Ihr Verstand, der normalerweise sehr flexibel arbeitete, war kaum klarer als unter dem verwirrenden Einfluß von Martinis Gesetz bei zweiunddreißig Faden Tiefe. Schwindelanfälle schüttelten sie, und ihre Optik schien am Rande getrübt – obwohl man das wegen der Nebelschwaden im Fahrtlicht nicht mit Sicherheit sagen konnte. Anna wollte keinen Gedanken darauf verschwenden, ob die Störungen innerlich oder äußerlich waren. Auf jeden Fall innerlich waren die starken, stechenden Schmerzen im Knie und in der linken Schulter. Die Luftdruckkrankheit – Anna war zu lange unten gewesen, hatte sich zu sehr unterkühlt, war zu schnell aufgestiegen.

Im Vertrauen darauf, daß ihr Radargerät verhinderte, daß sie gegen irgendwelche Nachtschwärmer fuhren, brachte sie den Motor auf volle Touren. Noch nie war die Zeit ein so entscheidender Faktor gewesen wie heute. Aufstiegszeit, Grundzeit, Dekompressionszeit, die Zeit im eisigen Wasser und jetzt – falls sie zu lange unten gewesen war, falls sie zu schnell aufgestiegen war – die Zeit, bis sie eine Dekompressionskammer erreichte. Für Tiefseetaucher bedeutete »tempus fugit« nicht nur »die Zeit verrinnt«, sondern »die Zeit tötet«.

»Ich setze euch in Rock ab.« Anna fielen plötzlich ihre beiden Passagiere wieder ein, als sie um Blake's Point herum in die geschützte Einfahrt zwischen Edwards Island und Isle Royale einbog.

»Wir bleiben hier, bis jemand anderes bei dir ist«, sagte Tinker.

»Ich setze euch in Rock ab«, widerholte Anna.

»Nein.«

Anna beharrte nicht. Sie hatte Frauen wie Tinker gesehen, zarte, zerbrechliche Wesen, die sich an Bäume ketteten und sich vor Bulldozer legten und sich in die Netze von Thunfischbooten wickelten, daß ein halbes Dutzend kräftige Polizisten nötig war, um sie loszumachen.

»Zwei-null-zwei.« Anna versuchte, Scotty über Funk zu erreichen. Er antwortete nicht. Sie blickte auf ihre Uhr, die sie am Tiefenmesser befestigt hatte, als sie ihre Taucherausrüstung abgelegt hatte. »Cocktailstunde«, sagte sie ärgerlich. »Er hat sein Funkgerät abgestellt.«

»Dann such nen anderen«, schlug Tinker vor.

Anna konzentrierte sich wieder auf den Radarschirm und sagte nichts. Der Nebel am Rand ihres Gesichtskreises war eindeutig innerlich, sie konnte ihn weder wegblinzeln noch wegwischen.

Rock Harbor war so still und friedlich wie zu Beginn der Saison. Ein halbes Dutzend Boote lag so reglos am Dock, als säßen sie auf Beton. Das einzige, auf dem man Leben beobachten konnte, war die *Spirogyra*. Ihr Achterdeck war mit Papierlaternen dekoriert, die im Nebel diffuse rosarote und gelbe und grüne Farbkleckse bildeten. Geisterhaftes Lachen klang herüber.

Das Brummen eines Motors, der gerade gestartet wurde, störte die Stille. Ein klarer und ziemlich hoher Ton: ein Motor, der frisiert worden war. »Die *Venture*«, vermutete Anna laut. »Sie hat beschlossen, nicht so lange zu warten, bis die Leiche auftaucht.« Mit einem strengen Blick musterte sie Tinker und Damien, die immer noch händchenhaltend auf der Bank saßen wie zwei Teenager beim ersten Rendezvous.

»Nein«, sagte Tinker mit Nachdruck.

»Verdammt«, stöhnte Anna.

»Fahr los«, sagte Damien. »Der Windigo hat eine neue

Gestalt angenommen: Habgier. Er ernährt sich vom menschlichen Geist.« Seine Augen blitzten – angesichts des bevorstehenden Abenteuers wirkte er eher wie ein kleiner Junge als wie ein Magier.

»Mach den verdammten Seeanker los«, befahl Anna, und er rannte davon, um das Schnellboot zu befreien.

Indem sie beim einen der Zwillingsmotoren den Rückwärtsgang einlegte, beim anderen den Vorwärtsgang, wendete sie die *Belle Isle* in einem ganz engen Radius und wurde von Protestgeschrei belohnt, das von der im Kielwasser heftig schaukelnden *Spirogyra* kam.

Auf dem Radarschirm war nur ein Punkt zu sehen, der sich bewegte. Diesem Punkt folgte Anna. Entweder hatte Patience sich in den paar Sekunden, die das Wendemanöver in Anspruch genommen hatte, in Nichts aufgelöst und war durch ein anderes Fahrzeug ersetzt worden, oder der giftgrüne Fleck, der sich von Rock Harbor südwärts bewegte, war die *Venture*. Während sie die Motoren auf volle Touren brachte, schickte Anna ein Gebet zu jenem Gott, der so diffus war, daß er und das Prinzip Hoffnung ein und dasselbe geworden waren: Das Wasser möge keine halbversunkenen Hindernisse enthalten.

Ihre einzige Chance war es, Patience noch in der Hafeneinfahrt zu erwischen. Wenn die *Venture* erst auf offenem Wasser war, dann half nichts mehr. Die Bertram war ein starkes, gutgebautes Boot, aber nicht besonders schnell, vor allem nicht im Vergleich zu dem frisierten Motor in Bittners Kajütboot.

Wenn Patience merkte, daß sie verfolgt wurde, konnte sie selbst in der engen Hafeneinfahrt zu fliehen versuchen.

»Es hat ein paar Vorteile, wenn man tot ist«, sagte Anna. »Zum Beispiel ist es eine gute Tarnung.«

»Ja«, stimmte Tinker zu, und Anna fragte sich, was wohl passieren mußte, um die Coggins-Clarkes mal so richtig in Erstaunen zu versetzen.

»Tinker, meine Drei-Siebenundfünfzig liegt gleich hinter der Tür, auf der Bank links, unter meiner Hose. Hol sie doch bitte.«

Wortlos hüpfte Tinker von der Bank und öffnete die kleine Tür. Sekunden später tauchte sie wieder auf, den Revolver auf beiden Handflächen tragend wie eine heilige Opfergabe. »Das macht die Dinge komplizierter«, sagte sie, als Anna den Revolver auf das Armaturenbrett zwischen Radarschirm und Tiefenmesser legte. Tinker sprach so entschieden, daß Anna sich überlegte, ob sie neben den materiellen und spirituellen Dingen auch die unmittelbare Zukunft sehen konnte.

Der grüne Punkt auf dem Bildschirm wurde größer. Anna griff über Damien und Tinker weg, die sich wieder aneinandergeschmiegt hatten wie ein Liebespärchen, und stieß das Seitenfenster auf. Kalte Luft drang herein und mit ihr ein Geräusch, das nicht von den Motoren der Bertram stammte.

»Kann einer von euch beiden ein Boot steuern?« fragte Anna. Da fiel ihr der Aluminiumflitzer ein, und sie verbesserte sich: »Ein richtiges Boot, meine ich.«

»Damien kann das«, sagte Tinker. Zu jedem anderen Zeitpunkt hätte Anna den Stolz in ihrer Stimme rührend gefunden. Im Augenblick jedoch verstärkte er nur ihre Skepsis.

»Hmmm«, machte sie vage, aber sie hatte keine Wahl. »Wenn ich es sage, übernimmst du das Steuer – das Lenkrad«, erklärte sie Damien, der sich von Tinker losgemacht hatte und jetzt neben der Lotsenbank stand. »Tu überhaupt nichts, bis ich von Deck bin. Dann ziehst du diese Hebel nach hinten. Alle beide. Gleichzeitig.« Anna legte die Hände auf die Zwillingshebel. »Und dann schiebst du diese beiden Griffe bis zur Hälfte. Das ist der Leerlauf.« Mit der linken Hand berührte sie die Gangschaltung. »Und dann wartest du. Fahr nirgends hin. Wenn du in etwa zwanzig Minuten nichts von mir gehört hast, dann ruf über Funk nach Hilfe. Dann kommt jemand und holt euch. Kapiert?«

»Kapiert«, antwortete Damien mit einem so kindlichen Ernst, daß Annas Befürchtungen verflogen.

Eigentlich wußte sie, daß sie Patience entkommen lassen sollte, weil sie ohne Unterstützung vorging und Tinker und Damien in Gefahr brachte – im schlimmsten Fall handelte sie eine Zivilrechtsklage gegen den National Park Service ein, weil sie die Hilfe von unbefugten Angestellten in Anspruch nahm, die juristisch gesehen fast genausowenig dafür geeignet waren wie Touristen. Aber Annas Gelenke schmerzten, als wären sie ganz nach hinten gebogen worden, und ihre Sehfähigkeit hatte sich so verengt, daß sie, wenn sie sich nicht konzentrierte, das Gefühl hatte, bei einem Fernglas durchs falsche Ende zu schauen. Alles Symptome der Luftdruckkrankheit.

Patience Bittner durfte auf keinen Fall entkommen.

Der grüne Punkt wurde unscharf. In einer Entfernung von etwa sechs Metern traf der Scheinwerfer auf die gespenstischen Umrisse eines Achterschiffs. Im weichen Grün von Dollarscheinen war der Name *Venture* daraufgemalt.

Anna hielt die *Belle Isle* noch ein bißchen zurück. Sobald Patience sie erkannte, würde sie zu fliehen versuchen. Die *Belle* konnte dann nicht mehr mithalten, und mit der Waffe konnte Anna sie nicht aufhalten. Sie würde sie auch gar nicht einsetzen, selbst wenn sie könnte. Bestimmt war Carrie bei ihrer Mutter. Das Leben eines Kindes aufs Spiel zu setzen – auch wenn dieses Kind noch so eine Nervensäge war –, fiel nicht unter das Prinzip von Schützen und Bewahren.

»Hier.« Anna überließ Damien ihren Platz, ließ aber noch eine Hand am Rad und eine am Hebel, wie bei einem Fahrschüler in einer schwierigen Situation. »Ich nähere mich seitwärts. Du läßt alles so, bis ich von der *Belle Isle* runter und an Bord der *Venture* bin. Und was machst du dann?«

»Ich ziehe die Hebel zurück, gehe in den Leerlauf und warte«, antwortete Damien brav.

»Deine Hand«, sagte Anna. Er hob die rechte Hand. Anna nahm ihre vom Hebel, und er umschloß den Griff, als hätte er das schon sein Leben lang getan. In Annas Herz flackerte ein Hoffnungsschimmer auf, nicht so hell, daß man von Optimismus hätte sprechen können, aber immerhin besser als nichts.

Sie legte ihre Hand über die seine und schob den Hebel ganz nach vorn. Die *Belle Isle* preschte los, erreichte das Kajütboot, so daß ihre Backbordseite nicht mal einen Meter von der Steuerbordseite des kleineren Bootes entfernt war.

Die Zeit des Überlegens war vorbei, jetzt mußte sie handeln. Anna nahm ihre .357 und rannte von der Kajüte nach hinten auf Deck. Der Wasserstreifen zwischen den beiden Booten brodelte schwarz und erinnerte Anna an den eisigen, lichtlosen Tod, dem sie von der Schippe gesprungen war und der immer noch auf sie wartete. »Weil ich nicht auf den Tod gewartet hab . . .«, flüsterte sie, Emily Dickinson zitierend.

Sie nutzte die zwei Meter Deck, um Anlauf zu nehmen, und sprang dann über den immer breiter werdenden Abgrund zwischen den beiden Booten. Wegen des Nebels und weil alle sichtbaren Flächen sich mit unterschiedlicher Geschwindigkeit bewegten in der Dunkelheit und wegen der ungreifbaren weißen Lichtkegel hatte sie das Gefühl, zu fliegen – so wie man im Traum fliegt.

Der Traum fand ein jähes Ende, als sich die Spitze ihres einen Fußes in der Reling der *Belle* verfing. Das tosende schwarze Wasser kam näher. Anna riß die Arme nach vorn und umklammerte die Reling der *Venture*, aber der untere Teil ihres Körpers wurde vom See aufgesogen. Der Taucheranzug hielt die Kälte ab.

Der Schmerz in ihrer Schulter tobte zwischen den Knochen, und das bißchen Kraft, das ihr seit ihrer erschöpfenden Schwimmaktion wieder zugewachsen war, schwand dahin. Der Sog des Wassers, das Ziehen der *Venture*, die durch das Wasser schnitt, rissen Anna in zwei Teile, zerrten die Arme aus ihren Gelenken.

Vorsichtig lockerte sie ihren Griff etwas und ließ zu, daß das Wasser und die Triebkraft sie der Reling entlang nach hinten zum Achterschiff trugen. An der Stelle, wo das Kielwasser nach unten ging, machten die Wasserstrudel noch einen letzten Versuch, sie zu packen, aber Anna war bereits mit einem Fuß auf dem Tauchdeck. Ein Fuß, ein Knie, noch ein Knie, und der See mußte seine Beute freigeben. Anna polterte über das Heckgeländer auf Deck.

Sie landete auf Patience' Taucheranzug und Flossen, die

auf dem Deck herumlagen und den Aufprall etwas dämpften. Aber der Revolver war weg, ins Wasser gefallen.

Einen Moment lang blieb sie da, wo sie gelandet war, und beobachtete die beiden Plexiglasfenster hinten an der Kajüte. Kein erschrockenes Gesicht erschien, niemand spähte besorgt aus der Kajütentür. Entweder war der Krach bei ihrer Ankunft durch den Motorenlärm überdeckt worden, oder Patience glaubte, der Plumps sei durch die nichtverstauten Fender oder durch einen Schlag der *Belle Isle* hervorgerufen worden.

Anna richtete sich so weit auf, daß sie nach hinten sehen konnte. Das Kielwasser der *Venture* bildete zwei enge Streifen helles Wasser auf dem schwarzen See. Das plötzliche Auftauchen eines anderen Bootes hatte Patience dazu veranlaßt, den höchsten Gang einzulegen. Die *Belle Isle* verlor sich bereits im Nebel, mit stummen Motoren. Nur der rot-grüne Schimmer am Bug verriet ihre Position. Damien hatte seine Sache gut gemacht.

Nun war Anna dran.

Keine Waffe. Keine Möglichkeit, das Boot zu verlassen. Nicht unbedingt eine erstrebenswerte Lage. Der Überraschungseffekt arbeitete zu Annas Vorteil – und außerdem war sie größer, schwerer, besser durchtrainiert. Das letztere stimmte vielleicht nicht, verbesserte sie sich, während sie lautlos aufstand. Patience konnte ein Boot steuern, sie tauchte wie ein Profi und wußte genau, welcher Wein zu Fisch paßte. Wenn sie neben Ballettunterricht auch Aikido und Taekwondo gemacht hatte, dann stand Anna ein spannender Abend bevor.

Und die Vorstellung, einer noch so winzigen Mörderin ohne Pistole gegenüberzutreten, war beinahe so schrecklich wie der Gedanke an all die Regierungsformulare, die sie ausfüllen mußte, um den Verlust ihrer Dienstwaffe zu melden.

Vielleicht würde sich Patience ja widerstandslos ergeben und sich dem Arm des Gesetzes in Gestalt von Ranger Pigeon ausliefern. »Ja«, sagte Anna und schaute sich auf Deck nach etwas um, was sie als Waffe benutzen konnte.

Neben Patience' Taucherausrüstung enthielten die Taschen entlang der Reling die üblichen Geräte, die man auf dem Wasser so brauchte. Mehrere hundert Meter Leine, Schrubbürsten, einen Fischhaken an einem langen Holzstiel und außerdem Putzmittel: Scheuerpulver und eine blaue Flüssigkeit in einer Plastikflasche mit einer Spraypumpe aus Metall.

Anna ließ sich langsam auf ihre schmerzenden Knie nieder und schraubte die Sprayvorrichtung von der Flasche. Wenn sie das Metallding mit der Hand umschloß, kam sie vielleicht damit durch, wenn sie den allgemeinen Schockeffekt geschickt einsetzte – die Leute sahen nie genau hin, wenn sie erschraken.

Kurz überlegte sie, ob sie die Tür eintreten sollte, wie John Wayne in *McQ*, und nur zynisch »Klopf, klopf« rufen, während das Holz splitterte. Aber Türen, zumal Kajütentüren, waren um einiges stabiler, als man gemeinhin annahm. Womöglich brach sie sich nur ein paar Fußknochen und machte Patience auf sich aufmerksam.

Der Motor wurde langsamer. Die *Venture* näherte sich dem Ende der Hafeneinfahrt und würde an der Markierungsboje in der Middle Islands Passage aufs offene Wasser kommen. Anna wollte das bevorstehende Gespräch nicht weiter weg vom Land führen als unbedingt nötig.

Der individuell hergerichtete Evinrude-Motor, der das kleine Boot antrieb, befand sich in einem Maschinenkasten hinten auf dem Achterdeck. Anna drehte an den Flügelmuttern und klappte den Deckel zurück. Obwohl der Motor höherkalibrig war und über mehr PS verfügte als die Zwillingsmotoren der Bertram, war das Prinzip doch sehr ähnlich. Die schwarzen Zündkabel boten sich regelrecht an – Anna zog sie mit einem Ruck heraus und warf sie über Bord.

Der Motor stotterte und verstummte. In der darauffolgenden Stille fühlte sich Anna nackt, schutzlos. Jeden Moment mußte Patience auf Deck kommen, um nachzusehen, warum der Motor nicht mehr funktionierte.

Zusammengekrümmt, um die Fenster zu vermeiden,

schlich sie über das schmale Deck. Die eine Schulter drückte sie gegen die Kajütenwand, auf der Backbordseite, wo die Tür beim Aufgehen ihr einen gewissen Schutz geben würde. So wartete sie, die Metallpumpe in der Hand. Sie konnte nur hoffen, daß ihre Haltung bedrohlich genug war, um eine nähere Inspektion zu verhindern.

In der isolierenden Nebelhülle waren die Geräusche, die aus der Kajüte drangen, zwar sehr deutlich zu hören, aber gleichzeitig schien alles ganz unwirklich, als würde es nur in Annas Kopf passieren. Gedämpftes Klicken: Patience versuchte es mit dem Schlüssel. Ärgerliches Gebrummel, weil der Motor nicht reagierte. Dumpfes Knallen: Patience schob den Choke hinein, brachte den Gang in Leerlauf, drehte den Zündschlüssel, um dann auf Deck zu kommen und sich den Motor anzuschauen. Dann wieder Gemurmel: Vermutlich gab sie Carrie Ann irgendwelche Anweisungen.

Anna verkrampfte sich, zwang sich aber gleich wieder zu einer entspannteren Haltung und zu nüchternem Denken. Ein Schatten am Fenster, dann wurde die Kajütentür aufgestoßen. Ohne nach rechts und links zu sehen, strebte Patience auf den Motor zu.

Anna packte die Tür und schloß sie leise. Sie blockierte sie mit ihrem Körper und stemmte ihren Gummiabsatz gegen das Holz.

»Stehenbleiben!« sagte sie ruhig.

Patience riß die Arme hoch, warf sich auf die Knie wie eine Erweckungspredigerin und schrie: »Mein Gott!« Sie preßte theatralisch die Hände aufs Herz, aber da sie dermaßen schockiert aussah, hielt Anna diese Geste für nicht geplant.

»Bleib so auf den Knien und dreh dich um«, befahl sie knapp. »Gesicht zum Heck.« Sie umklammerte die Spraydüse mit beiden Händen, die Arme ausgestreckt, die Ellbogen durchgedrückt.

Patience drehte sich um, bis auf den Kopf. Das Kinn auf der Schulter, starrte sie immer noch Anna an. Der anfängliche Schock ließ langsam nach. Anna konnte ihr an den

Augen ansehen, daß ihre Denkfähigkeit zurückkehrte. Das Gesicht hatte nicht mehr die steinerne Starre. »Gesicht nach vorne«, sagte Anna. »Augen zum Motor. Aber plötzlich!«

Patience drehte das Gesicht weg.

»Leg dich langsam auf den Bauch«, befahl Anna.

»Mom!«

Die Tür drückte gegen Annas Rücken, und Anna preßte ihre Ferse noch fester dagegen, um sie geschlossen zu halten.

»Mom!«

Die Ablenkung gab Patience Mut. Anna konnte sehen, wie ihre Arme und Beine zuckten. »Komm gar nicht erst auf dumme Gedanken, Patience. Aus irgendwelchen Gründen sind meine Nerven heute ziemlich gereizt. Da kann es schon sein, daß ich dich plötzlich erschieße«, sagte sie.

»Carrie Ann!« rief sie dann, ohne die Augen von Patience Bittner zu nehmen. »Carrie Ann, ich bin's, Anna Pigeon. Geh weg von der Tür. Und verhalte dich ruhig.«

»Mom!« schrie Carrie wieder und rüttelte an der Tür.

»Setz dich hin und halt die Klappe!« brüllte Anna. In der Kajüte wurde es still, man hörte nur noch ein Geräusch, das entweder von schlurfenden Füßen oder von Polypen in der Nase herrühren konnte.

»Gesicht nach unten«, ermahnte Anna die am Boden liegende Patience.

Es gab nichts, womit sie ihre Gefangene fesseln konnte, außer der Tauchleine neben Patience' rechter Hand. Auf dem beengten Raum hatte Anna wenig Lust, so nahe zu Patience hinzugehen, daß sie sich die Leine holen konnte.

»Streck deine rechte Hand aus, Patience. Schön langsam. Gut. Nimm die Tauchleine in die Hand und bewege dann die Hand langsam zur Mitte deines Rückens.«

Mit einem kurzen Knurren gab Patience ihrem Widerstand Ausdruck, griff aber trotzdem nach der aufgerollten Leine. Sich windend wie eine Schlange, auf die jemand getreten ist, rollte sie ein Stück und warf Anna die Leine ins Gesicht.

Instinkt und Training halfen Anna, das Gleichgewicht zu

behalten. Ihr Finger drückte den Abzug. Ein paar schaumige Tropfen sickerten aus der Düse. Ihr eigener Trick hatte sie eingeholt. Der kurze Augenblick genügte. Patience riß den Fischhaken aus seiner Halterung und sprang auf die Füße.

»Spring, Anna!« rief sie. »Spring. Vielleicht schaffst du's. Ich hoffe, du schaffst es. Spring.« Mit der Kraft der Verzweiflung stürzte sie auf Anna los und holte aus.

Es gab keinen Ausweg – nur das schwarze Wasser. Anna blieb stehen. Der Fischhaken war spitz. Anna spürte, wie er durch ihren Tauchanzug durchging, sie an der Brust verletzte. Sie sah ihn an der anderen Seite wieder herauskommen.

Sie hatte nicht die Zeit, sich zu überlegen, ob sie schwer verletzt war. Mit der Hand packte sie den Holzgriff, ehe Patience noch einmal ausholen konnte. Sie umklammerte ihn mit aller Kraft und zog, aber Patience ließ nicht los. Das blonde Haar fiel Patience wild ins Gesicht, und sie schob den Unterkiefer vor wie eine Bulldogge.

»Patt«, sagte Anna und hielt ihr Ende der langen Stange fest. »In acht oder zehn Stunden wird es hell. Dann wird jemand vorbeikommen. Der Ranger gewinnt immer. Warum hören wir nicht auf und sparen uns eine schreckliche Nacht?«

Patience ließ sich weder einlullen noch überzeugen. Sie fand Annas Vorschlag auch nicht lustig. »Du hältst nicht durch bis morgen früh, Anna. Aber ich. Du bist verletzt. Ich habe dich verletzt. Du bist krank, du hast die Luftdruckkrankheit. Vielleicht eine Embolie. Ich seh's an deinem Gesicht. Deine Lungen füllen sich mit Blut. Und du blutest an der Stelle, wo der Haken dich erwischt hat. Du stirbst, ehe die Sonne aufgeht, und ich bin noch da.«

»Okay«, sagte Anna zustimmend. »Dann hab ich nicht die ganze Nacht.« Immer eine Hand vor die andere legend, begann sie sich dem Holzstiel entlangzuhangeln. »Wie wär's damit: Ich bin größer und stärker als du, ich wiege zehn Pfund mehr als du, und ich bin stinksauer?«

Annas Hand erreichte die von Patience. Diese umklammerte den Griff noch fester, aber der Kampf um den Fischhaken war vorbei. Während Anna die eine Hand um Patience' Handgelenk schloß, zog sie mit der anderen ihren Daumen vom Holz weg. Diese Geste mochte Patience etwas kindisch erschienen sein – bis der Schmerz einsetzte. Als Patience kapierte, was vor sich ging, war er bereits in eine Art Lähmung übergegangen. Der Schmerz kann die Stelle planvollen Denkens einnehmen, und mit der Zeit tun die Menschen alles, nur um ihn loszuwerden, genau wie die Tiere, denen sie sich so überlegen fühlen.

»Runter«, sagte Anna und drückte Patience' Daumen wieder in Richtung Handgelenk. »Leg dich hin.«

Patience gehorchte.

»Halt still. Gleich ist alles vorbei. Halt still.« Anna schlang die Tauchleine um Patience' schmale Handgelenke und zurrte das Plastikseil fest. Es würde tief einschneiden, vielleicht sogar die Blutzufuhr blockieren. Wie bedauerlich, wenn die elegante, zierliche Frau verkrüppelt würde.

»Nicht übermäßig bedauerlich«, sagte sie laut. Die bedeutungslosen Wörter erschreckten sie. Ihr Verstand arbeitete nicht ganz richtig, ihr Sehvermögen war immer noch getrübt. In dem Bewußtsein, daß sich ihr Zustand verschlechterte, fesselte sie auch noch Patiences schmale Fußgelenke, dann band sie das Seil an die Pfosten am Achterdeck und in der Mitte des Schiffs, damit Patience nicht versuchen konnte, irgendwie wegzukriechen.

»Carrie Ann!« schrie Patience. »Komm raus, Schätzchen.«

»Bleib, wo du bist«, befahl Anna.

Aus der Kajüte kam kein Ton.

»Schlag das Funkgerät kaputt!« rief Patience.

»Herrgott!« Anna stürzte zur Tür.

»Du kriegst dein eigenes Telefon!« schrie Patience. Sofort hörte man das Geräusch zersplitternder Elektronik. Patience lachte. »Eine Mutter kennt eben ihre Sprößlinge.«

Anna merkte, daß ihr schwindelig wurde. Sie lehnte sich mit dem Rücken gegen die Kajütentür und rutschte langsam nach unten, bis sie mit dem Po das Deck berührte. Einen

Moment lang glaubte sie, ihre Sehkraft würde zurückkehren, aber dann merkte sie, es war der Nebel, der echte Nebel außerhalb ihres Gehirns, der sich lichtete.

»Du stirbst«, zischte Patience. »Du ertrinkst in deinem eigenen Blut. Dir ist schwindelig, stimmt's? Deine Augen machen nicht mehr mit?«

Anna schüttelte den Kopf, aber durch die Bewegung begann sich das Deck zu drehen, und sie hörte schnell wieder auf.

»Deine Gelenke tun weh, stimmt's? Das ist erst der Anfang.«

»Ruhe!« befahl Anna erschöpft und legte den Kopf an die Tür. Über sich, hinter den wogenden Nebelschwaden, erblickte sie einen Stern, aber als sie genauer hinschaute, verschwand er.

»Du blutest innerlich und äußerlich«, fuhr Patience fort. »Die Lungen und die Brust. Der Fischhaken hat dich erwischt. Gleich wirst du ohnmächtig. Dann kommt Carrie raus. Glaub mir. Das Flehen der Mutter und so weiter. Ich werd dich den Fischen zum Fraß vorwerfen, Anna. Wenn du mich jetzt losbindest, dann setze ich dich irgendwo in der Nähe am Ufer ab, wo sie dich finden können. Und wo du ärztlich versorgt wirst. Das kann ich tun. Du bist schon viel zu kaputt – für mich bist du keine Gefahr mehr. Bind mich los, Anna. Ich will nicht, daß du stirbst.«

Noch ein Stern. Dann war auch der verschwunden. »Wolltest du, daß Denny stirbt?« fragte Anna, um zu verhindern, daß ihre Gedanken wegrutschten und sie das Bewußtsein verlor.

»Du lieber Gott!« zeterte Patience. Zappelgeräusche zwangen Anna, den Kopf zu drehen. Patience wollte sich losreißen, aber das Seil hielt stand.

»Sag, wolltest du das?« hakte Anna nach.

»Denny war ein Idiot.«

»Er hat einen großen Einteltank mit Y-Ventil von der *3rd Sister* geholt und dich mit der *Blackduck* verfolgt«, half Anna nach.

»Denny war ein Taucher. Er hat überall auf der Welt getaucht. In Australien. In Mexiko. Er war in Höhlen. Er wußte, wie ich in die Kapitänskajüte gekommen bin. Er hat seinen Sauerstofftank abgenommen und durch die Luke in die Kajüte geschoben.«

Jetzt waren es zwei Sterne. Anne merkte, wie ihr alles zu entgleiten begann, und versuchte, ihre Augen auf die fernen Lichtpunkte gerichtet zu lassen. »Während du schon in der Kajüte warst?«

»Ja, ich war schon drin. Was hat er denn erwartet? Daß er nur zu winken braucht – und schon folge ich ihm brav ins Gefängnis? Dieser Schwachkopf. Ich hab den Tank gepackt, ihm den Regler aus dem Mund gezogen und die Luke zugeknallt. Zwei Sekunden, höchstens drei.«

Vor ihrem inneren Auge sah Anna, wie Denny mit seinem Tauchermesser an der Luke herumkratzte. Die Bewegungen wurden immer unkoordinierter, weil seine Lungen zu platzen begannen. Dann die Luftbläschen, der panische Atemzug, der ihn mit Wasser füllte. Ertrunken, tot.

»Ich hätte versucht, möglichst noch die Wasseroberfläche zu erreichen«, sagte Anna. »Denny genauso. Jeder hätte das getan.«

»Denny hat die Luke aufgekriegt.«

Anna zwang sich, die Augen zu öffnen. Patience schaute sie an, eine Wange auf das Deck gepreßt. Das Haar fiel ihr strähnig über die Augen. Sie sah aus wie ein gefangenes Tier. »Ich hab seinen Arm gepackt, als er hereingriff, und ihn nach oben gegen das Schott gedrückt und meine Füße auf beiden Seiten abgestützt, bis er aufgehört hat, sich zu bewegen.« Patience sprach mit gezielter Absicht. Die Drohung in ihren Worten war unüberhörbar.

Die Angst riß Anna aus der Erstarrung. Patience erzählte von Dennys Tod. Das hieß, Patience glaubte, Anna würde sterben. Anna versuchte sich aufzurichten und lebendig, einschüchternd zu wirken. »Du hast ihm dann den Tank wieder umgeschnallt, bist aufgestiegen und hast die *Blackduck* losgemacht.« Anna wollte das Gespräch wieder an sich reißen.

»Ruh dich aus«, sagte Patience. »Leg dich zurück, Anna. Schlaf ein bißchen, nur eine Sekunde. In einer Sekunde kann nichts passieren.«

»Du Schwein«, flüsterte Anna. Mit aller Kraft biß sie sich auf die Innenseite des Mundes, bis sie den Salzgeschmack spürte – sie hoffte, dieser neue Schmerz würde ihr helfen, wieder klar zu denken, aber er verschmolz mit all den anderen Schmerzen.

Ein weißes Licht erschien und hüllte sie ein, hüllte das Boot ein. Nebelschwaden hoben sie empor zu den Sternen wie schimmernd weiße Finger.

»Anna. Anna.« Eine sanfte Stimme erfüllte die helle Luft, eine Stimme, die allgegenwärtig war und von allen Seiten gleichzeitig kam. Eine Stimme, die so freundlich war, daß Anna wußte, sie konnte diese Welt nun loslassen und in die nächst hinübergleiten.

»Verdammt«, murmelte sie. »Das war's dann wohl.«

28

»Fast in zwei Hälften geschnitten. Sieh mal, Blut, Blut im Sägemehl.«

»Die Unsterblichkeit liegt in deinen Händen . . .«

»Nadel und Faden sind alles.«

»Und ein Putzlappen.«

»Leg sie hierhin, Dave.«

»Carrie . . .«

Anna konnte nicht folgen. Die Welt um sie herum tauchte auf und verschwand wieder. Zweimal schon hatte sie gefragt: »Wessen Blut?«

Irgendwie war Tinker da. Sie hatte geantwortet: »Deins. Vermischt mit seinem.«

»Sägemehl«, hatte Damien seine Frau verbessert, und Anna hatte wieder den Faden verloren. Sie merkte, wie jemand sie mühelos hochhob, als wäre sie so leicht wie ein kleines Kätzchen. Das konnte nicht Damien sein, soviel wußte sie. Einmal hatte sie unter Qualen die Augen geöffnet und über sich Pizza-Daves Pfannkuchengesicht gesehen.

»Das kann nicht stimmen«, hatte sie gesagt, und irgend jemand hatte daraufhin gemurmelt: »Schsch. Ruh dich aus.«

Irgendwo in der Ferne glaubte sie Patience' leise Stimme zu hören, drängend und überzeugend, als wollte sie etwas verkaufen. »Kauft es ihr bloß nicht ab«, hatte Anna genuschelt und dabei gedacht, wie schön es wäre, wenn sie deutlicher sprechen könnte.

Dann war da Ralphs Stimme. Und Motorengebrumm. Anna erwachte in einem winzigen Raum voller Dunkelheit und Lärm. Durch ein Fenster blickte sie nach oben. Am Himmel leuchteten die Sterne und der Halbmond. Ihre Füße waren hochgelegt und zeigten auf ein Bord, das mit gedämpften, runden grünen Lichtern beleuchtet war. Sie lag auf der rechten Seite, der Kopf tiefer als die Füße.

Alles tat ihr weh. Ihre Brust brannte, und immer wieder schossen ihr scharfe Schmerzen durch Schulter und Knie. Vorsichtig wackelte sie mit den Zehen. Sie funktionierten bestens. Im Lauf der Jahre war sie öfter gestürzt: Knochenbrüche, Muskelrisse. Die große Sorge galt immer der Wirbelsäule – Lähmung. Sie hatte wieder einmal Glück gehabt.

Dann fiel ihr ein, daß sie ja gar nicht in Texas von einer Klippe gestürzt war. Sie war auch nicht von einem Pferd abgeworfen worden. Der See hatte sie in seiner dunklen Umarmung erdrückt. Die Verletzungen waren innerlich, so gefährlich und unerbittlich wie die Tiefe. »O Gott ...«, flüsterte sie.

»Wird ja langsam Zeit«, sagte eine freundliche Stimme.

Vorsichtig, damit ihr der Kopf nicht von der Schulter rollte, drehte sich Anna, weil sie sehen wollte, wer gesprochen hatte. »Ralph.« Der District Ranger saß auf dem Stuhl neben dem Brett, auf dem sie festgebunden war. Sie freute sich sehr, als sie ihn sah, und ärgerte sich, daß ihre Stimme so ausdruckslos klang. Um ihm zu zeigen, wie sehr sein Anblick sie entzückte, versuchte sie, sein Knie zu berühren, aber ihr Arm war bandagiert. »Ralph«, sagte sie noch einmal. Mehr brachte sie nicht zustande.

»Ist schon gut, Anna. Alles ist in Ordnung. Du bist in einem Wasserflugzeug. Sid fliegt ganz niedrig, damit deine Luftdruckkrankheit nicht noch schlimmer wird. Wir sind gleich in Duluth. Dort wartet ein Ambulanzhubschrauber auf uns. Die haben alles – sogar echte Sanitäter. Dann wirst du in die Dekompressionskammer in Minneapolis transportiert. Du kommst schon wieder auf die Beine.«

»Backcountry . . .«

Ralph legte seine warme Hand auf ihre Stirn, um sie zu besänftigen. »Lucas und ich, wir haben dein kleines Funkdrama mitgehört«, sagte er. »Wir konnten nur nicht antworten. Ich wollte eigentlich ins Bett gehen und dich alleine gegen die Mächte des Bösen kämpfen lassen. Aber du kennst ja Lucas, er muß immer gleich zupacken. Er hat uns zu einem Gewaltmarsch durch die Dunkelheit gezwungen. Wir sind gekommen, als die Kids gerade die Kampfteilnehmerinnen in Rock abgeliefert haben. Lucas kümmert sich um die Übeltäterin, und ich habe dich übernommen.«

Zum zweiten Mal versuchte Anna, ihn zu berühren, weil sie ihm so gern zu verstehen geben wollte, daß sie kapiert hatte, was er sagte, und daß sie es zu schätzen wußte. »Mein Arm«, beschwerte sie sich, als sie sich wieder der Bandagen bewußt wurde.

»Reine Routine«, versicherte ihr Ralph. »Mit deinem Arm ist alles in Ordnung. Ich hab ihn nur festgebunden, um zu verhindern, daß du ihn bewegst und damit die Brustverletzung belastest. Nichts Schlimmes«, fuhr er fort. »Du kannst immer noch einen Badeanzug anziehen. Es ist eigentlich nur ein Kratzer – gut nen Zentimeter tief und fünfundzwanzig Zentimeter lang. Scheint schlimmer, als es ist. Es hat unheimlich geblutet. Du hast schrecklich ausgesehen, als Lucas und ich gekommen sind – voller Blut und Sägemehl.«

»Sägemehl?« Anna erinnerte sich, daß sie das Wort vorhin schon einmal gehört hatte. Es war ihr genauso merkwürdig vorgekommen wie jetzt.

»Ja. Sag mal – warum hattest du überhaupt einen Teddybären unter deinem Taucheranzug? Patience hat ihn durchgeschnitten. Der Bär war genau das richtige – sie hätte dich viel schlimmer verletzt mit dem Fischhaken, vielleicht hätte sie dich sogar getötet. Der Bär hat den Schlag abgefangen, und das Sägemehl hat dann die Blutung gestoppt. Ich werde das an die Polizei in Los Angeles durchgeben. Schußsichere Westen sind out. Teddybären als Schutz für die Beamten – das bringt's.«

»Oscar.« Anna drehte den Kopf weg. Tränen stiegen ihr in die Augen und kullerten über die Wangen in ihre Haare.

Die Hubschraubersanitäter waren effizient und freundlich. Das wunderte Anna nicht. Während ihres kurzen Aufenthaltes im nördlichen Midwest hatte sie die Erfahrung gemacht, daß die Einwohner von Minnesota effizient und freundlich sind. Der Helikopter – ein Augusta, wie man ihr stolz mitteilte – brauchte für die Strecke Duluth–Minneapolis eine gute Stunde.

Ralph war immer bei ihr, nun nicht mehr als primäre Bezugsperson, sondern als Begleiter. Er saß am Fuß ihrer Tragbahre. »Ich komm mir vor wie die Brautmutter«, lachte er.

Anna kapierte nicht, was er damit meinte. »Warum?« wollte sie wissen.

»Einfach so«, sagte er. »Du ganz in Weiß, und alle zupfen an dir rum, und mit mir weiß keiner so recht was anzufangen. Keine Sorge, Anna – ich werd keine blöden Witze mehr machen.«

»Gut.« Und während sie wieder wegdöste, hörte sie Ralph leise lachen.

Als sie wieder in die wache Welt zurückkehrte, landete der Hubschrauber gerade.

»Wir sind da«, sagte eine Sanitäterin, eine kräftige, gutaussehende Frau mit großen Zähnen und einer herausgewachsenen Dauerwelle. »Neunter Stock, Hennepin Medical Center. Gleich sind Sie in Jos U-Boot.«

»Ich verstehe überhaupt keine Witze mehr«, entschuldigte sich Anna müde. Sie nahm an, daß die Sanitäterin etwas Lustiges gesagt hatte, wie Ralph vorhin. Die Frau lächelte nur und tätschelte Anna sanft die Schulter.

»Machen Sie sich keine Gedanken«, sagte sie.

›U-Boot‹ war eine sehr passende Beschreibung der Dekompressionskammer. Mit einer Sauerstoffmaske auf dem Gesicht schaffte es Anna, die ganzen sieben Stunden durchzuschlafen, während der Druck gesenkt und dann langsam wieder gesteigert wurde. Das letzte, woran sie sich deutlich erinnerte, war ein freundliches Lächeln und die Stimme einer Frau, die sagte: »Entspannen Sie sich. Wir arbeiten gut unter Druck.«

Krankenzimmer machten Anna immer schlechtgelaunt. Um so mehr, wenn sie die Patientin war. Verzweifelt blickte sie hinaus über die Dächer. Vom schwarzen Asphalt der Straßen stieg eine dampfende Hitze auf. Abzugsschächte mit kuppelartigen Dächern und andere Aluminiumkonstruktionen vollendeten die Monotonie. Die großstädtische Skyline von Minneapolis verdeckte den größten Teil des blauen Himmels. Eine mickrige Reihe grüner Bäume wies auf die Marquette Avenue hin, aber diese kläglichen Spuren lebendiger Natur im Beton deprimierten Anna nur noch mehr.

Um sich aufzumuntern, plante sie eine kleine Einkaufssause, wenn die Ärzte sie wieder freiließen. Städte waren für Dinge da. Anna listete im Kopf all die Dinge auf, die sie kaufen wollte. Angesichts der nur zweiundzwanzigtausend Dollar, die sie als Ranger im Jahr verdiente, fiel die Liste gezwungenermaßen ziemlich kurz aus, und nach ein paar Minuten fand sie die Planung nicht mehr besonders amüsant. Die verschiedenen Fernsehprogramme fesselten ihre Aufmerksamkeit auch nur vorübergehend.

Weil ihr so furchtbar langweilig war, freute sich Anna richtig, als eine Krankenschwester den Kopf zur Tür hereinstreckte. Sogar eine Spritze oder eine Tablette würden eine gewisse Abwechslung bedeuten. Aber die Schwester hatte etwas Besseres anzubieten: »Sie kriegen Besuch«, sagte sie, und herein spazierte Christina Walters.

»Gott sei Dank!« rief Anna. »Ein Mensch, ein echter, lebendiger Mensch, der nicht nach Medikamenten riecht. Komm her und laß mich an dir schnuppern.«

Christina lachte und küßte Anna auf die Wange.

»Ahhh.« Anna ließ sich wieder in ihre Kissen zurücksinken. »*White Shoulders.* Wesentlich angenehmer als Benzol.«

Ally kam zur anderen Bettseite gehüpft. »Riech auch mal an mir, Tante Anna.«

Anna packte das kleine Mädchen an den Ohren und roch an ihren Haaren. »Hmmm ... Was ist das für ein wunderbarer Duft?« Sie schnüffelte noch einmal. »Vermoderte Eichhörnchen? Nein ...« Ally zappelte und kicherte. »*Eau de Kaminfeger?* Nein ... Ich habs! *Parfum de Hundekotze!*« Ally quiekte vor Vergnügen.

»Du lieber Himmel!« seufzte Christina. »Ally ist ja total verdorben, bis sie alt genug ist, um den Führerschein zu machen.«

»Du mußt dich wie eine Dame benehmen, oder die Jungs mögen dich nicht«, sagte Anna düster. »Kein Fledermausdreck-Gel mehr in die Haare.«

»Jungs. Baah.« Ally warf so verächtlich den Kopf zurück, daß Anna und Christina lachen mußten.

»Ally, komm schon«, sagte Christina nett. »Gib doch Tante Anna dein Geschenk, und dann sehen wir mal, was wir für sie tun können. Falls sie uns was tun läßt.«

Ally sprang vom Bett und wühlte in der großen Schultertasche, die ihre Mutter gleich hinter der Tür abgestellt hatte. Mit einer Papiertüte in der Hand kam sie zurück und kletterte wieder zu Anna.

»Schaukel Tante Anna nicht zu sehr«, wies Christina sie an. »Sie hat nämlich gerade die freie Welt gerettet. Da muß man ein bißchen vorsichtig mit ihr umgehen.«

Anna schniefte.

»Es ist in der Tüte«, sagte Alison. »Wir haben es nicht eingewickelt, weil du ja nicht Geburtstag hast oder so was.«

Anna nahm die Tüte entgegen und holte eine in Plastik gehüllte Packung heraus.

»Es ist ein Schlafanzug«, sagte Ally.

Anna riß das Zellophan ab. »Aber da sind ja kleine Garfields drauf!« beschwerte sie sich.

Christina zog tadelnd die Augenbraue hoch. »Ally hat ihn ausgesucht. Sie dachte, der orange Kater würde dir helfen, daß du Piedmont nicht so vermißt.«

»Niemand will ohne Katze krank sein«, fügte Ally hinzu.

»Ich finde die Garfields ganz toll«, sagte Anna. »Fast so toll wie dich.« Sie packte Ally und bedeckte ihren Kopf mit Schmatzküssen.

»Aufhören!« kreischte Ally, aber sie umklammerte dabei Annas Hals. »Zieh ihn doch mal an!« sagte sie, nachdem die Attacke vorbei war.

Gehorsam zog Anna ihr Krankenhaushemd aus. Die lange Wunde wurde sichtbar – der Verband war entfernt worden, damit Luft daran kam. Schwarzverkrustet mit Blut verlief der Schnitt von der linken Schulter bis fast zur rechten Brustwarze.

»Ach, du Ärmste ...« Mehr brachte Christina nicht heraus. Selbst Ally war sprachlos.

Von dem Mitleid wurde Anna ganz elend. Bisher hatte der eher frotzelnde Tonfall sie davor bewahrt, in Selbstmitleid zu verfallen. Ralph hatte sich geirrt. Sie würde nicht gut aussehen in einem Badeanzug. Es sei denn, sie war mit Freddy Krueger verabredet.

»Mannomann, Tante Anna!« japste Alison. »Wie Zorro! Wird das 'ne Narbe?«

»Alison!« rief ihre Mutter. »Wessen Tochter bist du eigentlich?«

»Halt mir die Daumen!« lachte Anna, die sich auf einmal besser fühlte.

»Ich habe ein paar Neuigkeiten, aber die können warten.« Christina nahm jetzt die Situation in die Hand. »Die Krankenschwestern hier mögen ja effizient sein, aber von Ästhetik haben sie keine Ahnung. Du siehst aus, als hättest du dich vor drei Jahren das letzte Mal frisiert. Bring mir doch bitte meine Tasche, Ally.« Ein bißchen eingeschüchtert von der Zurechtweisung vorher holte Ally ohne Widerrede den Beutel. Christina entnahm ihm die Dinge, die sie für lebenswichtig hielt: eine Bürste mit Naturborsten, einen Lippenstift, ein Döschen Rouge.

»Als ich das letzte Mal im Krankenhaus gelandet bin, hast du auch den hilfreichen Engel gespielt. Hängt es dir noch nicht zum Hals raus?« fragte Anna.

»Und wie«, sagte Christina. »Paß in Zukunft bitte besser auf dich auf.«

Mit hoher Quietschstimme intonierte Ally: »Knöpf deinen Mantel zu ...«

Anna entspannte sich. Christina kannte die beste Arznei. Physisch geheilt mit Hilfe von Antibiotika und Dekompressionskammer. Psychisch geheilt durch gut frisierte Haare und ein bißchen Farbe auf den Wangen. Psychisch geheilt, dachte Anna, während Christina geschickt ihre Haare bürstete, weil ich weiß, daß es jemanden gibt, der froh ist, daß ich noch lebe.

»Was für Neuigkeiten?« fragte sie, als Christina, zufrieden mit dem Ergebnis, die Haarbürste und das Make-up wieder in der großen Tasche verstaute.

»Die Polizei in Houghton hat Donna Butkus gefunden«, antwortete sie ohne jede Einleitung.

»O Gott!« Anna richtete sich auf und spürte, wie die Wunde an ihrer Brust spannte.

»Er hat sie doch nicht aufgefressen«, sagte Alison enttäuscht.

»Wo hat man sie gefunden?« wollte Anna wissen.

»Ausgerechnet auf der Polizeiwache.« Chris setzte sich in den Plastiksessel neben dem Bett.

»Stickstoffnarkose.« Anna rieb sich die Augen. »Kapierst du das alles?« wandte sie sich an die fünfjährige Alison, die es sich am Fuß des Bettes bequem gemacht hatte und aus der Schlafanzugverpackung einen durchsichtigen Fächer faltete.

»Jawoll. Sie ist nicht aufgefressen worden. Sie war nicht mal tot. Sie hat sich nur versteckt.«

»Nachdem Roberta eine offizielle Vermißtenanzeige aufgegeben hatte, hat die Polizei eine Suchaktion eingeleitet. Donna wurde ganz nervös und ist nach Houghton zurückgekommen und hat Bertie gebeten, das Ganze rückgängig zu machen. Scotty hat . . .«, Christina blickte kurz zu ihrer Tochter, die aber sehr beschäftigt schien, »Scotty hat Donna geschlagen.«

»Ich hab's mir schon gedacht.«

»Oh. Na ja, jedenfalls hat Donna zu Bertie gesagt, er würde das nur tun, wenn er betrunken ist, und überhaupt sei es nicht so schlimm . . .«

Anna schnaubte wütend.

Chris legte ihr die Hand auf den Arm. »Wir sind nicht alle so mutig wie die Löwen und haben auch keine große Knarre, um uns zu verteidigen.«

»Ich weiß«, murmelte Anna entschuldigend. »Erzähl weiter.«

»Aber dann hat er . . .« Wieder blickte sie zu Alison, doch diese wirkte völlig desinteressiert. Chris fuhr mit gesenkter Stimme fort. »Potenzprobleme. Und dann ist er durchgeschraubt. Dennys Hochzeit hat ihn total aus dem Gleichgewicht gebracht. Wahrscheinlich hat er gedacht, Donna würde sich nach Denny sehnen oder was. Er hat sie schrecklich verprügelt. Dann ist sie weggelaufen. Pizza-Dave hat sie gefunden und mit seinem Boot nach Thunder Bay gebracht.«

»Mit dem Boot der Steuerzahler«, verbesserte Anna sie. »Dave hat kein eigenes Boot. Was er gemacht hat, ist ein Kündigungsgrund. Deshalb wollte er mir wahrscheinlich nicht sagen, was mit Donna los ist.« Dann fiel ihr das kurze Gespräch bei dem Lärm von Daves Traktor ein. Er hatte ihr zu sagen versucht, daß es Donna gutgehe.

»Donna hat ihn gebeten, es niemandem zu sagen«, sagte Christina. »Sie hatte Angst, Scotty könnte sie finden.«

»Und Scotty hat die ganzen Lügengeschichten erfunden, weil er Angst hatte, wir könnten rausfinden, daß ihm seine hübsche junge Frau davongelaufen ist.«

»Donna ist jetzt bei ihrer Schwester«, sagte Christina abschließend. »Bertie hilft ihr bei den Scheidungsunterlagen und dem ganzen Zeug.«

»Der alte Hengst landet demnächst in der Kleisterfabrik«, sagte Anna erbarmungslos.

Gegen vier verabschiedeten sich Christina und Ally, um noch einkaufen zu gehen. Sie trösteten Anna mit dem Versprechen, morgen noch mal vorbeizuschauen, ehe sie die lange Rückfahrt nach Houghton antraten.

Anna blieb allein zurück, mit ihrem neuen Schlafanzug, zwei schicken Modezeitschriften, einem Stapel Post, den Christina vom Hauptquartier in Houghton mitgebracht hatte, und – ein Zeichen dafür, daß Chris sie wirklich gern hatte – einer Dose Bier, die sie an den Pflegern vorbeigeschmuggelt hatte, welche sie ohnehin für Bullen in Krankenhauskluft hielt.

Anna verstaute das Bier in einer einigermaßen sauberen Socke und begann, die interne Post durchzugehen. Lucas hatte wieder ein Schreiben zum Stand der Ermittlungen im Fall Denny Castle verfaßt. Die Untersuchungen waren nach der Verhaftung von Patience Eva Bittner offiziell abgeschlossen. Ihr wurde vorgeworfen: Mord, Mordversuch, Widerstand gegen die Staatsgewalt, Diebstahl von öffentlichem Eigentum, Plünderung und Tauchen ohne Lizenz. Unten hatte der Chief Ranger noch eilig hingekritzelt: »Carrie Ann ist zu ihrem Vater nach Redwood, Kalifornien, gebracht worden. J. T. hat angeboten, sich bis zum Abflug um sie zu kümmern –« Anna grinste. Sie hatte schon genug Notizen von Lucas Vega gelesen, um den Gedankenstrich zu verstehen. Er verwendete ihn als literarischen Hinweis darauf, daß etwas ironisch gemeint war.

Anna las auch die langweiligeren Mitteilungen durch: ein Flugblatt, das die Aktivitäten für das Sommerfest am 25. Juli ankündigte; eine Kopie des Terminplans des Superintendent; das Protokoll der letzten Sitzung zu Sicherheitsfragen. Staatliche Behörden schienen immer versessen darauf zu sein, sämtliche Informationen, die völlig uninteressant und wertlos waren, schriftlich zu fixieren und herumzuschicken. Die wirklich wichtigen Sachen erfuhr man nur durch die Gerüchteküche.

Ein weißer Briefumschlag, auf dem mit Druckbuchstaben PIGEON stand, sah sehr vielversprechend aus. Anna riß ihn auf und schüttelte sich den Inhalt auf den Schoß. Es war ein Artikel aus der Zeitung von Duluth, an dem eine gelbe Haftnotiz klebte:

WAS WIR UNS AUCH AUSDENKEN –
IRGEND JEMAND TUT'S. F. S.

Anna zog den gelben Zettel ab und las den Zeitungsausschnitt. Federal Agent Frederick Stanton hatte seinen großen Drogenfall gehabt. Er hatte den Kapitän der *Spirogyra* zweier schwerer Vergehen überführen können. Der Kapitän hatte Meskalin gekauft, um es als Teil des Unterhaltungsprogramms bei den Fahrten mit der *Spirogyra* weiterzuverkaufen, und außerdem hatte er Kokain über internationale Grenzen geschmuggelt.

»Weiter so, Frederick«, murmelte Anna. Sie hatte nichts gegen die *Spirogyra*, aber der ganze Wirbel, den die Verhaftung auslöste, würde die *3rd Sister* aus dem Rampenlicht nehmen. Hawk und Holly hatten ein bißchen Ruhe verdient.

Am folgenden Morgen erfuhr Anna von ihrer Ärztin, daß sie noch anderthalb Tage im Hennepin County Medical Center eingesperrt sein würde. Anna beschloß, sofort in tiefste Depressionen zu versinken. Den Krankenschwestern im neunten Stock blieb das jedoch erspart, weil Christina und Ally aufkreuzten. Die beiden brachten Apfeltaschen und frischgemahlenen Kaffee mit – gerade als Anna im Begriff war, sich über das Frühstück zu beschweren.

Beim Abschied war Anna bester Laune, und diese Laune hielt an, bis die nächsten Besucher kamen.

Als Student Conservation Associates arbeiteten Tinker

und Damien immer nur sechs Wochen am Stück. Sie waren nach Minneapolis gekommen, um von dort mit dem Flieger zu Damiens Mutter zu reisen, die auf Nantucket Island lebte.

»Nantucket«, sagte Anna. »Dann wußtest du also, wie man ein Boot steuert.«

»Ja. Als wir nichts mehr von dir gehört haben, da haben wir Pizza-Dave geholt«, sagte Damien.

»Er war der stärkste Mensch, der uns eingefallen ist«, sagte Tinker.

»Der stärkste«, nickte Anna.

Eine Weile schwiegen sie alle drei. Tinker saß auf dem Sessel, Damien auf der Armlehne, Anna im Bett, in ihrem wunderschönen Garfield-Schlafanzug und mit mehreren Kissen im Rücken.

In einer normalen Umgebung und ohne ihre Uniform sahen die beiden fast durchschnittlich aus: wie Elfen in einem Einkaufszentrum oder wie Wasserkobolde in einer Pferdetränke. Die Magie ging von der Insel selbst aus. Tinker und Damien lebten nur dort. Anna empfand eine gewisse Enttäuschung.

»Wir haben Winterjobs im Everglades National Park«, sagte Tinker. »Das ist ne magische Welt.«

Anna lächelte. »Und wenn das fehlschlägt, dann könntet ihr euch nem Wanderzirkus anschließen und euer Geld mit Gedankenlesen verdienen.«

Nach einer gewissen Bedenkfrist sagte Damien: »Zu langweilig.«

Wieder schwiegen sie, was aber in keiner Weise unangenehm war. »Tut mir leid wegen Oscar«, sagte Anna schließlich.

»Ja«, sagte Tinker. »Er war der edelste aller Bären.«

Erneute Stille. Anna wußte nicht recht, wo sie hinschauen sollte. Begräbnisse, Gedenkfeiern, Leichen – damit umzugehen, war schon schwierig genug. Aber tote Teddybären eröffneten völlig neue Bereiche sozialer Probleme.

»Er war edel«, sagte Damien nachdenklich. »Aber es gibt auch positive Seiten an dem Ganzen. Weil er jetzt halb menschlich ist, überlegt er sich, ob er's nicht mal mit Whiskyy probieren sollte, als Ergänzung zu seinen eher esoterischen Lastern.«

»Menschlich?« fragte Anna und kam sich dabei etwas albern vor.

»Wir haben fast das ganze Sägemehl wieder eingesammelt«, erklärte Tinker geduldig. »Es hat in deinem Tauchanzug geklebt, aber es war voller Blut.«

»Wir haben es in unserem Entsafter getrocknet«, erzählte Damien. »Dann haben wir es wieder hineingestopft und Oscar mit ein paar Stichen zugenäht. Er hat jetzt ne Narbe auf der Brust, aber Tinker hat sich Mühe gegeben, ganz kleine Stiche zu machen.«

»Oscar ist nämlich ein bißchen eitel«, sagte Tinker.

Anna tastete nach der Wunde auf ihrer Brust. »In der Badesaison sollten Oscar und ich uns zusammentun«, sagte sie. »Ist er . . . ist er hier?« Den hoffnungsvollen Tonfall in ihrer Stimme fand sie selbst etwas absurd.

»Er läßt dich grüßen«, sagte Tinker entschuldigend. »Aber er wollte lieber im Hotel bleiben.«

»Nimm's nicht persönlich«, fügte Damien schnell hinzu. »Er mag und bewundert dich sehr. Es ist nur so – unser Zimmer hat nen Farbfernseher.«

»Ah.« Die Wirklichkeit wurde immer unwichtiger für dieses Gespräch. Anna wechselte das Thema. Munter sagte sie: »Also, dann erzählt mir doch, was auf der Insel sonst noch so passiert ist. Haben sie schon jemanden für die Lodge gefunden? Ist Carrie zu ihrem Vater gefahren? Hat Scotty es je geschafft, den nebelempfindlichen Motor der *Lorelei* wieder auf Touren zu bringen?«

»Hast du denn noch nicht die große Neuigkeit gehört?« fragte Tinker vorsichtig.

Anna dachte, sie selbst sei die große Neuigkeit.

»Scotty hat getrunken wie immer und wieder mal angefangen, die Bierflaschen mit den Zähnen aufzumachen.«

»Dieser Blödmann. War die Trail Crew entsprechend beeindruckt?«

»Nein. Hör zu.« Tinker machte ein gequältes Gesicht. Dabei war sie doch eigentlich keine besondere Freundin von Scotty Butkus. Anna begriff nicht so ganz und wartete ab.

»Er ist an einem Flaschendeckel erstickt«, sagte Tinker langsam. »Das ist kein Witz«, fügte sie hinzu, als Anna lachte. »Niemand hat die Heimlich-Technik beherrscht, die Erste Hilfe bei Erstickungsgefahr – oder sie haben gedacht, er würde Quatsch machen. Als die anderen dann schließlich kapiert haben, was los ist, war er schon tot.«

Banal, peinlich, sinnlos – ein Unfalltod. Nach all den Mysterien auf der Insel hatte Anna ganz vergessen, daß es so etwas auch gab. »Ganz schöner Hammer«, murmelte sie.

»Manchmal sterben die falschen Leute«, meinte Tinker philosophisch. »Aber manchmal auch nicht.«

»Es ist Zeit«, warf Damien ein.

»Ein Treffen der Überlebenden der harmonischen Konvergenz?« fragte Anna mit leisem Spott.

Tinker schüttelte den Kopf. »Lyle Lovett spielt im ›Guthrie‹.«

Die Coggins-Clarkes lassen sich nicht ohne weiteres in eine Schublade einordnen, dachte Anna, während die beiden ihre Sachen nahmen und sich verabschiedeten.

»Oh, ich hab noch eine Nachricht von Ralph«, sagte Tinker. »Er sagt, du sollst bald wieder gesund werden. Du mußt nämlich jetzt das große Sommerpicknick organisieren, weil Scotty es ja nicht mehr machen kann. Er hat Pappteller und Beilagen wie Chutneys und Mayo und saure Gurken bestellt, aber sonst nichts.«

Anna stöhnte.

Tinker winkte ihr zu, während Damien sie am Arm nahm.

»Beilagen!« rief Anna und richtete sich abrupt auf. »Deshalb hat Scotty die Mixed Pickles besorgt!« rief sie den beiden nach. Aber die Coggins-Clarkes waren schon unterwegs.